Antonia S. Byatt

Das Geheimnis des Biographen

Roman

Aus dem Englischen von
Melanie Walz

Insel Verlag

Die Originalausgabe erschien 2000 unter dem Titel
The Biographer's Tale im Verlag Chatto & Windus, London.

Erste Auflage 2001

Druck: Pustet, Regensburg
Printed in Germany

1 2 3 4 5 6 – 06 05 04 03 02 01

Das Geheimnis des Biographen

Für Tibor Fischer und Lawrence Norfolk,
die nicht lockergelassen haben.

»Diese Gleichnisreden sind artig und unterhaltend,
und wer spielt nicht gern mit Ähnlichkeiten?«
J. W. Goethe, *Die Wahlverwandtschaften*

Meine Entscheidung traf ich unversehens mitten in einem der berühmten Theorieseminare Gareth Butchers. Mit volltönender, affektierter Stimme zitierte er Empedokles: »Gesichter ohne Hälse sprangen auf, Arme wanderten schulterlos, ohne Halt, und Augen irrten allein umher, auf der Suche nach Stirnen.« Empedokles zitierte er häufig, meistens diese Stelle. Wir diskutierten – nicht zum erstenmal – Lacans Theorie des *morcellement*, der Zerstückelung des imaginierten Körpers. Anwesend waren zwölf Doktoranden, darunter ich, und Professor Ormerod Goode. Es war ein sonniger Tag, und die Fenster waren stark verschmutzt. Ich schaute die Fenster an und dachte: Das mache ich nicht länger mit. Einfach so. Es war der 8. Mai 1994. Das weiß ich, weil in der Woche zuvor meine Mutter beerdigt worden war und ich das Seminar über *Frankenstein* verpaßt hatte.

Ich glaube nicht, daß der Tod meiner Mutter etwas mit meiner Entscheidung zu tun hatte, obwohl mir beim Niederschreiben bewußt wird, daß man es so deuten könnte. Es ist merkwürdig, daß ich mich nicht erinnern kann, mit welchem Text wir uns an diesem letzten Tag befaßt haben könnten. Wir hatten eine ganze Menge nicht zu langer Texte von Frauen durchgenommen. Und auch eine ganze Menge Freud – wir hatten den Wolfsmann und Dora dekonstruiert. Daß ich mich nicht daran erinnern kann, ist zwar ein wenig demütigend, aber auch bezeichnend für die »Gründe« meines überraschenden Entschlusses. Alle Seminare waren tatsächlich von erschreckender und vertrauter Einförmigkeit. Sie wiederholten sich bis zum Gehtnichtmehr. Egal welche Oberfläche wir untersuchten, landeten wir bei den stets gleichen Ritzen und Schlitzen, Transgressionen und Desintegrationen, Spiegelungen und Täuschungen, die unter ihnen lauerten. Ich dachte: Als nächstes werden wir die Phantasmagorien Hieronymus Boschs abhandeln, und Butcher stand nicht an, es in seinem Predigerton zu tun. Ich schaute noch immer das verdreckte Fenster über seinem Kopf an und dachte dabei, daß es mich nach Gegenständen dürstete. Ich weiß, daß ein schmutziges Fenster ein alter und abgenutzter Tropus für geistige Unzufriedenheit und Gelehrtenblindheit ist. Die Sache war nur die, daß die Sache selbst ebenfalls vorhanden war: ein echtes, auffallend schmutziges Fenster, das die Sonne ausschloß. Ein *Gegenstand.*

Ich saß neben Ormerod Goode. Ormerod Goode und Gareth Butcher waren in diesem Jahr beide Leiter der Fakultät, und aus Gründen, die nie transparent wurden, ließ Ormerod Goode es sich nicht nehmen, Butchers Seminare zu besuchen. Diese Aufmerksamkeit wurde nicht erwidert, möglicherweise weil Goode Spezialist für Angelsächsische und Altnordische Literatur war mit dem Fachgebiet Ortsnamen. Gareth Butcher hatte für tote Sprachen nichts übrig und stand mit den lebendigen nicht auf Besuchsfuß. Er las seinen Foucault und seinen Lacan in Übersetzungen, genau wie seinen Heraklit und seinen Empedokles. Ormerod Goode trug zu den Seminaren wenig bei außer sachlichen Korrekturen, deren Anlaß ihm auch dann nicht entging, wenn man meinte, er sei eingeschlafen. Niemand scherte sich groß um diese Wortmeldungen. Ungenauigkeiten kann man als unausweichliche Folge postmoderner Ungewißheit interpretieren oder als deren spielerische Qualität, so herum oder so herum.

Ich saß gerne neben Goode – die meisten anderen Studenten nicht –, weil er unentzifferbare Notizen in alter Runenschrift machte. Außerdem zeichnete er komplizierte Muster verschlungener, verschnörkelter Pflanzen und Gestalten – Kelten oder Wikinger, keine Ahnung –, bisweilen anstößig oder obszön und immer äußerst kunstvoll. Die Runen gefielen mir, weil ich schon immer eine Schwäche für Codes und Geheimsprachen hatte, und – naheliegender – weil ich als Kind Tolkien gelesen hatte. Um der Wahrheit die Ehre zu geben, müßte ich vermutlich eingestehen, daß ich es dank einer frühkindlichen Obsession gegenüber Gandalfs Mittelerde zum Doktoranden der Literaturgeschichte gebracht hatte. Lyrik mochte ich ebenfalls, und schon aus purer Selbstverteidigung wußte ich, daß Tolkiens Gedichte nicht das Gelbe vom Ei waren. Ich erinnere mich daran, wie ich T. S. Eliot entdeckte. Und dann Donne und Marvell. Das ist weit weg und lange her. Bis heute weiß ich nicht, ob Ormerod Goode Tolkien geliebt oder verabscheut hat. Tolkiens Figuren sind geschlechtslos, und Goodes akkurat gezeichnete Graffiti waren alles andere als das. *Plaisir, consommation, jouissance.* Glück. Er war, was er zweifellos noch ist, auf überwältigende Weise *größer.* Er hat einen runden kahlen Schädel, runde goldgeränderte Brillengläser vor runden dunkelbraunen Augen, einen runden weichen Mund, viele Kinne, einen runden Bauch, der bequem auf Beinen wie Säulen ruht, gerahmt von Armen wie Säulen. Ich denke immer an ihn als an den rundlichen Ormerod Goode und runde mein Bild von ihm mit so vielen zusätzlichen Os wie möglich und einer hübschen und komplexen und obendrein treffenden synästhetischen Metapher ab. Jedenfalls saß ich neben ihm, als ich meinen Entschluß faßte, und als ich den Blick von dem schmutzigen Fenster abwandte, sah ich seinen müßig bewegten Bleistift, der ein Feigenblatt zeichnete, einen Schenkel, Haare, Finger, eine runde glänzende Frucht.

Als es vorbei war, merkte ich, daß ich neben ihm den Flur entlangging. Ich verspürte das Bedürfnis, meine Entscheidung zu bestätigen, indem ich einem anderen von ihr erzählte. Er ging mit schnellen, schlingernden Bewegungen, die für einen so voluminösen Mann leichtfüßig wirkten. Ich mußte fast laufen, um Schritt mit ihm zu halten. Vielleicht sollte ich an dieser Stelle sagen, daß ich ein sehr kleiner Mann bin. »Klein, aber vollkommen«, wie mein Vater mehrmals täglich zu sagen pflegte, bevor er verschwand. Er war nicht viel größer als ich. Mein Familienname lautet Nanson; mit ganzem Namen heiße ich Phineas Gilbert Nanson, und ich zeichne als Phineas G. Nanson. Als ich mit dreizehn Jahren im Lateinunterricht herausfand, daß *nanus* das lateinische Wort für Zwerg ist, gleichbedeutend mit dem französischen *nain,* durchrann mich ein *frisson* erregten Wiedererkennens. Ich war klein, das Kind eines kleinen Menschen und hatte einen klassifikatorischen Namen – *Nanson,* Zwergensohn. Mein kleiner, zartgebauter Körper hat mir nie Mißvergnügen bereitet. Sein einziger Nachteil sind die vielen Kissen, die ich benötige, um beim Fahren über das Armaturenbrett hinauszusehen. Doch es fiel mir nicht leicht, mit Ormerod Goodes gemächlichem Tempo mitzuhalten. In seinem Kielwasser sagte ich: »Ich habe soeben eine wichtige Entscheidung getroffen.«

Er blieb stehen. Sein Mondgesicht betrachtete nachdenklich meines.

»Ich habe mich entschieden, den Krempel hinzuwerfen. Ich habe mich dagegen entschieden, postmoderner Literaturtheoretiker zu sein.«

»Darauf sollten wir trinken«, sagte Ormerod Goode. »Kommen Sie in mein Büro.«

Sein Büro besaß wie unsere ganze heruntergekommene Fakultät schmutzige Fenster und einen staubigen verblichenen Teppichboden. Außerdem besaß es zwei hohe grüne lederne Ohrenbackensessel, einen Mahagonischreibtisch und ein Tablett mit sauberen Gläsern, die er offenbar eigenhändig gespült hatte. Aus einem Bücherregal zauberte er eine Flasche Malt Whiskey hervor. Er schenkte jedem von uns ein großzügiges Quantum ein und fragte mich, was mich zu meinem Entschluß bewogen habe und ob er so plötzlich erfolgt sei, wie es den Anschein gehabt hatte. Ich erwiderte, daß es der Fall zu sein schien, da es mich selbst überrascht hatte, daß es mir aber ernst damit sei. »Möglicherweise handeln Sie klug«, sagte Ormerod Goode. »Und da Ihr Entschluß aus heiterem Himmel erfolgt ist, haben Sie wahrscheinlich keine Ahnung, was Sie mit der Zukunft anfangen wollen, die jetzt offen vor Ihnen liegt.«

Ich fragte mich, ob ich ihm von dem schmutzigen Fenster erzählen sollte. Ich sagte: »Ich empfand plötzlich das dringende Bedürfnis nach einem Leben voller *Dinge.*« Ich freute mich über das sichere und solide germanische Wort. Ich war den Fallstricken entgangen, von »Realität« und »Irrealität« zu sprechen, denn ich wußte sehr wohl, daß die postmoderne Literaturtheorie als Realität bezeichnet werden kann. Menschen lebten in dieser Realität. Dennoch beging ich den fatalen Fehler, meiner genauen Bezeichnung eine aus dem Lateinischen abgeleitete ungenauere und sogar redundante folgen zu lassen. »Ich brauche ein Leben voller *Dinge*«, sagte ich, »voller *Fakten.*«

»Fakten«, sagte Ormerod Goode. »Fakten.« Er sann nach. »Der Reichtum«, sagte er, »die Überraschung, die glanzvolle *Körperlichkeit* eines Kosmos voller Fakten. Jeder einzelne dieser Fakten – an seinem Ort in einer Konstellation blinkender Fakten, die wie

Planeten in einem leeren Firmament verkünden, daß *hier* Materie ist und *dort* Leere –, jeder einzelne dieser Fakten erleuchtet den Kosmos. Wahre Gelehrsamkeit strebte einst danach, ihr bescheidenes Licht zu dieser Beleuchtung beizutragen. Einige Spinnweben wegzuräumen. Nicht mehr.«

Seine runden Augen leuchteten hinter den runden Brillengläsern. Ich ertappte mich dabei, daß ich die Os in seinen Worten zählte, als stellten sie den Schlüssel zu einem geheimen Wissen dar. Der Glenmorangie rann mir wie mildes Feuer die Kehle hinunter. Ich sagte, vor langer Zeit sei ich in die Dichtung verliebt gewesen, doch jetzt benötigte ich Dinge, Fakten. »*Verbum caro factum est*«, sagte Ormerod Goode dunkel. »Die Kunst der Biographie ist eine verachtete Kunst, weil sie eine Kunst der Dinge ist, der Fakten, zusammengefügter Fakten. Die bei weitem größte wissenschaftliche Leistung meiner Zeit ist meines Wissens Scholes Destry-Scholes' biographische Studie von Sir Elmer Bole. Aber niemand kennt sie. Sie wird ignoriert. Und dabei – welche Kunstfertigkeit, welche Leidenschaftlichkeit!«

Ich bemerkte – möglicherweise vorlaut –, daß mir das biographische Genre immer als Zwitterform erschienen sei, als dilettantischer Zeitvertreib. Geschichten, wie sie diejenigen erzählen, die zu wahrer Erfindung nicht befähigt sind, simple Stories für diejenigen, die zu wahrer kritischer Erkenntnis nicht befähigt sind. Zerstreuungen, von Amateuren für ein Damenpublikum zusammengebastelt, das sich nie der Anstrengung unterziehen würde, *Die Wellen* oder *Die Jahre* zu lesen, aber sich mit der Vorstellung schmeicheln möchte, es sei mit den Woolfs und mit Bloomsbury bestens vertraut, von waghalsigen Reden über Samenspuren auf Röcken bis zu schmierigen sexuellen Handlungen, vorgenommen an eingeschüchterten Mädchen. Ein geschwätziges Genre, sagte ich zu Ormerod Goode, ermutigt durch den Glenmorangie und nervöse geistige Leere. Er räumte ein, daß an dieser Sicht etwas Wahres sei, erhob sich gewandt von seinem Ohrenbackensessel und schlenderte zu seinem Bücherregal. Doch ich solle, sagte Ormerod Goode, zwei Dinge bedenken.

Einerseits stelle Klatsch und Geschwätz einen unverzichtbaren Bestandteil der menschlichen Kommunikation dar. Und andererseits sei eine gute Biographie etwas Nobles. »Bedenken Sie«, sagte er, »den Umstand, daß kein Menschenwesen einem zweiten gleicht. Wir sind keine Klone, wir sind keine haplo-diploiden Wesen. Vom Ei bis zum letztendlichen Zerfall ist jeder von uns einzigartig. Was könnte nobler sein«, wiederholte er, »was herausfordernder, als einen ganzen Menschen, ein ganzes Werk zu erforschen, zu erschaffen, uns zu eröffnen? Auf welchen unerschöpflichen Fundus in sowohl wissenschaftlicher als auch geistiger, psychologischer, historischer, linguistischer und geographischer Hinsicht muß der Mann – oder die Frau – zurückgreifen können in seinem oder ihrem Bestreben, einer solchen Aufgabe gerecht zu werden? Ich weiß wohl«, sagte er, »ich weiß wohl, daß die meisten Biographien dürre oder süßliche Parodien dessen sind, was sie sein sollten. Und das wahre Meisterwerk, wie beispielsweise Destry-Scholes' opus magnum, wird nicht unbedingt zum Zeitpunkt seiner Entstehung gewürdigt, denn der Geschmack des Publikums ist durch den Tratsch und durch den Einfluß literarischer oder politischer Ideologien verdorben. Jetzt«, sagte er, »da Sie im Begriff stehen, sich neu zu orientieren, sich zu einer *vita nuova* aufzumachen, könnten Sie Ihre Zeit schlechter nutzen, als diesen Bänden ein paar Tage zu widmen.«

Ich war etwas zerstreut, weil ich die Os – Umlaute mitgerechnet – in Ormerod Goodes Worten zählte. In der spätnachmittäglichen Düsternis kam er mir vor wie eine dämonische Eule, die ein De profundis heulte. Die sonoren Os waren offenbar der Code für etwas überaus Folgenschweres. Ich schüttelte mich. Ich war ganz schön beduselt.

Folglich nickte ich feierlich und ließ mir die drei Bände aufnötigen, die sich noch eingeschweißt in ihrer Originalverpackung befanden. Sie füllten meine nächsten benommenen Tage, als ich ein neues Leben finden mußte, nachdem ich mir darüber klargeworden war, was ich *nicht* sein oder tun wollte.

Den Umschlag des ersten Bandes mit dem Titel *Eine ungewöhnliche Jugend* zierte eine bekannte Ansicht des King's College in Cambridge.

Band II – *Der Reisende* – zeigte ein ziemlich verblaßtes altes Photo des Bosporus.

Band III – *Zwischen Pfarrhaus und Harem* – war mit dem sepiafarbenen Bild irgendwelcher Kinder versehen, die unter einem knorrigen alten Apfelbaum ungelenk mit einem Ball spielten.

All das war wenig überraschend. Es sah aus wie die veröffentlichte Fassung des Nachbarn, der nicht davon abzuhalten ist, einem seine Ferienschnappschüsse zu zeigen, längst verdunstete Wasserspritzer, längst verdaute und ausgeschiedene Eisportionen. Ich blätterte in den Bildteilen, die sich in der Mitte der einzelnen Bände befanden. Scholes Destry-Scholes hatte mit visuellem Beiwerk gespart, aber vielleicht war so etwas in den späten fünfziger, den frühen sechziger Jahren nicht wichtig gewesen. Es gab ein Photo von Sir Prosper Bole, MP, der wie Gottvater aussah, und eines von den drei zugeknöpften und großäugigen Schwestern Beeching mit streng zurückgekämmtem Haar – »Fanny rechts im Bild«. Ich nahm an, daß Fanny Boles Mutter war. Es gab eine sehr schlechte Zeichnung von einem jungen Cambridge-Studenten, der den Kopf auf die Hand stützte. »Elmer (Em), von Johnny Hawthorne auf ihrem Lakeland-Ausflug gezeichnet.« Es gab eine Karte von Somaliland und eine Karte der Seidenstraße und ein Photo von einem Schiff (»Die rüstige *Hippolyta*«) mit gefährlicher Schlagseite. Im zweiten Band gab es noch mehr Karten – von der Türkei, von Rußland, von der Krim –, einen Klischeedruck vom Angriff der Brigade, den Tennyson literarisch verewigt hat, und einen vom überdachten Bazar in Konstantinopel, ein Photo von einer Florence-Nightingale-Büste, ein albernes Bild von Lord und Lady Stratford de Redcliffe in Queen-Anne-Hofstaat-Phantasiekostümen beim Empfang Sultan Abdulmecids und Bilder, von denen ich mutmaßte, daß es sich um Sir Elmers Hochzeitsphotos handelte. Er wirkte auf körnige Weise brünett und gutaussehend, mit viel Backenbart, groß und unnachgiebig. Seine Frau, die auch als Miniatursilhouette in ovalem Rahmen vorkam (»Miss Evangeline Solway als Siebzehnjährige«), schien ein liebreizendes kleines Gesicht zu haben und von zierlichem Körperbau zu sein. Band III war noch enttäuschender. Es gab eine Menge Photos von Frontispizen viktorianischer Bücher, von Gedichtbänden und Märchensammlungen. Noch mehr Karten, Schnappschüsse vom Pfarrhaus und konventionellere Bosporusphotos. Alle sahen vergilbt und verblaßt aus. Ich warf einen Blick auf den hinteren Klappentext, um mich über den Autor zu informieren. Ich glaube, so verhalten sich die meisten Leser; fast jeder verschafft sich einen Überblick, bevor er sich an die eigentliche Arbeit macht. Ein Bekannter von mir hat eine Dissertation über Autorenphotos auf den Umschlägen literarischer und populärer Romane verfaßt. Von Scholes Destry-Scholes gab es kein Photo. Die biographische Notiz war minimalistisch.

»Scholes Destry-Scholes ist 1925 in Pontefract in Yorkshire geboren. Er arbeitet an weiteren Bänden der vorliegenden Biographie.«

Die Klappentexte der Bände II und III fügten diesen spartanischen Angaben kritische Würdigungen des beziehungsweise der vorausgegangenen Bände hinzu.

Und so begann ich meine Lektüre in einer Stimmung graubraunverrußten Halbdämmers, die sich den Illustrationen verdankte, und voller gezackter hellgleißender Blitze in violetter Leere, als die sich mir meine ungewisse Zukunft darstellte. Vereinzelte Zeilen aus Scholes' Beschreibung von Boles Lebens sind für mich nadelfeine Gedächtnisstützen geworden, anhand deren ich abwechselnd schiere Glückseligkeit und schiere Panik erinnere, *meine eigenen* Gefühle, wenn Bole sich beispielsweise darauf gefaßt macht, die Aufnahmeprüfung für Cambridge nicht zu bestehen, oder sich davonstiehlt, um als blinder Passsagier auf einem Schiff nach Kap Hoorn mitzufahren. Die meisten dieser Gedächtnisstützen stammen aus dem ersten Band. Es verhält sich nämlich so, daß die Lektüre immer fesselnder wurde, der geistige Bann, in dem Bole und Destry-Scholes mich hielten, immer umfassender, je weiter ich vorankam. Ich kann nicht behaupten, bei dieser ersten hastigen und gierigen Lektüre auch nur ein Viertel des Reichtums dieses großartigen Buches entdeckt zu haben. Neben allem anderen verfügte Destry-Scholes über die literarische Grundtugend, ein famos gutes Garn zu spinnen, und ich war ihm an den Haken gegangen. Und er besaß die zweite Grundtugend, die Fähigkeit, eine Welt zu erschaffen, die den Leser mit jedem ihrer Winkel einlädt, zu verweilen, zu schauen, sich kundig zu machen.

»In jenen Tagen gab es Riesen.« Diesen Satz hatte Elmer Bole oft verwendet – in seiner spekulativen Schrift über die Hethiter, in seiner Geschichte des Osmanischen Reiches, in seiner Arbeit über Cromwell. Bole selbst brachte in einem einzigen Leben mehr Geschehen unter, als drei oder vier kümmerlichen heutigen Zeitgenossen zu erleben möglich wäre – und unter Geschehen verstehe ich auch Zeiten der Langeweile im Konsulatsbüro in Khartum, Zeiten produktiven Einsiedlertums im Pfarrhaus von Pommeroy in Suffolk, wo er an seinen Übersetzungen, Romanzen und Gedichten arbeitete. Er machte weite Reisen zu Land und zu See – und Flüsse entlang, denn die Donau erforschte er als armer Student und den Nil als wohlhabender Mann mittleren Alters. Er reiste nach Madagaskar und schrieb über Lemuren. Er bereiste die Seidenstraße von Samarkand aus. Er verbrachte viele Jahre in Konstantinopel, der Stadt, die – vielleicht mehr als irgendein Menschenwesen – die Liebe seines Lebens war. Er führte Geheimverhandlungen in Moskau und in Sankt Petersburg, in Kairo und in Isfahan. Er war – und das ist keine Übertreibung – ein Meister der Verkleidung, der sich als Araber, Türke oder Russe ausgeben konnte, ganz zu schweigen von seiner Beherrschung preußischer Sitten und des Wiener Dialekts. Er kämpfte im Krimkrieg, wo er Florence Nightingale mit Rat und Tat unterstützte (er kannte sie seit ihren Jugendtagen, als sie sich den Erwartungen ihrer Familie widersetzt hatte und Boles Freund Richard Monckton Milnes (Lord Houghton) um ihre Hand angehalten hatte. Er zählte zu Monckton Milnes' berüchtigtem Pariser Kreis sexuell orientierter Sensualisten, wie Destry-Scholes aufgrund äußerst scharfsinniger Recherchen in den Unterlagen Fred Hankeys und der Brüder Goncourt über jeden Zweifel hinaus belegen konnte. Er hatte jedermann gekannt – Carlyle, Clough, Palmerston, George Henry Lewes und George Eliot, Richard Watson Dixon, Swinburne, Richard Burton … Und neben diesen unablässigen Reisen, politischen Aktivitäten, soldatischen und gesellschaftlichen Verpflichtungen hatte er die Zeit gefunden, genug Bücher zu schreiben, um eine ganze Bibliothek zu füllen. Jede seiner Reisen hatte einen Reisebericht gezeitigt, der geographische und klimatische Bedingungen verzeichnete, Flora und Fauna, politische und militärische Geschichte, Regierungsform, Religion, Kunst und

Architektur, Merkwürdigkeiten und Zeitvertreibe so verschiedenartiger Orte wie Sudan und Österreich-Ungarn, Finnland und Madagaskar, Venedig, die Provence und – immer wieder – Byzanz, Konstantinopel, Istanbul, Stambul. Er verfaßte Geschichtswerke – eines über die Blütezeit von Byzanz und eines über seinen Niedergang, eines über die osmanischen Herrscher, eines über die Regentschaft Wilhelms des Schweigers – und daneben seine militärhistorischen Studien über Cromwells neue Heeresorganisation und das Militärwesen unter Ludwig XIV. Hätte er sonst nichts getan, so betont Destry-Scholes zu Recht, behielte man ihn als großen Übersetzer in Erinnerung. Seine Sammlungen ungarischer, finnischer und türkischer Märchen werden bis heute immer wieder aufgelegt. Seine freie Übertragung der Diwan-Dichtungen des »Zechers« Nedim aus der »Tulpenzeit« im frühen achtzehnten Jahrhundert erfreute sich mit ihren eingängigen Versen und ihren hedonistischen Gesängen kaum geringerer Popularität als Fitzgeralds *Omar Khayyam.* Er übersetzte das arabische Versepos des *Antar-Romans* – alle dreiunddreißig Bände – und mehrere orientalische erotische Schriften für die kurzlebigen Pressen Fred Hankeys und Monckton Milnes'.

Die faszinierendste unter diesen Übersetzungen – dies jedenfalls befand Destry-Scholes, und seine Faszination teilte sich dem Leser mit – war seine Übertragung des *Reisebuchs* von Eweliya Çelebi, dem berühmten türkischen Reisenden aus dem siebzehnten Jahrhundert. Elmer Boles Fassung enthielt jene Stellen, um die Ritter Joseph von Hammer-Purgstall, der erste westliche Übersetzer, seine Ausgabe zu purgieren sich bemüßigt gefühlt hatte, darunter Eweliyas Initiation in »alle Laster der königlichen Pagen, deren Schilderung an mehr als einer Stelle einen Makel auf sein Schreiben wirft«. Bole war Eweliya auch in ein Badehaus gefolgt, vor dessen Tür der tugendhafte Ritter haltgemacht hatte. Eweliya Çelebi hatte offenbar mit einundzwanzig Jahren den Propheten geschaut, doch geblendet vom Glanz hatte er zu stottern begonnen und statt der Fürsprache des Propheten (*Sifaat*) versehentlich Reisen (*Seyahat*) erbeten. Das Reisen war ihm gewährt worden, in Hülle und Fülle. Elmer Bole hatte auf seinen gefährlichen Reisen, die er in der Verkleidung eines türkischen Buchhändlers unternahm, Eweliyas Beinamen Seyaha – der Reisende – angenommen, und Eweliyas im Traum gestammelte Worte, sowohl in arabischen Schriftzeichen als auch in der Transliteration nach dem System von William Jones, waren auf dem Vorsatzblatt von Boles Bericht seiner syrischen Abenteuer und auf dem des zweiten Bandes – *Der Reisende* – der Destry-Scholeschen Biographie abgedruckt. Es entzückte mich, wie es Menschen entzückt, wenn Fakten sich ineinanderfügen, als ich die Bedeutung dieser Zeilen erkannte.

Bole verfaßte selbst einige Romanzen, die seinerzeit allesamt populär waren und heute allesamt vergessen sind. *Die Maid von Akko, Die Rose von Scharon, Der Krummsäbel, Der goldene Käfig der Prinzen* und *Prinzessin unter Sklaven* lauten nur einige der Titel. Und er schrieb Gedichte, die ebenfalls vergessen sind. Ein Versepos, *Bajazeth*, Gedichtbände namens *Sulamith, Wie schön sind deine Füße, Eine versiegte Quelle, Die Mauern des Gartens.* Die Gedichte sind konventionell, die Romane hölzern, melodramatisch und gestelzt. Diese Einschätzung ist, abgesehen vom wenig bedauerlichen Verschwinden der Romane, deshalb nicht unerheblich, weil vor ihrem Hintergrund gesehen werden muß, was allgemein (wie auch sonst auch referiere ich hier Destry-Scholes) als Elmer Boles literarisches Meisterwerk gilt.

Damit meine ich seine Übersetzung – wenn es eine war – von Eweliyas Bericht seiner Reisen durch Europa, seiner Erkundung der »sieben Klimate«, die er von Wien aus unternahm, wo er 1664 als Sekretär Kara Muhammad Paschas Botschaftsdienste geleistet hatte, und die ihn durch Deutschland und die Niederlande bis nach Dünkirchen führte, durch Holland, Dänemark und Schweden und auf dem Rückweg durch Polen, über Krakau und Danzig bis auf die Krim, eine Reise von insgesamt dreieinhalb Jahren. Diese europäische Reise wurde von Eweliya in seinen Berichten über seine Abenteuer im Vorderen Orient immer wieder erwähnt. Problematisch war nur, daß es kein Manuskript des Berichts von dieser Reise gab, und unter Orientalisten neigte man zu der Ansicht, daß er diesen Bericht nie niedergeschrieben hatte oder, in den Worten Hammer-Purgstalls, der Bazare und Märkte auf der Suche nach diesem Band durchstöbert hatte, daß er »wahrscheinlich nach der Niederschrift des vierten Bandes verstarb«.

Elmer Bole jedoch behauptete, das Manuskript des fünften Bandes von Eweliya Çelebis *Reisebuch* gefunden zu haben, und zwar als Verpackung eines holländischen Tulpenstillebens aus dem siebzehnten Jahrhundert in einem Kuriositätenladen tief im Inneren eines Bazars. Er verglich den Fund mit dem jenes Manuskripts des Eusebios, das als Abdeckung eines Milchkrugs gedient hatte. Forscher, insbesondere Destry-Scholes, hatten keine Mühen gescheut, um das verlorene Manuskript wieder aufzufinden, sei es in Istanbul, sei es in London, in den Bibliotheken, in die Boles Papiere nach und nach gelangt waren, und in den Dachkammern und verstaubten Ruhesofas des Pfarrhauses von Pommeroy. Niemand hatte es finden können, und viele Wissenschaftler englischer wie türkischer Zunge waren zu dem Schluß gelangt, daß es nie existiert hatte und daß die *Reise durch sieben Klimate* ein historischer Roman war, ein von Boles verfaßtes Pasticcio.

Destry-Scholes kam zu dem entgegengesetzten Schluß, indem er jede seiner Folgerungen sorgsam abwog und in Frage stellte. Seine These – ein entzückendes Paradebeispiel der prätheoretischen intuitiven Kritik der fünfziger Jahre – leitete sich unter anderem von der auffälligen Leblosigkeit und Ungelenkheit des eigenständigen literarischen Schaffens Boles her, dieser ungenauen, geschwätzigen und sentimentalen Elaborate. Boles Eweliya hingegen ist wie in den früheren Bänden ein genauer Beobachter, der Gebäude, Gebräuche und Wettergegebenheiten mit skrupulöser (und bisweilen ermüdender) Gewissenhaftigkeit verzeichnet. Er macht sich Gedanken über die Reinlichkeit (besser gesagt ihr Fehlen) in Deutschland, über den heimlichen Prunk reicher niederländischer Bürger, das Betragen weiblicher Dienstboten in Stockholm und in Krakau – lauter Dinge, wie Destry-Scholes mit unangestrengter kulturvergleichender Kennerschaft anmerkt, die in jenen Tagen genau das gewesen wären, was ein Türke in der Fremde aufzeichnenswert gefunden hätte. Buntes Geschehen erfüllt den Bericht, gefährliche Begegnungen mit Piraten und Wegelagerern, Liebeshändel mit rätselhaften Unbekannten, Gespräche mit Kunstkennern und Gelehrten, Erörterungen der Tulpenpreise und des Handels mit neuen Züchtungen aus dem Orient, Vergleiche des türkischen Geschmacks mit dem Geschmack hinsichtlich der kostbaren Zwiebeln (die Holländer bevorzugen geschlossene Blütenköpfe, die Türken spitze Blütenblätter wie Dolchklingen). Wie, fragt Destry-Scholes, sollte Bole mit alledem vertraut genug gewesen sein, um sich so detailgenau und mit so entzückend provozierenden *lacunae* in dieser *imaginierten Welt* zu bewegen? Er weist darauf hin, daß Boles Übersetzung nicht das Englisch der viktorianischen Zeit ist, sondern eine gelungene Annäherung an die Sprache des siebzehnten Jahrhunderts, an die Prosa Aubreys und Burtons, Waltons und Bunyans. Wenn ich hin und wieder den Drang verspüre, Destry-Scholes zu widersprechen, sage ich mir, daß diese »Stimme«, dieses künstliche Vokabular, diese imaginierte Identifikation vielleicht genügten, um aus dem banalen Scott- und Lytton-Epigonen Bole den Erfinder Eweliya Çelebis zu machen. Doch es ist müßig, Destry-Scholes ernsthaft widersprechen zu wollen. Er weiß, wovon er schreibt. Er war davon überzeugt, daß Eweliyas Manuskript dem jungen Nedim zur Verwahrung übergeben wurde, der es möglicherweise auf seine eigenen Reisen mitnahm. Aber ich greife vor. Bei Nedim war ich noch nicht angelangt.

Eine andere eventuelle Untermauerung der These von Boles Autorschaft – auch sie, wie eingeräumt werden muß, von Destry-Scholes sorgsam erwogen – besteht in seiner Fähigkeit, Wissen aufzusaugen, sich in historischen, linguistischen und ästhetischen Fragen Fachkenntnisse zu verschaffen. Seine Kennerschaft des osmanischen Hofzeremoniells, der religiösen Toleranz oder Intoleranz unter den aufeinanderfolgenden Herrschern der Hohen Pforte, seine Studie zur Bewaffnung der Streitkräfte Cromwells, seine Forschungen über die Hygiene im britischen Militär sind beeindruckend, so beeindruckend wie auf anderem Gebiet seine Untersuchung römischer Gefäße mit pornographischen Darstellungen oder seine berühmte Sammlung von *phalloi* verschiedener Kulturbereiche. Er las und schrieb wie alle großen viktorianischen Forscher, als enthielte ein Jahr ein ganzes Jahrhundert an Lesen, Denken und Forschen. Ich habe mich oft gefragt, woran es liegen mag, daß es meiner eigenen Generation so schwer fällt, selbst kärglichste Wissensbrocken zu verdauen. Ich träume manchmal davon, zu erwachen und festzustellen, daß Fernsehen und Telephon wegerfunden wurden – könnte es allein an diesen Dingen liegen? Wäre so etwas wünschenswert?

Wie Destry-Scholes faszinierten auch mich am meisten Boles Monographien über byzantinische Mosaiken und türkische Keramikkacheln, vor allem die eleganten und herrlichen Kacheln aus Iznik mit ihrem dunklen Feuerrot (Tulpen, Nelken), dessen Geheimnis verloren ist. Woher nahm er die Zeit, nach Ravenna und nach Bulgarien zu fahren, um sich in den Anblick dieser Dinge zu versenken, fragte ich mich (und hatte sich Scholes vor meiner Zeit gefragt). Scholes erlaubt sich, seine Verwunderung zu erkennen zu geben, daß Bole die Zusammensetzung des Iznik-Rots nicht wiederentdeckt oder es zumindest behauptet hat. Fraglos suchte er Töpfereien auf, in Iznik wie in Staffordshire, und unterhielt sich mit den Wegdwoods über Glasuren. Eine der schönsten Stellen, die ich je gelesen habe, ist Boles Schilderung, wie auf den Mosaiken in Hadrians Villa, in Ravenna und in der Hagia Sophia Licht entsteht, wie die lockere Anordnung der blauen Glassteinchen in verschiedenen Winkeln das Licht einfängt und flimmernden Glanz erzeugt, wie in diesen Lichtglanz metallene Steinchen (zuerst golden, dann silbern) die Wirkung von Kerzenlicht und schimmernden Marmors zaubern, so daß ein weiches, flüssiges, klares Licht entsteht ...

Ich sagte, das Schönste, was ich je las, sei diese Schilderung, und so ist es, dazu stehe ich. Doch eingerahmt und vervollständigt wird sie durch Destry-Scholes' Bericht über Boles Nachforschungen (über Farbgebung und Zusammensetzung des roten Glasuntergrunds, auf den das Gold aufgetragen wurde, Schichten von Glas, zwischen denen Blattgold eingelegt war) und über den Christus in der Kirche des Chora-Klosters in Istanbul, der zu Boles Zeit in Gips eingehüllt und unbekannt war. Destry-Scholes schreibt, als schaue er mit Boles Augen, beschreibt mit Boles gemessenem und zugleich drängendem Stil. Und daneben läßt er taktvoll und unauffällig späteres Wissen einfließen, spätere Debatten über die Perspektive, über Bewegung und Stasis, die Boles Erkenntnisse nicht ersetzen oder auslöschen, sondern fortführen.

Destry-Scholes war davon überzeugt, daß die Leichtigkeit, mit der Bole Sprachen lernte, sein Leben bestimmt hat. Er hatte den zu seiner Zeit üblichen Latein- und Griechischunterricht gehabt und konnte in beiden Sprachen mühelos Gedichte schreiben. Destry-Scholes ist der Ansicht, daß diese Gedichte in klassischen Sprachen besser seien als Boles englische Herzensergießungen. Zu meinem Bedauern ist mein eigenes Latein zwar ausreichend, um mich den Inhalt seines Gedichts über das Mausoleum der Galla Placidia verstehen zu lassen, doch bei weitem nicht gut genug, als daß ich dessen ästhetische Qualitäten zu würdigen vermöchte. Ich habe mir das griechische Alphabet beigebracht und kann gewisse wiederkehrende Begriffe bei Platon und Aristoteles identifizieren. Doch in der Beurteilung obengenannter Werke muß ich mich darauf beschränken, Destry-Scholes' Meinung zu referieren. (Ich spreche und schreibe gutes Französisch und passables Deutsch, und es war mir stets ein Anliegen, Kritische Theorie in den Sprachen zu studieren, in denen sie geschrieben und tatsächlich *gedacht* worden ist. Dieses linguistische Privatinteresse, diese Freude an sprachlichen Parallelen und Differenzen ermutigte mich dazu, der Beurteilung von Boles völlig andersgeartetem intellektuellen »Milieu« durch Destry-Scholes zu vertrauen. Im Rahmen meiner bescheidenen Möglichkeiten kenne ich sehr wohl die Freuden grammatischer Erkundungen, den Reiz der unterschiedlichen Artikulationen und Rhythmen.) Ohne jeden Gedanken an eine Nutzanwendung lernte Bole als nächstes klassisches Arabisch, und das führte ihn zum Türkischen und zum Finnisch-Ugrischen Sprachkomplex.

Destry-Scholes war davon überzeugt, daß Boles Reisen sich bis zu einem gewissen Grad romantischen Vorstellungen verdankten, die ihm der Erwerb dieser Sprachen eingeflößt hatte. Sogar Russisch scheint er als Funktion der Erprobung eines neuen Alphabets gelernt zu haben, obgleich er mehrmals nach Sankt Petersburg reiste und sich bis in die Mongolei vorwagte. Überliefert sind seine Worte, denen zufolge er sich ursprünglich aus reiner Freude am Rhythmus der gesprochenen Sprache als russischer Student der Religionsgeschichte verkleidet hatte. Destry-Scholes hatte sich die Sprachen seines Forschungsgegenstands offenbar ebenfalls angeeignet. Kundig kann er russische, ungarische, türkische und arabische Textstellen zitieren, ganz abgesehen von den üblichen romanischen Sprachen und Deutsch. Ein Teil des Vergnügens, den sein Text bereitet, besteht darin, daß er den vielfältigen Genuß linguistischer Gewandtheit gewissermaßen von innen heraus zu vermitteln versteht. Und wenn er nicht in der Lage gewesen wäre, türkische Manuskripte zu lesen, hätte er seine aufregendsten Entdeckungen nie machen können.

Mir fällt auf, daß ich soeben eine Zusammenfassung – eine von vielen denkbaren Zusammenfassungen – der drei von Destry-Scholes verfaßten Bände unter dem Gesichtspunkt meines eigenen ursprünglichen Interesses an ihnen geschrieben habe, des Interesses dessen, den es nach Fakten, nach Dingen, nach Fakten verlangte. Ich habe Fakten aufgezählt und Fakten über Boles Interesse an anderen Fakten. Das waren der Reichtum und die Fremdartigkeit, die ich in diesem Text fand, und damit tue ich meiner ersten erregten Deutung keinen Abbruch. Destry-Scholes fand seine Erleuchtung in der Erkenntnis der grundlegenden Bedeutung linguistischer Formen im Leben von Bole. Ich fand meine, wie ich es behelfsweise ausdrücken könnte, in Destry-Scholes' geschicktem Befehligen und Anordnen der *Fakten*. Dennoch gehören die Fakten, die ich aufgelistet habe, wohl kaum zu dem, was die britische Plapperia zum unablässigen Konsum von Biographien anhält. Boles Privatleben habe ich so gut wie nicht erwähnt. Seine Liebes-, Haß-, Rivalitäts- und Freundschaftsbeziehungen sind das, wonach solche Leser Ausschau halten würden, während sie seine (und Destry-Scholes') Spekulationen zur byzantinischen *ekphrasis* oder Lord Raglans Versagen auf diesem Gebiet gelangweilt überblätterten.

Die hölzern geschriebene Hagiographie, die Thomas Pittifield auf Betreiben der Witwe Boles verfaßte, befolgt die viktorianischen Konventionen, indem sie die Privatsphäre respektiert und nur Gutes von den Toten spricht. Destry-Scholes schrieb zu Beginn dessen, was ich die erste Welle freudianisch inspirierter Biographien nennen würde. Mit dem Begriff der ersten Welle meine ich jene Biographien, die explizit oder implizit unterstellten, daß die Ausrichtung (insbesondere die unbewußte oder uneingestandene

Ausrichtung) der Libido ihres Gegenstands das bedeutendste Moment seines Lebens darstellt. Die zweite Welle psychoanalytisch orientierter Biographien beinhaltet komplizierte Herausarbeitungen gegensätzlicher und verborgener Bedeutungen und Motive, so daß oftmals die »wahre« Geschichte das Gegenteil der »vorgeblichen« Geschichte zu sein scheint, indem ein liebender Vater ein Kinderschänder und ein Gegenstand des Abscheus und der Verachtung ein geheimes Objekt der Begierde ist und so weiter. Zwei Geschichten statt einer. Sollte Destry-Scholes mit dem Gedanken an eine freudianische Beschreibung des Lebens von Bole gespielt haben, so hat er ihn ganz bewußt verworfen – davon bin ich überzeugt des Takts wegen, mit dem er freudianisch interpretiert, wo es angemessen ist, beispielsweise im Fall von Boles Abneigung gegen selbstquälerische Geistliche oder dessen Unvermögen, jemals den Namen seiner altjüngferlichen (zumindest unverheirateten) Tante Theodora zu erwähnen, die von seiner Geburt bis zu seinem endgültigen Bruch mit der Familie zum Zeitpunkt seiner Eheschließung – von Pittifield als Folge eines Streits über Geldangelegenheiten gedeutet – Mitglied des Familienhaushalts war.

Nein, Destry-Scholes erzählt von Elmer Boles Privatleben das, was in Erfahrung gebracht werden kann, und mehr nicht. Seine eigene bewundernswerte Entdeckung auf diesem Gebiet verdankt sich passenderweise einer verdeckten Metapher in Boles Kriegstagebüchern aus dem Krimkrieg, einer Metapher, die Destry-Scholes später in den Gedichten an zahlreichen Stellen nachweisen sollte. Die Metapher handelt von Äpfeln. Bole spielte mit Vorliebe auf den Kontrast zwischen roten und grünen Äpfeln an. Destry-Scholes listet in einer eleganten Statistik die Erwähnung grüner Äpfel, roter Äpfel und beider (am häufigsten) in Boles veröffentlichten und unveröffentlichten Werken auf. In seinem Bericht über die Lösung des Rätsels erlaubt sich Destry-Scholes ein Abweichen von seinem üblichen distanzierten Erzählhabitus (er hatte das Glück zu leben, bevor die Vorstellung von »Objektivität« dekonstruiert wurde) und nimmt den Ton persönlicher Anteilnahme und freudiger Erregung an, wie er Symonds' *Quest for Corvo* kennzeichnet (der Vergleich stammt von Destry-Scholes).

Der »rote Apfel« war nichts anderes als das osmanische Bild für das ganz andere, das Reich, das es zu erobern galt – Rom oder später Wien. Byzantinische hohe kirchliche Würdenträger wurden ebenfalls mit roten Äpfeln in der Hand als Zeichen ihres Amtes abgebildet. Eine Zeitlang glaubte Destry-Scholes deshalb, der rote Apfel versinnbildliche bei Bole eine ersehnte Beförderung und der grüne die Bitterkeit der Enttäuschung. Erst als er sich durch die türkische Korrespondenz eines Paschas wühlte, der mit Bole befreundet war und in dessen *jali* am Bosporus Bole sich aufgehalten haben soll, entdeckte Destry-Scholes die Lösung des Rätsels.

Der rote Apfel war eine türkische Dame, Yildiz, die Schwester eines Paschas, der als furchtlos und verwegen bekannt war. Der grüne Apfel war Boles Jugendliebe Evangeline Solway, die Tochter eines verarmten Geistlichen der Low Church. Destry-Scholes vermutete, daß Bole im selben Jahr beide heiratete und zwei Haushalte einrichtete, den einen in einem alten rotgestrichenen Holzhaus am Bosporus, den anderen in dem kleinen alten Pfarrhaus von Pommeroy. Yildiz, der rote Apfel, hatte drei Söhne geboren, die nach türkischen Dichtern benannt wurden – Nedim, Fuzuli und Baku –, und Evangeline hatte drei Töchter geboren – Rose, Lily und Violet, und Violet wurde Prinzipalin eines Colleges für Frauen in Oxford. Destry-Scholes weist darauf hin, daß Bole den roten Apfel zwar mit Süße, Wärme, Fülle und Reife assoziiert, doch den grünen Apfel nicht negativ bewertet, sondern von Säure spricht, die Appetit weckt, von unerwarteter Frische, die die Süße süßer macht, von Festigkeit, die der Weichheit vorzuziehen ist, und so fort. Auch zitiert er Briefe (von ihm selbst entdeckt), in denen Evangeline ihrer Busenfreundin Polly Fisher die Vorzüge der langen Abwesenheiten ihres Mannes darlegt, indem sie die Furcht vor ständiger Schwangerschaft mindern und die Freude über seine Wiederkehr steigern. »Denn wir haben einander so manches zu erzählen, was im alltäglichen Umgang schnell seinen Zauber verlöre, und für ihn, der aus dem Schmutz und Gedränge des Orients zurückkehrt, hat mein stilles Leben mit dem grünen Gras und dem sauberen Leinen etwas Paradiesisches, wie er sagt, das durch seine Reisen seinen Reiz stets erneuert findet.«

Auch hier erinnert Destry-Scholes an *The Quest for Corvo*, wenn er nach der minutiösen Schilderung von Boles Tod und der Reaktion auf dieses Ereignis in Großbritannien die Möglichkeit erörtert, daß drei Jahre später der fünfundzwanzigjährige Nedim im Pfarrhaus erschien. Wie Destry-Scholes zu Recht erklärt, verbietet der Anstand, daß wir uns etwas ausmalen, wofür es keinerlei Beweise gibt. Energisch verurteilt er Wendungen wie »Was wird sich die trauernde Witwe gedacht haben, als sie den schönen dunkelhäutigen Fremden mit seinem kleinen Reisekoffer durch die Apfelbäume kommen sah?«. Wir wissen weder, ob Nedim sein Kommen ankündigte, noch, ob er es nicht tat. Wir wissen nicht einmal mit Gewißheit, ob er seiner Stiefmutter und seinen Halbschwestern seine Herkunft offenbarte, obwohl, wie Destry-Scholes vorsichtig einräumt, wir dies vermuten können, denn warum hätte er sonst die Reise unternehmen sollen? Aus Roses Briefen wissen wir, daß er ein Jahr lang im Pfarrhaus wohnte, und aus dem Tagebuch der Goncourts (eine weitere brillante Trouvaille Destry-Scholes') wissen wir, daß Rose Nedim begleitete, als er an die Sorbonne ging, um den Lehrstuhl für Finnisch-Ugrische Sprachen zu übernehmen, und wir wissen, daß sie ihn auf seinen Reisen durch Finnland begleitete, deren Beschreibung sich in seinen auf französisch verfaßten Aufzeichnungen befindet, die Destry-Scholes bei einem Antiquar in Oslo entdeckte.

An den Zustand fiebriger Erregung, der mich angesichts meines Entkommens aus einem Leben theoretischer Pädagogik erfüllte, kann ich mich nicht ohne weiteres erinnern. Ich fühlte mich durch meine neue Zukunft keineswegs zum Handeln gedrängt. Ich saß in meiner kleinen Wohnung oder ging barfuß in ihr umher, bisweilen sogar nackt, um meinen neuen Status zu bekräftigen, doch das bewirkte keinerlei konkretere Zukunftsvorstellungen. Vielleicht wurde die glitzernde Fülle des Lebens von Elmer Bole zu einer Art Obsession, weil mein eigenes Leben ein unstetes Vakuum war. Verglichen mit den geschäftigen Systemen und abstrakten Querverweisen des Lebens, dem ich entsagt hatte, bildeten die drei Bände der Biographie in meinem Geist eine beinahe unvorstellbare Leistung der Nähe zur Welt des Konkreten (das Wort »Realität« um jeden Preis zu vermeiden ist ein Gebot, das ich aus meinem vergangenen Leben übernommen habe), des Kombinierens von Dingen und Geschehnissen mit dem Ziel, zu unterhalten und zu belehren.

Bei jeder neuen Lektüre verlagerte meine Aufmerksamkeit sich mehr vom tausendfältig interessierten Bole zu seinem diskreten Historiker. Überraschend war es, zu erfahren, daß Bole sich mit der Morphologie der mediterranen Solitärbienen auskannte, mit den wiederkehrenden Motiven türkischer Märchen und den Mängeln der Nachschuborganisation im britischen Heereswesen. Bei näherer Überlegung war es noch überraschender, daß Destry-Scholes alles wußte, was Bole wußte, seine Quellen ausfindig gemacht und seine Irrtümer korrigiert hatte, wo dies erforderlich war (und das war es oft). Damit nicht genug, konnte Destry-Scholes die Neugier des Lesers (*meine* Neugier) befriedigen, indem er mehr über Boles Themen wußte, als dieser gewußt hatte oder hatte wissen können. Er war in den Genuß der exemplarischen Enthüllungen Paul Underwoods in der Chora-Kirche gekommen. Er hatte militärische Geheimtelegramme lesen können – darunter die über Boles Aktivitäten –, zu denen Bole keinen Zugang gehabt hatte.

Unstreitig ist, daß die Kraft, die Energie, der erste kühne Blick des Verlangens, das erste triumphierende Aufdecken oder Ergreifen Boles Tat waren. Er handelte aus freien Stücken; Destry-Scholes trat in seine Fußstapfen. (In meinen wirreren Momenten nackter Sorglosigkeit ertappte ich mich dabei, daß ich an warmen Sommerabenden »König Wenzeslaus« vor mich hinsang, eine Dose Bier in der einen Hand, den Band *Der Reisende* in der anderen. »Merke wohl auf meine Schritte, lieber Page, tritt nur kühn in sie hinein. Und im Eiseshauch der Wintersmitte wird das Blut gewärmt dir sein.«) Destry-Scholes' Arbeit war ein Wunderwerk an Metamorphosen. Bole blieb immer Bole. Selbst seine burtonesken Annäherungen an das Türkisch des siebzehnten Jahrhunderts hatten einen Boleschen Zungenschlag, wenn man es so nennen will. Destry-Scholes hingegen war unidentifizierbar. Er konnte im Ton eines Fayencekenners schreiben, in dem eines forschen Strategiefachmanns, im Ton John Addington Symonds' oder sogar dem George Eliots, wo es erforderlich war – einige seiner Schilderungen der Haltung Evangelines gegenüber Boles kuriosen mystischen

Glaubenssätzen könnten geradewegs aus *Daniel Deronda* stammen.

Er konnte, wie ich bereits andeutete, wie ein ausgezeichneter Literaturkritiker schreiben, indem er auf treffende Formulierungen anderer Texte und deren Wirkung hinwies. Er konnte fremde Kulturen in einem überaus taktvollen und verwirrenden Absatz schildern – seine Beschreibung des türkischen *hammam*, des Badehauses, ist, soweit ich dies beurteilen kann, nicht von Bole oder aus anderen Quellen abgeleitet, sondern Ergebnis eigener Erfahrung.

Eigener Erfahrung. Dieser gesichtslose Schreiber konstruierte ein Gebäude aus Stilen, aus Fakten und schrieb sogar in der ersten Person, wo ihm dies geboten schien. Bisweilen hatte man den Eindruck, als sei er der Ansicht, Tagelöhnerarbeit zu verrichten, lediglich einen Bericht zusammenzustellen. Dann wieder zeigte sich hie und da Stolz auf seine Meisterschaft, auf seine Kunst, wie man fast sagen könnte. Ich stellte ihn mir vor, wie er bei Lampenlicht an seinem Schreibtisch saß und geschickt einen Rubik-Würfel zusammenpaßte. Oder, in einem komplexeren Bild, wie er die Mosaiksteinchen aussuchte – blau, grün, elfenbeinfarben, durchsichtig weiß, golden und silbern – und sie in unterschiedlichen Winkeln in ihr farbiges Bett einpaßte, damit sie das Licht auf unterschiedliche Weise reflektierten.

Das Vorhaben ist mir vielleicht in einem Traum erschienen. Ich spreche nicht als Phantast, sondern nüchtern und genau. Eines Morgens erwachte ich und dachte: »Es könnte interessant sein, sich über Scholes Destry-Scholes kundig zu machen.« Ich erinnerte mich undeutlich an einen Verfolgungstraum, der durch gefleckte grüne und goldene Höhlen unter Wasser führte. Daran, wie ich zur Wasseroberfläche auftauchte, wo ich ein Muster aus Glaskugeln an Fischernetzen erblickte, die blau, grün, durchsichtig auf dem Meer tanzten.

»Ich könnte eine Biographie verfassen«, sagte ich mir, möglicherweise sogar laut, »eine Biographie von Scholes Destry-Scholes.« Nur eine Biographie schien mir die angemessene Form für den großen Biographen zu sein. Daran hatte ich nie den geringsten Zweifel. Ich hatte die Überlegenheit dieser Form entdeckt. Ich würde selbst eine schreiben.

Ich meldete mich bei Ormerod Goode an, um mein Vorhaben mit ihm zu besprechen. Er servierte mir bei dieser Gelegenheit dunklen, zähflüssigen Sherry, Oloroso. Eine Wahl hatte ich nicht, obwohl die halbvolle Flasche des spirituosen Glenmorangies zwischen den sauberen Gläsern stand. Ich hatte die drei Bände mitgebracht, um sie zurückzugeben, und erläuterte mein Vorhaben. Er lächelte milde und sagte, ich könne sie behalten, bis ich mir eine eigene Ausgabe beschafft hätte, was in einem guten Antiquariat nicht weiter schwierig sein dürfte. Er sagte, es sei eventuell möglich, daß ich mein Stipendium behielte, wenn ich das Thema wechselte und ihn als neuen Doktorvater auswählte. Dies entbehrte zwar der Dramatik des Entsagens, schien jedoch ein kluges Vorgehen zu sein. Er fragte mich nach der Dissertation, die ich nicht beenden wollte – ganz gewiß nicht beenden wollte. Sie hatte den Titel »Personae des weiblichen Begehrens in den Romanen von Ronald Firbank, E. M. Forster und Somerset Maugham«. Manchmal dachte ich, er hätte lauten sollen: »Weibliche Personae des Begehrens in den Romanen von Firbank, Forster und Maugham«, ohne daß ich hätte entscheiden können, ob das die Aussage völlig veränderte oder ob es überhaupt keinen Unterschied machte. Ich sprach darüber nicht mit Goode, der nur ernst nickte, als ich ihm den Titel nannte, und bemerkte, daß zweifellos kein zweites Mitglied des Lehrstuhls sich für eine Biographie Scholes-Destry-Scholes' interessieren dürfte.

»Sie müssen verstehen«, sagte er, »daß auch ich auf diesem Gebiet nicht weiter kompetent bin. Ich bin Philologe, Taxonom mit dem Schwerpunkt Ortsnamen. Ich habe ihn kennengelernt, aber ich kann nicht behaupten, ihn zu kennen.«

»Sie haben ihn kennengelernt?« sagte ich und unterdrückte meine Erregung. »Wie war er?«

»Ich kann mich nur schwach daran erinnern. Eher blond. Mittelgroß. Ich habe kein gutes Personengedächtnis. Er hielt 1959 einen Vortrag über die Kunst der Biographie. Ich war dazu abkommandiert, den Diaprojektor zu bedienen. Ich lud ihn auf einen Drink ein, aber er hatte keine Zeit. Als ich seinen Vortrag hörte, hatte ich die Biographie natürlich noch nicht gelesen, ich wußte nicht, daß sie etwas Besonderes war, sonst hätte ich vielleicht stärker insistiert. Ich weiß noch, daß mich ein Problem beschäftigte, das mich mehr interessierte. Ich hatte nichts dagegen, daß er schnell wieder ging. Wahrscheinlich spürte er das.«

Wir blickten einander an. Ich nippte an dem dickflüssigen Sherry. Er sagte: »Wenn ich es recht bedenke, kann ich Ihnen Ihre erste Forschungsgrundlage geben. Er hat seine Notizen hinterlassen. Nun ja, einen Durchschlag der Notizen für seinen Vortrag. Ich habe sie in eine Schublade gesteckt, wollte sie ihm nachschicken und vergaß es. Es war nur ein Durchschlag, und ich nahm wohl an, daß er einen eigenen Durchschlag mitgenommen hatte. Ich hole es Ihnen.«

Sein Archiv war penibel geführt. Er überreichte mir das vertrocknete, vergilbte Papier mit den schwachen bläulichen Schriftzeichen. Drei Blatt Durchschlagpapier. »Die Kunst der Biographie«. Die Punkte hatten wie Stecknadeln kleine Löcher hinterlassen. Ich steckte das Papier ein mitsamt der mir zurückgegebenen Biographie. Ich sagte: »Was können Sie mir raten, wie ich an sein Leben herankomme?«

»Oh, vermutlich gehen Sie am besten den gewohnten Weg – Somerset House, wo Sie Geburt und Tod nachsehen können. Geben Sie im *Times Literary Supplement* und in anderen Publikationen Anzeigen auf. Sprechen Sie mit seinem Verlag. Heutzutage wechseln die Verlage zwar alle drei Monate ihr Personal aus, aber vielleicht können Sie trotzdem jemanden ausfindig machen, der sich an ihn erinnern kann, oder Sie finden irgendwelche Briefe in irgendwelchen Unterlagen. So fangen Sie am besten an. Ich habe keine Ahnung, ob er verheiratet war oder dergleichen. Das müssen schon Sie herausfinden. Mit Gewißheit weiß ich nur, wie er gestorben ist. Oder wahrscheinlich gestorben ist.«

Er schenkte uns Sherry nach.

»Wahrscheinlich gestorben?«

»Er ist ertrunken. Er ertrank vor der Küste der Lofoten. Zumindest fand man ein leeres, abgetriebenes Boot.«

Ich wußte nicht, wo sich die Lofoten befanden. Ich vermutete undeutlich, daß sie in der Nähe der Dardanellen liegen mußten, in der Nähe des Bosporus, dort, wo Bole sich aufzuhalten pflegte.

»Die Lofoten, Sie wissen schon, nordwestlich vor der norwegischen Küste. Vielleicht wollte er einen Blick auf den Malstrom werfen. In der Presse gab es eine kleine Meldung – ich erinnere mich, daß es mich interessierte, weil ich sein Buch gelesen hatte. Die Norweger sagten, er sei vor den gefährlichen Strömungen gewarnt worden, als er aufs Meer hinausfuhr. Er befand sich auf einem Urlaub, ganz allein, hieß es in der Zeitungsmeldung. Ich war ein wenig überrascht. Das war mein angestammtes Terrain, dachte ich, nicht seines, voller hübscher linguistischer Kleinigkeiten und alter Legenden. Man hat ihn nie gefunden, aber wie sollte man das auch.«

In meiner Phantasie stellte sich kein Bild von den Lofoten her.

»Sie werden auch herausfinden müssen, was er dort wollte«, sagte Goode fröhlich. »Detektivarbeit. Viel Vergnügen!«

Ich ging nach Hause, nicht wenig erregt. Mir war, als stünde ich im Begriff, neue Arbeitsmethoden zu entdecken, neue Denkweisen. Ich würde mit Leuten sprechen, die sich wie Goode an den Menschen erinnern konnten, die sich an Fakten und Ereignisse erinnerten, besser und deutlicher als Goode, wenn ich Glück hatte. Ich würde Destry-Scholes aufspüren, sagte ich mir, ich würde seine Geheimnisse ans Licht bringen, ich würde seine Oberfläche durchdringen und seine wahren Motive zutage fördern. Dann fiel mir auf, wie häßlich all diese Metaphern waren und daß ich mit dem Wort »durchdringen« ein Substitut für den Begriff »penetrieren« verwendet hatte, von dem ich mich für alle Zeiten losgesagt zu haben glaubte.

Und die Klischees der Metaphern waren nicht einmal zutreffend. Ich wollte Destry-Scholes weder durchdringen noch aufspüren. Ich wollte ihn lediglich besser kennenlernen, ihm begegnen, ihn vielleicht zum Freund gewinnen. Zum Gleichgesinnten, zum Kollegen. Ich begriff sogleich, daß es weitaus schwieriger und mühsamer sein würde, Destry-Scholes »kennenzulernen«, als ihn aufzuspüren oder zu durchdringen. Es erforderte eine Fähigkeit, die wiederum etwas voraussetzte, was ich scheute wie der Teufel das Weihwasser – sich zu »identifizieren«. Es war mir verhaßt, Arbeiten von Studentinnen zu benoten, die sich darüber beklagen, daß sie sich mit Mrs. Dalloway oder Gwendolen Harleth nicht

Erklären Sie Ihre Fakten. Wieviel und was wollen Sie erklären und warum? Das führt uns zu der leidigen Frage der Spekulation. Hat sie irgendeine Berechtigung, und wenn ja, auf welcher Basis?

Und er hatte geschrieben:

Eine hypothetische Situation

Wir können sagen: »Er fuhr mit dem Zug von Edinburgh nach London.« Das wissen wir, weil wir – sagen wir – die Fahrkarte besitzen und wissen, wo er in London speiste und wen er in Edinburgh besucht hatte. Die Fahrkarte müssen wir nicht vorlegen. Eine Biographie ist keine Prüfungsarbeit.

Wir können außerdem sagen: »Vom Zug aus konnte er die Kathedrale von Durham sehen, in der er getraut worden war.« Doch mit Gewißheit wissen wir das nicht. Er kann ebensogut aus dem gegenüberliegenden Fenster geschaut haben. Er kann geschlafen haben. Er kann die Times *gelesen haben oder* Krieg und Frieden *oder Dantes* Inferno *oder* Fix und Foxi. *Er kann aus dem Fenster auf der gegenüberliegenden Seite geschaut haben und einen Mord zu sehen bekommen haben, ohne sich sicher zu sein, daß es ein Mord war, weshalb er ihn den Behörden nicht meldete.*

Wäre er eine Romanfigur, dann hätte der Autor das Recht, zwischen der Times, Krieg und Frieden, *dem* Inferno *und* Fix und Foxi *zu wählen, und er würde die Wahl aus gutem Grund treffen und sie zu Recht treffen. Wenngleich er ein wenig an Glaubwürdigkeit einbüßen würde, wenn er* Fix und Foxi *nicht erklären würde, sofern es sich bei ihm nicht um einen Surrealisten handeln sollte.*

Ein Biograph darf nie so tun, als wüßte er über das Bescheid, worüber er nicht Bescheid wissen kann. Worüber wir nichts wissen können, darüber müssen wir schweigen. Sie werden feststellen, daß diese Grundvoraussetzung jeder guten Biographie sowohl Form als auch Schönheit verleiht, vielleicht konträr zu dem, was Sie erwartet haben.

Auf einem anderen Blatt hatte er geschrieben:

Werte

Jede Lebensbeschreibung setzt den Wert eines Individuums voraus. Ob man dieses Individuum als einzigartig *oder als* typisch *betrachten will, hängt von der jeweiligen Sicht auf die Welt und auf das Genre der Biographie ab; dies zu bedenken ist man gut beraten, bevor man sich ans Werk begibt. (Es gibt eine Vielzahl von möglichen Haltungen.)*

Vielleicht glauben Sie an Objektivität und Neutralität. Vielleicht fragen Sie sich: »Warum sich nicht auf ein Dossier mit erläuternden Fußnoten beschränken?« Ja, warum eigentlich nicht? Es ist keine schlechte Idee. Doch wahrscheinlich hat Sie der unwiderstehliche Drang gepackt (unbedingt diese alberne Metapher ändern, SD-S), eine ganze Erzählung zu konstruieren. Vielleicht sind Sie ein verfehlter Historiker oder Romancier oder jener rara avis, *der geborene Biograph. Ein Künstler und Biograph, wie wir fragend und vorsichtig behaupten wollen.*

Eine künstlerische Erzählung in unseren Tagen könnte die Leitmotive eines Lebens analysieren, wie ein Musikkritiker die einem Wagner-Opus zugrundeliegende Form analysieren würde. Ein guter Biograph wird klug genug sein, sich der theoretischen Voraussetzungen, deren er sich bei einer solchen Analyse bedient, völlig bewußt zu sein. In unseren Tagen herrschen freudianische, marxistische und vage liberal-humanitäre Konzepte vor. Die freudianische Vorstellung vom Wiederholungszwang kann zum Beispiel bei der Suche nach Leitmotiven überaus hilfreich sein. Die marxistische Überzeugung, daß das Ich sich ideologisch konstruiert, hält andere Verführungsmomente bereit. Heutzutage laufen wir nicht Gefahr, uns geistige Konzepte wie Nationalstolz oder Heldenverehrung zu eigen zu machen, wenngleich beides alte Denkmuster sind, ähnlich der Ahnenverehrung, von denen keiner von uns wirklich frei ist. Zweifellos können wir nicht voraussagen, welche künftigen Glaubenssätze die unseren, die uns so selbstverständlich sind, naiv oder altmodisch erscheinen lassen werden.

Besonders bewegend fand ich Destry-Scholes' Ermahnung an die eigene Adresse bezüglich der Metapher. Seine Adjektivwahl entzückte mich – »albern«, dieses unverblümte, *treffende* Adjektiv für die betreffende Metapher – nicht minder als seine Besorgnis ob alberner Metaphern. Zwischen uns bestand eine Wahlverwandtschaft. Sie würde sich, dessen war ich mir gewiß, noch anderweitig zu erkennen geben.

Während ich Antworten auf meine Briefe und meine Anzeige erwartete, wollte ich Destry-Scholes' Spuren verfolgen, zumindest dort, wo ich mich zu Hause fühlte, in der British Library. Scherzhaft fragte ich am Ausgabeschalter, ob man wisse, wo er zu sitzen pflegte oder zu welchen Zeiten er zu kommen pflegte, doch solche Aufzeichnungen gibt es nicht. Man weiß, wo Karl Marx zu sitzen pflegte, weil er immer am selben Platz saß. Ich hegte den lächerlichen Gedanken, daß ich, wenn ich den ganzen Leseraum von Reihe A bis Reihe Z »absaß« und keinen Sitzplatz ausließ, notgedrungen auf dem Platz gesessen haben würde, auf dem Destry-Scholes einst saß. Ich wußte nicht, wie sein Hintern geformt war (ich stellte ihn mir spitz vor) oder wie seine Hosen geschnitten waren (ich stellte mir gefleckten Tweed vor). Ich fand es unabdingbar, mir irgendein Bild zu machen, wie behelfsmäßig auch immer.

Ich überstürzte nichts; ich bestellte alle Bücher, die in der umfangreichen Bibliographie der drei Bände von Destry-Scholes genannt waren. Ich las alle drei Bände wieder und wieder, meist zu Hause im Bett, und notierte bei jeder Lektüre neue Funde und gelungene Interpretationen. Außerdem ging ich eigenen Studien nach – ich bildete mich zum Kenner byzantinischer Kunst, osmanischer Geschichte, folkloristischer Motive, der Pornographie im neunzehnten Jahrhundert, der Geschichte von Handwaffen und der Erforschung der Hymenoptera des Vorderen Orients aus, und letzteres erwies sich als das Gebiet der Gentleman-und-Liebhaber-Kennerschaft Boles, das mich am meisten begeisterte. In meiner Kindheit war ich ein eifriger Käfersammler und Vogelbeobachter gewesen. Ich kannte Namen und Spezies fast aller Schmetterlinge Großbritanniens. Einige vergnügte Tage verbrachte ich zwischen den Regalen EE und FF der British Library mit dem Studium von Büchern aus alter und neuerer Zeit über Bienen.

Bei einem mittäglichen Spaziergang durch die Sträßchen Bloomsburys in unmittelbarer Umgebung der Bibliothek fesselte in einem Kasten mit antiquarischen Büchern die mir wohlvertraute Ansicht des Bosporus meinen Blick. An jenem Tag erwarb ich sowohl *Eine außergewöhnliche Jugend* als auch *Der Reisende*; die Bände hatten jemandem namens Yasmin Solomons gehört (»Für Yasmin von Woody mit allen guten Wünschen zum Geburtstag, 23. Mai 1968«). Der Antiquar suchte eine ganze Weile in Kartons und Regalen, konnte aber *Zwischen Pfarrhaus und Harem* nicht ausfindig machen. Zumindest im Fall der zwei ersten Bände konnte ich von nun an Destry-Scholes' Bericht über Bole mit meinem eigenen Bericht über Destry-Scholes durchschießen und annotieren.

Ich wollte sowohl alles lesen, was Destry-Scholes gelesen hatte, als auch weitergehen, mehr wissen – nicht nur das, was ich allein deshalb wissen konnte, weil ich in einer späteren Zeit lebte, in der mehr Wissen verfügbar war; ich wollte Dinge herausfinden, die er übersehen hatte. Sinnloser Stolz erfüllte mich, als ich mich in der Lage sah, in den *Reisenden* neben Destry-Scholes' Abbildung der Zeichnung, die Bole von den Fortpflanzungsorganen des Insekts *Bombus lucorum* angefertigt hatte, eine schöne Photokopie aus meinem eigenen Besitz einzufügen, eine Kopie der vor kurzem entstandenen Zeichnungen des Entomologen Chris O'Toole, die den großen, knubbeligen, haarigen Penis zeigen, der sittsam in den Hautfalten des männlichen Organs versteckt ist, was Bole nicht ahnen konnte und was Destry-Scholes zumindest nicht erwähnt.

Doch dieser freudige Stolz war, um Destry-Scholes' Worte zu borgen, albern, denn er hätte von Chris O'Toole nichts wissen können. Mein eigentliches Entzücken lag darin, daß ich ihm durch das Labyrinth seiner und Boles Lektüre folgte und hie und da unversehens auf seine Anwesenheit stieß oder sogar auf einen Fehler, den er begangen hatte. Seine Irrtümer zu korrigieren (im Unterschied zu denen Boles waren sie *rarissimae*, glitzernde kleine Juwelen, im Moos kaum zu erkennen – die Analogie bezieht sich auf die Jagd nach Käfern), seine Irrtümer zu korrigieren verschaffte mir einen besonderen Kitzel der Befriedigung, etwas zu leisten, etwas Sinnvolles und Wissenschaftliches zu leisten, der Summe der Fakten etwas hinzuzufügen. Doch der Kitzel war nicht geringer, wenn ich nach zwei Dritteln der Lektüre eines Buchs, das Destry-Scholes meiner Ansicht nach hätte lesen sollen, aber nicht gelesen hatte, auf seine Fährte stieß – ein Zitat, Worte eines Kritikers oder Soldaten, die er verwendet hatte, oder, häufiger noch, eine Stelle, die er in seine eigene Arbeit eingefügt hatte, ganz übernommen oder nur locker umformuliert.

Postmoderne Vorstellungen von Intertextualität und von zitierten Zitaten haben die schlichten Vorstellungen vom Plagiieren, die in Destry-Scholes' Tagen üblich waren, komplizierter gemacht. Ich selbst denke, daß diese entlehnten Sätze in ihrem neuen Kontext fast zum Reinsten und Schönsten an der Übermittlung von Wissen, von Wissenschaft gehören. Ich begann sie zu sammeln in der Absicht, sie zu gegebener Zeit auf wieder andere Weise abermals zu verwenden, unter anderem Winkel anderes Licht auf sie fallen zu lassen. Diese Metapher habe ich dem Mosaikmachen entlehnt. Etwas, was ich in diesen Wochen des Recherchierens lernte, war, daß große Schöpfer unablässig vorausgegangene Schöpfungen – aus Kieseln oder Marmor, Glas oder Silber und Gold – ausbeuteten, um Steinchen zu gewinnen, die sie in neue Bilder einfügten. Ich erfuhr auch, daß Byzanz eine der Hauptquellen für das blaue Glas war, das den Ruhm von Chartres und von Saint-Denis ausmacht. Theophilus zufolge waren die Franzosen kundig darin, aus alten Gefäßen wie zum Beispiel römischen Riechfläschchen blaue Glasscheiben zu formen. Sie verwendeten auch alte Mosaikwürfel wieder und machten durchsichtig, was eine schimmernde widerspiegelnde Oberfläche gewesen war.

Um diese Zeit träumte ich einen wiederkehrenden Traum von einem Mann, der in einer Glasflasche gefangen war, die selbst in etwa die Form eines menschlichen Körpers hatte. Manchmal war sie blau, manchmal grün, manchmal farblos mit gelblichem Einschlag und mit Verunreinigungen im Glas. Dieser Mann war ich und war es doch nicht. Ich war außerdem der Beobachter dessen, was im Traum geschah. Manchmal war der Mann in die Flasche eingezwängt, manchmal krabbelte er als winziges Wesen am Fuß eines riesigen Glaszylinders. Ich erwähne das, weil es passend wirkt, will es jedoch nicht interpretieren. Von psychoanalytischer Kritik habe ich die Nase voll.

Es dauerte länger als erwartet, die Regale D, G und sogar H zu absolvieren, wo ich leere Plätze fand, an denen ich noch nie gesessen hatte, bis ich begriff, daß ich nur Wissen aus zweiter oder gar dritter Hand erwarb. Ich entdeckte keinen Destry-Scholes, der über seine eigenen Entdeckungen hinausging. Auf meine Briefe und meine Anzeige erhielt ich keine Antwort. Ich merkte, daß ich nicht so recht wußte, wie ich an weitere Fakten kommen sollte. Ich beschloß, etwas zu tun, was bei seinen eigenen Recherchen häufig getan zu haben Destry-Scholes behauptete: Ich wollte das Haus aufsuchen, in dem er geboren war. Schließlich war es der einzige Ort, an dem er sich meines Wissens wirklich aufgehalten hatte – abgesehen natürlich von Boles Geburtsort, dessen Londoner Haus, dem Pfarrhaus von Pommeroy, den *jali* am Bosporus und anderen kurzfristigen Aufenthaltsorten. Pontefract war der richtige Anfangspunkt. Dort war Destry-Scholes Destry-Scholes, nicht der Biograph Elmer Boles.

Pontefract ist eine Kleinstadt in Yorkshire, die nicht viel vorzuweisen hat außer einem sehr großen und großenteils zerstörten Schloß, in dem Richard II. gestorben ist. Früher hat es wohl über den Zusammenfluß wichtiger Straßen und Flüsse geboten, doch heute beschränkt sich sein Ruhm auf die Erzeugung eines Lakritztalers namens Pontefract-*cake*. Ich mag keinen Lakritz, und ich fragte mich, was Destry-Scholes von Lakritz gehalten haben mochte. Vielleicht war er auf das Erzeugnis seiner Heimat stolz. Oder auch nicht. Ich fuhr mit einem Überlandbus hin und stieg in York in den Lokalbus um.

Ich hatte die Adresse des Hauses, das als sein Geburtsort registriert war; es lag außerhalb der Stadt an der Straße, die zu dem Dorf East Hardwick führt. Ich ging zu Fuß hin, betrachtete Schaufenster, Bushaltestellen und Pubs in der Hoffnung, Destry-Scholes' Gegenwart zu spüren, und in der unverhohlen und ehrlich registrierten Gewißheit, nichts dergleichen zu empfinden. Die Namen seiner Eltern klangen für meine Begriffe hochtrabend. Robert Walter und Julia Ann – Julia vor allem – waren keine für die Arbeiterklasse typischen Vornamen. Ich hatte erwartet, in der Nummer 8 am Askham Way ein stattliches Gebäude vorzufinden, ein Haus mit großem oder wenigstens ansehnlichem Garten, in dem ein phantasiereicher Knabe spielen konnte, ein Haus mit Giebeln und Mansardenfenstern. Als ich Nummer 8 am Askham Way entdeckte, war es eine rote Kiste in einer Reihe roter Kisten, die alle miteinander verbunden waren.

Die Vorgärten waren handtuchgroße Streifen, fast alle mit kleinen schmiedeeisernen Gartentoren zum Aufklinken. Die Häuser hatten Ziegeldächer und identische Häuserfronten – eine schmalbrüstige Tür mit hoch angebrachtem Knauf und mattschimmerndem Metallbriefkasten neben einem engen Erkerfenster mit bleiverglasten Scheiben. Über der Tür befanden sich kleine Rundfenster und zwei quadratische Fenster, ebenfalls bleigefaßt, keine Guillotinefenster, sondern Flügelfenster. Neben dem Zaun von Nummer 8 wuchs auf dem gepflegten Rasen ein blühender Goldregen, und es gab ein Beet mit Schlafmützchen. Ich weiß nicht, wie langlebig Goldregen ist. Ich stand da und versuchte mir zu überlegen, was zu überlegen sei. Askham Way ist nichts weiter als diese Reihe roter Backsteinkisten, die von einer Hauptstraße zurückgesetzt liegen. Es gibt eine blitzblanke und nagelneue Texaco-Tankstelle auf der anderen Straßenseite, die ganz gewiß nicht aus dem Jahr 1925 datiert, genausowenig wie die Straßenlaternen, die aus Beton und scheußlich sind. Das Haus ähnelt nicht unbeträchtlich der dumpfen roten Backsteinkiste in einem Vorort von Nottingham, in der ich geboren wurde. Diesen Gedanken versuchte ich zu unterdrücken. Ich mag meinen Geburtsort nicht und meide ihn. Destry-Scholes' Kindheit hat mit der meinen nicht das geringste zu tun. Der Himmel war blau, vereinzelt von Flugzeugabgasen geädert, von denen 1925 ebenfalls nichts zu sehen gewesen war. Eine Frau kam an mir vorbei, eine braune Einkaufstasche aus Kunstleder in der Hand (Brot und Bananen lugten heraus) und eine leuchtendgrüne Baskenmütze auf dem Kopf. Sie fragte mich, ob sie mir helfen könne.

Ich sagte, ich sei auf der Suche nach jemandem, der hier gewohnt hatte. Der hier geboren war, in den zwanziger Jahren, sagte ich im Bemühen, den Zeitabstand geringer erscheinen zu lassen. Sie sagte, sie wohne erst seit fünf Monaten hier und könne mir nicht weiterhelfen, und die Leute, von denen sie das Haus gekauft hatte, hätten auch nicht lange dort gewohnt. Sie lächelte und ging zum Haus und betrat es und schloß die Tür.

Ich schaute weiterhin die rote Kiste an und versuchte mir zu überlegen, was zu überlegen sei. Ich empfand etwas, was ich immer empfunden hatte, wenn ich unsere eigene rote Kiste betrat – daß solche Kisten die einzigen *echten* Zuhauses sind, in denen *echte* Menschen wohnen, und daß alles andere nichts als Einbildung und Phantasterei ist. Und ich empfand, daß sie Fallen sind mit ihren schmalen Türen, ihren engen Treppen, ihren abwechslungsreich aufgeteilten kleinen Fenstern. Oder wie Bienenstöcke, wo die Waben sich wiederholen.

Ich merkte, daß die Frau mich von einem der Fenster im Obergeschoß aus beobachtete. Resolut zog sie die Vorhänge zu. Gleich darauf erschien sie am benachbarten Fenster, schaute wieder zu mir her und schloß auch dort die Vorhänge mit einem Ruck. Vielleicht tat sie das jeden Abend. Oder auch nicht.

Ich kam mir vor wie ein Voyeur. Und wie ein Versager. Ich hätte sie anders ansprechen können, und sie hätte mich vielleicht auf eine Tasse Tee eingeladen und mir vom Pontefract früherer Tage erzählt. (Es war höchst unwahrscheinlich, daß sie etwas über das Pontefract früherer Tage wußte.) Ich hätte an jede schäbige Tür in dieser schäbigen Häuserzeile klopfen können und fragen, ob jemand dort wohne, der alt genug war, um sich zu erinnern … Doch das hatte ich nicht vor. Ich kam mir allmählich in dieser gewöhnlichen Umgebung wie eingesperrt vor. Ich ging in den Ort zurück und zur Bushaltestelle. Ich hätte am Schloß spazierengehen können, aber ich hatte keine Lust. Es war nur ein Schloß. Er war in dieser Kiste geboren, soviel stand fest, doch alles, was er als Knabe empfunden haben mochte, der Burggräben und Verliese inspizierte, gehörte in die Sektion, der er die Überschrift »Spekulation« verpaßt hatte, und hatte etwas Unappetitliches.

Bei dem Gedanken, daß ein Schloßbesuch nicht in Frage kam, wurde mir klar, daß ich die rote Kiste in gewisser Hinsicht zur Kenntnis genommen hatte. Ich kannte sie. Ich hatte mich dort aufgehalten, selbst wenn ich sie nicht betreten hatte.

Handeln welcher Art auch immer wurde allmählich erforderlich. Ich fragte mich mittlerweile, ob es vielleicht töricht gewesen war, meine Annonce ohne Adressaten aufgegeben zu haben. Ich beschloß, das Telephon zu benutzen. Eines meiner vielen Handicaps bei der biographischen Recherche besteht in meinem Abscheu vor Telephonanrufen. Die Telephonistin des Verlagsimperiums war freundlich, aber wenig hilfreich. Home & Holly waren in Deodar Books aufgegangen, die wiederum von Hachs & Shaw geschluckt worden waren. Bei Hachs & Shaw gelangte ich von Mailbox zu Mailbox, mußte mir die Rolling Stones anhören, Ella Fitzgerald und ein paar klagende Takte gregorianischer Kirchenmusik. Zu guter Letzt geriet ich an eine nicht mehr junge weibliche Stimme, die mir wie einem dummen Jungen erklärte, ich müsse mich an den Archivar wenden. Ich sagte, ich hätte nicht gewußt, daß es so jemanden gab, und bat um seine Durchwahlnummer. Die Stimme erwiderte, daß das Archiv an die Universität von Lincoln verkauft worden sei. »Sie müssen dort den Archivar verlangen.« Dann erbarmte sie sich meiner: »Die Archivarin heißt Betty Middleton.«

Ich schrieb an Betty Middleton und saß mich weiter durch den Leseraum. Die Reihen L, M und N. Persische und türkische Ghazelen, revidierte Gebetbücher, die Belagerung von Wien. Lady Mary Wortley Montagu aus einer plötzlichen Laune heraus. Destry-Scholes hatte einige ihrer *weniger bekannten* Aperçus neu angeordnet. Betty Middleton antwortete. Mehr als ein paar schreibmaschinenschriftliche Briefe habe sie nicht finden können. Ob ich Kopien wolle? Sie fürchte, daß die Briefe nicht sonderlich spannend seien, fügte sie hinzu, was ihr etwas Menschliches verlieh.

Als sie ankamen, verspürte ich für einen Augenblick nackte Mutlosigkeit. Es war nicht mehr als ein Dutzend. Drei davon lauteten: »Anbei erhalten Sie die Fahnen von mir gelesen zurück. Größere Änderungen habe ich nicht vorgenommen. Hochachtungsvoll, S. Destry-Scholes.« Zwei weitere betrafen geringfügige Ungenauigkeiten bei der Abrechnung von Tantiemen, und in einem wurde ungeschminkt nachgefragt, ob die Tantiemen nicht seit längerem fällig seien oder ob keine anfielen und man übersehen habe, ihn darüber zu informieren, wie es vertraglich vereinbart sei. In einem hieß es: »Ich freue mich, Sie am nächsten Donnerstag zum Lunch zu sehen, Zeitpunkt und Ort, wie von Ihnen vorgeschlagen.« Einer – der einzige von geringstem Interesse – war eine Anfrage, ob Mr. Holly wisse, an welche Stellen sich Autoren wenden konnten, die Stipendien für Reisevorhaben zu Recherchezwecken beantragen wollten. »Wie Sie wissen, hat ein Stipendium der British Academy mir meine Reise nach Istanbul ermöglicht. Ich wäre daran interessiert, einen Blick auf den Malstrom zu werfen. Ich wüßte gern, ob Sie mir weiterhelfen können.«

Durchschläge von Antworten auf diese Briefe gab es nicht. Sie waren alle mit derselben Schreibmaschine getippt worden und wiesen als Briefkopf die Anschrift eines Jolly Corner Hotel in der Gower Street auf. Natürlich suchte ich das Hotel auf, das noch existierte, eine weitere Ausgabe deprimierender Fassaden in wiederkehrenden Serien, diesmal grau und für mein ungeübtes Auge georgianisch. Ich nahm all meinen Mut zusammen, ging hinein und fragte, ob irgend jemand etwas über einen Schriftsteller wisse, der Anfang der fünfziger Jahre offenbar dort gewohnt hatte. Die Inhaber waren freundliche Pakistani. Sie betrieben das Hotel seit fünf Monaten. Von den Vorbesitzern besaßen sie keine Unterlagen. »Es war ein bißchen schäbig, wissen Sie, ein bißchen deprimierend. Wir modernisieren jetzt und frischen es auf. Es soll ein bißchen fröhlicher werden, obwohl wir ernsthaft erwägen, ihm einen neuen Namen zu geben.«

Ich schrieb an die Archivarin und fragte, ob irgendwelche Antworten auf die Briefe erhalten seien. Sie schrieb zurück, noch immer liebenswürdig, mit der Auskunft, daß dem nicht so sei und daß es eine Notiz des Inhalts gebe, Aloysius Holly habe Briefe stets handschriftlich unter Verwendung sorgsam ausgewählter Postkarten beantwortet. Wenn ich wollte, könne ich die Tantiemenabrechnungen einsehen.

Es gebe da noch etwas, sagte sie. Ein Päckchen, das ihr nicht aus dem Sinn gehe, weil es *unter* den Hängeregistraturen gelegen habe. Offenbar enthielt es eine Anzahl Blätter (siebenunddreißig, um es genau zu sagen) Kanzleipapier, blaue Durchschläge, die ihrer Meinung nach mit derselben Schreibmaschine wie die Briefe getippt worden waren. Der Inhalt schien biographischer Natur zu sein. Sogar der Malstrom wurde erwähnt. Sie wäre sehr froh, sagte sie, wenn ich in der Lage sein sollte, die Fragmente eindeutig als Bestandteile des Destry-Scholes-Archivs zu identifizieren, da sie nicht die geringste Ahnung habe, wo sie sie einordnen sollte. Es würde, sagte sie, dem Archiv etwas mehr Fleisch geben, wenn man es so nennen wolle. Ob sie mir Photokopien schicken solle? Sie müsse mir leider pro Seite fünf Pence in Rechnung stellen.

Die Vorstellung der Blätter Kanzleipapier – Durchschläge mit blauer Schrift – erregte mich, denn ich wußte, was sie nicht wissen konnte, daß die Notizen zur »Kunst der Biographie« so und nicht anders beschaffen waren. Ich schrieb zurück und sagte, die siebenunddreißig Seiten wären mir sehr recht, und legte einen Scheck bei.

Die Seiten trafen wenige Tage später ein. Die Numerierung, schrieb Betty Middleton, sei ihre, die der Archivarin. Die Seiten seien in das Päckchen geradezu hineingestopft worden. Sie könne bestätigen, daß es sich bei allen Seiten um Durchschläge handele. Wie ich sehen würde, seien sie nicht durchgängig beschrieben. Manche Seiten seien von oben bis unten mit zusammenhängendem Text beschrieben, andere seien ein Durcheinander. Manche seien in schlechterem Zustand als andere. »Er oder seine Schreibkraft hat bei Zeilenenden und Seitenenden Schwierigkeiten gehabt. Der Text geht weiter, ganze Wörter fehlen. Ich glaube, die Erwähnung des Malstroms dürfte Sie interessieren. Eigenartig«, schrieb Betty Middleton. Ich wußte nicht, ob sie wußte, daß Destry-Scholes in dessen Schlund verschwunden sein sollte. Sie fügte hinzu: »Ich fürchte, daß diese Unterlagen verderbt sind, sehr sogar. Meiner Meinung nach sind sie Teile verschiedener Arbeiten, nicht nur einer. Es würde mich interessieren zu erfahren, was Sie denken.«

Die verderbten Unterlagen waren sogar hinsichtlich ihrer Reihenfolge in einem Durcheinander; die Seiten 10 bis 13 schienen zwischen die Seiten 26 und 27 zu gehören. Ihnen folgte die Erwähnung des Malstroms, logischerweise, wie es schien, mitsamt einigen Erwähnungen von Fjorden, doch nach kurzem Überlegen und Erwägen von Syntax und gesundem Menschenverstand war ich davon überzeugt, daß auch dies hier fehl am Platz war und an eine Stelle ganz anderen Inhalts gehörte. Ich kam zu der Ansicht, daß ich es mit drei Abschnitten von drei völlig verschiedenen biographischen Abrissen zu tun hatte. Sicherlich war es vorstellbar, daß sie als Teile eines einzigen Buches gedacht waren. Mrs. Middleton bestätigte mir, was ich mir schon gedacht hatte, daß nämlich das Päckchen keine Beschriftung getragen hatte. Die Helden oder Hauptfiguren der mir vorliegenden Passagen waren nur mit Initialen bezeichnet – als CL, FG und HI. Das mag als Erleichterung für eine überforderte Schreibkraft gedacht gewesen sein, aber unwillkürlich las ich es als Teil einer spöttischen Zurückhaltung, um nicht zu sagen eines Versteckspiels, das ich meinem fiktiven Destry-Scholes unterstellte, dem Mann mit dem spitzen Hintern, den gefleckten Tweedhosen und den engen, unpersönlichen Behausungen. So fügen wir uns die Dinge zusammen. Ich werde die Erzählungen wiedergeben, wie ich sie vorfand. Die Gegenstände waren relativ leicht zu identifizieren, und es ist nicht meine Absicht, irgend jemanden in die Irre zu führen. Irgend jemanden? Wer soll das lesen? Ich gebe sie formlos wieder, wie ich sie aus ihrem zerknüllten Chaos erhielt. Es gab keine Überschriften. Die lateinische Numerierung stammt von mir, die nicht wiedergegebene von Miss Middleton war in arabischen Ziffern gehalten.

Die drei Dokumente

I

[Das erste Dokument,
dem ich die vorläufige Überschrift »L…« gebe]

Als er das Land der Lappen durchwanderte, bemerkte er den Kieferknochen eines Pferdes, der am Wegrand hing.

»Am Weg sah ich den Unterkiefer eines Pferdes hängen, der 6 *incisores satis obtusos et detritos* hatte, 2 *caninos et distincto spatio*, 12 *molares utrinque sc.* 6. Wüßte ich, wieviel *dentes et quales* und wieviel Zitzen jegliches *animal* hat, und *ubi*, so dünkte ich mich wohl fähig, *methodum naturalissimam omnium quadrupedum* zu machen.«

Die Erwähnung von Zitzen und Zähnen läßt vermuten, daß er sich mit klassifikatorischen Überlegungen trug, die über den Quadrupeden hinausgingen, wenngleich er zu diesem frühen Zeitpunkt den Begriff des Säugetiers noch nicht dachte. Er notierte Obiges in seinem kleinen Notizbuch und wanderte weiter nach Norden. Er trug, wie er uns verrät, einen kleinen »Rock aus westgötischem Zeug, ohne Saum, mit kleinen Aufschlägen und Kragen aus Wolleplüsch, Hosen recht artig aus Leder – gebraucht erstanden bei einer Versteigerung –, Zopfperücke, Kapuze aus Basthanf, Schnürstiefel an den Füßen, eine kleine lederne Tasche, eine halbe Elle lang, etwas kürzer in der Breite, aus weißgegerbtem Leder, mit Ösen auf der einen Seite, sie festzubinden und sich umzuhängen«. In dieser Tasche beförderte er ein Hemd, zwei Paar Halbärmel, zwei Nachtjacken, Tintenfaß, Federbüchse, Mikroskop, Perspektiv, Florhaube, »um sich der Mücken zu erwehren«, sein Protokoll, eine »große Anzahl gehefteten Papiers, um Pflanzen darein zu legen«, einen Kamm, seine *Ornithologie*, seine *Flora Uplandica* und seine *Characteres Generici*. Er führte einen Hirschfänger mit sich und ein »kleines Pistol«, zwischen Schenkel und Sattel verstaut. Es war Freitag, der 12. Mai 1732. Zu seinem fünfundzwanzigsten Jahr fehlte ihm ein halber Tag.

Er reiste nach Norden den bottnischen Meerbusen entlang, folgte der Küstenstrecke nach Umeå (etwa 400 Meilen), wobei er oft vom Pferd stieg, um Blumen und Steine zu untersuchen oder eine junge Bergeule aus dem Nest zu nehmen. Dann wandte er sich landeinwärts, in westliche Richtung, um in die Lycksele Lappmark zu gelangen. Den Umeå-Fluß fuhr er bei prachtvollem Wetter mit dem Boot entlang und vermerkte:

»Bei Sonnenaufgang war es eine reine Freude, in den stillen Fluß zu schauen, den weder schwimmende *naiades* noch Aeolus mit seinem schäumenden Geschnaub beunruhigten. Zu beiden Seiten des Flusses lagen große Heideflächen, steil abfallend, mit Buschwerk geziert, die uns im Wasser ein Land zeigten, das sich vor uns in die Tiefe hinabneigte wie ein unterirdisches Land. Die hohen Kiefern, so noch Neptunus getrotzt, lagen mit einem trügerischen Schatten im Wasser, doch hatte jener mit seinem Bruder Aeolus manche bezwungen. Neptun hatte die Wurzeln abgefressen, Aeolus die Wipfel abgebrochen.«

Zu jener Zeit neigte er dazu, die Lappen als unschuldige Bewohner eines urtümlichen Paradieses zu betrachten, für die Ovids Beschreibung des Silbernen Zeitalters noch immer Gültigkeit habe. »Die Erde wird nicht von der Pflugschar zerfleischt, Eisenwaffen rasseln nicht, man dringt nicht ein ins Innere der Erde, man streitet nicht um Grenzen, die Erde schenkt alles von selbst. Sie ziehen umher, hausen in Hütten, sind Hirten *more patriarchorum.*« Als er zu den Lappen gelangte, beobachtete er ihre Beziehung zu den Rentieren, die »ihren Besitz darstellen, ihre Kuh, ihren Gefährten und ihren Freund«. Er löste das Rätsel des knackenden Geräuschs, wenn Rentiere auf dem Schnee liefen (die Hufe sind hohl), und schrieb das Muster aus kleinen Löchern auf fast allen Rentierhäuten zutreffend dem Liebesleben der Bremse zu – *Oestrus tarandi* –, die ihre Eier unter der Haut der Rentiere ablegt. Er bemerkte, daß die Bremse fast völlig behaart war – eine weise Einrichtung des Schöpfers, damit sie auch in eisigen Höhen überleben konnte.

Er selbst war ein so unbeirrt frommer Christ, daß er beträchtliche Anstrengungen auf sich nahm, um die entlegenen Kirchen in den weltabgeschiedenen Winkeln zu erreichen, wo, wie er bemerkte, Kirchgänger »oft, wenn der Fluß weder trägt noch bricht, hinüber müssen unter größter Lebensgefahr, ja, im Wasser gehen bis an die Achseln, oft halb tot vor Kälte und Erschöpfung, andernfalls müssen sie zehn Silbertaler Strafe zahlen und drei Sonntage zur Buße stehen, *quod nimis durum est*«, wie es die Pfarrer von Umeå ihren Pfarrkindern auferlegten, die zwei Tage lang unterwegs waren, um sich zu den Feiertagen einzufinden. In Jokkmokk fand er sich von Schulmeister und Kaplan mit ihren »starrsinnigen Pfaffengrillen« inkommodiert und wunderte sich über ihre »sträfliche Dummheit«, denn sie wollten ihm einreden, in Lappland trügen die Wolken, wenn sie über die Gebirge hinzogen, alles lose Gestein und selbst das weidende Vieh, ja sogar festverwurzelte Bäume mit sich. CL versuchte ihnen zu erklären, daß solche Gewaltakte dem Wind und nicht den Wolken zuzuschreiben seien, die aus Wasser bestünden. Die beiden belächelten die Einfalt des Gelehrten und versicherten ihm, Wolken seien, wie jeder wisse, feste Körper, die nach jedem Regen eine Art Schleim auf den Bergen hinterließen. Dieser Schleim, erwiderte CL, sei ein *vegetabilium* und heiße *nostoc*, worauf die beiden ihn »für toll und rasend« erklärten.

Dennoch hegte auch der Wissenschaftler Linné abergläubische Vorstellungen, die wir als Ammenglaube, Mythenglaube oder Zauberglaube bezeichnen mögen. Sie kreuzen sich mit seinem wissenschaftlichen Weg auf immer wieder eigenartige und eindrucksvolle Weise, eröffnen neue Pfade, auch solche zu neuen Irrtümern. Er hatte sich nicht nur die wissenschaftliche Überzeugung seiner Zeit zu eigen gemacht, der zufolge der Mensch ein Tier ist, sondern führte dieses Geschöpf in seinem *Systema Naturae* zuerst unter den Anthropomorphen auf und später, als dagegen eingewendet wurde, anthropomorph heiße lediglich »menschenähnlich«, unter einer neuen Kategorie, der der *Primaten*, die auch Affen und Menschenaffen umfaßte sowie Faultier und Fledermaus. *Primaten* waren eine Untergruppe der *Mammalia* (daher sein Interesse an den Zitzen des toten Pferdes und seinesgleichen); zu den *Mammalia* zählten Wale, die sein enger Freund und Mittaxonom Artedi in seiner *Ichthyologia* aufgeführt hatte. CL hatte nichts übrig für die Vorstellung, der Mensch besitze als einziges Wesen eine Seele und andere Lebewesen seien nichts als Maschinen, *bruta, bestiae*. In seinem *Diaetia Naturalis* schrieb er: »An Tieren darf man sich nicht im Zorn vergehen. Die Theologie lehrt uns, der Mensch sei beseelt, die Tiere hingegen seien bloße *automata mechanica*, ich aber glaube, daß sie gut beraten wären zu lehren, daß Tiere der Seele teilhaftig sind, die allein nicht gleichermaßen edel in jedem Geschöpf ausgebildet ist …« Unser Mitgefühl, sagte er, sei einem Hund gegenüber größer als einem Insekt gegenüber und einem Affen gegenüber noch größer. Wahrhaftig münzte er das Adjektiv *sapiens* zuallererst nicht auf *Homo sapiens*, sondern auf die Affenart *Simia sapiens*, von der behauptet wurde, diese Affen seien imstande, das Backgammonspiel außerordentlich gut zu erlernen, und beorderten Wächter ab, die nach Tigern Ausschau zu halten hatten, damit die übrigen Hordenmitglieder ungestört schlafen konnten. Er hielt sich Affen und betrauerte 1747 den Tod seines zahmen Freundes, des Waschbären Sjupp, den daraufhin zu sezieren er nicht anstand, unter besonderer Beachtung der Sexualorgane.

Zu seinen Lebzeiten wurde die Grenze zwischen *Homo sapiens* und seinen Mitanthropomorphen ständig neu gezogen. Zu verschiedenen Zeiten führte das *Systema Naturae* so abenteuerliche Geschöpfe auf wie den geschwänzten Menschen *Homo caudatus*, den Pygmäen und den Satyr, der auch als Orang-Utan bekannt ist oder als *Homo sylvestris*, im Wald aufrecht geht, Hände als Füße hat, Krallen zum Klettern und so lüstern ist, daß Frauen unserer Spezies es nicht wagen, sich unbegleitet in seine Nähe zu begeben. Er gebietet obendrein über tadellose Tischmanieren und schläft nachts »wie eine reputierliche alte Dame« unter Verwendung von Kopfkissen und Bettdecke. Hin und wieder bezeichnete CL *Homo sapiens* als *Homo diurnus*, und er gibt uns eine genaue Beschreibung von dessen sonderbarem Doppelgänger und Gegenteil, *Homo troglodytes* oder *Homo nocturnus*, des Kindes »der Finsternis, das den Tag zur Nacht und die Nacht zum Tage macht und unser engster Verwandter zu sein scheint«.

Troglodyten sind untersetzt (nicht größer als ein neunjähriger Knabe) und schneeweiß, da sie ein rein nachtaktives Leben führen; sie haben weißes krauses Haar, runde Augen mit orangeroter Pupille und Iris und einer durchsichtigen wäßrigen Membrane wie bei Bären und Eulen. Sie leben in Höhlen und Erdlöchern und sind tagsüber so gut wie blind, und wenn man sie herausscheucht, stolpern und tappen sie, als hätte man sie des Augenlichts beraubt. Ihre Sprache klingt guttural und unverständlich, doch in der Sprache des *Homo sapiens* oder *diurnus* lernen sie nicht mehr als die Wörter »ja« und »nein«. Des Nachts sehen sie ausgezeichnet und gehen auf Raubzüge; Menschen, die ihrer gewahr werden, bezeichnen sie als *blafards*, als Küchenschaben, und vernichten sie wie Ungeziefer. Wie immer interessierte CL sich aus klassifikatorischen Gründen für ihre Genitalien (es hieß, sie besäßen eine Hautfalte, die wie beim Hottentotten die weiblichen Sexualorgane verdeckt). Er interessierte sich für Einzelheiten, insbesondere für die *nymphae* (Schamlippen) und die Klitoris eines zehnjährigen weiblichen Troglodyten, der 1758 in London zur Schau gestellt wurde, doch das Schamgefühl des Mädchens verwehrte die Befriedigung seiner Neugier.

Wie Artedi glaubte er auch an Sirenen und Nereiden und an Seekühe, das Vieh der Undinen – er untersuchte ein Kalb, das am Meeresstrand gefunden worden war, und gelangte zu dem Schluß, es müsse sich um eine Frühgeburt handeln, da das Tier noch nicht Zeit gehabt habe, die für die Unterwasseratmung erforderliche Lunge zu entwickeln. Bis zu seinem Tod blieb er fest davon überzeugt, daß Schwalben den Winter unter der Eisdecke am Grund der Seen verbringen.

Er glaubte auch, behauptete sogar allen Ernstes, von einer *Furia infernalis*, einer Höllenfurie oder »Vettel« angegriffen worden zu sein. Die Furie war ohne Flügel in Lappland vom Himmel gefallen, an einer Stelle, wo man einst beobachtet hatte, wie eine Furie im Teller eines Vikars gelandet war. In den Tagen seines Ruhms lobte CL eine Goldmedaille aus für den, der ihm eine erhaltene Furie brachte, und sandte seine Schüler auf der Suche nach einem solchen Geschöpf in das Land der Lappen. Jedem seiner Schüler gab CL ein Tier als ständigen Begleiter mit – eine Kuh, ein Schwein, eine Gans, einen Esel –, und er verlangte, daß jeder dieser Schüler die Hunderte von Pflanzenspezies zählte und beschrieb, die ihre Maskottchen verzehrten (die Spitznamen der Schüler leiteten sich von »ihren« Tieren ab; der eine hieß Ochsenmann, der andere Herr Schwein, wieder andere hießen Hahn oder Bileam [nach dem sprechenden Esel] und so fort). Ein solcher Lehrer war ein wahrer Wissenschaftler, doch zugleich sandte dieser Lehrer seine Schüler auf Furienjagd zu den samischen Hexen, die wir heute als Schamanen bezeichnen würden.

CL gehörte zu den Bewohnern jenes Grenzbereichs zwischen Magie und Wissenschaft, Religion und Philosophie, Beobachtung und Glaube, in dem die meisten unserer Mitmenschen noch heute umherirren, fragend und ratlos. Gewiß verfügte er über den erforderlichen Panzer der Skepsis. Der Tonfall seiner Beobachtungen im Gerichtsgebäude zu Jönköping ist unbeeindruckt. Dort sah er »eine große Sammlung von Hexengerätschaft, so Abhandlungen über Schwarze Magie, die wir lasen und die voller Lügen und Nichtigkeiten waren, veraltete und falsche Rezepturen, Götzenwerk, abergläubische Gebete und Teufelsbeschwörungen ... Wir bliesen das Horn, das als heilig galt, ohne den Teufel herzubeschwören, und molken die Melkhölzer, ohne Milch zu erzeugen. Zaubereien waren zu besichtigen, die weder Hexen noch Teufel bewirkt hatten, sondern der dreikammerige Magen eines Wiederkäuers. Adlerfüße waren zu sehen, an denen die Krallen fehlten, deren die Zauberer sich bedienten, um jenen den Magen zu zwicken, die an Koliken leiden; mir scheint, daß sie ebensowenig verbrannt gehören wie die Chinesen, die einem ein Loch in den Bauch stechen ... Und hier konnten wir auch die eigentlichen Werkzeuge der Zauberer sehen: Messer, Hämmer, Knüttel und Eisenkugeln, mit deren Hilfe Menschen von ihren Feinden getötet worden sind«.

Doch dieser Mann rettete seine achtjährige Schwester Emerentia vor dem Tod durch Pocken, indem er ein Schaf tötete und häutete und das Kind in die Haut einwickelte, »um sie dem Tod zu entziehen«. Den Einfall, behauptete er, verdanke er der biblischen Geschichte König Davids, der »als alter Mann zwei Mädchen in sein Bett nahm, auf daß sie ihn durch ihr gesundes Schwitzen belebten«. In seinen späteren medizinischen Notizen *Lachesis Naturalis* befolgte CL Davids Rat, indem er Bettruhe zwischen zwei jungen Menschen als Schnellkur bei einer Erkältung empfahl.

Arbeiter fanden 1935 bei Renovierungsarbeiten am Haus der Botanischen Gesellschaft in Uppsala unter den Dielenbrettern im Unrat ein kleines Notizbuch, das sich als jenes Protokoll erwies, das er auf seiner denkwürdigen Reise geführt, worin er Entfernungen, Wendungen, Beschreibungen verzeichnet hatte. Und sie fanden eine Art Wunderblock, auf dem man mit einem Stift schreiben und das Geschriebene wieder löschen konnte. In seinem Protokoll berichtet CL, wie er einem Lappländer einige seiner Zeichnungen zeigte. »Er wurde furchtsam, nahm die Mütze ab, verneigte sich, ließ das Haupt sinken und hielt zitternd die Hände vor der Brust, murmelte etwas wie in höchster Verehrung, wollte ohnmächtig werden.« In wissenschaftlichen Kreisen war man stets der Ansicht, der Lappländer habe die Zeichnungen für magische Beschwörungen gehalten, wie es die der lappländischen Trommeln sind, die beim *sejdhr*, dem schamanischen Ritual, Verwendung finden. CL, ein schwacher Zeichner, zeichnete Rentiere, anatomisch zerlegt, gehörnt, die Schlitten ziehen. Er zeichnete Eulen, nackte Frauen und weibliche *pudenda* in Verfolgung seines Klassifizierungsschemas. Es gibt auch Blätter, in Privatbesitz befindlich, die ich einsehen konnte, offenbar aus dem Notizbuch herausgerissen, auf die mit erregter Hand unzusammenhängende Bruchstücke von Sätzen geschrieben und hastig hingekritzelte Skizzen gezeichnet sind, welche die Vermutung nahelegen, daß CL Erfahrungen mit dem Zauberkult der Samen gemacht hatte, mit dem *sejdhr* selbst, der ihn tief berührt hatte, obwohl er zu vorsichtig oder zu ergriffen war, um seine Erlebnisse für ein größeres Publikum festzuhalten. Er war und blieb ein achtbarer und gottesfürchtiger Bürger, ungeachtet seines weltweiten Rufs als Gelehrter. Seine Vorstellungen von der Sexualität der Pflanzen weckte unter den achtbaren Bürgern Empörung – eine feindselige spirituelle Atmosphäre, die sich nicht allzu sehr von jener Form nördlicher Zauberei unterschied, die *nidh* genannt wird, Zauberhandlungen mit dem Ziel, Leben und Ruf eines Menschen zu zerstören, indem man ihn mittels sexueller Hänseleien und Demütigungen ruiniert. Zauberei und Wissenschaft sind eng miteinander verwoben; Alchemie, die okkulten Wissenschaften, Astrologie, wie fern oder unverständlich heutigen Menschen ihre Glaubenssätze oder Ideen sein mögen, ähneln den wirklichen Wissenschaften in ihrer Hingabe an die Untersuchungstechniken und die Möglichkeiten, die Welt der physischen Erscheinungsformen zu verändern. Zauberei beschäftigt sich wie Wissenschaft mit der Materie, mit der Welt der Dinge, mit Felsen, Steinen, Bäumen, Geschöpfen und auch Wolken, Regen, Wind und Wasserdampf.

Die Welt der Zauberei ist eine doppelte, sie ist natürlich und übernatürlich. In einer rein materialistischen, rein skeptischen, rein vernunftbedingten Welt ist Zauberei undenkbar. Sie benötigt und benutzt den Sitz des Begehrens, der Libido oder Lebenskraft, von der Sigmund Freud behauptet, sie belebe die primitiven Zellen, wie die Sonne die steinerne Oberfläche der Erdzellen erwärme, die seinen Worten zufolge aus tiefverwurzelter Faulheit dazu neigten, alle Anstrengung bleiben zu lassen und sich in den schlafgleichen Zustand zurückzubegeben, aus dem sie geweckt worden waren. Mochte unser Gelehrter sich noch so sehr über die Zauberkräfte von Kuhmägen und Melkhölzern belustigen, blieb er doch der Verfasser der *Nemesis Divina*, einer Sammlung von Erzählungen göttlicher Vergeltung, darunter die Geschichte des Pastors von Quickjock, die er auf dieser Reise erfuhr – »die Pastorin Grot in Quickjock und Lule Lappmark hurt mit Regimentsquart. Kock. Der Pastor wird darüber desperat und versoffen. Die Tochter wird Hure und von einem Lappen verführt«. Skatologische und derbe erotische Anekdoten finden sich in diesem Werk. Es gibt auch die Geschichte des Bauern Slichert, der die Witfrau von Byzen liebte und ihr einen Fronhof gab. »Den Schwiegersohn verdrießt dies, schoß in der Nacht mit 3 Kugeln durch das Fenster, die quer durch den Magen von Slichert gingen, der stirbt. Nach einigen Jahren bekommt der Schwiegersohn den Krebs im Magen mit 3 Löchern, der ihn greulich tötete.« Ein Edelmann, der bei einem Vortrag CLs einschlief, ging nach Hause und erlag einem Schlaganfall. Das ist sympathetischer Zauber, doch der Titel des Buchs ist der Name einer düsteren griechischen Gottheit, und die Widmung an den Sohn CLs beschwört einen Gott, dessen Vergeltung Ordnungsprinzip in einer Welt voller Chaos und Gefahren ist.

Du bist in eine Welt gekommen, die du nicht kennst.
Du siehst keinen Wirt, doch du wunderst dich über ihre Pracht.
Du siehst alles konfus gehen, wie niemand es sah, hörte.
Du siehst die schönsten Lilien erstickt werden von Unkraut.
Aber hier wohnt ein gerechter Gott, der jedem recht tut.
Innocue vivito, numen adest.

Innocue vivito, numen adest. Das war sein Motto, das er sich über der Schlafzimmertür hatte einkerben lassen: »Lebe unbescholten, die Gottheit ist nahe!«

Nach einem langen Fußmarsch durch eiskaltes Moorland, den er bis zu den Knien im Wasser watend absolvierte, kam er an einen Ort namens Lycksmyran – »Glücksmoor« – und bemerkte: »Hätte ich dieses ertragen müssen wegen eines *delictum capitale*, wäre diese Strafe grausam gewesen« und fragte sich, warum der Ort *cur non* Olycksmyran, Unglücksmoor, heiße. Der Lappe, den er ausgeschickt hatte, nach einem Rastplatz zu suchen, kam endlich zurück, begleitet von einem Geschöpf, »ich wußte nicht, ob es ein Mann oder eine Frau war. Ich glaube, kein Dichter hat je eine Furie so trefflich geschildert, daß diese hier sie nicht noch besser repräsentierte, man mußte ohne weiteres annehmen, sie sei vom Styx gekommen. Sie erschien ziemlich klein, das Gesicht war schwarzbraun vom Rauch, die Augen braun, leuchtend, die Augenbrauen schwarz, das Haar pechschwarz und rings um den Kopf herabhängend, darauf saß eine rote, flache Mütze, der Kittel war grau, und an der Brust, die wie Krötenhaut aussah, hingen lange, schlenkernde, braune Zitzen, und ringsherum die Messingösen des Kittels. Um die Taille hatte sie einen Gürtel, an den Füßen Schnürstiefel.

Ich erschrak bei ihrem ersten Anblick. Ebendiese Furie spricht mich jedoch mit Zartheit und Mitgefühl an: ›O du armer Mensch, welche Umstände eines schweren Schicksals haben dich hierhergetrieben, wohin niemand zuvor sich gewagt hat, bisher habe ich noch nie einen Fremden hier gesehen. Siehst du nicht, wie wir hausen?‹«.

Diese Furie erklärte ihm, daß der einzige Weg zurück der durch die Sümpfe sei. CL bat um etwas zu essen, und sie bot ihm rohen Fisch an, der voller Maden war, was CL »schon vom bloßen Hinsehen satt machte, aber nicht stärkte«. Er verlangte geräucherte Renzunge, deren Geschmack ihm zusagte, doch dergleichen war nicht zu haben. Er kehrte zurück, verlor dabei sein Boot, seine Axt, seine Pike, einen ausgestopften Reiher und einen ausgestopften Seeadler in den Stromschnellen. Doch nachdem er sich in Umeå erholt hatte, wagte er sich an eine weitere Expedition in den Norden, auf der er weiteren Furien, mildtätigeren alten Frauen und Zauberwesen begegnete. In seinem veröffentlichten Reisebericht vermerkt er, daß er in Norwegen von einer sonderbaren Finte gehört hatte, mittels welcher Lappen dazu gebracht werden konnten, ihre Zaubertrommeln herzugeben – man legte dem, den man vergebens darum gebeten hatte, die Arme um, zog ihm das Wams hoch und öffnete ihm, ohne daß er etwas davon merkte, eine Ader. Der geschröpfte Lappländer (offenbar in Unkenntnis des Grundes für seinen Zustand – CL äußert sich dazu sehr vage) ist nun ohne weiteres dazu zu bewegen, einem den ersehnten Gegenstand auszuhändigen. Möglicherweise, vielleicht sogar wahrscheinlich, hat sich in diesem Bericht niedergeschlagen, mit welch grausamen Strafen die Samen von christlichen Priestern mißhandelt wurden, die sie fesseln ließen, ihnen die Adern öffneten und sie ausbluten ließen, bis die unglücklichen Nomaden ihrem Glauben abschworen, sich »bekehren« ließen und ihre Zaubergerätschaften und Zauberpraktiken aufgaben. Jetzt kommen wir zu CL selbst und zu dem merkwürdigen Porträt, das er von sich im Lappengewand samt Trommel und magischen Zeichnungen anfertigen ließ, nachdem er aus den unkartierten Ländern zurückgekommen war. Was bedeutete ihm die Trommel? Was hat er gelernt dort draußen in der Einöde und in den Fellhütten der Samen?

Er war aufmerksam, sammelte Fakten und beschrieb den Alltag der Lappen mit auffallend liebenswerter Unvoreingenommenheit. Er untersuchte die Ursachen ihrer Kraft und Widerstandsfähigkeit – sie sind reine Fleischfresser, sie ertüchtigen ihre starken Muskeln, indem sie im Schneidersitz sitzen, sie tragen Stiefel ohne Absätze, sie essen frugal und stopfen sich nicht den Bauch voll. (Er ergeht sich in einem Exkurs über Zähne und die karnivore Veranlagung des Menschen, »unserer Spezies«, so nahe verwandt mit den *Babianis et Simiis*, ja mit den *Satyris sylvestris*.)

Er vermerkte auch ihre Schlafgewohnheiten – fast nackt schmiegten sich sechzehn Leute zwischen Rentierfellen aneinander. Manche ihrer Gepflogenheiten stießen ihn ab: Ihre Schüsseln und Löffel reinigten sie mit den Fingern, nachdem sie hineingespuckt hatten, und sie tranken gekochte Rentiermilch, die dickflüssig und von strengem Geruch war. Sie wuschen ihre Kleidung nicht (»worauf sie sich nicht besser verstanden als die Kuh auf Muskat«), sondern trugen Pelzkittel, im Winter die Haare nach innen, im Sommer nach außen, »starre Sarkophage«, wie CL es nennt. Auch die geruchsintensiven Pilze interessierten ihn (wahrscheinlich *Boletus suavolens*), welche die jungen Lappenburschen mit sich führten, um die jungen Frauen anzulocken.

»Wenn ein junger Lappländer diesen Pilz findet, verwahrt er ihn sorgsam in einem kleinen Beutel an seinem Gürtel, auf daß der angenehme Duft ihm die Schöne, die er hofiert, gewogener mache. Launische Venus! In anderen Teilen der Welt muß man dich mit Kaffee und Schokolade umwerben, mit Naschwerk und Süßem, mit Weinen und Köstlichkeiten, mit Juwelen und Perlen, mit Gold und Silber, mit Seidenstoffen und kostbaren Essenzen, mit Bällen und Gesellschaften, mit Konzerten und Theateraufführungen, und hier begnügst du dich mit einem kleinen vertrockneten Pilz!«

Analog zu diesem lappländischen Leihaphrodisiakum ist das Vorgehen der männlichen Biene Eulaema meriana die sich mit den Moschuspheromonen der Orchidee Coryanthes macrantha imprägniert, um Weibchen anzulocken. Doch manche Notizen CLs wecken die Vermutung, daß er sich dem Genuß anderer Pilze mit anderen Wirkkräften hingab. In der norwegischen Lappmark unterhielt er sich mit einer alten Frau, deren Silbergürtel samt Zubehör er akribisch beschrieb.

»Die Frauenzimmer tragen an ihrem Gürtel (Silbergürtel) einen Beutel mit

1. Löffel im Beutel,
2. Messer in Messerscheide,
3. Pfeife im Beutel,
4. Fingerhut aus Leder, auf *digito indigitorio* zu stecken,
5. Nadelbüchse, über die *cupulae ad instar* ein Messingdeckel gestülpt wird,
6. Ringe, einige Stück, große, aus Messing.

Derselbe Gürtel ist mit Zinn oder Silberperlen beschlagen.«

Er machte sich auch sorgfältige Notizen über ihre Vulva, Labia, Klitoris und Nates.

Er beschrieb auch eine Zeremonie, bei der diese Person in anderer Kleidung erschien, die fast bis ins einzelne der Kleidung der Prophetin, Zauberin oder Seherin in der Saga von Erik dem Roten entspricht. CL verzeichnet Gespräche mit dieser Person über »*numen, sive hamr*« unter seinen Notizen zu Zeremonien in Zusammenhang mit Geburten und Heiraten. Zeremonien, die sich auf Geburt, Heirat und Tod bezogen, interessierten ihn immer. An anderer Stelle notierte er, daß die Pastorin von Kemi ihm erzählt habe, ein paar Tropfen Blut vom *funiculo umbilicali* seien gut gegen die Nachwehen, ganz gleich, ob *primipara* oder *postpara – ipso puerperie multis difficiliores. Hamr*, so vermerkte er beim Wiederlesen seiner hastig gemachten Notizen, hieß die Membrane um den Fötus (nicht die Plazenta, sondern das Amnion, die Haut), die folglich den Schatten, das *Double* des Menschenwesens eingeprägt trug, das sie umhüllt hatte. Es gab Menschen, deren *hamr* bei der Geburt in die Welt entlassen wurde und die über die Fähigkeit verfügten, Kontakt zu ihm zu behalten, ihre Gestalt zu verändern und durch Zeit und Raum zu reisen. Wie das möglich sein sollte, fragte ich mich, schrieb der Mann, der an Seejungfrauen und an das »Herabstürzen« von Hexen aus heiterem Himmel glaubte. Die alte Frau erklärte ihm jedoch, daß er selbst, wie sie sehr wohl erkennen könne – »ich sehe es« –, *hammramr* sei.

Er erwähnt ein zeremonielles Gewand mit einer Kapuze aus dem Fell eines schwarzen Lammes, mit weißem Katzenfell ausgeschlagen, mit Rentierfellstiefeln und Handschuhen aus Katzenfell. Er spricht von dem *gandr*, der Zauberrute, mit seinem Knauf und seinem Schmuck aus Messing und Steinen. Sein Bericht von der Zeremonie ist wie all diese privaten, autobiographischen Fragmente in der dritten Person gehalten:

»Sie tanzen nackt, rühren die Trommeln, von denen sie behaupten, sie besäßen Zauberkräfte, und die Wahrsagerinnen singen immer wieder miteinander und auch alleine lange Lieder. Sie trinken zu diesen Zeiten Honigwasser und Branntwein und essen besondere Speisen. Die Trommeln sind mit Zeichnungen und Zeichen bedeckt.« Die Lieder, sagte man ihm, seien die Lieder der Geschöpfe, aus denen die Trommeln beschaffen sind, des Baumes (Silberbirke, *betula*) und des jungen Rens, die das Schicksal auserwählt hat. Sie glauben daran, daß es ihre Seelen sind, die singen und sie *ad infernos acque ad supernos* führen. Der Gesang ist laut und langanhaltend; der Raum ist heiß und erfüllt von Rauch und dem Klopfen nackter Füße.

Die Zeichen auf den Trommeln bedeuten vielerlei: den Regenbogen, Skier und Schlitten, Vogelaugen und Vogelflügel. Sie sind unterteilt, und man sagte ihm, die Teile versinnbildlichten die drei Teile des *mundus – caelum, terra et regiae infernae*. Sie glauben daran, daß ihr Geist zu diesen Orten reisen kann, während ihre Körper betäubt sind.

Certe est, daß er sah, wie einer von ihnen zu Boden fiel, ein Toter (*pulsa non sentitur*), und mehrere Stunden lang tot dalag (*duratio temporis incertissime est*), während die anderen neben ihm tanzten und sangen.

Er sah, wie das große Fell hinter dem Rauch verschwand. Es heißt von ihnen, sie könnten Hunderte und Aberhunderte von Meilen in *utrasque formas* zurücklegen; während dieser Zeit darf man sie nicht beim Namen nennen und ebensowenig bei dem Namen ihrer *alter egos, sive entes bestiae*, denn sonst müssen sie für alle Zeiten umherirren. Dies ist vielleicht, was die Priester als *raptus* oder *alienato mentis* bezeichnen. Jene, welche solches zu vollbringen vermögen, heißt man *mjök trollaukinn* – ihre nichtmenschlichen Fähigkeiten (*troll*) sind gesteigert (*aukinn*).

Er sah auch – was ihm Mut machte, ihn zugleich aber mit großer Furcht erfüllte –, wie der Tote sich wieder erhob, nachdem die *ganda* ihn umarmt und seinen Namen gerufen und ihn mit ihrem Stab berührt hatte.

»Auch geht die Sage, daß jene Reisenden, die da so still wie Steine sind und *velocitates in aeribus et super terras*, genau angeben können, was Forscher in unentdeckten Ländern vorfinden werden, sei es die Lage heißer Quellen oder die Gestalt von Küsten, Häfen *et caetera*, Wiesen und Feldern.«

Quid dicitur? Scribo ut non? Er sah sich auch ganz deutlich auf einem Rentierfell liegen, recht eigentlich ein Leichnam, weiß und kalt, mit glasigen Augen. Und als er sich so sah, *quod vidit, illi qui vidit*, war das, was sah, er, der sah, befähigt, ihn dort an dem verrauchten Ort zu verlassen und sich in den Wald hinaus zu begeben. Dort weilte er mit anderen, die ihm, wie in einem Traum, bisweilen wie Menschen erschienen, in Felle großer Tiere gekleidet, des Wolfs und des Bären, oder in Adlerfedern, und die bisweilen zwei Paar Augen hatten, die bisweilen ineinander übergingen. Und sie unternahmen weite Reisen über Hunderte von Meilen, die sie über die hohen Torneå-Wasserfälle bis nach Kaituma führten. Sie reisten auch nach Sørfold und von dort – sprechen wir darüber wie über einen Traum, auch wenn es keiner war, denn ein Mensch weiß, ob sein Körper sich in einem Traum oder in der Gegenwart befindet, und für diesen Reisenden war alles gegenwärtig. Denn er sah sie in diesem geschwinden *transitus, cerastium flore maximo* und *Lycopodium echinat*, auf die er später bei seinen beschwerlicheren Reisen stoßen sollte.

Von dort begab er sich sogar zu den Lofoten.

Es hatte ihn schon immer danach verlangt, den berühmten und schrecklichen Malstrom, dieses Wunder der Natur, zu sehen. Und nun befand er sich auf dem Gipfel des Berges Helseggen, des Umwölkten. Von dort aus erblickte er die unermeßliche Fläche des Ozeans, dessen Wasser eine so tintenfinstere Tönung trugen, daß es ihm alsbald des nubischen Geographen Bericht vom *mare tenebrarum* in den Sinn brachte. So weit das Auge reichte, erstreckten sich rechter- und linkerhand Reihen schaurig schwarzer, schroff ragender Klippen wie Grenzwälle der Welt, deren düsteres Wesen zwingender noch versinnbildlicht ward durch die Brandung, welche sich mit weißem und gespenstischem Schäumen daran aufbäumte …

Da er noch schaute, sah er, wie die Wasseroberfläche sich veränderte, wie das Brausen zu einer kraftvollen Strömung wurde, die sich zu Strudeln abmilderte, wie diese wiederum verschwanden und Schaumstreifen hinterließen, die sich zu einer kreisenden Bewegung vereinten, in der die Bewegung der erstorbenen Strudel den Keim eines neuen großen Wirbels zu bilden schien. Plötzlich – ganz plötzlich – nahm dieser in Form eines Kreises von mehr als einer Meile Umfang deutlich und erkennbar Gestalt an. Der Trichter, dessen Inneres eine glatte, glänzende und jettschwarze Wasserwand war, neigte sich dem Horizont in einem Winkel von etwa fünfundvierzig Grad zu und drehte sich taumelnd und trunken, wobei eine entsetzliche Stimme aus seinem Inneren zu den Winden stieg, halb kreischend, halb dröhnend …

Er sah sich auf dem Fell liegen, während er in der Tür des verrauchten Hauses stand. Er legte sich auf seinen kalten Körper, und sein Geist schlüpfte in das reglose Fleisch, wie die Finger einer Hand in einen Handschuh schlüpfen, dessen Haut sie dehnen und erwärmen. So verhielt es sich wahrhaftig.

Was sollen wir Heutigen damit anfangen? Manche Forscher sind zu der Ansicht gelangt, daß seine veröffentlichten Reiseberichte in gewissem Maße erlogen waren. Sie sagen, daß er für die lange Reise nach Kaituma gar nicht genug Zeit hatte – er hätte in vierzehn Tagen 840 Meilen zurücklegen müssen –, und weit davon entfernt, die gefahrvolle Seereise von Sørfold zum Malstrom zu unternehmen, wagte er sich im Ruderboot nur so weit von der Küste weg, wie das stürmische Wetter gestattete. Er hatte einen Hang zum Übertreiben, schilderte die »Alpen«, die zwischen Schweden und Norwegen liegen, als »höher denn eine schwedische Meile« (beträchtlich höher als der Everest). Weit davon entfernt, sich auf *terra incognita* zu begeben, bereiste er nur Routen, die von christlichen Missionaren erschlossen worden waren.

Wenn wir uns das Bild ansehen, auf dem er sich in dem lappländischen Kostum porträtieren ließ, das er von seiner Reise mitgebracht hatte, ist es schwierig, fast unmöglich, das Gesicht des großen Genies unter dem krausen Lockenhaar der Perücke wiederzuerkennen, wie es auf Medaillen und Frontispizen zu sehen ist, mit Orden und Medaillen umkränzt und mit Girlanden aus Blumen und diskret schwebenden Putti eingerahmt. Er trägt die flache kegelförmige Mütze und die großen absatzlosen Pelzstiefel der Lappen und blickt den Betrachter aus großen, wachsamen, dunklen Augen an, fast als wäre er ein wildes Geschöpf, scheu und fluchtbereit. Er trägt auch sein Gewand aus Rentierhaut und große Handschuhe mit Pelzaufschlägen. Von seinem Gürtel hängen die Gerätschaften des Lappenlebens: eine Nadel zum Netzeausbessern, eine strohgeflochtene Schnupftabakdose, eine Patronentasche, ein Messer, ein Fellbehälter. An der Seite hat er die Trommel der Lappen hängen, deren rätselhafte Runen dem Betrachter zugewandt sind wie das Zifferblatt einer Uhr. In der Rechten hält er die kleine Pflanze mit rosa Blüten, die er bei Gävle entdeckte und zuerst *Campanula serpyllifolia* nannte, später aber in *Linnaea borealis* umtaufte, »eine lappländische Pflanze, bescheiden, anspruchslos, leicht zu übersehen, deren Blüte nur kurz währt – nach Linnaeus, der ihr gleicht«.

Die Namengebung ist eine schwierige Kunst. Die Namen der Zauberer, die sich dem *hamfar* unterziehen, dürfen nicht ausgesprochen werden, sowenig wie die der Tiere, die ihnen als *hamrs* dienen. In seinen Fragmenten zeigt CL sich dessen bewußt, ebenso wie des Sachverhalts, daß die Geschöpfe durch Umschreibungen bezeichnet wurden, indirekt und euphemi-

»Linné in seinem lappländischen Kostüm«
(Kupferstich von Dunkarton nach einem
Gemälde von Martin Hoffman in Thorntons *Temple of Flora.*)

stisch. Er hinterließ – falls dieses Fragment autobiographisch und von ihm verfaßt ist und nicht die Niederschrift eines alten Sprichworts – einen Vers, der manchen seiner konventionelleren Gedichte und Paradoxa ähnelt:

Ich lief mit Graufuß,
Mit dem Alten im pelzigen Fell lief ich,
Der aus den stygischen Tiefen kam.
Mit dem Flügelwesen Voeasa schwebte ich
Über dem kochenden Wassertopf.
Ich flog über die höchsten Berge,
Wo der Schnee liegt und die grauen Wolken
Eine Nebelwolke schaffen für Erica und die grauen Steine.

In den Sprachen des Nordens wurden Menschen nach Tieren benannt. Björn, der Bär, Ari oder Örn, der Adler, Hrútr, der Widder, Kalfr, das Kalb, Hundr, der Hund, Ormr, die Schlange. Sann er darüber nach, als er sein System der Doppelnamen für Tiere und Pflanzen erdachte, das Ordnung in die zügellose Welt der Geschöpfe und Dinge brachte? Sann er über seine eigene polymorphe Nomenklatur nach? Man hat gesagt, er sei ursprünglich nach dem Flachs, Linnen, Leinen benannt. Als fast gewiß gilt, daß sein Vater seinen Namen von dem eines großen und verehrten Lindenbaums in Småland herleitete – auf schwedisch *lind*, auf lateinisch *tilia* (französisch *tilleul*, englisch *linden*) ... Manche Familienmitglieder hießen Tiliander. *Tilia* (und *papaver*, der Mohn, aus dem Opium gewonnen wird) gehören in CLs Sexualsystem zu den *polyandria*, bei denen »zwanzig oder mehr Männchen mit einem Weibchen im Bett liegen«.

Das Paradies, davon war CL überzeugt, war eine Insel, die Insel schlechthin, jener Teil der Erdkruste, der über den Wogen erschien, als die ersten Wasser wichen. In dieses Paradies hatte der Schöpfer zwei Samen jeglicher Spezies gepflanzt, einen männlichen und einen weiblichen (für Hermaphroditen genügte ein Samen). Weil sie aus dem Meeresbett aufragte und weil die geschaffene Natur es erforderte, hatte die Paradiesinsel »die Form eines hohen Berggipfels, an dem sich Fauna und Flora in

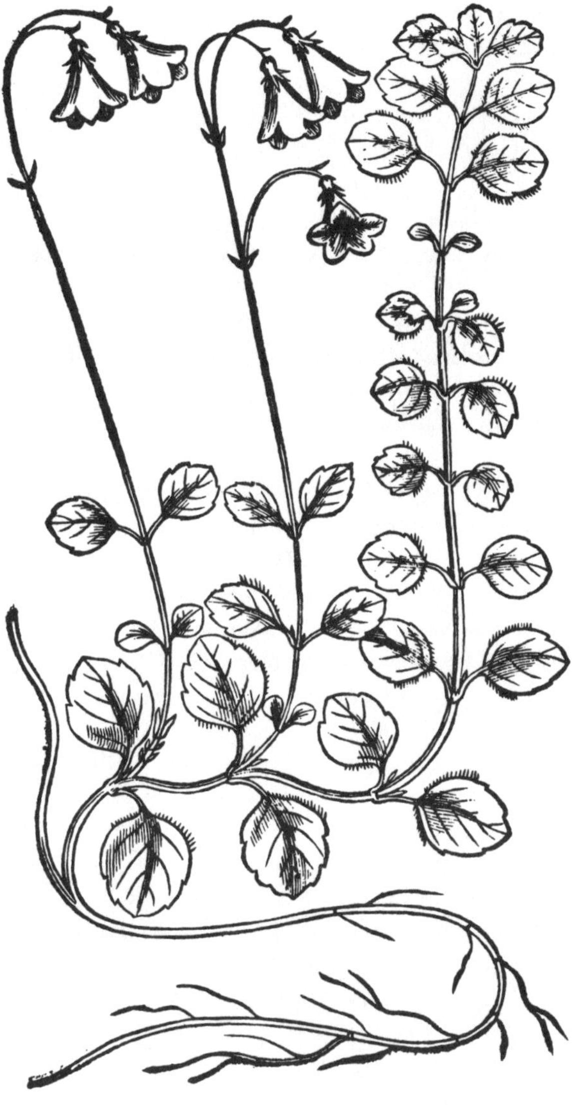

Die erste schwedische Abbildung von *Linnaea borealis.*
(Holzschnitt, in *Acta Literaria Sueciae* 1720–4
von Olof Rudbeck d. J. veröffentlicht.)

ansteigenden oder absteigenden Strata auf ideale Weise in dem ihnen gemäßen Klima befanden. Der Gärtner Adam erging sich auf diesem Berg, vermerkte und benannte alle Dinge, Pflanzen, Tiere, Insekten, Vögel und die Fische in den tieferreichenden Trichtern und Senken des Meeres ringsum«. Schon als junger Mann, der die Moore, Sümpfe und Gebirge bereiste, hatte CL sich als zweiten Adam betrachtet, als den Trennenden, den Taxonom, den, der die Spezies mit Namen versah. Eingehüllt in seine Rentierfelle notierte er Beschaffenheit und Abweichungen des Gebirgsklimas. Nach wenigen Tagen in Norwegen fühlte er sich schwerfälliger, wie er sagt, doch die Bergluft belebte ihn – man riet ihm, sich einen nassen Schwamm unter die Nase zu halten, um die dünne Luft zu verdicken. Er glaubte, die Luft erscheine ihm nur dünn wegen der Kompression seiner Lunge infolge des Bergsteigens – man ist atemlos *ab accelerata circulatione*. Doch er befragte sein Barometer und stellte fest, daß der Luftdruck schwächer war. Aus irgendeinem Grund erschien ihm das als wider *rationem*, als vernunftwidrig. Doch er zeichnete es auf. Er verzeichnete die Köstlichkeit und Bekömmlichkeit geeisten Schneewassers.

Im Land der arktischen Sonne hielt er seine klaren braunen Augen weit offen. Auf einer früheren Etappe seiner Reise hatte er eine hübsche Pflanze *Andromeda polifolia* (Rosmarinheide) nach der angeketteten Prinzessin benannt ob ihrer vor Scham blutroten Wangen, solange sie Jungfrau ist, die nach der Befruchtung erblassen (»Ich sah, wie sie, ehe sie ausschlägt, ganz blutrot ist, aber wenn sie zu blühen anfängt, vollkommen rosafarbene Blätter hat«). Poetisch schilderte er, wie sie »von vergiftenden Drachen und Getier umgeben« ist, »*id est* die häßlichen Kröten und Frösche, die im Frühling, wenn sie sich paaren, das Wasser nach ihr blasen«. Er hatte eine unbeholfene Zeichnung von Jungfrau und Blume auf Steinen im Sumpf und von unidentifizierbaren Reptilien angefertigt. Nachdem er aus dieser poetischen Laune heraus die Gattung *Andromeda* geschaffen hatte, wäre ihm eine andere beinahe entgangen, als seine Sinne im Gebirge verwirrt waren. Seine Notizen sind die präzisen Notizen des Wissenschaftlers:

»Gegen Mitternacht – wenn ich es so nennen kann, obwohl die Sonne nie untergeht – ging ich schnellen Schritts im kalten Wind und schwitzte tüchtig … aufmerksamen Sinnes, als ich zufällig den Schatten dieser Pflanze erblickte, jedoch nicht verweilte, da ich sie für ein *Empetrum* hielt. Im nächsten Augenblick dachte ich jedoch, daß ich etwas Neues gesehen haben könnte, und ging zurück; wieder hätte ich sie für ein *Empetrum* gehalten, wenn ich sie nicht ihres höheren Wuchses wegen sorgfältiger untersucht hätte.

Ich weiß nicht, woran es liegt, daß in unserem Gebirge des Nachts unsere Sicht beeinträchtigt ist und wir Gegenstände weit schlechter erkennen als bei Tage, denn die Sonne scheint nicht weniger hell. Doch da sie nahe dem Horizont steht, sind ihre Strahlen so waagerecht, daß ein Hut den Augen keinen Schutz verschafft. Obendrein sind die Schatten so lang und werden durch die Windstöße so sehr verzerrt, daß Dinge, die sich nicht entfernt ähneln, fast ununterscheidbar werden …

Die *Andromeda* war verblüht und bildete Samen aus; nach langer Suche gelang es mir, eine einzelne Pflanze zu finden, die noch in Blüte stand; die Blüten waren weiß, wie Maiglöckchen geformt, doch mit fünf stärkeren Einschnitten.«

II

[Das zweite Dokument, dem ich die vorläufige Überschrift »G…« gebe]

Ihn interessierte der unbewußte Geist. Ihn interessierte nicht das Es Freuds, sondern eher das, was William James den »tiefen Brunnenschacht unbewußter Gehirntätigkeit« nannte. Er war ein zutiefst und hocherfreulich rationaler Mensch. Er führte zahlreiche Experimente zur Untersuchung geistiger Aktivitäten durch, darunter einen Assoziationsversuch mit 100 Wörtern, dem er sich mehrmals unterzog, wobei er seine unmittelbaren Assoziationen zu jedem Wort aufschrieb, was er im Abstand von vier Sekunden mit der Stoppuhr kontrollierte. Die Assoziationen (die ihm erstaunlich konstant vorkamen) teilte er in Gruppen ein: Wörter wie Abtei, Aborigines, Abgrund, die visuelle Bilder induzierten, solche wie Abscheu, Ablution, Anklage, die zur Vorstellung theatralischer Szenen führten, und jene abstrakteren Begriffe wie Abend, abnorm, absolut, auf die am ehesten rein verbale Reaktionen erfolgten, Zitate oder Definitionen. Später gelangte er zu der Folgerung, daß die meisten regen Intellekte mentale Bilder weder bildeten noch verwendeten, während diese bei Kindern und Frauen weitaus gebräuchlicher waren. Aus der Eintönigkeit und Variationsarmut seiner eigenen Assoziationen folgerte er, der Verstand sei offenbar »unablässig damit beschäftigt, seine alten Bestände durchzukauen, und wenn einer davon eine Zeitlang gänzlich vernachlässigt wird, kann er vergessen werden, unter Umständen für immer«.

Daraus schloß er: »Der vielleicht stärkste Eindruck, den diese Experimente hinterließen, betrifft die Mannigfaltigkeit dessen, was der Verstand in einem Zustand des Halbbewußtseins leistet, sowie die Triftigkeit, mit der diese Leistungen es nahelegen, an die Existenz noch tiefer gelegener Strata geistiger Operationen zu glauben, die sich der Ebene des Bewußtseins völlig entziehen, was mentale Phänomene erklären könnte, die anderweitig nicht erklärbar sind.«

Es war der größte Wunsch seines Vaters gewesen, daß er Mediziner wurde, und er brachte viele Jahre als Student der Medizin und als Klinikarzt zu. In seiner Apothekerzeit führte er ein weiteres taxonomisches oder statistisches Experiment durch; er beabsichtigte, sich von A bis Z durch die Arzneimittel zu arbeiten, indem er von jedem Mittel zwei Tropfen einnahm und die Wirkung an sich beobachtete. Die Wirkung des Krotonöls ließ ihn die Versuchsreihe abbrechen. »Törichterweise hatte ich mir eingebildet, daß zwei Tropfen dieser Substanz keine allzu durchschlagende Brech- und Abführwirkung haben dürften, doch das hatten sie, und daran kann ich mich bis heute erinnern.« Die Schilderung der ersten Operation, die er am Kiefer eines jungen Mannes verübte, verrät optimistischen Humor.

»Ein Knabe kam herein, der sehr kläglich dreinblickte, trat

vor mich hin und öffnete den Mund. Ich setzte eine überaus kluge Miene auf, und der Junge setzte sich voll ungetrübten Vertrauens. Die ersten Behandlungsschritte tat ich sehr ungeschickt, denn zuerst hielt ich das Extraktionsinstrument falsch, und dann bekam ich den richtigen Zahn nicht zu packen. Schließlich hatte ich ihn. Nun hielt ich die Luft an, um mit aller Kraft zu ziehen; eins, zwei, drei, und ich zog. Ein undeutliches Gemurmel wie das Summen einer Biene in einer Fingerhutblüte ertönte aus dem Mund des Jungen, er trat fürchterlich nach mir aus, und ich zog noch fester, woraufhin der vermaledeite Zahn krachend abbrach. Er war abscheulich verfault – und mein Instrument kam heraus. Ich nahm die Bruchstücke – vor Schmerzen hielt der Junge sich die Hände vor Mund und Augen, so daß er nichts sehen konnte – und warf sie unverzüglich ins Feuer, woraufhin ich höchst kaltblütig den Kiefer des jungen Herrn erneut inspizierte. Der Zahn war glatt abgetrennt worden. Beruhigend erklärte ich ihm, daß der halbe Zahn draußen sei und ich nun die andere Hälfte extrahieren würde (im Wissen, daß er mich kein zweites Mal an seinen Zahn lassen würde), da es sich um einen *doppelten* Zahn handle. Doch wie erwartet ließ er mich nicht weitermachen.«

Auf seinen Rundgängen in den Stationen sah er sich mit Heilung und Verfall konfrontiert, mit Gruppenhysterie in den Frauenabteilungen (auch die Krankenschwestern infizierend) und mit den physischen und mentalen Auswirkungen des *delirium tremens*.

»Die Anfälle waren bisweilen von erschreckender Heftigkeit, obwohl der Puls schwach war und der Patient beinahe ganz entkräftet. Die Wahnvorstellungen waren für die Patienten offenbar nicht von der Wirklichkeit zu unterscheiden; bei den wenigen Fällen, die ich erlebte, galten sie zur Gänze Fischen oder kriechenden Lebewesen. Einer der Männer flehte mich an, das Geschöpf zu entfernen, das über seine Bettdecke kroch und dessen vermeintliche Bewegungen er mit dem Finger nachzeichnete, während er es wie einen Geist anstarrte. Arme Menschheit! Oft denke ich, daß das Tafelland der geistigen Gesundheit, das die meisten von uns bewohnen, von geringer Ausdehnung ist und zu allen Seiten an klaffende Abgründe grenzt, in die wir jederzeit stürzen können.«

Wie wir sehen werden, erlebte er solche Stürze vom Tafelland mehr als einmal an der eigenen Person. Zu verschiedenen Zeitpunkten seines Lebens erlitt er Nervenzusammenbrüche. In Cambridge mußte er das Mathematikexamen abbrechen und sich ein Semester lang zu Hause erholen.

»In meinem Kopf ging ein wahres Mühlwerk; Zwangsvorstellungen ließen sich nicht verscheuchen; bisweilen konnte ich kaum lesen, und es fiel mir sogar beschwerlich, eine Druckseite anzusehen ... Ich war allzu eifrig gewesen, hatte zu unregelmäßig und auf zu vielen Gebieten gleichzeitig gearbeitet und mir damit ernsthaften Schaden zugefügt. Es war, als hätte ich versucht, einer Dampfmaschine mehr Leistung abzupressen, als ihr möglich ist, indem ich ihr Sicherheitsventil manipulierte und damit ihren Mechanismus überforderte.«

Viele Jahre später erlitt er nach dreizehn Jahren Ehe einen ernsteren Anfall. Mit seiner gewohnt nüchternen Vernunft bemerkt er:

»Wer noch nie einen mentalen Zusammenbruch erlitten hat, kann sich schwerlich ausmalen, welche geistige Beeinträchtigung er bedeutet oder, wenn das Schlimmste vorbei ist, wie naheliegend der Vergleich zwischen einem verrenkten Glied und einem verrenkten Gehirn ist. In beiden Fällen bleibt, lange nachdem man für Außenstehende völlig genesen erscheint, über lange Zeit hinweg die Unfähigkeit bestehen, bestimmte kleinere Handlungen ohne Schmerzen und ernsthafte Folgen auszuführen, mental im einen, körperlich im anderen Fall. Häufig erfuhr ich dies bei unbedeutenden Problemen, die mich ohne Unterlaß Tag und Nacht heimsuchten, während ich ergebnislos bemüht war, sie wegzudenken. Dies betraf gewissermaßen dünne Zweiglein und nicht dicke Äste des mentalen Prozesses, doch das änderte nichts an ihrer Schmerzhaftigkeit.« Wie diese Stelle zeigt, verfügte er über eine ungewöhnlich ausgeprägte Fähigkeit der Selbstbeobachtung, stand gewissermaßen neben sich, fühlte sich den Puls, beobachtete seine Symptome.

Nach Owampoland brach er 1849 auf. Sein Vater war 1844 gestorben, und das hatte die Familie zerstreut und ihn vom Beruf des Arztes befreit. Unmittelbar nach dem Tod des Vaters hatte er Ägypten bereist, den Nil entlang bis in den Sudan, wo er dem Saint-Simonisten Arnaud Bay und dem wilden Mansfield Parkyns begegnet war, der unter Drogen- und Sklavenhändlern lebte, sich in Leopardenfell kleidete und auf seinem kahlgeschorenen Schädel ein moslemisches Haarbüschel trug. Als Student hatte er eine Expedition die Donau entlang von Wien bis nach Konstantinopel unternommen, wo er seinen Wert als junger männlicher Sklave erfahren hatte. Es mag sein, daß er sich im Sudan bei einer »Liebesnacht« eine Infektion zuzog, die für das plötzliche Erlöschen seines Interesses an Frauen verantwortlich gewesen sein könnte. (Dieser große Erforscher und Apologet der Zucht von Genies hat sich selbst nicht fortgepflanzt; seine lange Ehe war kinderlos.) Zwischen seinen Expeditionen nach Syrien und nach Südwestafrika verbrachte er einige Jahre mit ziellosem Jagen und Fischen – er spricht von einer Reise zu den Shetland-Inseln, wo er Seehunde schoß und Vogelnester ausnahm, von den »eigenartigen Erfahrungen in einer Fischergesellschaft, die in einem baumlosen Land lebt, Kieferknochen von Walen als Pfosten benutzt und nur Federmesser in der Tasche hat, weil es außer Tabak und Schnur nichts zu schneiden gibt«.

Er beschreibt, wie man einen Seehund schießt und an Land schafft. Er fügt hinzu: »Heute würde ich keinen Seehund schießen, doch die Jugend ist von Natur aus mordlüstern, und das war auch ich.«

Eines seiner Ziele bei der Expedition nach Owampoland war das Schießen von Flußpferden im Ngamisee. Sein Freund Henry Hallam, der die Einladung, sich der Flußpferdjagd im Sudan anzuschließen, höflich abgelehnt hatte, sagte, als Vernichter von Rebhuhnscharen beneide er die Jäger um ihre Zielscheibe in Form eines so großen und reglosen grauen Dickhäuters. Es war nicht klar, ob es den See wirklich gab oder nur eine ausgetrocknete, sandige Kuhle. Hinzu kam das Problem der Buren, die sich »sehr aufrührerisch gezeigt und ihre Absicht bekräftigt hatten, die neuentdeckten Länder um den Ngami-See für sich zu behalten und keinem Engländer den Zugang zu gestatten«.

Deshalb folgte er einer anderen Route; er landete in der Walfisch-Bucht und durchreiste die Gebiete der gelben Namaguas, der schwarzen Damaras und der Owampo (»reinrassige Neger vom hochwüchsigen Typus« in seinen Worten). Die Namaguas, sagte er, seien »gelbe Hottentotten«, deren Haar in Büscheln wuchs und die eine Sprache voller Schnalzlaute sprachen. Sie hatten einen Schuß holländisches Blut und sprachen fast immer ein wenig Holländisch. Ihre damaligen Anführer waren Jonker, Cornelius, Amiral und Swartboy. Sie befanden sich im Dauerkrieg mit den Damaras, raubten deren Vieh und verkauften es. Sie hatten beschlossen, keine weiteren Weißen ihre Grenzen überqueren zu lassen. Außerdem gab es noch die Ghou Damup, wahrscheinlich ein Zweig der Owampo, und die Buschmänner, Nomaden, gute Jäger, bei denen FG in Tounobis einige Tage verbrachte im Versuch, mehr über den Ngami-See in Erfahrung zu bringen. Er reiste zusammen mit einem Schweden namens Charles Andersson, der nach England ausgewandert war, um dort sein Glück zu machen.

»Sein Anfangskapital bestand aus einem Korb lebender Auerhühner, zwei Bärenjungen und dem Fell eines ihrer Elternteile. Er war damals so naiv, daß er beim Anblick eines Plakats, auf dem eine bevorstehende Versteigerung von Landwirtschaftsgütern angekündigt wurde, darunter ›20.000 Schwedenrüben‹, dieses Wort als Bezeichnung für seine Landsleute auffaßte und sich voller Bangen und Schrecken fragte, ob man auch ihn ergreifen und zusammen mit den anderen als Sklaven verkaufen würde.«

Francis Galtons *Bericht eines Forschers* widmet der Reiseausstattung unter den Überschriften »Kleinvorräte, diverse« (Angelhaken, Skalpell, Bistouri, Ahlen usw. usw.), »Großvorräte, diverse« (Sattel, Wassergefäße, Munition), »Schreibwaren« (30 Pfund Hauptbücher, Tinte, Lektüre usw. usw., »in etwa sechs Bänden gewöhnlicher Romane vergleichbar«), »Kartenzubehör« (31 Pfund) sowie »Naturgeschichte« mehrere Seiten.

»Arsenseife 2 Pfund, Kampfer $1/_2$ Pfund, Pfeffer $1/_2$ Pfund, blutstillender Puder 2 Pfund, Werg und Baumwolle zirka 10 Pfund, Skalpelle, Pinzetten, Scheren usw. 1/2 Pfund, Messingblech für Etiketten 1/2 Pfund ... 16 Pillenschachteln, Korken, Insektenbehältnisse, Nadeln, Sammelbüchse für Insekten, Schmetterlingsnetze ... 10 Pfund. Geologische Hämmer, Vergrößerungsglas, Klinometer usw. ... 1 Pfund.

Präparate. (Für diese setze ich kein Gewicht ein, denn sie sammeln sich im gleichen Maße an, in dem Vorräte aufgebraucht werden, so daß das Gesamtgewicht nur unbeträchtlich variiert.)

Gesamtgewicht des naturgeschichtlichen Zubehörs (eines *dilettierenden* Sammlers) ... 30 Pfund.«

Er durchsuchte auch »die Läden von Drury Lane nach etwas Theaterputz« und nahm Jagdröcke und alte Uniformen ebenso mit wie Spiegel, Akkordeons, Brenngläser, »so daß ich einen Vorrat wie ein Tabulettkrämerladen hatte«. Was sollen wir von seinem Wunsch halten, sich bei dem Owampokönig Nangoro einzuschmeicheln, indem er eine Theaterkrone hervorkramte, die er in Drury Lane erstanden hatte, um sie »dem größten oder entferntesten Potentaten, welchen ich in Afrika treffen würde, auf das Haupt« zu setzen. Außer Frage steht, daß er Nangoro beleidigte, indem er sich weigerte, vor der gemeinsamen Mahlzeit ein Reinigungsritual über sich ergehen zu lassen, in dessen Verlauf der Gastgeber mit Wasser gurgelte und es dem Gast über das Gesicht spie – ein Gegenzauber, den Nangoro höchstselbst ersonnen hatte. Als der Damarahäuptling Jonker ihm auf sein Ersuchen um die Genehmigung zum Durchqueren seines Landes nicht anwortete, bestieg er seinen Reitochsen (er erklärt in allen Einzelheiten, wie man Ochsen zureitet), ließ diesen über einen Fluß setzen und trabte munter drauflos, bis er Jonkers Hütte erreichte und bis »der Kopf meines Ochsen nicht bloß an der Tür des erstaunten Häuptlings war, sondern sie wirklich ausfüllte«. Was brachte ihn dazu, diesen Ritt in rotem Jagdrock, Kanonenstiefeln und gerippten Hosen zu machen? Jedenfalls zeigte Jonker sich durch den Auftritt kurzfristig eingeschüchtert – »er wagte es nicht, mir in das Gesicht zu sehen, als ich ihn mit den Augen von meinem Ochsen herab anblitzte« – und stimmte einem Abkommen zwischen den Namagua und den Damara zu, das FGs Abreise nur um ein geringes überlebte, bevor die Massaker wieder einsetzten.

Auch seine Haltung zu Frauen kann Nangoro beleidigt haben; in Bausch und Bogen wies er die Prinzessin Tschipanga zurück, die ihm angeboten wurde.

»Ich weiß, daß es sehr ungalant ist, Liebesgeheimnisse zu verraten, und ich würde dies unter keinen Umständen tun, wenn es je wahrscheinlich wäre, daß sie dieses Buch zu lesen bekommen könnte ... Ich fand sie in meinem Zelt sitzend vor, in all ihrem Negerputz und mit Ocker und Butter so über und über beschmiert, daß sie alles, was sie berührte, nicht minder einfärben mußte als die gutgeschwärzte Walze eines Druckers. Ich trug meinen einzigen einigermaßen sauber gebliebenen weißen Leinenanzug und ließ sie deshalb ohne weitere Förmlichkeiten hinausexpedieren.«

Frauen in experimenteller Ferne zog er vor. Er vermaß das Land sorgsam unter Verwendung seines Sextanten und seiner Marksteine, was durch Mondbeobachtung ersetzt werden mußte, als er sich über die Reichweite der Marksteine hinaus in das nördliche Damaraland und zur Elefantenquelle begab. In der Missionsstation von Barmen vermaß er eine Hottentottendame.

»Ich bekenne, daß ich ein Mann der Wissenschaft bin, und wünschte außerordentlich gern, ein Maß von ihrer Gestalt zu haben; hierin aber lag eine Schwierigkeit. Ich verstand kein Wort von der Hottentottensprache und hätte deshalb der Frau niemals erklären können, was der Zweck meines Maßstabes sein könne; und meinen würdigen Wirt, den Missionar, wagte ich nicht darum zu bitten, für mich den Dolmetscher zu machen. Ich fühlte daher, daß ich mich in einer Klemme befand, als ich ihre Gestalt betrachtete, jene Gabe der gütigen Natur an dieses begünstigte Volk, welches kein Frauenschneider mit all seinem Krinolin und Ausstopfen anders als nur bescheiden nachahmen kann. Der Gegenstand meiner Bewunderung stand unter einem Baume und drehte sich nach allen Punkten des Kompasses herum, wie Damen, die bewundert werden wollen, es gewöhnlich machen. Plötzlich fiel mein Auge auf meinen Sextanten; der glänzende Gedanke fiel mir ein, und ich machte eine Reihe von Beobachtungen über ihre Gestalt in jeder Richtung, oben und unten, querüber, diagonal usw., und schrieb sie sorgfältig auf eine Umrißzeichnung, aus Besorgnis, einen Irrtum zu begehen; als dies geschehen war, zog ich kühn mein Meßband heraus und maß die Entfernung von dem Ort, wo ich war, bis zu der Stelle, wo sie stand; und nachdem ich auf diese Art die Grundfläche und auch die Winkel erhalten hatte, ermittelte ich über Trigonometrie und Logarithmen das Ergebnis.«

Möglicherweise waren FG Menschen lieber, wenn sie sich in einem Netz unsichtbarer Linien trigonometrischer Messungen und triangulierter Entfernung zum Mond befanden. Er machte die Bemerkung, bei den Damaras gebe es »so gut wie keine Romantik oder Zuneigung oder Poesie, weder in ihrem Charakter noch in ihrem Glauben; statt dessen sind sie ein habgieriger, herzloser und einfältiger Haufen Wilder«.

Doch er liebte sein Vieh, das er eingehend beobachtete. Er führte an die hundert wilde Damara-Rinder mit sich, die gezähmt worden waren, um Wagen und Frachtwagen zu ziehen und um als Reittiere zu dienen.

»Ich glaube, ich kann das Sitzen auf einem Ochsen wesentlich längere Zeit vertragen als das auf einem Pferd. Das Tier hat die Eigentümlichkeit, daß es nicht allein gehen will, sondern sich in Herden zu sammeln Neigung hat. Nur mit großer Schwierigkeit kann ein Ochse gefunden werden, der den anderen willig vorangeht, selbst wenn er weiß, daß die anderen hinter ihm her sind. Peitschenhiebe und Sporen haben kaum eine Wirkung auf das Tier: Es fühlt jeden Hieb höchst empfindlich, seine hartnäckige Natur aber ist so wunderbar stark, daß Schmerz wenig oder keinen Einfluß auf seinen Entschluß hat. Sein Charakter ist vom Charakter eines Pferdes ganz verschieden und sehr merkwürdig zu beobachten; er ist von beiden das unendlich klügere Tier, aber niemals frei von Lastern. Der Trieb der Ochsen und Schafe, in Herden beisammen zu sein, hat für den Reisenden großen Nutzen, denn man braucht die Tiere nicht beständig zu zählen, und bei Nacht, wenn die Ochsen alle lose um ihn herum sind, ist ihm eine beständige Unruhe abgenommen, weil er weiß, daß, wenn er einen sieht, auch alle da sind.«

Aus seinen Beobachtungen dieser Tiere leitete er eine ganze Theorie des »Herden- und Sklaveninstinktes« ab, die er später – mit gebotenen Einschränkungen und Vorbehalten – auf die Menschen ausdehnte. Die sklavischen Neigungen des Menschen bezeichnete er als »unmittelbare Folge seines Herdentriebes, der wiederum Ergebnis sowohl seines ursprünglichen Barbarentums als auch der Formen seiner späteren Zivilisierung ist«.

Er war neugierig und machte sich Notizen und war ein guter Tierpsychologe. Die Ochsen respektierte er. »Je besser ich sie kennenlernte, um so vielgestaltiger und der Untersuchung würdiger erschien mir ihr Verstand. Doch zur Zeit beschäftigt mich allein ihr blinder Herdentrieb, der sich auffällig von den üblichen sozialen Bedürfnissen unterscheidet. Letzterer ermangeln sie, denn sie verkehren nicht freundlich miteinander, sondern bezeigen einander mehr Haß und Bosheit als Nachsicht oder Zuneigung.«

Er vermerkt die Einsamkeit der Lebewesen, die in die Masse anderer Lebewesen eingebettet sind.

»Sie leiden nicht unter einem *ennui*, den die Gesellschaft lindern könnte, denn ihre grobe Nahrung und ihr Wiederkäuertum machen sie schwerfällig. Auch können sie die Gesellschaft von ihresgleichen nicht lieben, wie es die Affen tun, weil sie ein erfüllteres und abwechslungsreicheres Leben ermöglicht, denn sie verweilen in sich selbst vertieft inmitten ihrer Herde, während die Affen munter miteinander Allotria treiben, sich balgen, Kämpfe und Liebschaften austragen und schwatzen.«

Seine Achtung vor den Geschöpfen, die ihn zu einer Zeit, als viele Denker Tiere für bloße Maschinen oder Automaten hielten, von ihrem »Verstand« sprechen läßt, erhält zusätzliche Nahrung durch sein Vermögen, sich in ihre Gefühle und Empfindungen hineinzuversetzen.

»Doch obwohl der Ochse so wenig Zuneigung zu seinen Gefährten verspürt, so wenig Interesse an ihnen hat, kann er es nicht ertragen, auch nur kurzzeitig von seiner Herde getrennt zu sein. Sondert man ihn durch List oder Gewalt von ihr ab, bietet er alle Anzeichen größter seelischer Qual; mit aller Macht versucht er zu ihr zurückzugelangen, und wenn es ihm gelingt, verbirgt er sich in ihrer Mitte, um seinen Körper im Trost engster Nähe zu baden. Diese leidenschaftliche Angst vor Absonderung ist für den Hirten sehr vorteilhaft ...«

Er interessierte sich für die unabhängigen Ochsen, die in einiger Entfernung von der Herde grasten und sich durch ungewöhnliche Neugier und Experimentierlust auszeichneten. Diese Tiere konnte man zu Reittieren oder Leitochsen abrichten, wie er feststellte; sie waren keineswegs die normalen Leittiere der Herde, die diese von innen heraus bei Standortwechseln oder stürmischer Flucht anführten, sondern Individuen mit unabhängigem Geist. Mit seiner gewohnten statistischen Akribie fand er heraus, daß diese Individuen im Verhältnis von eins zu fünfzig aufzutreten pflegten und daß Zusammenhalt oder Zusammenwirken innerhalb der Herde beeinträchtigt waren, wenn dieses Verhältnis überschritten wurde. Er war jedoch der Überzeugung, daß im Fall der Menschen die Möglichkeit bestehe, ganze Gesellschaften zu verändern, indem man Sklaveninstinkte und dumpfen Herdentrieb wegzüchtete. Er war davon überzeugt, daß Menschen durch religiöse Verfolgungen und durch die Gewaltherrschaft mächtiger Häuptlinge mit ihren willigen Helfern eingeschüchtert werden konnten und keinen individuellen Protest laut werden ließen.

Er hoffte, dies mit Hilfe der Eugenik zu überwinden. »Eine Nation muß nicht aus einem Haufen Sklaven bestehen, die von der Furcht aneinandergekettet sind, fast ausnahmslos unfähig zur Selbstbestimmung und dankbar für jede Art Führer, sondern sie sollte sich aus energischen, furchtlosen Menschen zusammensetzen, die durch unzählige Bande untereinander zu einem starken, dichten und elastischen Gebilde verknüpft sind.«

Diese Metapher bezieht sich auf ein Netz oder Gespinst, ebenso wie die gegenteilige Metapher für den Zusammenhalt oder die Kohäsion der Herde.

»Die Herdenzugehörigkeit bedeutet, daß das Individuum zur Fiber eines großen Netzes mit der Fähigkeit der Wahrnehmung wird, das viele Hektare überspannt, daß es auf diese Weise über stets wachsame Organe verfügt, über Augen, die in alle Richtungen Ausschau halten, über Ohren und Nüstern, die einen breiten Luftgürtel erkunden, und daß es jeden vorteilhaft gelegenen Aussichtspunkt besetzt, von dem aus das Anschleichen eines Raubtiers zu beobachten ist.«

Im Hinblick auf das, was eingangs zu FGs Desinteresse an der Sexualität gesagt wurde, dürfte seine Beobachtung, daß seine schreckhaften und furchtsamen wilden Tiere »Ochsen und Kühe waren, deren Natur zweifellos auch die der Stiere entspricht«, von einigem Interesse sein. Warum tat dieser gewissenhafte Wissenschaftler die Stiere so ohne weiteres ab? Warum fragte er sich nicht, wieso es keine in der Herde gab? Es scheint eine naheliegende Frage zu sein.

Der Ruhm FGs zu seinen Lebzeiten gründete in seinen Arbeiten auf den Gebieten der Anthropometrie und der Eugenik. Seit den furchtbaren Geschehnissen im letzten Krieg und schon zuvor weckt das letztgenannte Wort in der lesenden Öffentlichkeit blankes Entsetzen, und das mag dafür verantwortlich sein, daß Galtons außerordentlicher Beitrag zum Wissen in so vielen Bereichen heute vergessen ist. Seine Erfindungen – die Identifikation durch Fingerabdruck, der Wetterballon, die Wetterkarte, die statistische Glockenkurve der Standarddeviation innerhalb von Populationen – werden ihm oft gar nicht zugeschrieben. Besonders bedauerlich ist die Gründlichkeit, mit der seine behutsamen Erkundungen der Natur des Bewußtseins, des Denkens, des Nachdenkens, des Unterschlagens unbemerkter mentaler Prozesse dem Vergessen anheimgegeben wurden – zu Unrecht. Seine unerschrockene Exzentrik, seine unersättliche Neugier haben zu mancherlei köstlichen Entdeckungen geführt. Wer sonst wäre auf die Idee gekommen, die »Neigung« eines Paares, das bei einem Essen nebeneinander sitzt, zu messen, indem die unterschiedliche Belastung der einzelnen Stuhlbeine durch die nebeneinander Sitzenden in Wachs dokumentiert wurde? Seine

Fähigkeit, sich selbst zu beobachten, neben sich zu stehen, sein eigenes Bewußtsein zum Feld und Spiegel seiner Erkundungen zu machen, mag auf den ersten Blick den gleichen unschuldigen Charme besitzen. Doch sie war nicht ungefährlich.

In seinen *Erinnerungen* berichtet er von mehreren solcher Experimente. Der erste Versuch, den er in seiner Jugend unternahm, war, wie er sagt, das Ergebnis des nicht ungewöhnlichen jugendlichen Bestrebens, »den Körper dem Geist zu unterwerfen«. Er faßte den außergewöhnlichen Entschluß, all seine unwillkürlichen Prozesse seinem Willen zu unterwerfen und deren Automatismus aufzuheben, indem er »automatische Vorgänge willentlich beschleunigte oder verzögerte«. Dies hätte ihn fast das Leben gekostet.

»Jeder Atemzug wurde diesem Prozeß unterworfen, und das Ergebnis war, daß das normale Atmen gefährlich gestört war. Mir war, als müsse ich ersticken, wenn ich aufhörte, meinen Willen zu üben. Ich durchlebte eine scheußliche halbe Stunde; zuletzt kehrte die verlorene Fähigkeit in kleinen, unregelmäßigen Schritten wieder. Mein Entsetzen war keineswegs ein Hirngespinst, denn das Herzversagen ist nichts anderes als das Aussetzen der automatischen Fähigkeit des Herzens zu schlagen.«

Sein nächstes Vorhaben nach der Erkundung der Verbindungen zwischen seinem Geist und seinem Körper galt der Erforschung des Geisteszustands jener, die, wie er es an anderer Stelle ausgedrückt hatte, vom Tafelland der geistigen Gesundheit in den klaffenden Abgrund gestürzt waren. Bei diesem Versuch versetzte er sich ganz bewußt in eine Art Paranoia, um »eine Vorstellung von den verbreiteteren Empfindungen zu gewinnen, die mit dem Wahnsinn verbunden sind. Die Methode, deren ich mich bediente, bestand darin, daß ich allem, was mir begegnete, ob Mensch, Tier oder unbelebter Gegenstand, die imaginären Attribute eines Spions zuschrieb. Mit diesem Vorhaben machte ich mich von Rutland Gate aus auf meinen morgendlichen Spaziergang; schon bald erkannte ich, daß der Versuch nur zu gut gelang. Nach eineinhalb Meilen, als ich den Droschkenstand am Ostende des Green Park bei Picadilly erreichte, schien mich jedes einzelne Pferd an dem Stand zu observieren, entweder mit gespitzten Ohren oder unter vorgespiegelter Gleichgültigkeit. Es dauerte Stunden, bis das unerquickliche Gefühl von mir wich, und ich bin mir dessen gewiß, daß ich es jederzeit ohne weiteres wiederherstellen könnte«.

Nach Bewußtsein und Wahnsinn galt sein drittes Experiment der Religion. Sein Bemühen, in der ehrbaren Sicherheit seines Londoner Domizils Götzenverehrung und Fetischismus zu durchschauen, zeugt möglicherweise von einer gewissen kulturellen Unbedarftheit, wie sie sich möglicherweise auch in seinem Auftritt im Jagdkostüm bei Jonker und in der Krönung Nangoros offenbart. (Oder mißverstehen wir dies heute vielleicht in unserem Belächeln der Zuversicht und Unschuld der Viktorianer? Ist es vielleicht denkbar, daß Nangoro unter seinem Theaterrequisit zufrieden lächelte, als er sich in dem Spiegel betrachtete, den FG ihm lieh?)

Er schrieb: »Der dritte Versuch, den ich schildern will, hatte zum Zweck, Einblick zu ermöglichen in die verabscheuenswürdigen Gefühle, welche barbarische Völker den Kräften von Bildnissen entgegenbringen, die, wie sie wohl wissen, Menschenwerk sind. Ich hatte eine große Sammlung von Götzenbildnissen gesehen, die Missionare vieler Länder angelegt hatten, und hatte mich bei jeder einzelnen dieser lächerlichen und ungeschlachten Monstrositäten gefragt, wie sie eine solche Macht über die Gedankenwelt ihrer Verehrer hatte erlangen können. Ich wollte soweit wie möglich in diese Gefühlswelt Eingang finden. Einen geeigneten Gegenstand für diesen Versuch zu finden war nicht so einfach, denn er mußte in sich ungeeignet genug sein, fromme Gefühle zu erwecken. Ich entschied mich für eine Karikatur, eine Darstellung des Hanswursts, und redete mir ein, sie verfüge über göttliche Kräfte. Voll vorgeblicher Verehrung schrieb ich ihr die Macht zu, das Betragen der Menschen ihr gegenüber zu belohnen oder zu bestrafen, und es fiel mir nicht sonderlich schwer, die Unmöglichkeit dessen, was ich da behauptete, zu leugnen. Nach und nach hatte das Experiment Erfolg; ich begann nicht wenige der Gefühle, die ein Wilder seinem Götzen entgegenbringt, zu empfinden, und es dauerte geraume Zeit, bis sie schwanden; all dies ließ mich die gewaltige Macht erahnen, die der Götze über den Wilden besitzt.«

An der konventionellen Religion lag ihm nichts, doch wie alles unterzog er auch sie seinem fragenden intellektuellen Scharfblick. Er legte sogar eine statistische Übersicht zur Langlebigkeit von Personen wie Königinnen, Fürsten und Bischöfen an, für die regelmäßig in der Kirche gebetet wurde, um herauszufinden, ob die Gebete Einfluß auf ihre Lebensdauer hatten, was nicht der Fall war. Bei seiner behutsamen Analyse mentaler Bilder gelangte er von Systemen wie Zahlenkarten und farbigen Gedächtnishilfen bis zu echten Visionen, wobei er sorgfältig zwischen mentalen Bildern, »Nachbildern«, »Druckbildern«, »Lichtstaub« und hypnagogischen Verläufen, der Visualisierung benannter Gegenstände und unwillkürlich erzeugten Kaskaden duftender und sich ständig verwandelnd herabregnender Rosen unterschied. Er verzeichnete Halluzinationen und Truggebilde, phantasmagorische Ansammlungen von Gesichtern und die kurios anmutenden Kombinationen geträumter Gegenstände – so einen rollenden, kugelförmigen Kopf auf einer weißen Oberfläche, der sich als die miteinander verschmolzene Erinnerung an einen Käsehändler und an dessen Holländer Käse entpuppte. Er verzeichnete Napoleons halluzinierten Glücksstern und den anderer Berühmtheiten. Er bemerkte, daß all diese Träume und Visionen normale Funktionen des Bewußtseins zu sein schienen. »Wenn die öffentliche Meinung zur Nüchternheit neigt, dann halten die Visionäre den Mund, denn sie wollen nicht für überspannt oder verrückt gehalten werden … Doch sobald das Übernatürliche sich allgemeiner Beliebtheit erfreut, begegnet man den Visionären an vorderster Front. Die undeutlichen Phantasieprodukte des Mannes von der Straße erhalten dank der Autorität angesehener Personen den Stempel des ernsthafter Erwägung Würdigen, und infolgedessen finden sie Beachtung und Nahrung, so daß sie allein deshalb vermehrt auftreten, weil sie unablässig ›in aller Munde‹ sind.«

In einem Brief an *Nature* beschrieb er eine Vision, die er gehabt hatte, doch er schickte den Brief nicht ab. Es ist eine fesselnde Vision, und besonders interessant ist, wie entschieden er die religiösen Assoziationen abwehrte, die sie zwangsläufig hätte wecken können. Er lag mit Bronchitis und Grippe im Bett, als sie ihm widerfuhr.

»Als die Phantasien zunahmen und ich am Rande des Deliriums war, gewahrte ich das Nahen einer ganz bestimmten Halluzination. Es kam nicht bis zu einer deutlichen Visualisierung, doch ich spürte, daß ich, hätte ich mich gehenlassen, gegenüber meinem Bett in plastischer Deutlichkeit eine muskulöse, blutbeschmierte gekreuzigte Gestalt an die Wand genagelt erblickt hätte. Was um alles in der Welt mich an ebendieses Objekt denken ließ, entzieht sich meiner Kenntnis. Es hatte nichts mit dem religiösen Symbol zu tun, sondern war nur ein Gefangener, der soeben von einem römischen Soldaten gemartert und gekreuzigt worden war. Das Interessante daran für mich bestand in der Trennung zwischen dem Zustand der Halluzination und dem normaler Visualisierung. Beide schienen in diesem Fall keinerlei Zusammenhang zu besitzen.«

»Hätte ich mich gehenlassen.« Was wollte er damit sagen? In diesem Fall tat er es nicht. Doch wie wir gesehen haben, verfügte er über unkonventionellen Mut, wenn es darum ging, Droschkenpferde oder einen Hanswurst mit *mana* auszustatten. Und im Inneren Afrikas erlebte er Dinge – realer wie visionärer Natur –, die er in gewisser Hinsicht unerträglich fand, obwohl er manche der realen Geschehnisse aufzeichnete, zumindest in Briefen an seine Mutter, mit der er zwei Jahre lang keinerlei persönlichen Kontakt hatte. Real beispielsweise waren die weiblichen afrikanischen Opfer eines der Überfälle Jonkers.

»Ich sah zwei arme Frauenzimmer, von denen einer beide Beine, der anderen ein Bein an den Knöchelgelenken abgeschnitten waren. Sie waren in dieser ereignisvollen Nacht von Schmelens Hoffnung nach Barmen, einige zwanzig engl. (4 deutsche) Meilen weit, gekrochen. Nach ihrem gewöhnlichen Gebrauch hatten die Hottentotten ihnen die Beine abgeschnitten, um die massiven Eisenringe, die sie tragen, abstreifen zu können. Diese jammervollen Wesen zeigten mir, wie sie das Blut gestillt hatten, indem sie die verwundeten Stümpfe in den Sand gestoßen hatten.«

Als er seine medizinischen Versuche für seine Erinnerungen notierte, kam er nochmals in Zusammenhang mit einer Bemerkung zur Unterschiedlichkeit der Schmerztoleranz auf diese Frauen zurück.

»Die Stümpfe waren verheilt, als ich sie sah. Ich fragte sie, wie sie das Blut gestillt hatten, und sie erklärten mir mit Gesten, daß sie es getan hatten, indem sie die blutenden Stümpfe in den Sand stießen, und bei diesen Erklärungen grinsten sie vor Zufriedenheit.«

In dieser Version waren beiden Frauen beide Füße abgeschnitten worden.

An anderer Stelle notierte er, wie »einer von Jonkers Söhnen, ein hoffnungsvoller Jüngling, zu einem Kinde« kam, »das man auf die Erde hatte fallen lassen und das schrie; ganz mit Muße stach er ihm mit einem kleinen Stock die Augen durch«.

Diese Geschehnisse verzeichnet er selbst in den Briefen an seine Mutter, ohne dabei groß Emotionen zu bekunden – ja tatsächlich mit einer merkwürdig an englische Internatszöglinge erinnernden Reaktion, die möglicherweise erhellt, wie ihm nach dem Erleiden der Initiationssrituale in seinem Internat zumute gewesen sein mag.

»Die Owahereros, eine sehr ausgedehnte Nation, haben neulich zum Vergnügen ein Dorf überfallen, und nachdem sie alle Männer und Weiber getötet hatten, haben sie den Kindern die Füße bei den Knöcheln zusammengebunden und sie mit dem Kopf nach unten an einer langen Stange aufgehängt, die sie waagerecht zwischen zwei Bäumen anbrachten; daraufhin suchten sie recht viel Schilfrohr zusammen und legten es darunter und entzündeten es; und während die Kinder starben, die armen Würmer, halb verbrannt und halb erstickt, tanzten sie singend um sie herum und amüsierten sich ganz prächtig dabei. Andersson läßt seine wärmsten Empfehlungen ausrichten. Herzliche Grüße an die ganze Familie, an alle Verwandten und Freunde, an alle miteinander und an jeden einzelnen von ihnen, Dein Dir stets liebend verbundener FG.«

Bevor er sich zum Ngamisee aufmachte, verbrachte er eine gewisse Zeit bei den Buschmännern von Tounobis, die ihn mit

Erzählungen von den Fabeltieren unterhielten, die am Seeufer und im dahintergelegenen Busch leben sollten. »Die Buschmänner erwähnten, ohne daß eine Frage sie darauf führte oder früher von dem Gegenstand gesprochen worden wäre, das Einhorn. Ich fragte sie gründlichst aus, doch sie beharrten darauf, ein einhörniges Tier zu beschreiben, in Form und Größe etwa wie ein Gemsbock, dessen nach vorn gebogenes Horn sich in der Mitte der Stirn befinden soll.« FG schrieb seiner Mutter, daß die Felle, die von den Kubahibs gestohlen worden waren, allen, die sie sahen, völlig unbekannt waren. »Es wird in der Tat seltsam sein«, schrieb er, »wenn die Kreatur wirklich existierte. Neuere Reisende im Norden des tropischen Afrika haben von ihm gehört und glauben daran ...« Die Buschmänner schilderten ihm auch eingehend ein »anderes fabelhaftes Ungeheuer, den Basilisken« als eine Baumschlange mit glänzendbuntem Fell, einem Kamm wie ein Perlhuhn, gackerndem Geschrei und einem tödlichen Biß, nur »davon, daß sie Flügel hätte, habe ich niemals gehört«. Die Zeichnungen der Buschmänner betrachtete FG mit Interesse. »Sie pflegen Bilder von Menschen und Tieren an die Höhlenwände zu malen und mit Ocker zu färben. Diese Bilder waren früher zahlreich, doch die voranschreitende Kolonisierung hat zu ihrer Zerstörung geführt, und heute gibt es nur mehr wenige davon und ebenfalls nur mehr sehr wenige Buschmänner ... Besonders beeindruckt hat mich das Porträt einer Elenantilope, das einen guten Begriff von der Präzision und Klarheit ihrer besten Arbeiten vermittelte.« In späteren Jahren beschrieb er die Malweise eines wilden Buschmanns aus einem Stamm, der in Felshöhlen im Drakenberg-Massiv lebte.

»Er begann stets damit, daß er auf ein Stück Papier oder eine Schiefertafel eine Anzahl isolierter Punkte zeichnete, die dem ungeübten Auge keinerlei Zusammenhang, Linie oder Umriß verrieten, sondern aussahen wie freigebig am Himmel verstreute Sterne. Nachdem er sich höchst bedächtig dessen versichert hatte, daß er ausreichend Punkte gemalt hatte, begann er sodann freihändig eine kühne Linie zwischen ihnen zu ziehen, und indem er dies tat, trat nach und nach die Gestalt eines Tiers zum Vorschein, die eines Pferdes, eines Büffels, eines Elefanten oder einer Antilope. Er tat es stets mit freier Hand und mit so untrüglicher Genauigkeit, daß keinerlei Korrektur an der Linienführung erforderlich war. Von dem Burschen, der mich führte, erfuhr ich, daß seine Stammesverwandten bei der Herstellung ihrer wunderbar geschickten Bilder immer diesem Vorgehen folgten.«

Dieses Beispiel verwendet FG in seinen Überlegungen zu geistigen Bildern als Illustration der Projektion eines kompletten mentalen Bildes auf das Papier. Unmittelbar folgen läßt er diesem Beispiel das der Eskimos, die aus dem Gedächtnis genaue Karten der zugefrorenen Buchten und Flußmündungen zu zeichnen vermochten, die sie in ihren Kanus erkundet hatten. (Und die, wie auch behauptet wird, auf mentalen Reisen von den Schamanen erkundet wurden, die nie körperlich die akkurat wiedergegebenen Buchten, Halbinseln, Seen und Gebirgsvorsprünge bereist hatten.) Karl Pearson, FGs Biograph, bemerkt anläßlich dieser Beschreibungen der Leistungen der Buschmänner und der Schlüsse, die FG daraus in Hinblick auf die mentale Bilderwelt unserer Vorfahren in der Eiszeit zog, daß die Entdeckung der Höhlenmalerei in Lascaux und an anderen Stätten, die nach seinem Tod erfolgte, zweifellos sein größtes Interesse geweckt hätte. Auch diesen Bildern schreibt man heute schamanische Kräfte zu, die Geister herbeibeschwören und Seelen in das Fluidum des ewigen Treibens von Jäger und Jagdbeute, Essendem und Gegessenem, überführen sollen. Vielleicht ist es nicht einmal an den Haaren herbeigezogen, FGs »freigebig am Himmel verstreute Sterne« mit astrologischen Weissagungen in Verbindung zu bringen. »Indes der Keiler und der Hund des Jägers / Am Erdengrund ihr Muster ziehen / Sind sie am Sternenhimmel miteinand versöhnt.«

[Quaere. Streichen?? S D-S]

Die Reise von Tounobis zum Ngamisee war beschwerlich und gefährlich. Es war unerträglich heiß und unerträglich trocken; dreieinhalb Tage lang gab es kein Wasser, nachdem sie Tournobis verlassen hatten, und mehrere der bereits entkräfteten Ochsen verendeten in der sengenden Hitze. Als er den Ngamisee erreichte, notierte er eine »Vision im Wachzustand«, die ihm zuteil wurde, als er nachts schlaflos am Lagerfeuer lag.

»›Nein, ich bin ungestalt wie wilde Bären, daß Tiere sich voll Schrecken von mir kehren.‹ So heißt es im *Sommernachtstraum*, der eine klarsichtige Abhandlung über die mentale Verfassung des Irren, des Liebenden und des Dichters enthält. Shakespeare besaß offenbar ein lebhaftes Interesse an der mentalen Bilderwelt. Sowohl Antonius als auch Hamlet sprechen von den Gestalten von Walen oder Drachen, die sie in den Zufallsformationen der Wolken erkennen. Ich habe einige der geistigen Aktivitäten untersucht, die stattfinden, wenn wir einen Baumstumpf oder das Glitzern in den dunklen Zwischenräumen hinter Blättern betrachten und uns einbilden, dort Lebewesen zu erblicken, einen kleinen Hund, einen Raben oder ein Paar helle Augen, die wir einer verborgenen Katze, groß oder klein, zuschreiben. In englischen Parklandschaften ist mir aufgefallen, daß unser Geist während der Annäherung an ein nicht eindeutig identifiziertes Objekt – einen Felsen mit Moosbesatz oder einen Holzscheit – aus dem bißchen Material oder flüchtigen Zuordnungen unablässig das eingebildete Wesen *konstruiert*. Ganze Raben mit dickem Schnabel, Klauen, Schwingenfedern und wachsamem Auge schuf ich mir schon aus dem, was danach als Weißdornwurzel wiedererkannt, *rekonstruiert* werden mußte. Wiederholt sah ich einen kauernden Löwen mit gespitzten Ohren, muskulösen Schultern und leise den Boden peitschendem Schwanz, wo nichts war als das Rauschen des Gebüschs im Sommerwind und Licht, das auf etwas Glänzendes fiel und dem schauenden Auge Augen vorspiegelte. Etwas Ähnliches muß mir in jener Nacht widerfahren sein, doch in so abscheulichem und widerwärtigem Ausmaß, daß sich mir die Feder sträubt. Daß ich es überhaupt niederschreibe, geschieht nur im Versuch, es auf rationalem Weg zu bannen. Ich glaube, daß die ursprünglichen Bilder sich in meinem armen Gehirn teilweise in Folge unseres Besuchs am Elefantenbrunnen bildeten; die Massen von Elefantenknochen und Hauzähnen, welche sich im Schlamm und am Boden des Gewässers fanden, haben in den Eingeborenen die Vorstellung geweckt, der Ort sei für die Elefanten der Friedhof, wohin sie sich zum Sterben begeben, um inmitten der Gebeine ihrer Vorfahren und ihrer Gefährten die letzte Ruhe zu finden. Wie dem auch sein mag, ich sah mit einemmal das ganze Ufer, wo sich eine bescheidene Menge großer Kiesel, kleiner Felsbrocken, Treibholz usw. befand, mit Knochen übersät. Es waren Menschengebeine, gespaltene Schädel, durchtrennte Wirbelsäulen, zerschmetterte Femure und Tibia, kleine Haufen von Phalangen und Metatarsen. Im Mondlicht schimmerten sie weiß und näher im Licht des Lagerfeuers rötlich. Wohin ich schaute, schien mein Blick diese dürren Gebeine mit Fleisch zu bedecken. Ich mußte unwillkürlich an Hesekiel in seinem Tal verdorrter Gebeine denken. ›So spricht Gott der Herr zu diesen Gebeinen: Siehe, ich will Odem in euch bringen, daß ihr wieder lebendig werdet. Ich will euch Sehnen geben und lasse Fleisch über euch wachsen und überziehe euch mit Haut und will euch Odem geben, daß ihr wieder lebendig werdet; und ihr sollt erfahren, daß ich der Herr bin … Und siehe, da rauschte es, und siehe, es regte sich, und die Gebeine rückten zusammen, Gebein zu Gebein. Und ich sah, und siehe, es wuchsen Sehnen und Fleisch darauf, und sie wurden mit Haut überzogen; es war aber noch kein Odem in ihnen.‹ Hesekiel machte aus seinen Gebeinen ein lebendes Heer, doch mein schöpferischer Blick beschränkte sich darauf, sie mit rohem, glitschigem Fleisch zu versehen, fahler Färbung oder blutig, zerhackt und verstümmelt, Fleisch, dem Unsägliches angetan worden war. In meiner Zeit als Jägersmann und bei meinen Forschungen hatte ich so manche Schlächterei an Tieren verübt, und aus meiner Zeit als Arzt wußte ich um die Organe und Gliedmaßen des menschlichen Körpers vom Gehirn bis zum Zehnagel, doch es übersteigt mein Fassungsvermögen zu glauben, daß die unvorstellbaren Martern, das ausgeklügelte Zerstückeln und Zerfleischen, die an dieser Menge Menschen begangen worden waren, meinem Unterbewußtsein entstammte. Im Geist muß ich mich heute noch erbrechen. Körperteile in den bizarrsten Verbindungen – Brustwarzen mit Augenhöhlen und andere unsägliche Zusammenstellungen – und alle in unerträglichen Schmerzen. Ich ging zwischen ihnen auf der Suche nach einem ganzen Menschen und gelangte zu einem halb enthäuteten abgeschnittenen Kopf auf einer Stange, aus dem mich – ich schwöre es – *meine eigenen Augen kummervoll anblickten*, als wollten sie sagen: Warum läßt du solches mit mir geschehen?

»Diese Haufen von Fleisch waren unbelebt, aber nicht reglos. Sie krümmten sich gewissermaßen, verschmolzen miteinander und nahmen neue Formen an. Es erinnerte mich an einige der schönen und traurigen Zeilen aus Alfred Tennysons Gedicht für Henry Hallams beweinten Bruder Arthur, der so tragisch in der Blüte seiner Jahre von uns schied. Es wurde anonym veröffentlicht, als ich mich nach diesem unbekannten Land aufmachte, und Henry drückte mir beim Abschied ein Exemplar in die Hand. Es ist ein bizarres, fragmentarisches Gedicht, das jedoch von tiefer Trauer kündet, einer Trauer um die ganze Erde, um den Verlust des Glaubens.

Berge wie Schatten fließen hin
Von Form zu Form, nichts hat Bestand;
Wie Nebel schmilzt das feste Land,
Formt sich zu Wolken, die vergehn.

Ich wünschte, ich hätte damals nicht daran gedacht, denn nun sehe ich diese Schattenberge immer blutrot gefärbt und aus Blut gebildet.«

Im Januar 1852 segelte er nach England, das er im April erreichte, genau zwei Jahre nach seiner Abfahrt. Bei der Ankunft erfuhr er, daß Henry Hallam kurz nach seiner Abreise 1850 in Italien gestorben war und daß Henrys Schwester Julia Hallam, für die er eine gewisse Zuneigung gehegt hatte – über deren Ausmaß wir nichts wissen –, seit zwei Monaten Braut war. In seinen Erinnerungen, die erst 1908 erschienen, schildert er seine Erleichterung, als er den Schoner in der Walfischbai bestieg. Er resümiert: »Dieser nüchterne Bericht einer überaus ereignisreichen Reise hat den Gefahren und Abenteuern, die sie begleiteten, wenig Raum geschenkt ... Sie muß der Leser sich vorstellen, denn ansonsten müßte der folgende Absatz ihm übertrieben erscheinen, was er nicht ist.«

Doch der folgende Absatz hat nichts Übertreibendes an sich.

Er beginnt mit den Worten: »Das ganze Ausmaß der Anspannung, unter welcher ich gelebt hatte, kam mir erst zu Bewußtsein, als ich mich an Bord des kleinen Schiffes befand, das mich fortführte, und zum erstenmal war ich in der Lage, in völliger Sicherheit zu schlafen.«

Der Rest des Absatzes ist harmloser Natur: Dank an Gott dafür, daß er unterwegs keinen seiner Begleiter verloren hatte, dafür, daß er Groll und Meuterei seiner Diener und das Abrichten des Reitviehs überlebt hatte sowie das »Dressieren eines nichtsnutzigen Schlages von Eingeborenen, der eine unbekannte Sprache sprach«. Er spricht von den »Entsetzlichkeiten eines Wildenkrieges«, dem er erst ein Ende machen mußte, bevor er weiterreisen konnte, und vom Mangel an Lebensmitteln, auf die man sich verlassen konnte. Er dankt Andersson – der später im Land der Damara sterben sollte – und Hans. Der Absatz ist *untertrieben*. Englische Zurückhaltung oder Ausweichen vor dem, was er eigentlich hatte sagen wollen?

III

[Das dritte Dokument, dem ich die vorläufige Überschrift »I…« gebe]

Er war ein Mann der Öffentlichkeit, und er zeigte sich jeden Tag in der Öffentlichkeit. Um zwei Uhr nachmittags ging er von der Victoria-Terrasse zum Grand Hotel. Er war sorgfältig gekleidet, stets auf die gleiche Weise – ein schwarzer Tuchgehrock, schwarze Hosen, die über den auf Hochglanz gewienerten schwarzen Stiefeln mit hohen Absätzen an den Knöcheln Zieharmonikafalten warfen, ein sorgfältig zusammengerollter Regenschirm, ein glänzender seidener Zylinder und ein kleines Gatter von Miniaturorden. Sein weißer Bart und sein weißes Haar umrahmten wie ein üppiger Glorienschein sein bleiches Gesicht, das nie lächelte. Er war von zierlichem Körperbau, und seine steife, gerade Haltung zeugte von einem Gefühl der Würde, das sowohl etwas Wichtigtuerisches als auch etwas Bedrohliches hatte. Seine Lippen waren schmal; die Augen unter den schneeigen kantigen Brauen hatte jemand treffend als »stolze Dachsaugen« bezeichnet. Karikaturisten fanden ihn leicht zu zeichnen; Karikaturen von ihm gab es wie Sand am Meer, alle gleich, alle verschieden. Er wußte, daß man ihn beobachtete. Er hatte sich dafür präpariert. Berühmte Menschen wandeln hinter oder in einer vereinfachenden Maske, die gleichermaßen von innen wie von außen geschaffen wird. Er pflegte seine Pergamenthaut und sein glattes Stiefelleder, um das Licht auf den Betrachter zurückzuwerfen. Die Betrachter wußten ungeachtet seines präzisen und dandyhaften Auftretens, daß sie es mit der Außenseite und nicht mit der Innenseite zu tun hatten. Ihre Phantasie umspielte die rudimentäre Innenseite, die konturlos und undurchsichtig blieb. Er gehörte zu ihnen, war ihr Landsmann. Sie waren sich nie sicher gewesen, ob sie ihn leiden konnten.

Zu Lebzeiten war er von seinen Bildnissen umgeben. In seinen späteren Tagen stand vor dem Nationaltheater seine Statue, überlebensgroß, im Schnee dräuend. Bei Einweihungsfeierlichkeiten wurde er photographiert, winzig und stachelig inmitten der Würdenträger. In Gossensaß wurde ein Platz nach ihm benannt. Man erwog, für die Festspiele der Freien Bühne in Berlin eine Wachsfigur von ihm anfertigen zu lassen, und schrieb ihm mit der Bitte um einen alten Anzug. »Haben Sie bitte die Güte, diesem Herrn mitzuteilen, daß ich weder ›alte Anzüge‹ trage noch wünsche, eine Wachsfigur nach meinem Vorbild in einem ›alten Anzug‹ zu sehen. Aus naheliegenden Gründen kann ich für diesen Zweck keinen neuen Anzug zur Verfügung stellen, und ich empfehle daher die Bestellung eines solchen bei meinem Schneider Herrn Friess in der Maximilianstraße in München.« Bildhauer und Maler fanden ihn ungewöhnlich. Einem von ihnen vertraute er an, er besitze die größte Hirnschale, die von einem diesbezüglichen deutschen Experten je gemessen worden sei. Einen anderen, der ihn gebeten hatte, seine Brille abzunehmen, entsetzte die Ungleichheit seiner Augen.

»Das eine war groß, fast möchte ich sagen abscheulich – so erschien es mir zumindest – und zutiefst mystisch, das andere weit kleiner, recht eigentlich verkniffen, kalt und klar und ruhig erkundend. Sprachlos stand ich für einen Augenblick und starrte diese Augen an und sprach aus, was mir durch den Kopf ging: ›Sie hätte ich nicht gern zum Feind.‹ Da schienen seine Augen und sein ganzer Körper zu erglühen, und unwillkürlich kam mir der Troll im Märchen in den Sinn, der aus seinem Haus springt und brüllt: ›Wer fällt da Bäume in *meinem* Wald?‹«

Er war *mjök trollaukinn*, ein Mensch mit »gesteigerter Unmenschlichkeit«, wie eine unfreiwillig komische Übersetzung es ausdrückt. Er schrieb:

> Zu leben heißt in Herz und Seele mit Trollen Krieg zu führen.
> Zu schreiben heißt über sich selbst zu Gericht zu sitzen.

Spaltung und Selbstaufspaltung. Die Trolle, die im Blut und unter dem Fell des Menschengeschöpfs leben; der Schriftsteller, der sich selbst beobachtet, der Rechenschaft ablegt, sein Urteil fällt. Er schrieb inmitten eines Häufchens rotzungiger Guttaperchatrolle. »An meinem Schreiben muß etwas vom Troll sein«, sagte er. Sein Ungeheuer von einem Troll kam nur *in extremis* zum Vorschein, dann, wenn alles unvorstellbar schwierig war. »Dann verschließe ich meine Tür und lasse ihn heraus. Keines anderen Menschen Auge hat ihn je erblickt, nicht einmal meine Frau … Er ist ein Bär, der die Geige spielt und mit dem Fuß den Takt klopft.«

Dort war er also, Mensch und Troll, Dachs und Bär, schwarze Deckhaut und faltiger Pergamentsack voller Blut, Knochen und emsig tätigen Geschöpfen, und näherte sich dem Grand Hotel in Kristiania in Norwegen, das er nicht gern als seine Heimat betrachtete. »Hier oben zwischen den Fjorden ist das Land meiner Geburt. Aber-aber-aber: Wo soll ich meine Heimat suchen?« – »Vor zehn Jahren, als ich nach meiner zweiten Abwesenheit von zehn Jahren Dauer den Fjord entlangsegelte, spürte ich, wie mir vor Abscheu und Übelkeit wahrhaftig eng um die Brust wurde. Und das empfand ich während der ganzen Zeit meines Aufenthalts; ich war nicht mehr ich selbst unter all diesen fühllosen und verständnislosen norwegischen Augen in den

Fenstern und auf den Straßen.« Im Süden dachte er an den Norden.

Er wandte seines Schiffes Bug
Ab von des Nordens Strand.
Von Schnee und Eis es fort ihn trug,
Nach Süden wie der Vögel Zug,
In lichterer Götter Land.

Gen Süd, gen Süd durchschor sein Kiel
Den Schwall, vorbei am Riff.
Bei schwanker Palme schmuckem Stiel,
Im Kranz der Bucht war er am Ziel,
Verbrannte dort sein Schiff.

Nach Norden spannt' des Rauches Spur
Der Brücke Bogen sacht.
Und eines Reiters Spukfigur
Vom Süden zu des Nordens Flur
Sich aufmacht jede Nacht.

Er war ein Nordländer, der in den Süden ging um des Lichtes, um der Distanz willen, um den Norden im Licht und aus der Distanz sehen zu können. Am 9. Mai 1864 überquerte er die Alpen. Am 1. April 1898 sprach er in Kopenhagen über die Veränderung.

»Über den hohen Bergen hingen die Wolken wie große, dunkle Vorhänge, und unter diesen fuhren wir durch den Tunnel und befanden uns plötzlich in Mira Mara, wo sich mir unvermittelt das herrlich helle Licht enthüllte, das die Schönheit des Südens ausmacht und das glänzt wie weißer Marmor. Es hat mein ganzes späteres Werk geprägt, auch wenn dessen Inhalt nicht immer schön beschaffen war.« Er hatte den »Eindruck, als wäre ich aus dem Dunkel ins Licht befreit worden, durch einen Tunnel aus Nebelschwaden an das Licht der Sonne gelangt«.

Ein engstirniger Puritaner des Nordens war er oder war er gewesen. Der Überschuß an Kraft bei Michelangelo und Bernini war für ihn zuerst schockierend und dann belebend. »Diese Burschen hatten den Mut, hin und wieder eine Tollheit zu begehen.« Die Norweger, erinnerte er sich verächtlich, »sprechen mit größter Selbstgefälligkeit von unserem norwegischen ›Hausverstand‹, der in Wahrheit nichts anderes bezeichnet als eine Lauheit des Gemüts, die es diesen ehrbaren Seelen unmöglich macht, jemals unbesonnen, jemals toll zu sein«.

Er sehnte sich danach, eine Tollheit wie Michelangelo zu begehen. Hatte er nur aus Furcht vor der Lauheit und dem Dämmerlicht Norwegen geflohen? Hatte er bereits eine Tollheit begangen, indem er wie Hefe im norwegischen Dünnbier gor, bis die Flasche schier platzte? Als Briefeschreiber war er gehemmt, gekünstelt, gewunden förmlich, keineswegs mitteilsam. Nachdem er seine Heimatstadt verlassen hatte, kehrte er nie wieder, wenngleich er anläßlich des Todes seiner Mutter einen gestelzten Brief an seine Schwester Hedvig schrieb, der besagte, daß er im Begriff stehe, nach Ägypten abzureisen, sich über Briefe jedoch freuen werde. Später schrieb er seinem Vater, der den Brief nicht aufbewahrte, aber eine Antwort schickte, die aufbewahrt wurde und in der es heißt: »Ich habe Deinen Brief zu lesen versucht, ihn jedoch nicht verstanden und mich geschämt …«

Für eine Berühmtheit, die in ihr Geburtsland zurückkehrt, ist es doppelt schwierig, keinen frommen Pilgergang zu ihrem Geburtsort zu tun. Die Zuschauer des öffentlichen Lebens interessieren sich für dessen Anfänge, dessen Ursprünge. Es wäre alles andere als wahrhaftig zu behaupten, er selbst habe dem gleichgültig oder desinteressiert gegenübergestanden. 1881 begann er eine Autobiographie zu verfassen, die er bald beiseite legte, und drückte darin sein Erstaunen aus, daß eine Straße nach ihm umbenannt worden war. »Zumindest entnahm ich das den Zeitungen, und ich hörte es auch von Reisenden, auf deren Wort Verlaß ist.« Er entsann sich einer düsteren Stadt – »kein Grün, keine ländliche, offene Landschaft« –, in der ständig das Rauschen des Wassers an den Wehren zu hören war, übertönt »von morgens bis in die Nacht von etwas, was wie schrilles Frauengezänk klang, bald kreischend, bald klagend. Das waren die Hunderte von Sägen, die an den Wehren betrieben wurden.

Als ich später von der Guillotine las, dachte ich an jene Sägen zurück«. In der hohen Kirche, die ein Baumeister aus Kopenhagen errichtet hatte, wurde das Kind von seinem Kindermädchen ausgesetzt, hoch oben im Turm in einem offenen Fenster. Dieser unerwartete Anblick ließ seine Mutter aufschreien und in Ohnmacht fallen. In der Kirche wohnte auch ein dämonischer schwarzer Pudel mit feuerrot glosenden Augen, dessen Anblick am selben Fenster einen Nachtwächter so erschreckt hatte, daß er zu Tode gestürzt und sein Kopf auf dem Platz vor der Kirche zerschmettert worden war. »Ich hatte den Eindruck, daß das Fenster mir und dem Kirchenpudel gehörte«, schrieb er. Dann gab er sein autobiographisches Unterfangen auf. Ganz offenkundig verlangte es ihn nicht danach, diese Szenen wiederzuerleben. Etwas hinderte ihn daran. Er hielt sich fern.

Manchmal beschrieb er, wie er seine Personen in Gang setzte. Wie, so darf man fragen, macht sich jemand wie er daran, ein anderes menschliches Wesen zu konstruieren, gewissermaßen *ex nihilo*, ein Individuum, das es zuvor nicht gab und das mit einemmal existiert, dessen Identität jedoch Raum bieten muß für das schöpferische Puppenspielertum eines Regisseurs, für die charakterisierende Handschrift eines Kostümbildners und eines Maskenbildners, für die bewußten Akzente, die mit Scheinwerferlicht und unechten, möglicherweise nur auf den Prospekt gemalten Stoffen, Stühlen und Tischen gesetzt werden? Und wie vor allem verleiht er einer solchen Person »Realität« (was immer das sein mag), ohne dieser Realität das Flüchtige, Vorläufige zu nehmen, sondern es dem Schauspieler zu überlassen, ihr Fleisch zu geben, sich in sie hineinzubohren, seine Stimme und seinen Körper – vom Autor nicht imaginiert und vielleicht unwohnlich – mit ihr zu bekleiden, mit ihr zu umhüllen? Und nicht etwa dem einen endgültigen und maßgebenden Schauspieler, sondern einer Abfolge dieser nur zu fleischlichen Gespenster, die jedesmal andere Falten und Taschen ausfüllen? Wie konnte er im Werk seiner Phantasie mit diesen unbekannten Helfern oder Gegenspielern zusammenarbeiten?

Die Beschreibungen dieses Prozesses, die er hinterlassen hat – auch sie nicht zahlreich, weniger zahlreich, als man vernünftigerweise hoffen oder erwarten dürfte –, sind in dieser Hinsicht enttäuschend. Sie könnten von einem Romancier stammen oder sogar von einem Biographen (was zugegebenermaßen ein wenig an den Haaren herbeigezogen ist). Körper und Stimme sind vielleicht ein wenig stärker berücksichtigt, doch das ist auch schon alles. In gewisser Hinsicht sind seine Notizen Platitüden, wie wir sie zahllos aus anderen Berichten anderer Beobachter kennen. Dennoch sollte die spezifische Form seiner Platitüden als seiner eigenen Platitüden unser Interesse finden, so wie auch die spezifische Kombination seiner Darmflora oder die spezifische Ausprägung seiner Gehirnwindungen unser Interesse finden sollte, wäre es möglich, sie zu erkunden. Besitzen wir Instrumente, mit denen Platitüden fein genug zergliedert werden können, um treffende Einzelwahrheiten zu offenbaren?

»Bevor ich das erste Wort schreibe«, lautet also eine seiner seltenen vertraulichen Mitteilungen, »muß ich die Figur durch und durch kennen. Ich muß mich bis in den hintersten Winkel ihrer Seele getastet haben. Ich gehe immer vom Individuum aus; Bühnenwirksamkeit und dramatisches Ensemble stellen sich von allein ein und bereiten mir kein Kopfzerbrechen, sobald ich mir des Individuums in jeder Faser seiner Menschlichkeit gewiß bin. Doch ich muß auch eine Vorstellung von seinem Äußeren haben bis zur kleinsten Einzelheit, wie es geht und steht, wie es sich beträgt, wie seine Stimme klingt. Dann lasse ich es nicht mehr los, bis sein Geschick sich erfüllt hat.«

Jetzt dürfen wir fragen – müssen wir sogar fragen, denn es wäre sinnlos, hypothetische theoretische Barrieren gegen eine so tiefwurzelnde und natürliche menschliche Neugier zu errichten –, woher diese imaginierten Menschenwesen stammen. Wie wir sehen werden, vergleicht er sie sinniger- oder unsinnigerweise mit Fremden, denen man im Zug begegnet. Er beobachtete Zugbekanntschaften, wie ein Naturforscher neue und vertraute Arten beobachtet. Mit einer Spur moralischen Urteils, die sich in die reine Beobachtung mischte. Er soll sich über eine unbekannte Mitreisende, die den ganzen Weg von Rom bis Gossensaß in seinem Abteil schlief, ohne jemals aus dem Fenster zu sehen, ganz fürchterlich aufgeregt haben. »Was für ein *faules*

Geschöpf! Die ganze Fahrt zu verschlafen! Wie kann man nur so *faul* sein? ... Die meisten Menschen sterben, ohne gelebt zu haben. Es ist ihr Glück, daß sie das nicht wissen.«

Doch die Menschen, die er, um es so salopp zu sagen, »bastelte«, konnten schließlich nicht nur beobachtete Fremde sein, sondern mußten aus seinem eigenen Stoff geschaffen, aus seiner eigenen Haltung erspürt, durch eines der beiden schrecklichen Augen gesehen werden.

»In der Regel schreibe ich drei Entwürfe zu meinen Stücken, die sich sehr stark voneinander unterscheiden – in der Charakterausführung, nicht in der Handlung. Wenn ich mich an das erste Ausarbeiten meines Materials mache, ist es, als wären die Figuren mir von einer Eisenbahnfahrt her bekannt. Man hat eine oberflächliche Bekanntschaft geschlossen, über dies und jenes geplaudert. Beim nächsten Entwurf sehe ich alles schon viel deutlicher, und ich kenne die Leute so, wie man jemanden kennt, mit dem man einen Monat in einem Kurort zugebracht hat; ich habe ihre charakterlichen Grundgegebenheiten und ihre kleinen Eigentümlichkeiten entdeckt, doch in manchen Grundzügen mag ich mich noch immer täuschen. Und im letzten Entwurf bin ich bis an die Grenzen meines Wissens gelangt; ich kenne meine Figuren aus enger und langer Bekanntschaft – sie sind vertraute Freunde geworden, die mich nicht mehr enttäuschen können; so, wie ich sie jetzt sehe, werde ich sie immer sehen.«

Zweifellos eignete er sich Fremdes an. In Dresden schickte ihm eine sehr junge Frau eine Fortsetzung seines dramatischen Gedichts *Brand*, die sie *Brands Töchter* genannt hatte. Sie bezeichnete das Buch als Erbauungsbuch. Er bezeichnete es als Roman. Er machte sich die ungewöhnliche Mühe, ihr Ratschläge zu erteilen. Er mochte sehr junge Frauen. Er genoß ihre Bewunderung. Mehr als bloß Talent sei erforderlich, erklärte er ihr. »Man muß etwas haben, woraus man schöpft, einen Lebensinhalt ... Ich weiß zwar sehr wohl, daß ein einsames Leben kein leeres Leben ist. Doch der Mensch ist, geistig genommen, ein weitsichtiges Geschöpf; am klarsten sehen wir aus großem Abstand, die Einzelheiten verwirren; man muß heraus aus dem, was man erkennen will; den Sommer schildert man am besten an einem Wintertag.«

Leicht wie weißer Marmor, erinnert im knirschenden Schnee unter stahlgrauem Himmel.

Später eignete er sich die Verwirrung und Torheit dieser jungen Frau an, um seine Puppenfrau in seinem Puppenhaus zu konstruieren; auch sie hatte Geld geliehen, um die Reise ihres kranken Ehemanns zu bezahlen, auch sie hatte einen Scheck gefälscht. Laura, deren Taten gestohlen wurden, erlebte Zeiten von Wahnsinn und Schande. Es war nicht seine Art, Freunde zu gewinnen oder zu behalten.

»Freunde sind ein kostspieliges Vergnügen, und wenn man all sein Kapital an eine Berufung und Aufgabe im Leben verwendet, dann kann man sich Freunde nicht leisten. Das Verschwenderische daran, sich Freunde zu halten, liegt nicht in dem, was man für sie tut, sondern in dem, was man aus Rücksicht für sie zu tun unterläßt. Aus diesem Grund sind viele intellektuelle Schößlinge in unserem Inneren verkümmert. Ich habe es durchgemacht und aus ebendiesem Grund. Ich habe mehrere Jahre durchlebt, in denen es mir nicht gelang, ich selbst zu sein.«

Der steife Gnom, der sich seinem öffentlichen Tisch nähert, seinem Glas Branntwein, seiner reservierten, nichthäuslichen Sphäre, war von der Vorstellung besessen, er selbst zu sein. Er war, wie es den Anschein hatte, unerschütterlich davon überzeugt, ein wahres Selbst zu besitzen, das er sein konnte, ungeachtet der Verbreitung seiner Abbilder mittels Porträtbüsten und Zeitungskarikaturen. Dieses Selbst gründete in der festen Errichtung von Grenzen zwischen seinem Bewußtsein von sich selbst und den Ein- oder Übergriffen zarter, erfühlender, bohrender und ermüdender, vor allem aber *urteilender* Natur anderen gegenüber. Oder gründete es darin, daß er sich weigerte, der Maske der Vorstellung von ihm, wie andere sie konstruierten, zu entsprechen, oder daß er sie zumindest nicht sehen wollte, er, der er hinter seinem Fenster aus Eis die anderen durch sein Objektiv mit langer Brennweite konstruierte? Oder wollte er vielleicht überhaupt nicht existieren müssen? War vielleicht dieses so schrecklich ersehnte, so komplizierte wirkliche Selbst in

Wahrheit die Abwesenheit eines Selbst, eine ungebundene flackernde Flamme von Wissen und Sprache, die in keines der Rituale gezwängt oder eingepfercht werden darf, wie sie die sozialen Berührungen und Annäherungen begleiten, durch welche die meisten von uns sich über andere entdecken?

»Ich weiß, daß es zu meinen Fehlern gehört, denen auszuweichen, die sich ganz offenbaren wollen. Ich kann es nicht über mich bringen, mich zu entblößen. Ich habe den Eindruck, daß mir in persönlichen Beziehungen nur ein falscher Ausdruck dessen zur Verfügung steht, was ich tief in meinem Inneren trage und was mein eigentliches Ich ausmacht; deshalb lasse ich es lieber in meinem Inneren eingeschlossen, und das ist der Grund, warum wir manchmal einander gegenüberzustehen scheinen, als beobachteten wir einander aus gewisser Entfernung.«

Und doch das Paradox. Dieser Mann schuf seine Kunst aus ebendiesen gemeinsamen Bewegungen, Körperberührungen, einander begegnenden Blicken, die er als Mensch nicht ertragen konnte. Und er betrachtete diese Form als andere (und doch gleiche) Bedrohung seines »wahren Selbst«, die ihm das Schreiben erst ermöglichte, denn gegen Ende seines Lebens erklärte er mit ihr seine Unfähigkeit, Briefe zu schreiben.

»Ich fürchte fast, daß ich so lange und so schwer mit der dramatischen Form gekämpft habe, die erfordert, daß der Verfasser bis zu einem gewissen Grad seine eigene Persönlichkeit ertränkt und erdrosselt oder zumindest verbirgt, daß ich einen Großteil dessen eingebüßt haben mag, was ich selbst an einem Briefschreiber am höchsten schätze …«

Ertränken, erdrosseln. Starke, gewalttätige Verben. Es gab ein weiteres Wort. Versteinerung. Im Tageslicht werden Trolle zu Stein, und Denkmäler sind öffentlicher Marmor mit leeren Augen. So trat das Bildnis gemessenen Schritts vor und sah auf seine Uhr an der Uhrkette. Das Blut war aus seinen Adern gewichen, die flüssiges Gestein verstopfte, wie er sich sagte.

(Ort: Das Grand Hotel. *Verschiedene Herren, darunter der Maler Edvard Munch, sitzen an verschiedenen Kaffeehaustischen in winterfahlem Licht. Ein Innenraum zur Rechten enthält einen*

einzelnen Tisch, an dem ein Mann sitzt, Gesicht und Körper von einer Zeitung verdeckt, die er in der Hand hält. Ein Gefühl der Erwartung liegt in der Luft. Die Herren an den anderen Tischen halten ebenfalls Zeitungen, hinter denen sie sich verstecken und hinter denen sie von Zeit zu Zeit mit unterdrückter Neugier hervorlugen. Der fremde Gast hingegen rührt sich nicht. Seine Zeitung raschelt nicht.

HI tritt ein, von links. Er schließt die Tür hinter sich. Draußen schneit es. Er sieht auf seine Uhr, die alt und verbeult ist, und zieht aus der Krempe seines Seidenzylinders einen kleinen Spiegel; er kämmt sich und steckt den Spiegel zurück. Er geht in einer geraden Linie zwischen den Tischen hindurch, ohne jemanden anzusehen.)

MUNCH An Ihrer Stelle wäre ich auf der Hut. Er schätzt Gesellschaft nicht. Ich habe ihn einmal eingeladen, sich zu uns zu setzen, und er hat mich ziemlich grob abgefertigt.

HI *(zögert kurz, runzelt die Stirn. Dann geht er weiter. Gesichter blicken hinter Zeitungen hervor.)*

MUNCH *Tvertimod.* Andererseits – tun Sie, wie Ihnen beliebt.

HI *(geht nur wenig langsamerem Schritts in den Nebenraum.)* Es kann Ihnen nicht unbekannt sein, mein Herr, daß dieser Stuhl mein Stuhl ist. Für mich reserviert. Jeden Tag ohne Ausnahme. Man hat mir sogar die Ehre erwiesen, meinen Namen auf ein Messingschildchen einzugravieren, das Sie hinter Ihren Schultern besichtigen können.

(Der fremde Gast läßt seine Zeitung langsam sinken. Er lehnt sich auf dem Stuhl zurück und starrt HI an. Vor sich hat er eine Flasche Branntwein und zwei Gläser stehen. Er ist genau wie sein Gegenüber gekleidet bis hin zu der Reihe von Miniaturmedaillen. Er hat den gleichen üppigen weißen Backenbart, den gleichen weißen Haarschopf, die gleiche gewölbte Stirn. HI verstummt überrascht.)

FREMDER GAST Sie haben nicht mit mir gerechnet.

HI Ich kenne Sie nicht.

FREMDER GAST O doch, Sie kennen mich. Ich habe meine Papiere, aus denen alles hervorgeht. Ich gehe nirgends ohne meine Papiere hin. Sie sagen, wer ich bin, wer meine Eltern sind, wohin ich nicht gehöre.

HI Ich verstehe; der Mann vom Wachsfigurenkabinett hat sich einen meiner Anzüge zu verschaffen gewußt. Ich bin Ihnen dafür verbunden, daß Sie ihn zurückbringen. Er ist noch nicht aufgetragen.

FREMDER GAST An zweitbesten Anzügen gibt es kein Urheberrecht. Ihre Frau schenkte ihn einem Bettler. Der Bettler war ich. Sie hat mich nicht erkannt. Was sie sah, war nur ein typischer Bettler. Dennoch werden Sie mir zweifellos darin zustimmen, daß ich das typische Gesicht der Familie habe. Die Haare kämmen, sich ein sauberes Hemd erbetteln.

(Er holt ebenfalls einen kleinen Spiegel aus dem Hutband und kämmt seinen Backenbart.)

HI Ich kenne Sie nicht. Ich werde den Geschäftsführer bitten, Sie hinauszuwerfen.

FREMDER GAST Sie kennen mich nicht?

Am borstigen Fell ist das Schwein zu kennen.
Hast du Augen? Kannst du's nicht sehn: Er ist
Am Schenkel lahm wie dein Sinn zu nennen!

Das ist der Text meiner Mutter. Sie kann ihn nicht sprechen, weil sie tot ist. Ich vermute, das hatten Sie nicht gewußt. Sie starb erblindet und im Armenhaus. Sie hat nie schlecht von Ihnen gesprochen. Tatsächlich hat sie gesagt, Sie seien unwiderstehlich. Ich habe meine Papiere. Wollen Sie sie sehen?

(Er legt sie auf den Tisch. HI trifft keine Anstalten, sie aufzuheben. Der fremde Gast stürzt ein Glas Branntwein hinunter und schenkt für beide neu ein. Er reicht HI eines der Gläser. HI verharrt steif und reglos.)

Sie fürchten sich vor mir, stimmt's? Sie sind nicht sehr mutig. Vor Rikke Holsts Vater liefen Sie am Strand davon, als er Ihnen mit einem Prügel Schläge androhte. Sie war erst fünfzehn. *Diese* Geschichte kennt jedermann. Sie haben Höhenangst. Sie ängstigen sich vor Schatten. Sie ängstigen sich vor Ihrem armen alten Papa und vor Norwegen und vor uns ungeschliffenen, streitsüchtigen Norwegern. Doch am meisten ängstigen Sie sich vor mir. Sie ängstigen sich vor Gespenstern, die aus dem Dunkel treten, die Ihnen aus Spiegeln und aus dem Kaminfeuer Grimassen und Fratzen zuwerfen. Jedes Wort, das Sie geschrieben haben, habe ich wieder und wieder gelesen. Es ist alles vom Schweiß Ihrer Angst getränkt, mit der sauren Tinte Ihres verzehrenden Entsetzens geschrieben. Vor mir. Vor meinem Trollrüssel, der so überaus ersichtlich *Ihr* Trollrüssel ist, nicht wahr? Jetzt sehen Sie mich, und Sie sehen die Ähnlichkeit. Was für ein hübscher Bursche, Ihr Sohn Sigurd, mein kleiner Bruder –

HI Ich verbiete Ihnen, seinen Namen zu erwähnen!

HENRIKSEN Ich wollte nur sagen, daß er Ihrem verborgenen Selbst nicht gleicht, wie ich es tue, alter Mann.

HI Niemand gleicht dem verborgenen Selbst eines anderen. Wissen Sie nicht, daß Sie das ganze Erdenrund abgehen können, ohne je auf zwei identische Gesichter zu treffen?

HENRIKSEN Oder auf zwei identische Zwiebeln? Aber sie können jede von ihnen schälen, Schicht um Schicht, bis zum Kern, bis zum saftigen Innersten, und wenn Sie das auseinanderpflücken und der letzte Tropfen Zwiebelsaft Ihre Finger färbt, gleichen sie einander – *genug*.

HI Sie haben mein Werk sehr eingehend studiert.

HENRIKSEN Oh, ich kenne es auswendig. Mein degeneriertes Herz pumpt es ein und aus, zusammen mit den Gemmulae, die Ihr Mark durch mein Mark transportieren. Die Säfte meines Herzens sind von Poesie eingefärbt, so wie Oswalds Hirn und sein Rückenmark voll der Animalkulae waren, die aus seinem Vater ausschwärmten.

HI Ihre Metaphern überbieten einander.

HENRIKSEN Ach, wirklich? Und wer wollte zu weit gehen – so wie Michelangelo, wie Bernini? Keiner von uns beiden ist ein ehrbarer Norweger. Wir haben Trollblut in den Adern, wir sind *trollaukinn*. *Ihn* haben Sie von diesem Wissen abgeschirmt erzogen –

HI Sie täuschen sich. Und ich sagte Ihnen, Sie sollten ihn aus dem Spiel lassen.

HENRIKSEN Ihr ganzes Personal. All Ihre kleinen Unholde, all die Halbpersönlichkeiten, mit denen Sie spielen, eingeschlossen in Ihr Zimmer – sie haben sicherlich Trollrüssel wie Sie und ich. Sie sind wie Marmorbüsten, doch unter der liebreizenden weißen Oberfläche – der ruhigen, schimmernden, zarten Oberfläche – lauert eine schwülstige Pferdefratze, ein störrischer Esel, ein verrückter Hund, ein blöder, brutaler Ochse oder ein speichelleckerischer grinsender Hund.

HI In der Tat, ein Bauernhof.

HENRIKSEN All die armen Tiere, die wir Menschen benutzen und gegen ihre Natur verkehren und mißgestalten, indem wir ihnen Fett und Fügsamkeit anzüchten. All die armen Tiere, deren Natur wir aufs engste teilen, wie die alten Zauberer der Lappen wußten. All die Wesen mit Pelz und Schwänzen und Klauen und Fangzähnen, die Peer Gynt in der Höhle seines Trollvaters überfielen. Wissen Sie, daß ich mir oft gedacht habe, daß ebendieser Ort, wo ich sitze – dieser innere Tempelbezirk, jemandem geweiht, der kein bloßer Mensch ist –, eine Trollhöhle ist? Oder vielleicht ein Speicher, auf dem ein Mensch mit dem kommuniziert, was ihm an Wildheit geblieben ist. In Form einer Ente möglicherweise. Erinnern Sie sich an den alten Speicher, auf dem sie und Ihre Schwester Hedvig spielten, Sie seien wilde Geschöpfe, Eule und Adler, Hausmaus und feueräugige Katze, Zauberschwäne, weiße Pferde und wilde Wölfe? Sie nahmen Sie, sehr behutsam, aber Sie nahmen sie und erschossen sie und stopften sie aus und stellten sie zur Schau.

HI Halten Sie sich für mein Gewissen?

HENRIKSEN Und wer hätte mehr Recht darauf als ich? O nein. Ich bin weder der Magere noch der Knopfgießer. Urteile interessieren mich nicht. *(Er lacht.)* Ich bin der große Boyg. Ich bin ich selbst. Ich zwinge Sie, im Kreis zu gehen. Immer im Kreis. Und immer wieder. Ich bin überall, wohin Sie den Blick richten. Es wäre für Peer Gynt besser gewesen, einfach geradeaus zu gehen, finden Sie nicht? Das ekle Ding auch nur zu berühren. Nicht tot. Nicht lebendig. Glitschig. Neblig. Wollen Sie sich nicht in unserer Höhle setzen und ein Glas von Ihrem Branntwein trinken? Es muß Ihrer sein, denn ich habe keinen Pfennig, um ihn zu bezahlen.

HI *(tritt vor, setzt sich, ergreift ein Glas.)* Mir gefällt das Bild der Marmorbüsten mit den Tiergesichtern. Das wäre würdig, eines meiner Bilder zu sein.

HENRIKSEN Tun Sie sich bitte keinen Zwang an, es zu übernehmen.

HI Wie Sie sagen, sind Dichter Diebe. Was ich niemals von Ihnen erwartet hätte, o Boyg, ist, daß Sie ein intelligenter Leser sind.

HENRIKSEN *Hypocrite lecteur. Mon semblable, mon frère.*

HI Ich gestehe, daß ich mich vor Ihnen gefürchtet habe. Ich wußte, daß Sie irgendwo auf dem Erdenrund wandelten. Irgendwo hoch oben in der Kälte. Ich dachte Sie mir mit großen brennenden scharlachroten Augen und einem schwarzen zottigen Pelz –

HENRIKSEN Der Kirchenpudel?

HI Ich war damals erst sechzehn.

HENRIKSEN Sie war nur ein armes junges Dienstmädchen. Und beinahe krankhaft großzügig.

HI Woher wollen Sie das wissen? Sie waren damals noch nicht geboren. *(Beide lachen und trinken. Henriksen bestellt eine neue Flasche Branntwein. Ibsen schürzt die schmalen Lippen.)*

HI Ich habe gehört, daß Sie ein Trunkenbold sind.

HENRIKSEN Und ich habe gehört, daß Sie schreiend und Ihrer Sinne nicht mächtig durch die Straßen Münchens getragen wurden. Ebenso in Dresden. Und in Rom. Ich habe davon gehört, daß Sie auf Ischia Kettenhunde gereizt haben sollen, als wären es Dämonen. Böse Dämonen mit roten Augen und schwarzem Fell.

HI Sie müssen in Ihrem Leben noch andere Dinge zu tun gehabt haben als Tatsachen und Übertreibungen und Verleumdungen über jemanden aufsammeln, der Sie nicht einmal kennt.

HENRIKSEN Oh, gewiß doch. Ich war sehr beschäftigt. Ich werde Ihnen erzählen, womit ich beschäftigt war, da die Neugier in unserem Fall so einseitig ausgefallen ist. Ich war Schmied in einer Schmiede, wo ich mit dem großen Blasebalg die Flammen anfachte. In *jener* Gestalt hätten Sie mich ganz gewiß erkannt, mit meiner großen ledernen Schürze und meinem Hammer wie der verkörperte Thor. Und ich bin ein geschickter Geigenbauer. Der Teufel spielt die schönsten Melodien. Ich blase in die Flammen, ich treibe die Tanzenden an. Meine erste Frau war ein stilles Wesen, in dem ein Licht brannte, das sie bald genug verzehrt hat. Sie hatte wunderschönes Haar und wunderschöne Brüste, und doch wurde sie zu einem Bündel heißen, verdorrten Reisigs und erstickte daran. Auch unseren wunderschönen Sohn Jens nahm uns ein Fieber. Er hatte ein Gesicht wie ein Engel. In dem natürlich trotz allem der alte Trollrüssel zu erkennen war. Dann heiratete ich Trina Marie – sie hatte mich gern. Ich brauchte das, und es gab wieder einen kleinen Sohn, Björn, der sich bei seiner Mutter mit den Pocken ansteckte. Beide sind tot. Ich folgte ihnen zum Friedhof. Er lag in ihren Armen auf ihren Brüsten. Das Feuer war aus den Pockennarben gewichen, meine kleine Familie sah aus wie wetterzernagter Mamor. Jetzt bin ich mit Ida verheiratet. Die Leute nennen sie Frau Ibsen, darauf ist sie stolz. Hüften wie ein Brauereiroß hat meine gute Ida, eine gute Gebärerin. Wir haben fünf kleine Ibsens, alle mit deinen Augen, alter Mann, und mit deinen kurzen, dicken Fingern, und einer hat deine schmalen Lippen. Drei liegen auf dem Friedhof, die weiche Haut von den lieben Schädelchen weggefault, die noch immer die Form deines gewaltigen Schädels haben. (Auch davon weiß ich.) Zwei kränkelnde Mädchen sind uns geblieben. Hast du in all den Jahren nicht einmal an all dieses wimmelnde Leben gedacht, das die Folge einer Tat ist, die du als sechzehnjähriger Knabe begingst? Ich habe fünf deiner Enkel begraben, Henrik Ibsen, und jeden von ihnen beweint. Hast du nie einen Gedanken an sie verschwendet? *(Er weint.)*

HI Sie sind betrunken.

HENRIKSEN Sie sind deine Enkelkinder. Ich habe meine Papiere, die es beweisen.

HI Sie weinen, weil Sie betrunken sind: Sie sind ja betrunken.

HENRIKSEN Wenigstens das wissen Sie von mir. Sie müssen wissen, daß ich ein Gedicht für die Temperenzlergesellschaft von Lillesand geschrieben habe. Aber wenn ich nüchtern bin, fallen mit keine guten Metaphern ein. Es mangelt mir an Mut. Ich habe eine gewisse Schüchternheit geerbt. *(Er weint.)*

HI Ich verabscheue Trunkenbolde. Mich selbst hin und wieder eingeschlossen.

HENRIKSEN Es tut einem Mann gut, wenn er seine Gespenster aus der wüsten Nacht in sein warmes Inneres holt, aus der tobenden Finsternis in den Feuerschein. Ein Mann tut gut daran, sich seinen Gespenstern furchtlos zu stellen und sie willkommen zu heißen.

HI Und was um eines nichtexistenten Himmels willen soll ein Mann sich davon versprechen?

HENRIKSEN Seelenfrieden. Geheilte Wunden. Freundlichkeit. Wärme.

HI Und warum sollte ein Mann sich diese Dinge wünschen? Um den Preis, all diese kalten Lippen zu küssen und im Gestank von Branntwein und dem Geplätscher der sentimentalen Tränen des Bezechten zu sitzen? Komm, Hans Jacob Henriksen, mein Sohn, du kennst mich besser, als so etwas zu erwarten. Ich werde dir sagen, was ich dir immer sagen wollte, wenn wir uns eines Tages begegnen sollten, die Worte, die ich mir selbst geschrieben habe, für mich, den alten Knicker, wenn du mich um Geld bitten solltest, welches Ansinnen ich dir unterstellt habe. Ich werde dich beleidigen, und jeder von uns wird seiner Wege gehen.

HENRIKSEN Das sehe ich nicht ein. Aber ein bißchen Geld könnte ich wirklich gut gebrauchen, das muß ich zugeben, meine Kinder sind krank, meine Frau leidet Hunger ...

HI Wenn du das nicht einsehen kannst, bist du nicht mein Sohn. Das ist der Witz an der Sache. Bist du mein Sohn, dann weißt du, daß ein Mann seinen kalten Weg allein gehen muß, mit all den eingebildeten Kobolden und Trollgestalten und dem großen Boyg im Dunkel hinter ihm, dort, wo er sie sich gerne denkt, obwohl er nicht allzu gerne einen klaren, deutlichen Blick dorthin tut. Und nein, die Worte, die ich sagen wollte, waren nicht: »Weiche von mir.« Auch nicht übel. Das hatte ich für den Fall des Falles ebenfalls vorgesehen.

HENRIKSEN Kannst du mir nicht wenigstens die Hand reichen?

HI Nein. Hier hast du etwas Geld. Nimm es oder laß es liegen. Dazu gehören die Worte: »Soviel gab ich deiner Mutter. Das müßte dir genügen.«

HENRIKSEN *(nimmt das Geld weinend.)*

HI Siehst du? Du bist und bleibst ein Trunkenbold. Und ich bin der Dämon. Jetzt geh nach Hause. Ich jedenfalls gehe nach Hause. Ich erwarte nicht, dich je wieder auf meinem Stuhl sitzen zu sehen.

HENRIKSEN *(wehleidig trotzig)* Das kann man nie wissen.

HI So eine Szene kann man nicht wiederholen. Der letzte Akt war schon immer meine Spezialität. Nimm dein Geld, mein Sohn, und geh nach Hause.

Ich wußte nicht so recht, was ich mit diesen drei merkwürdigen Textpartikeln anfangen sollte. Sie kamen mir rätselhaft, aber auch irritierend vor. Der irritierende Aspekt – nun ja, der allerirritierendste, denn es gab mehrere – war der Eindruck oberflächlicher Geheimniskrämerei oder Vertuscherei bei dem ganzen Unternehmen. Wozu sollte es gut sein, die Namen der Protagonisten (falls es sich um solche handelte) so lange nicht zu nennen? Es fiel mir nicht schwer, Ibsen zu identifizieren, lange bevor sein Name sich gegen Ende einschlich. So viele berühmte norwegische Dramatiker mit weißem Backenbart gibt es nicht. Auch Carl von Linné bereitete mir keine Schwierigkeiten, denn in jedem halbwegs tauglichen Konversationslexikon findet man unter den Stichworten *Linnea borealis* oder *Systema Naturae* Kurzbiographien des großen Klassifizierers. Länger brauchte ich, um mich über Francis Galton zu informieren, den Enkel Erasmus Darwins und Cousin Charles Darwins, der heute vergessen ist, weil der Gedanke, den er für seinen großen Beitrag zur Menschheitsgeschichte hielt – der Gedanke der Eugenik als einer statistisch, wissenschaftlich, politisch und ethisch fortschrittlichen Lebensweise –, nach dem, was die Nationalsozialisten daraus gemacht haben, von allen rechtschaffenen Menschen mit Abscheu betrachtet wird. Ich fand heraus, daß es noch immer einen Francis-Galton-Lehrstuhl für Humangenetik gibt. Ich fand überhaupt alle möglichen Fährten zu allen drei Helden dieser fragmentarischen Erzählungen heraus, und zweifellos werde ich an irgendeinem Punkt *dieser* Erzählung dem Drang nachgeben, einige dieser Entdeckungen auszuplaudern. Niemand behält gern Entdeckungen für sich. Mein Vorhaben war es jedoch nicht, über Linné, Galton und Ibsen Recherchen anzustellen. Mein Vorhaben war es, Scholes Destry-Scholes zu entdecken, zu erfassen. Ich hatte jetzt drei unveröffentlichte Texte von ihm gelesen. In gewisser Hinsicht wußte ich sehr viel mehr über ihn, als ich bisher gewußt hatte. Und in anderer Hinsicht wußte ich überhaupt nichts.

Ich konnte natürlich anfangen, mich mit Ibsen, Galton und Linné zu beschäftigen, wie ich mich mit den Reisen und Vorlieben

Sir Elmer Boles beschäftigt hatte. Es gab winzige faktische Querverbindungen, die möglicherweise einen direkten Zugang zu Destry-Scholes bedeuteten. Linné hatte den Malstrom aufgesucht. Die Briefe, in denen Destry-Scholes seinen Verleger um einen Zuschuß für eine Südafrikareise bittet, standen vielleicht in Zusammenhang mit Galtons Jugendreise in das Land der Owampo. Oder ich konnte mich an eine semiotische Analyse dieser spöttischen Halbverschleierungen machen, um auf diesem Weg den Mann, der sie erfunden hatte, zu rekonstruieren. Hie und da ließ der geübte Biograph sogar eigene Vorlieben durchscheinen. Über diese unbewußt (oder bewußt) offenbarten Dinge konnte ich ihm möglicherweise auf die Spur kommen. Doch selbst das stellte sich schnell als schier unmöglich heraus. Denn zum einen zeigt eine semiotische Analyse nur auf, welche Zeichensysteme aus den von einer bestimmten Kultur zur Verfügung gestellten ausgewählt wurden. Im Falle Destry-Scholes' handelte es sich um eine prästrukturalistische Kultur. Die semiotische Analyse ist nicht dazu gedacht, ein bestimmtes Individuum entdecken zu helfen. Statt dessen unterstellt sie eher, daß es so etwas gar nicht gibt. Man könnte einwenden (ein fürchterlicher Begriff, bei dessen Verwendung *in extremis* ich mich noch immer ertappe, wenn ich beispielsweise ausweichen oder keine Meinung äußern oder mich nicht festlegen will), man könnte also einwenden, daß Destry-Scholes in dem Bemühen, seine »Figuren« erst in allerletzter Sekunde zu identifizieren, selbst darzulegen bestrebt gewesen sei, daß die Identität, das Selbst eine zweifelhafte Sache ist und nicht von allererster Wichtigkeit.

Man könnte ebensogut einwenden, daß er dieses Getue veranstaltete, *weil* die Identität seiner Protagonisten wichtig war, weil die Geschehnisse, die er berichtete, nur einen Sinn haben konnten, wenn der Bericht ebendiesen Leuten und keinen anderen galt.

Ich merkte, daß ich mir lächerlicherweise einzubilden schien, Destry-Scholes habe die verblaßten blauen Durchschläge unter den Hängeregistraturen im Archiv der Universität von Lincoln versteckt, um mich, Phineas G. Nanson persönlich, zu verwirren und hinters Licht zu führen. Das Ganze war ein Rätsel, das er mir hinterlassen hatte.

Als er ertrank, falls er ertrank, war ich noch nicht auf der Welt.

Man hat mir eingehämmert, daß die Objektivität eine überlebte und dekonstruierte Vorstellung ist. Die Subjektivität aber – das Aufeinandertreffen von zwei hypothetischen Subjekten, in diesem Fall von Destry-Scholes und mir – ist nicht weniger suspekt, denn man kann sich ihr nicht objektiv nähern.

Ein 1965 ertrunkener oder möglicherweise ertrunkener Biograph konnte für dieses gestaltlose Geheimlager unbegonnener und unbeendeter Geschichten keinen irgend gearteten Leser im Sinn gehabt haben.

Unwillkürlich stellte ich mir immer wieder vor, daß die drei Geschichten oder Teile von Geschichten, verband man sie miteinander, Einzelbestandteile eines größeren Vorhabens waren. Sie stellten für mich ein und dasselbe Problem dar, und es war sehr verlockend, sie zu ein und demselben Gegenstand zusammenzufügen. Sie wiesen rätselhafte und sinnlose Symmetrien auf. Die frühzeitige Erwähnung von Kieferknochen und Zähnen in den Galton- und Linné-Teilen. Tiere. Zauberei. In allen drei Fällen schien das Erzählen einen wahrhaftigen und dringlichen Ton anzunehmen, sobald der Erzähler von Zauberei sprach.

Schon immer haben mich die großen Reklametafeln fasziniert, die einige Minuten lang ein Bild zeigen, das sich aus einer bestimmten Anzahl vertikaler Streifen zusammensetzt, woraufhin die Streifen sich drehen oder verschieben und ein völlig anderes Bild herstellen (oder enthüllen). Ein silbernes Auto oder ein schneebedeckter Berggipfel verschiebt sich wie programmiert zu einer Limonadenflasche voll aufsteigender Bläschen, die sich wiederum in ein Paar großer Brüste in einem schwarzen Spitzenbüstenhalter verwandeln kann. Zwischen den Veränderungen oder Metamorphosen entsteht die Illusion, das schwindende Bild sei durch Balken rauchigen Stahls teilweise verschattet, bis der Kreislauf der Zeit das Auto, die Bläschen, die Brüste wiederbringt, die dann wiederum für einen Moment ihre Balken erhalten.

Ich hegte die absonderliche Idee, die drei Personen seien etwas wie Streifen oder Balken, hinter denen die Gestalt Destry-Scholes' lauerte. In gewisser Weise erinnern diese Dinge auch an Jalousien, obwohl diese einem anderen Prinzip gehorchen. Ich war mir nicht sicher, ob ich Destry-Scholes für den grauen Schatten oder das graue Metall hielt, durch das all die bunten Bilder miteinander verbunden waren, oder ob er die bunte Oberfläche der Jalousie war, durch deren Zwischenräume der leere Himmel – je nachdem grau oder blau oder sogar rosig – in fein säuberlichen Streifen zu erblicken war. Das Bild ist nicht wirklich treffend, wenngleich es das zeitversetzte Vergnügen vermittelt, das die Vorstellung eines Tiers hinter Gittern bereitet, das gleichzeitig die Lücken in einer Fläche bildet. Ich würde nie zu einem richtigen Schriftsteller taugen; ich kann meine Bilder nicht zu Ende denken. Dieses Bild hing mit der eher rührenden Vorstellung von der Berühmtheit, die sich auf den Straßen hinter einer Pappmachémaske mit ihrem Abbild verbirgt, zusammen, was, soweit ich es beurteilen konnte, Destry-Scholes Ibsen zuschrieb. (Vielleicht war es eine Vorstellung Ibsens, die Destry-Scholes zitierte; dies schien mir seiner Arbeitsweise zu entsprechen.) Teilweise dieser Vorstellung von Masken und Bildnissen wegen begann ich von den »dreien« als von *Figuren* zu denken. Der andere, zwingendere Grund ist der, daß »Figur«, soweit ich weiß, kein zur Zeit geläufiger oder mißbrauchter literaturtheoretischer Begriff ist. (Ich kann sie nicht »Charaktere« oder »Personen« oder »Menschen« nennen.)

Man kann die Reklametafeln auch wie die Bilderwürfel betrachten, die wir alle aus der Kindheit kennen. Wenn man die Seiten richtig verschob, hatte man plötzlich vier verschiedene Bilder. Einen Grenadier, einen Clown, einen Drachen, einen Zauberer. Drei Figuren und Destry-Scholes.

Aber wenn er selbst zu dem Bild gehörte, dann war die Arbeit des Zusammensetzens nicht sein Tun, sondern das eines anderen, nämlich meines. Und das letzte, was zu schreiben mir in den Sinn käme, ist eine Autobiographie – und das meine ich ganz ernst.

Ich interessiere mich für Scholes Destry-Scholes, weil er sich für Elmer Bole interessiert hat, weil er *Fakten* über Elmer Bole herausfinden wollte. Ich interessiere mich nicht für mich selbst. Als literarisch wißbegieriger Schüler hatte ich es nicht leicht – oft hätte mich von dem, was sich als meine Berufung herausstellen sollte, fast das Drängen der Pädagogen abgeschreckt, die mir versicherten, ich würde beim Lesen »mich selbst entdecken«, »mich selbst verstehen«, »mich identifizieren« mit – ja, mit wem? Mit Robin Hood? Hamlet? Gregor Samsa? Prinz Myshkin? O nein, der wahre literarische Fanatiker, der ursprüngliche Leser sucht alles andere als einen Spiegel – er sucht einen Fluchtweg, einen erweiterten Horizont, schwindende Sternformationen, unvorstellbare Monstrositäten und (unbedingt) unbegreifliche Schönheiten. Und Sinn und Bedeutung, wenn auch stets unter dem Vorbehalt, daß eine völlige Sinnstiftung wohl kaum möglich ist in Anbetracht der Einschränkungen durch Kleinigkeiten wie den Tod und in Anbetracht der Konfiguration der Windungen unserer elektrisch geladenen fühllosen grauen Masse. Zum Poststrukturalismus kam ich aus wahrer intellektueller Leidenschaft für Zusammenhang und Sinn. Ich versuche, die Ereignisse, die meiner Entscheidung folgten, diese Sichtweise auf die Dinge aufzugeben, als intellektuelles Ordnen dieser Sinnsuche aufzuzeichnen. Ich schreibe nicht an einer Autobiographie. Ich schreibe um der Genauigkeit willen in der ersten Person, weil dieses Verfahren mir erlaubt, gewisse Dinge zu sagen, von denen ich einigermaßen überzeugt bin. Im letzten Absatz habe ich ein-, zweimal einen Satz begonnen, indem ich mich mehr oder weniger automatisch an einen imaginären Leser wandte. Ich schrieb: »Kennen Sie diese Reklametafeln ...« und strich es durch. Schlimmer noch, ich unterstellte dieser Person Meinungen. »Man könnte meinen, jedermann müsse sich für sich selbst interessieren«, schrieb ich und strich es bis zur Unleserlichkeit durch. Wer ist dieser »Sie«? Niemand. Oder ich selbst, und ich kann nur hoffen, daß ich weiß, was ich denke.

Aus diesem Grund interessierte ich mich besonders dafür, wie Destry-Scholes Ibsens Abwehr seiner menschlichen Beziehungen bei seiner Suche nach dem eigenen Selbst darstellte. Es scheint mir naheliegend, daß ich, hätte ich zu einer früheren Generation gehört, eine gewisse Vorstellung von meinem eigenen Selbst gehabt hätte, daß ich die Nanson-Zwiebel geschält oder den Nanson-Herrscher über den unendlichen Raum in einer Nußschale gefunden hätte. Ich existiere auf der Erde und wäre gerne nützlich und würde gerne hie und da etwas Sinn entdecken. (Der Sinn schlechthin ist für niemanden greifbar.)

Ich tue mich schwer damit herauszufinden, wer Destry-Scholes war, weil es mich nicht sonderlich interessiert herauszufinden, wer ich bin.

Er hingegen war sehr geschickt darin, etwas über andere Figuren herauszufinden, hinterließ aber keine eigenen Spuren. Weil er nicht wußte, wer er war? Oder nicht wollte, daß andere es erfuhren? Oder bin ich nur der falsche, weil unfähige Suchende?

Müßte ich über mich schreiben, womit würde ich anfangen? Ich beschließe einfach, daß es meine Socken sein sollen. Socken sind eine Tatsache. Meine sind nicht neu, und an der Stelle des Mittelfußballens, der in meinem Fall heraussteht, sind sie gestopft. Im Unterschied zu vielen, die ich kenne, besitze ich nicht haufenweise einzelne Socken, denn ich rolle meine beim Ausziehen sofort zu einem Knäuel, das ich in den Wäschesack stecke, bis es in die Waschmaschine kommt, und das gleiche tue ich, bevor ich den Waschsalon verlasse. Es ist Unsinn zu behaupten, man habe immer einzelne Socken. Das klingt ein bißchen wie Beckett und nicht wie eine Autobiographie. Es ist eine Tatsache, aber sie wirkt fehl am Platz, sonderbar, surreal. Welche Farbe haben die Socken? Die meisten sind von verwaschenem Dunkelblau. Manche waren einmal weiß, könnten jetzt aber kaum als weiß gelten; sie sind weiß vor Staub und Sand, die immer wieder durch sie gedrungen sind. Zwei Paar sind rot, weiß und blau gestreift (dünne Streifen) über den weißen oder erdfarbenen Hälsen (ist das das richtige Wort? Wenn Socken keinen Hals haben wie Flaschen oder Amphoren, was haben sie dann?). Rot, Weiß und Blau ist eine bei Nationalflaggen erstaunlich häufig anzutreffende Kombination, was ich nie recht verstanden habe, denn ich finde sie weder beeindruckend noch schön. Gelb, Rot und Blau wäre besser, doch in solchen Farben gibt es nur Kindersocken oder sehr teure Socken und nur wenige Flaggen. Ich vermute, daß ein – männlicher oder weiblicher – Psychoanalytiker, dem ich diesen Absatz als Beispiel der freien Assoziation vorlegen würde, zu dem Schluß käme, er sei *ausweichend*, doch tatsächlich interessieren mich Fragen wie die, *warum* die Farben Rot, Weiß und Blau gewählt werden, mehr als meine Füße (oder meine Psyche), und was ich aus diesem Absatz gelernt habe, ist, daß das Aufschreiben eines Sachverhalts zu einem anderen, von ihm unabhängigen Sachverhalt führt (Socken, Nationalflaggen) und daß dies etwas Belebendes für den verwirrten Geist deprimierter Forscher hat.

Ich könnte mich einem beliebigen anderen Aspekt meines Alltagslebens zuwenden. Bücherregalen beispielsweise, doch ließen diese sich als Porträt, als Klassifizierung meines Geistes interpretieren. In Wahrheit war ich allmählich mehr als deprimiert. Ich hatte nicht die geringste Ahnung, was ich als nächstes tun sollte. Ich verspürte den starken Drang, allen Fährten in den drei Dokumenten nachzugehen, Linné, Galton und Ibsen gleichzeitig oder nacheinander zu verfolgen, wie ich Destry-Scholes durch Leben und Werk Elmer Boles gefolgt war. Doch wo sollte das enden? Linné würde zu Swedenborg führen, Galton zu Darwin, Ibsen zu Strindberg oder Shaw, und ich würde wie ein Frettchen von Bibliothek zu Bibliothek und von Regal zu Regal rennen. Die Suche nach Wissen kennt kein Ende, keine Grenzen, keinen Abschluß (Socken, Waschsalons, Serails, Schamanen, Bienenstöcke, Erscheinungen, Überzieher, Mosaiken, bestirnte Himmel ...). Und meine Mittel schwanden im gleichen Maß wie meine sozialen Kontakte und aus dem gleichen Grund, denn mit dem Wechsel meiner Dissertation und meines Doktorvaters hatte ich meine spärlichen Lehraufträge eingebüßt. Und Ormerod Goodes Forschungsgebiet der angelsächsischen Ortsnamen und alten isländischen Mythen war mir gänzlich unvertraut. Trotzdem ging ich mit den Entwürfen über die drei Figuren zu Goode. Ich hatte ihm ein wenig über meine Untersuchung von Boles Leben und Werk berichtet. Viel hatte er dazu nicht gesagt. Statt dessen hatte er eher leicht desinteressiert gewirkt, als erhoffe er sich nicht mehr viel von meinem Vorhaben.

Er blätterte in den drei Teilmanuskripten. Ich beschrieb sie unterdessen und erklärte, um wen es sich bei L, G und HI handelte. »So, so«, sagte er, ohne aufzublicken, als sei daran nichts Außergewöhnliches. Ich sagte, ich sei weitergekommen, da ich etwas wisse, und andererseits nicht weitergekommen, da ich nicht wisse, wie ich weiter vorgehen solle. Diesmal hatte er mir überhaupt nichts zu trinken angeboten. Noch immer mit Destry-Scholes'

Seiten beschäftigt, sagte er zu mir: »Verstehe. Ein Klassifizierer, ein Statistiker, ein Knopfgießer.«

Er fügte hinzu: »Ich habe einmal mit dem Gedanken gespielt, über Ibsen zu schreiben. Über seinen Umgang mit Volksüberlieferungen. Ich habe es nicht weiter verfolgt.«

Ich sagte, daß ich nicht weiterwisse.

Er pflichtete mir bei und sagte, es sei schwierig zu sagen, wie ich weiter vorgehen solle.

Ich sagte, ich könne mich natürlich eingehender mit den drei Lebensgeschichten befassen, aber wohin solle das führen?

Er sagte: »Haben Sie eigentlich ein eigenes Leben, Nanson? Was machen Sie eigentlich in Ihrer *Freizeit*?«

Zur Zeit sehe es so aus, als hätte ich nichts als Freizeit, erwiderte ich, indem ich der Frage auswich, die zu stellen er kein Recht hatte.

»Sie sehen nicht gesund aus«, sagte er, obwohl mir das ganze Gespräch über nicht aufgefallen war, daß er mich je direkt angesehen hätte. »Sie sehen verhärmt aus. Vielleicht sollten sie mal Ferien machen. Zur Abwechslung all das hier vergessen. Vielleicht wandern oder mit dem Zug oder mit dem Schiff irgendwohin fahren. Mit einem Freund.«

Ich sagte, daß meine Mittel mir überhaupt nichts dergleichen erlaubten. Insbesondere seit ich meine Lehraufträge eingebüßt hatte.

Eine Teilzeitarbeit habe ihr Gutes, sagte Ormerod Goode, falls man eine finden konnte. »Ich persönlich hatte nie etwas gegen ein bißchen körperliche Arbeit«, sagte er, wobei nicht ganz klar war, ob er sich oder seine Studenten meinte. »Das bringt die Dinge auf die Reihe«, sagte er vage. Ich beschloß, aus seinen Worten herauszuhören, daß er mich für einen Versager hielt. Ich sagte, ich wolle darüber nachdenken, und erhob mich, um zu gehen.

»Dieses schamanistische Zeug in dem Linné-Teil klingt irgendwie verdächtig«, sagte er. »Gewaltig verdächtig sogar.«

Verdächtig? wiederholte ich.

»Schauen Sie es mal genau an«, sagte er, »dann werden Sie sehen, was ich meine. Aber ich glaube nicht, daß Ihnen das groß weiterhelfen wird.«

Vielleicht brachte diese letzte Bemerkung mich dazu, mir einen

Besuch bei der Linnaean Society vorzunehmen. Ihre Existenz hatte ich bereits ein paarmal auf dem Weg zu Ausstellungen in der Royal Academy wahrgenommen. Ihr Eingang ist eine verborgen aussehende Tür innerhalb des palladianisch prunkvollen Eingangsbogens von Burlington House. Ich rief an, um mich zu erkundigen, ob die Sammlung der Gesellschaft der Allgemeinheit zugänglich sei. Nach Vereinbarung ja, wurde mir mitgeteilt. Dies galt auch für die Benutzung der Bibliothek der Gesellschaft. Linnés eigene Sammlungen wurden in einem atmosphärisch kontrollierten Tresorraum aufbewahrt, doch man würde sich freuen, sie mir zu zeigen. Seine Sammlungen? fragte ich. Die Gesellschaft war 1788 gegründet worden, als James Edward Smith, der ihr erster Vorsitzender wurde, nach Linnés Tod dessen Sammlungen erworben hatte. 1857 zog sie in das Burlington House um. Viele von Linnés Präparaten waren zerstört oder verschwunden, doch es war einiges erhalten. Was interessierte mich besonders? Fische, Insekten, die Bibliothek? Als ich der höflichen Stimme am Telephon dankte, fiel mir ein, wie ich mich erinnere, daß dies mein erster Kontakt mit *Dingen* sein würde. Nicht mit den Dingen von Destry-Scholes, doch mit *Dingen*. In meinen Fingerspitzen fühlte ich ein Kribbeln.

Zu Fuß machte ich mich von King's Cross, wo ich wohnte, nach Picadilly auf. Ich achtete auf mein Kleingeld, was täglich unumgänglicher wurde, und tat zugleich etwas für meine Gesundheit. Körperliche Ertüchtigung ist für sitzende Gelehrte keine Selbstverständlichkeit. Ormerod Goode hatte recht mit der Bemerkung, ich sehe »verhärmt« aus. Ein komisches Wort. Ich fragte mich, wovon es sich ableiten mochte. Der einstige Poststrukturalist in mir hätte sich an einem Wortspiel vergnügt – Goode hatte, ohne mich anzusehen, gemerkt, daß sein mangelndes Interesse, sein Verzicht darauf, mir etwas zu trinken anzubieten, mich vergrämt hatte. Ich schlug »verhärmt« im Wörterbuch nach. Auf einer Versteigerung hatte ich einmal eine einbändige Ausgabe erstanden, die den Vorteil hat, kompakt zu sein, aber den Nachteil, sehr groß und sperrig zu sein, und in der ich mit einer Lupe mit eingebauter Glühbirne lese, die aus einem Wort eine Insel in einem Meer unleserlich kleiner Buchstaben macht. Ich muß es kauernd auf dem Boden lesen. Zu meiner Enttäuschung besaß »verhärmt« keine aufregende etymologische Quelle, sondern leitete sich von »Harm« für »Leid, Kränkung, Verletzung« ab (mittelhochdeutsch *harm*, altnordisch *harmar* – im Plural – für Schimpf), auch für »Kummer, Gram« (althochdeutsch *aerumna*, angelsächsich *hearm*, altnordisch *harmr*, im älteren Niederhochdeutsch nur spärlich nachweisbar). Da ich von Natur aus ein schmales, spitzes Gesicht habe, bezweifelte ich nicht, daß ich verhärmt aussah. Außerdem schien mir das Wort mit seinen nordischen und altdeutschen Ursprüngen zu Goode zu passen, dem Freund des Angelsächsischen. Aber ich glaube, mein verhärmtes Aussehen hatte auch Gründe außerhalb meiner schmächtigen Figur und meines schmalen Gesichts. Angesichts aller folgenden Ereignisse fällt es mir schwer, mich genau an das Gefühl von Ziellosigkeit und Trostlosigkeit zu erinnern, mit dem ich mich auf den Weg nach Picadilly machte. Ziellos ist das falsche Wort. Ich hatte *zu viele Ziele* in allen Richtungen des Kompasses, eingeschlossen das völlig willkürlich gewählte von Picadilly.

Aber Trostlosigkeit ist überhaupt nicht das falsche Wort.

Ich ging durch eine der schmalen Nebenstraßen der Bond Street, als ich den Malstrom erblickte. Er befand sich im engen, aber tiefen Schaufenster eines kleinen Ladens, der sich den himmelblauen Buchstaben auf tannengrünem Fond zufolge Pucks Gürtel nannte. Der Malstrom war eine Mischung aus Virtuosität und übertriebenem Origami, ein Trichter aus scherengeschnittenem, schäumendem dunkelblauen Papier mit aufragenden silbrigen Spiralen und fedriger und schäumender scherengeschnittener Gischt. Er hing in einem leisen Windhauch an einem Nylonfaden und drehte sich sachte im Kreis. Am anderen Ende des Schaufensters bildete sein Gegengewicht eine cremeblasse Wiedergabe der Alhambra mit zierlichen Fenstern und Maßwerk, Säulengängen und Höfen. In der Mitte des Fensters sah man einen Miniaturdschungel, einen Regenwald aus Papier mit ein, zwei Papageien, ein paar goldenen Fröschen, mehreren gewundenen Papierschlangen und dem Blick entschwindenden Dschungelpfaden unter dem Blätterdach wie im Bühnenbild eines Kindertheaters. Wer immer so gut mit der

Schere zu hantieren verstand, verstand sich auch auf Buchstaben. Die obere Hälfte der Schaufensterscheibe bedeckten schattengleiche graue vogelähnliche Wörter. Fort. Erwartung. Nach draussen. Klettern. Träumen. Schauen. Lauschen. Sonne. Regen. Wind. Eis. Wasser. Fliegen. Gleiten. Sausen. Periplus.

Sausen gefiel mir. Periplus gefiel mir.

Am Boden des Fensters breiteten sich Kleinigkeiten in die Tiefe des Ladens aus. Kiesel, Lämpchen, Glasflaschen, Schmetterlinge aus Federn, Wachsfrüchte, gewundene Sandströme, Schneekristalle aus Plastik.

Ich schaute mit offenem Mund. Der einzige normal wirkende Anschlag verkündete: »Dies ist kein Ramschladen. Wir verkaufen herzhafte Freuden zu vernünftigen Preisen.«

Und es gab noch einen handschriftlich verfaßten Zettel, der besagte: »Teilzeitkraft gesucht, leider als Mädchen für alles. Mit der Möglichkeit, irgendwann einmal zu reisen.«

Naive Kritiker sagen gerne, das Leben sei beliebig und im Leben gebe es nicht die glücklichen Zufälle oder Fügungen mit all ihrer glitzernden Angemessenheit und schicksalsträchtigen Unausweichlichkeit, wie der Roman sie bereithält. Die Alltagserfahrung jedes einzelnen Tages widerspricht dieser dümmlichen Pseudoerkenntnis.

Ich trat in den Laden.

Auch innen war alles mit der sehr angenehmen Mischung aus Himmelblau und Tannengrün dekoriert, hie und da durch ein helleres Apfelgrün aufgelockert, und an der mitternachtsblauen Zimmerdecke saßen zahllose kleine Halogenlampen wie Sterne. Die Theke war eine Mondsichel, hinter der zwei Männer standen, an jedem Ende einer, groß und blond der eine, zierlich und dunkel der andere. Beide trugen ölfarbene Seemannspullover mit grober Stickerei und breitem Strickkragen. Beide trugen große, runde Brillengläser, deren Rahmen aus dem regenbogenfarbenen Leichtmetall (Titan?) bestand, das in Schweden so beliebt ist. Wie aus einem Mund fragten sie mich, was sie für mich tun könnten. Ich sagte, ich interessierte mich für die Teilzeittätigkeit als Mädchen für alles. Falls die Stelle noch frei sein sollte.

Wieder sagten sie wie aus einem Mund, sie hätten den Aushang eben erst ins Fenster geklebt. Sie stellten sich als Erik und Christophe vor. »Wir bieten etwas andere Reisen an«, sagte Erik. »Literarische Reisen – die goldene Straße nach Samarkand, auf den Spuren der Lorelei, Schatzinseln. Das Brüssel der Brontës. Alles, was nicht gerade English Heritage gehört. Die Schlachtfelder des Hundertjährigen Krieges. Grüne Höllen. Und so weiter. Manchmal engagieren wir individuelle Führer für kleine Gruppen, aber das Mädchen für alles soll sich nur im Laden um Computer und Ablage kümmern.«

Ich sagte, das Schaufenster habe mich hereingelockt. Der Origami-Malstrom, die Wörter Sausen und Periplus.

»Das gefällt mir«, sagte Christophe, der zierlichere der beiden. »Unsere Lieblingskunden lassen sich durch Wörter und Bilder verführen. Wir haben auch ein paar ordinäre Reiseprospekte mit Strandschirmen und Pedalos für Kunden, die einer ästhetischen Neigung zum Banalen frönen. Wir haben den fourieristischen Ehrgeiz, allen Geschmacksrichtungen etwas zu bieten. Apropos Fourier: Ich hatte einmal an eine Weltreise zu allen überdachten Passagen des 19. Jahrhunderts gedacht ...«

Ich sagte, es sei höchst unwahrscheinlich, daß sich bei ihnen jemand als Mädchen für alles bewerben würde, der Fourier gelesen hatte und seine erträumten Phalanstères unter Glasarkaden kannte, aber zufällig verhalte es sich so mit mir.

Sie tauschten einen sanften Blick voll stiller Genugtuung. Ich nahm an, daß sie ein Paar waren; ich schloß es aus der Art, wie sie einander ansahen. Ich hatte – fast zum erstenmal in meinem Leben – den Eindruck, daß ich sagen konnte, was mir in den Sinn kam, und daß es das Richtige sein würde, nicht das Falsche. Ich sagte, ich sei hereingekommen, weil ich Schilderungen des Malstroms gelesen hatte und weil die Scherenschnitte mich fasziniert hatten sowie, was ich bereits gesagt hatte, die Wörter Sausen und Periplus. Ich sagte, ich nähme an, daß Kunden, die sich von Wörtern und Bildern verführen ließen, gewiß keine leicht zufriedenzustellenden Kunden seien. Nicht wirklich, sagte Erik. Leute, die inmitten von Wörtern und Bildern leben, nehmen sie mit wie Gepäck. Er fragte, ob ich je Valérys Seemannsfriedhof gesehen hätte. Das hatte ich nicht. Ich bin nur sehr wenig herumgekommen. Der Friedhof, sagte Erik, war nicht so gewesen, wie er, wie ein Nordeuropäer sich einen Friedhof vorstellt. Er hatte Grassoden (dieses Wort verwendete er) und niedrige Grabsteine erwartet. Nicht eine enge Steinstadt aus Hundehüttenmausoleen mit steinernen Gassen und blinden, leeren Gebäudefronten. Doch das Meer war genau wie das Bild vom Meer, das er mitgebracht hatte. »*La mer, la mer, toujours recommencée*«, sagten beide wie aus einem Mund.

Ich sagte, ich würde sehr gern die Stelle als Mädchen für alles antreten, wenn sie mich haben wollten. Erik fragte mich, was ich sonst tat. Ich antwortete mehr oder weniger wahrheitsgetreu, daß ich ein Buch schreiben wollte, mit dem ich nicht vorankam, weil mir die Informationen ausgegangen waren, daß ich irgendwann den Malstrom besuchen wollte, obwohl ich nicht genau wußte, warum. »Mein Gegenstand«, sagte ich, sei möglicherweise, aber nicht mit Sicherheit, in ihm oder in seiner Nähe ertrunken.

Sie verständigten sich mit wortlosen Blicken und Lächeln, der Bewegung einer Braue, einem Zucken der Mundwinkel. Ich überlegte mir, ob dieses Paar sich fragte, wieweit ich in ihre Intimität integrierbar wäre. Mir ist aufgefallen, daß ich in jenen, denen ich begegne – natürlich nur in jenen, die sich überhaupt für mich interessieren –, Fragen hinsichtlich meiner sexuellen Ausrichtung wecke. Vermutlich sind solche Dinge bei sehr kleinen Menschen schwieriger zu diagnostizieren. Jedenfalls stand ich gleichmütig da, ohne zur Klärung der sexuellen Frage beizutragen, doch, wie ich hoffte, voll merklicher Begeisterung für die ästhetische Gestaltung von Pucks Gürtel.

»Würden Sie den Namen des Ladens ändern?« fragte Christophe, als hätte er meine Gedanken gelesen.

Ich erwiderte, daß ich mich das gefragt hatte. Es war schwer zu sagen, wie sich ein Wort wie »Gürtel« über einem modernen Laden ausnahm. Ich war jedoch zu der Ansicht gelangt, daß es sich dem Gedächtnis gut einprägte. Einmal gesehen, nie mehr vergessen. Und daß es genau die erwünschte Art von Reisevorstellungen wecken mußte. »Sie könnten den Laden ›Periplus‹ nennen«, sagte ich zu meiner Überraschung, »aber das hätte etwas Exklusives. Das könnte snobistisch wirken.«

»Wir nehmen Sie«, sagte Erik. Ich glaube, er hatte beschlossen, die Frage meiner Sexualität hintanzustellen. Ich würde ihm dabei keine Hilfe sein; es ging ihn nichts an.

Als ich den Laden verließ, hatte ich erfahren, daß sie ein ehemaliger Künstler und ein ehemaliger Sportler waren. Der Künstler, der den Malstrom, die Bäume und die Säulen aus Papier geschnitten hatte, war der bullige Erik, ein Däne. Der Sportler war Christophe, der ein 800-Meter-Läufer gewesen war, bis die Kenianer kamen, wie er sagte, und bis seine Kniefechsen zum drittenmal den Geist aufgaben. Er beobachtete, wie ich mich bei dieser Vorstellung körperlich verkrampfte. »Wir haben uns in Kaschmir kennengelernt«, sagte Erik. »Wohin wir gefahren waren, um zu überlegen, wie wir aus unseren jeweiligen *impasses* herausfinden konnten«, sagte Christophe. »Und dann fanden wir einen gemeinsamen Ausweg.«

Wir hatten vereinbart, daß ich in zwei Tagen für einen Probemonat mit der Arbeit beginnen sollte, damit wir sehen konnten, ob wir zueinander paßten. Ob sie auch Reisen zum Malstrom organisierten, fragte ich, als ich schon die Klinke in der Hand hielt. »Ziemlich oft«, sagte Erik. »Danach wird immer wieder gefragt.«

Beträchtlich froheren Mutes ging ich zur Linnaean Society. Der Eingang befindet sich wie gesagt im Schatten des Zugangs von Burlington House. Ich trat ein und fand mich in einem kleinen Vestibül mit einem gläsernen Schaukasten voller Erinnerungsstücke und Porträts wieder. Eine sehr steile Wendeltreppe führte im Gebäude nach oben. Voller Überraschung sah ich, daß sowohl Vestibül als auch Treppe – von schmuckloser Machart – mit großen Pilzen und Fliegenpilzen verziert waren, die auf handfeste und zugleich phantasievolle Weise aus Samt, Tweed, Spitze und Broderie anglaise gefertigt waren. Einzelne dieser Monsterpilze, so groß, als wären sie zwei Jahre alt, sprießten in den Treppenwinkeln und machten sich auf den Treppenabsätzen breit. Ihr Anblick bewirkte in mir ein Gefühl des Unwohlseins, obwohl sie heiter, nicht bedrohlich aussahen. Ich wußte überhaupt nicht, was ich die Bibliothekarin fragen wollte, die so freundlich angeboten hatte, mir alles zu zeigen. Ich war auf der Suche nach einer Fährte, einer Spur, einem verschmierten Fingerabdruck, wenn man so will, der mir die Gegenwart, die einstige Gegenwart Destry-Scholes' verraten würde. Schließlich, so dachte ich, während ich mich an den Samtfunghi vorbeidrückte, bewies das spärliche Beweismaterial, das ich besaß, daß er, falls er im Malstrom ertrunken war, diesen Ort auf den Spuren Linnés aufgesucht hatte. Der sich wiederum dorthin begeben hatte, wenn man dem Dokument, von dem ich eine Kopie besaß, Glauben schenken durfte, was zu tun Ormerod Goode nicht ohne weiteres bereit war. Ich hatte mir vorgenommen, mich knapp und wahrheitsgetreu vorzustellen – zu sagen, daß ich Erkundungen über jemanden anstellte, der zum Zeitpunkt seines Todes mit Nachforschungen über Linné befaßt gewesen war. Ich hatte meine Mappe mit den bruchstückhaften Erzählungen über die drei Figuren bei mir. Es würde viel davon abhängen, was für ein Mensch die Bibliothekarin war.

Es sollte sich zeigen, daß meine Besorgnis unnötig gewesen war. Im Vorraum der Bibliothek warteten mehrere Leute, denen Bibliothek und Sammlung gezeigt werden sollten. Ich war lediglich ein anonymer Zaungast der Gruppe von Teilnehmern einer Konferenz über Pollen und Sporen, auf die ein Anschlag im Vestibül hinwies. Zwei Engländer waren da, ein Amerikaner, ein Holländer und eine Schwedin, die mich an eine Picasso-Vase erinnerte. Nicht der langbeinige, langhalsige schwanengleiche Vasentyp, sondern der untersetzte, vierschrötige. Wie ein gedrungenes S, mit gewölbten Brüsten und gewölbtem Hinterteil und mit festen Waden unter einem Jeansrock mit Ledergürtel. Das Auffallendste an dieser Frau war jedoch nicht ihre Ähnlichkeit mit einem Keramikgefäß, sondern ihr Haar, das seltsam lebendig wirkte, so üppig und energiegeladen, daß es ein eigenes Leben zu haben schien. Es war mattgolden und gekräuselt und widerspenstig und lang. Es hätte ihren Kopf wie Sonnenstrahlen umkränzt, wenn es nicht mit einem pflaumenfarbenen elastischen Samtband gebändigt und an den Schädel gezwängt worden wäre. Hinter diesem bändigenden Flaschenhals entfaltete es sich wie ein Komet, trotzte der Schwerkraft, indem es gewissermaßen hinter ihr schwebte. Auf ihr Gesicht achtete ich nicht, da ich mich auf ihre Gestalt konzentrierte. Sie wurde uns als Bestäubungsökologin namens Fulla Biefeld vorgestellt. Man zeigte uns die elegante kleine Bibliothek mit ihrer schwindelerregend engen Galerie, deren eisernes Geländer wie Puppenzierat wirkte, der jederzeit davonfliegen konnte. Ich fragte die Bibliothekarin, ob es möglicherweise Aufzeichnungen gebe, denen sich ein Besuch Destry-Scholes' entnehmen ließ, und sie sagte, es sei denkbar, aber sie wisse es nicht mit Sicherheit. Sie müsse im Archiv nachsehen. Ich sagte, daß ich den Eindruck hätte, er habe zum Zeitpunkt seines Todes eine Linné-Biographie erwogen. Sie bot mir an, in der Korrespondenz der Gesellschaft nachzusehen.

Daraufhin begab unsere Gruppe sich zum Tresorraum, der die Überreste (und das ist nicht wenig) der Sammlungen Linnés beherbergt. Man fragte uns, ob wir etwas Bestimmtes zu sehen wünschten. Der Raum ist anheimelnd dunkel – an einer Wand befindet sich Linnés Bibliothek, ledergebunden und mit vergoldeter Beschriftung auf der warmen Haut, poliert und gestempelt. Ich ließ meinen Blick die Regalreihen entlangwandern, Vergil und Aristoteles, Descartes und Rousseau und Vaillant. Für einen Edelmann seiner Tage war es eine große Bibliothek, und sie war beträchtlich kleiner und und kompakter als meine eigenen verstreuten und zerfledderten Haufen von Taschenbüchern. Die Bibliothek eines beliebigen anderen Gelehrten jener Zeit hätte sich kaum von ihr unterschieden. Es gab einen Tisch in der Mitte mit Kabinetten für Proben und Präparate, und der Raum hatte etwas von der luftlosen Atmosphäre eines Mausoleums. (Ich war noch nie in einem Mausoleum, mußte aber wegen Eriks Bemerkung über Valérys Seemannsfriedhof an solche Grabanlagen denken.) Fulla Biefeld sagte, sie wolle Bienen sehen. Sie wollte den körperlichen Zustand der Linnéschen Präparate bestimmter Solitärbienen aus der Region um Izmir und aus bestimmten Gegenden Mexikos so genau wie möglich erkunden, wenngleich sie sich auch für Schmetterlinge, Motten und Wespen interessiere. Sie hoffte, die Genehmigung zu erhalten, sie unter dem Elektronenmikroskop zu untersuchen, um zu sehen, welcher Pollen sich in ihrer

Behaarung oder ihrem Pelz oder ihren Schuppen verfangen hatte. Für einen Augenblick drängten wir uns alle um die kleinen Schubladen mit den Bienen, deren verzerrte Leichen sich an ihren Nadeln aus dem 18. Jahrhundert krümmten. Einer der Männer sagte, er habe gehört, die Fische seien interessant. Ich folgte ihm zu den entsprechenden Laden, in denen die Fische säuberlich in Reihen ausgerichtet lagen, einer über dem anderen, lateral aufgeschnitten und wie Blumen gepreßt, das Rückgrat freigelegt und die Gesichter mit offenem Maul zur Seite gewandt, so daß Bäckchen, Zähne und verblichene Farbe zu sehen waren. Einige dieser Präparate, sagte die Bibliothekarin, hatten Artedi gehört. Artedi sei der größere Forscher gewesen, sagte einer der Wissenschaftler. Ich hatte nicht die geringste Ahnung von Artedi, bis auf den Umstand, daß er Linnés Freund gewesen war. Ich begann inmitten von all diesen seit langem toten Leben leichte klaustrophobische Anwandlungen zu verspüren. Was ich gern sehen würde, fragte die Bibliothekarin höflich.

Ich dachte an Destry-Scholes' Erzählung. Die Reise nach Lappland, sagte ich, interessiere mich. Sie sagte, daß sie das Maunskript besäßen, Linnés handschriftlichen Bericht seiner Reise in den Norden. Sie holte es – ledergebunden, wurzelbraun verblichene Tinte auf zwiebelhautfarbenem Pergament. Der Malstrom, murmelte ich, würde mich interessieren. Und der letzte Teil der Reise, sein Besuch in den Mooren von Torneå. Fulla Biefeld sah von ihrer Schublade toter Bienen auf. »Dort war er nicht«, sagte sie im monotonen Singsang ihrer schwedischen Stimme. »Er ist nie bis zum Malstrom gelangt. Er ist nie bis nach Torneå gekommen.«

Verdächtig, hatte Ormerod Goode gesagt.

Ich bat um Verzeihung. Das Dokument, mit dem ich mich beschäftigte, sagte ich, enthalte eine sehr genaue Beschreibung dieser Teile seiner Reise.

»Er hat behauptet, er wäre dort gewesen«, sagte Fulla Biefeld. »Das ist Linnés kleine Lüge. Oder große Lüge. Das Wetter hat ihn davon abgehalten, bis zum Malstrom vorzustoßen. Er ist nur in einem kleinen Boot herumgerudert und hat einen Ausflug nach Rörstadt gemacht. Und die Reise nach Kaituma, noch einmal 840

Meilen, die er in weniger als zwei Wochen bewältigt haben will. Nichts als Phantastereien, nichts als Aufschneidereien.«

Ich schwieg. Ich dachte über Destry-Scholes nach, der, wie mir zu dämmern begann, noch ein wenig weiter phantasiert hatte als Linné. Ich sah auf Linnés Gekritzel. Mit geübten Händen schlug die Bibliothekarin die Seite mit Linnés merkwürdiger Zeichnung der Pflanze auf, die er Andromeda genannt hatte – *Andromeda polifolia*, die Poleiblättrige Gränke oder Rosmarinheide, die zuvor *Chamaedaphne* geheißen hatte. Ich lege eine Photokopie einer Kopie seiner Zeichnung bei, da es mir unmöglich ist, deren eigentümliche Unbeholfenheit in Worte zu kleiden, eine weder rührende noch lächerliche Unbeholfenheit. Die Bildlegende in der Bildmitte zwischen der menschlichen Verkörperung und der botanischen Darstellung besagt

Andromaeda
ficta et vera
mystica et genuina
figurata et depicta.

Seine Beschreibung des Zusammenhangs zwischen mythischer Frauengestalt und Blume war sowohl weit hergeholt als auch in gewisser Weise sexy. Einer der Bestäubungsspezialisten las sie mir auf englisch vor, mit schmeichelndem Tonfall.

»Ich sah, wie sie, ehe sie ausschlägt, ganz blutrot ist, aber wenn sie zu blühen anfängt, vollkommen rosafarbene Blätter hat. Ich bezweifle, daß ein Maler imstande ist, auf das Bild einer Jungfrau solche Anmut zu übertragen und ihren Wangen solche Schönheit als Schmuck zu verleihen. Keine Schminke hat das je erreicht. Da ich sie zum ersten Male sah, stellte ich mir Andromeda vor, wie sie von den Poeten abgebildet wird. Je mehr ich an sie dachte, desto mehr wurde sie mit dieser Pflanze eins. Denn wenn sich der Poet vorgenommen hat, sie *mystice* zu beschreiben, hätte er sie auf diese Art nicht besser treffen können. Andromeda wird als eine außergewöhnliche Jungfrau beschrieben, als ein Frauenzimmer, deren Wangen noch diese Schönheiten besitzen. Diese Herrlichkeit hält indes nur so lange an, wie sie Jungfrau ist (wie es auch bei Frauenzimmern geschieht), *id est* bis sie sich entschließt, und das läßt

Andromeda polifolia

nicht lange auf sich warten, Braut zu werden. Sie steht mitten im Wasser auf einem Grashöcker, auf der sumpfigen Wiese, gleichsam Andromeda, auf ein Felseneiland gebunden, bis an die Knie im Wasser, nämlich bis über die Wurzeln. Stets ist sie von vergiftenden Drachen und Getier umgeben, *id est* die häßlichen Kröten und Frösche, die hier im Frühling, wenn sie sich paaren, das Wasser nach ihr blasen. Da steht sie und läßt voller Traurigkeit ihren Kopf hängen, ihre rosenwangigen *capitula florum.* Die Wangen werden bleicher und bleicher ...«

Mir fiel auf, daß die Blume erotischer aussah als ihre mystische Entsprechung. Zu dem wenigen, was ich über Linné wußte, gehörte, daß seine Klassifizierung auf der Sexualität der Pflanzen beruht. Wir haben alle unseren Foucault gelesen, *Les Mots et les choses.* Ich hatte dort nachgeschlagen, als ich Destry-Scholes' arktischen Pilgersmann erstmals identifiziert hatte.

Was nun folgt, ist selbstverständlich nicht, was mir durch den Kopf ging, während ich zwischen den Bestäubungsspezialisten im Tresorraum der Linné-Gesellschaft stand. Es ist das, was ich im nachhinein für das vorliegende Dokument durchdacht und skizziert habe. Der Versuchung, mehrere Seiten Foucault einzuschmuggeln, habe ich widerstanden. Einer der Gründe, warum ich die poststrukturalistische Semiotik aufgegeben habe – und das habe ich weiß Gott –, ist, daß von uns verlangt wurde, seitenweise Zitate von Foucault (oder Lacan oder Derrida oder Bachtin) zu notieren, um die schlichtesten Feststellungen zu untermauern wie beispielsweise die, daß eine Szene bei Shakespeare gleichzeitig komisch und tragisch sein kann, was Kritiker in früheren Zeiten ohne all diesen Aufwand zu sagen in der Lage waren. Doch es wäre mehr als ungerecht von mir, diesen Denkern ihre Verdienste abzusprechen, und Foucault hat Linnés Wunsch nach einem alles umfassenden Klassifizierungssystem in eine Sicht auf Sprechen und Sprachen gekleidet, die diesen umfaßt und übersteigt. Das Vergnügen, so vermute ich beim Schreiben, bestand für mich in dem Bewußtsein, daß ich an Foucault und mehr noch an Linné dachte, während ich von *Dingen* umgeben war, von nackten Fischskeletten, von großen blauen Schmetterlingen, von Ledereinbänden, von Zeichnungen, die er selbst gefertigt hatte, auch wenn sie (und warum auch nicht) andere Bedeutungsebenen beinhalteten, Analogien zwischen Pflanzen und anderen Geschöpfen, realen und erfundenen, genau wiedergegebenen und weithergeholten.

Linné errechnete, daß die 38 Geschlechtsorgane mit ihren 4 Variablen hinsichtlich Zahl, Beschaffenheit, Stellung und Verhältnis untereinander 5.776 Kombinationen ermöglichten, die ausreichten, um die Gattungen zu definieren. Aus den genauen Definitionen, die diese 5.776 Kombinationen ermöglichten, konnte man genaue Namen für das gesamte Pflanzen- und Tierreich ableiten, und diese Namen beinhalteten zwangsläufig (manifest oder implizit, wie Foucault sagt) alle Beziehungen, alle Verbindungen zwischen den Pflanzen einer Art, aber auch verwandter Arten. Für Linné war die Naturgeschichte laut Foucault letztlich dazu gedacht, die Welt zu benennen und zu ordnen. Der französische Begriff, den ich mit »ordnen« wiedergegeben habe, heißt *disposition*, und die Übersetzung ist nicht ganz korrekt. *Disposition* bedeutet »Ort« oder »Anordnung« – »Ordnung« ist zu stark. Linné nahm das Geschlecht der Pflanzen und die Sexualorgane anderer Lebewesen zur Grundlage seines Systems. Das war keine unvermeidliche Entscheidung. Cuvier beispielsweise interessierte sich für die Morphologie der Knochen als Ausgangspunkt. Foucault weist darauf hin, daß wir Heutigen uns nicht mit der Vorstellung einer *unbeweglichen* Natur anfreunden können, wie sie ein Klassifizierungssystem in gewissem Maße voraussetzt, oder, wie er es elegant ausdrückt, daß wir dieser Vorstellung die »einer wimmelnden Kontinuität der miteinander kommunizierenden Wesen, die sich vermengen und sich eines in das andere verwandeln« vorziehen. Er bemerkt zutreffend, daß das Wesentliche an der Idee nicht im Konflikt zwischen diesen zwei Vorstellungen von der Natur besteht, sondern im Zusammenhang, genauer im Zusammenhang zwischen Wörtern und Dingen. Alles, so sagt er, beruht auf »*le réseau de nécessité qui en ce point a rendu possible et indispensable le choix entre deux manières de constituer l'histoire naturelle comme une langue*«. Seine zwei Wege, eine Sprache zu konstituieren, waren das System und die Methode. Für das System steht Linné, für Taxonomie, Kartieren und Benennen einer finiten Struktur. Seine erste

Schrift mit dem Titel *Praeludia Sponsalorium Plantarum* verfaßte er 1729. Darin verbreitete er sich gelehrt über Staubgefäße und Stempel, Pollen (Sperma) und Samen (Ova), über Kastration und Unfruchtbarkeit. Sowie über Polyandrie, Polygynie, Inzest, Konkubinat und Ehestand der Blütenblätter mit stark erotischer Einfärbung. Mit diesem Werk weckte er beträchtlichen moralischen Tadel. Ich schaute seine traurige kleine Andromeda mit ihrer weit hergeholten fiktiven, mystischen und figurativen Bedeutung an. Dank seiner Vorliebe für Bezeichnungen aus der Antike windet sich um die Zweige des Linnéschen Systems ein Netzwerk von Mythen und Legenden wie Efeu oder Reben. Seine Schmetterlinge sind griechische oder trojanische Heroen, und hier hatte ich ein merkwürdig konkretes Bild vom Netz der Verbindungen, das sogar gezeichnete unvollständig aneinandergefügte Kettenglieder als einen Ort der Kreuzung von Sprachen zeigte. Ich murmelte etwas Dämliches über die Sexualität von Pflanzen, und die Bibliothekarin schlug für mich einen anderen Band auf und zeigte mir die komplizierten Anlagen der Blume, die Blätter, Kelchblätter, Blütenblätter als Brautkammern für monogame und polygame Hochzeiten »öffentlicher« wie »heimlicher« Art. Die ganze Familie der Farne, Moose, Algen und Pilze nannte er *Cryptogamia* (heimlich heiratende Pflanzen). Zu meiner Überraschung sagte der Holländer, viele der Zeichnungen Linnés von Polygamie und Kryptogamie gälten als satirische Abbilder der heimlichen Liebschaften am schwedischen Hof. Ich beugte meinen Kopf über die spinnenartigen schwarzen Blütenblattunterteilungen, die winzige Beschriftung, die Verbindungslinien. Andere Köpfe beugten sich neben meinem.

Dunkelheit brach über uns herein.

Ein knackendes oder eher zischendes Geräusch ertönte und ein weiteres rätselhafteres Geräusch, als schnappten Riegel ein. Die Dunkelheit war bedrängend dicht und undurchdringlich; obwohl die Augen abwarteten, um sich anzupassen, trafen sie nur auf schwärzere und schließlich völlige Abwesenheit jeglichen Lichts. Ich neige zu leichter Klaustrophobie – die zu beherrschen ich mich bemühe –, und ich bildete mir sofort ein, ich könne einen Anstieg der Muffigkeit oder des Modergeruchs in der Luft ausmachen. In meiner Kehle stiegen Dinge auf – unterdrücktes, niedergeschlagenes Seufzen oder Angstgeheul, Sodbrennen wie von glühender Säure. Ich entfernte mich rückwärts aus der Gruppe – in solchen Augenblicken will ich instinktiv allein sein. Ich tastete mich an Linnés ledergebundenen Bänden entlang, dorthin wo ich die Tür zum Tresorraum vermutete, ob im Glauben, ich könne sie öffnen, oder weil ich als erster hinausgelangen wollte, wenn sie von außen geöffnet werden würde, weiß ich nicht. Es war die primitive und unwürdige Flucht zu einem Ausgang, selbst wenn er versperrt war. Irgend jemand sagte etwas von einem Kurzschluß. Jemand anders fragte, ob es jemanden im Haus gebe, der nicht mit uns eingeschlossen sei. Wieder jemand anders sagte, der Hausmeister habe möglicherweise bereits Dienstschluß. Ich begann zu zittern und schob mich weiter an der Wand entlang …

Mein fragendes Gesicht, mein offenstehender Mund, meine verzweifelte Nase fanden sich unversehens in etwas Weichem erstickt – ich mußte an Fledermäuse denken, doch es war eher, als wäre ich in dichtes, weiches Moos gestürzt, Moos, das animalisch und zugleich nach Farn roch und mich zu ersticken drohte. Ich schlug um mich und traf auf (bekleidetes) nachgebendes weiches Fleisch. Ich glitt auf die Knie, verlor das Bewußtsein, und meine Hände umfaßten kräftige Schenkel, starke Knie, warm und muskulös. Die Tür wurde geöffnet, und ich fand mich zu Füßen Fulla Biefelds wieder, den Blick nach oben gerichtet, unter ihren Rock, wo ihr leicht drahtiges Schamhaar gegen Unterhosen drückte, die mir abwechselnd karmesinrot und smaragdgrün erschienen (was zweifellos vom Sauerstoffmangel meines Gehirns herrührte). Die festen Beine bedeckte ein Flaum kräftiger, dunkelgoldener Härchen. Ich überließ mich ganz der Ohnmacht – ich spürte, wie sie über mich hinwegschwappte, und ließ mich von ihr forttragen; es schien mir das Klügste zu sein, was ich tun konnte. In meiner Nase war Fulla Biefelds lebenswarmer sexueller Geruch. Linné hatte nichts von den Pheromonen gewußt.

Streng und fürsorglich beugte sie sich über mich. Nach der Dunkelheit war ihr Haar ein großer Käfig zickzackförmiger und honigfarbener Linien. Als meine Augen sich adaptierten, durchzuckten es hin und wieder scharlachrote Blitze. Ich schloß abermals die Augen und flüsterte das Wort Klaustrophobie, indem ich meine Schwäche bewußt übertrieb.

»Ich hatte den Eindruck, daß Sie mich niedertrampeln wollten«, sagte sie.

Ich verharrte mit geschlossenen Augen und in unterwürfiger Haltung.

Jemand anders brachte mir ein Glas Wasser. Nach einiger Zeit konnte ich mich aufrichten und blinzelnd ins Helle schauen. Die Gesellschaft löste sich gerade auf. Ich vereinbarte mit der Bibliothekarin einen zweiten Termin, bei dem ich herausfinden wollte, ob sich im Archiv irgendein Hinweis auf einen Besuch Scholes Destry-Scholes' finden ließ. Fulla Biefeld wich nicht aus meiner Nähe. Wenn ich wollte, sagte sie, könne sie sich das Dokument, mit dem ich befaßt war, ansehen, denn es schien einige Anomalien aufzuweisen. Wer hatte es verfaßt?

Warum wollte ich ihr das nicht sagen?

»Scholes Destry-Scholes«, sagte ich. »Er hat eine Biographie von Sir Elmer Bole geschrieben.«

»Den Namen habe ich noch nie gehört.«

»Er war ein viktorianischer Universalgelehrter. Unter anderem – unter sehr viel anderem – hat er sich mit den Blattschneiderbienen in der Gegend von Troja befaßt.«

Weder Destry-Scholes noch Bole schienen in ihr das geringste Interesse zu wecken. Ich sagte, ich könne ihr das Typoskript nicht überlassen, da es mir nicht gehöre und meine einzige Kopie sei. Sie sagte, wenn es sich so verhalte, könnten wir uns zu einer Konditorei in der Nähe begeben und sie könne dort einen Blick darauf werfen und mir gegebenenfalls sagen, welche Fährten zu verfolgen für mich lohnend sein könnte. Ich machte Ausflüchte. Sie machte geltend, daß ich kaum damit rechnen könne, weiteren schwedischsprachigen Taxonomie-Spezialisten über den Weg zu laufen, die obendrein Arbeiten über Linnés *Iter Lapponicum* geschrieben hatten. Damit hatte sie zweifellos recht. Dehalb folgte ich ihr zu der Konditorei und setzte mich mit einem Cappuccino auf dem gestärkten Tischtuch unter rosa Licht in leise unwirklicher Muzak. Fulla Biefeld setzte sich eine Brille mit breiten und engen ovalen Gläsern auf die Nase, deren Rahmen wie bei dem männlichen Paar in Pucks Gürtel aus regenbogenfarbenem Titan bestand. Dann runzelte sie die Stirn über Destry-Scholes' Durchschläge.

»Das ist ein Gespinst aus Wahrheiten und Halbwahrheiten, wenn ich mich nicht täusche.« Der schwedische Singsang klang außerhalb des Tresorraums noch auffälliger. »Es stimmt, daß Linné sich für Aberglauben und Zauberei interessiert hat. Aber die ganze Geistreise ist äußerst unwahrscheinlich, äußerst unwahrscheinlich. Andererseits ist die Begegnung mit der *Furia infernalis* verbürgt. Unechte Teile sind an echten Haken aufgehängt. Warum sollte jemand so etwas tun?«

Ich sagte, das wisse ich nicht. Ich wußte es nicht. Vielleicht hatte Destry-Scholes sich daran versucht, Romanschriftsteller zu werden. Ich sagte nichts von meinem Eindruck, den ich aus meinem Lesersolipsismus entwickelt hatte, daß er mich persönlich zu täuschen, an der Nase herumzuführen versuchte. Ich erwog den Gedanken, daß ich zu gegenseitigem Austausch weniger denn je befähigt war. Ich sagte einfach, daß ich nicht wisse, was ich als nächstes tun sollte. Daß ich mein Vorhaben aus Mangel an Informationen vielleicht aufgeben müsse. Ein Verlust für die Wissenschaft werde das kaum sein, hörte ich mich sagen, insbesondere das, was ich gefunden hatte, sich als Lügengespinst zu erweisen schien. Fulla Biefeld nickte zustimmend und bekräftigender, als mir lieb sein konnte. Gespräche, dachte ich grimmig, waren keine Einbahnstraße. Die Höflichkeit verlangte, daß ich sie auch etwas fragte. Ich fragte sie, wie sie zu einer Paläökologin geworden war. Sie erwiderte relativ unwirsch, daß sie sich nicht als solche bezeichne. Sie sei Bienentaxonomin. Bienentaxonomin in der Ausbildung.

Wie interessant, sagte ich wenig überzeugend. Sie funkelte mich zornig an. Ihr Gesicht ist kein schönes Gesicht. Sie hat eine spitze Nase, die Augen liegen zu tief unter den stacheligen Balken ihrer hellen Brauen, ihr Mund ist zu groß für ihr kleines Gesicht und drückt fast immer Mißbilligung aus. Ihre Augen sind nicht blau, sondern grünlich, von braunen Streifen durchsetzt. Ihre Wimpern sind tatsächlich dicht, doch so hell, daß sie nur bei bestimmten Lichtverhältnissen zu erkennen sind.

»Die Paläökologie betreibe ich als Nebenfach zu meinen Bestäubungsstudien«, sagte sie. »Die Wechselbeziehungen zwischen Insekten und Pflanzen und anderen Bestäubungsagenzien haben sich über Abermillionen von Jahren entwickelt. Vor kurzem wurde auf sehr intelligente Weise die Annahme widerlegt, daß Ratten die Freycinetia-Liane bestäuben, indem man Vogelpräparate von Naturforschern aus dem 19. Jahrhundert untersuchte. Die Geschichte vieler Ackerpflanzen und Wildpflanzen müssen wir unbedingt kennenlernen, wenn wir sie und ihr Habitat erhalten wollen. Was nicht befruchtet wird, stirbt aus. Was nicht ausreichend befruchtet wird, wächst nicht und trägt keine Früchte. Wir wissen viel zu wenig, und während wir mehr zu erfahren suchen, vernichten wir das Vorhandene durch Landwirtschaft und Flurbereinigung, mit Pestiziden, Insektiziden und Giftpflanzen, die wir selbst entwickelt haben, mit eingeführten Bestäubungsagenzien oder biologischen Freßfeinden, die sich zu Landplagen und Zerstörern auswachsen. Haben Sie jemals *Der stumme Frühling* gelesen, Mr. Nanson?«

Das hätte ich, sagte ich. Ich hatte eine Arbeit über Bilder erzeugter Massenhysterie und Furcht in Literatur und volkstümlicher Kultur geschrieben. Ich hatte die bösen Geister des 17. Jahrhunderts mit der Vorstellung von Napoleon als dem schwarzen Mann verglichen und die Furcht vor der Atombombe mit den Bergen toter Vögel in den verwüsteten Landschaften unserer Tage.

»Bilder in Literatur und volkstümlicher Kultur«, sagte diese quecksilbrige Person, »sind weder Fisch noch Fleisch. Weder Fisch noch Fleisch, wie es bei euch Engländern heißt. Aber unsere Spezies vernichtet nicht nur Fisch und Fleisch, sondern täglich an die 6.000 Spezies, viele davon unbekannt, andere möglicherweise oder sogar mit Sicherheit für das Überleben einer ganzen Kette anderer Spezies lebensnotwendig.«

»Aha, Sie sind eine militante Ökologin«, sagte ich mit katastrophaler Leichtfertigkeit. Ich dachte, ich wüßte, zu welcher Art von Leuten sie gehörte. Bierernste Apologeten natürlicher Körperbehaarung und organischer Lebensweise, erbitterte Gegner moderner Maschinen und Errungenschaften, Anhänger der Gaia-Theorie und der Vollwert- und Ganzheitsideologie unter strikter Ablehnung jeglicher Versuche an oder kommerzieller Ausbeutung von

Tieren und Embryonen, Erbauer haltbarer Häuser mit organischen Erdklos und spinnösen Recyclingmaschinen, Mineralienapostel, Aromatherapieanhänger, Getreidekreisanbeter, Verehrer druidischer Mistelzauberei, Bewunderer aztekischer Menschenabschlächterei mit Messern aus Obsidian. Ich bin ein moderner, wenn nicht gar postmoderner Mensch. Ich bin ein Stadtbewohner. Städte sind eine herrliche Erfindung. Wir haben uns zu Stadtbewohnern entwickelt, die von Kanalisationssystemen und elektrischem Licht abhängig sind. Es ist nicht natürlich, in Mooshütten zu wohnen. Es ist zutiefst unnatürlich. Die Erde war nie das, wozu diese Gaia-Mythographen sie verklären wollen. Sie war schon immer ein Ort des täglichen Überlebenskampfes. Und wir haben die besten Überlebensstrategien entwickelt.

»Es gibt auf der ganzen Welt nur neununddreißig«, sagte sie.

Nicht gerade eine erfolgreiche Lebensform, dachte ich.

»Neununddreißig was?« fragte ich.

»Spezialisten für Bienentaxonomie«, sagte sie. »Ihr durchschnittliches Lebensalter ist über sechzig. Nur zwei von ihnen bilden eine neue Generation aus. Beide sind über achtzig, und beide leben in der Neuen Welt, wo die Situation nicht ganz so desaströs ist. Und alle sind Männer.«

»Ist das schlimm?« Nicht nur Ökofreak, auch noch Feministin. Der Feminismus war einer der Sekundärgründe, warum ich mich von der poststrukturalistischen Lehre verabschiedet hatte. Dem feministischen Denken haftet der (schier) unwiderstehliche Drang an, Tatsachen und Wissenspartikel zu verzerren oder mißzuverstehen oder zu ignorieren. Und so etwas zu sagen ist nicht wirklich möglich.

»Nein«, sagte sie. »Ich finde es nur interessant. Schlimm ist, wie wenig wir wissen. Die amerikanischen Alfalfa-Erträge sind in den Keller gerutscht, weil man gedacht hatte, man könnte zum Bestäuben Honigbienen statt der Schmalbiene Nomia melanderi einsetzen, die von Natur aus diese Pflanze bestäubt. Es gibt ein Wundergetreide – Sesbania, eine Leguminose –, mit dem man ganz Äthiopien ernähren und außerdem die Bodenerosion aufhalten könnte, aber niemand weiß über die Bestäubungsagenzien Bescheid, niemand weiß, ob es genug von ihnen gibt oder ob

Importe überleben können und welche Auswirkungen sie auf die einheimischen Bienen und anderen Insekten hätten.«

»Nun ja«, sagte ich, um Frieden bemüht, »ein Glück, daß es Leute wie Sie gibt, die sich um so was kümmern.«

»*Neununddreißig*«, wiederholte sie. »Es ist kurz vor zwölf. Sie haben mich nicht verstanden.«

»In den Fußstapfen Linnés«, sagte ich.

»Linné«, wies sie mich zurecht, »hatte keine Ahnung von der Entomogamie. Er dachte sich anthropomorphe Feenmärchen aus und hielt die Bienen für tolpatschige Eindringlinge in den Hochzeitskammern, die die Jungfrauen versehentlich deflorieren und die Vorräte plündern. Die wechselseitige Abhängigkeit der Dinge voneinander konnte er nicht erkennen, weil es keine Notwendigkeit dazu gab.«

Schweigen trat ein.

»Wenn Sie mir eine Photokopie von diesem Dokument besorgen können«, sagte sie, »kann ich in den nächsten Wochen, in denen ich hier zu tun habe, einen Blick darauf werfen.«

Ich sagte, ich wolle ihre kostbare Zeit nicht mit einem albernen literarischen Rätsel in Anspruch nehmen. Ich sagte, ich könne mich selbst um die Nachforschungen kümmern.

»Wollen Sie damit sagen, daß Sie ein paar Monate damit zubringen wollen, Schwedisch zu lernen?« sagte sie verächtlich. »Es ist überhaupt nicht absehbar, wohin dieses Projekt Sie noch führen wird. Können Sie Latein?«

»Mehr schlecht als recht«, sagte ich wahrheitsgemäß.

»Ich will Ihnen nicht Ihr Projekt wegnehmen«, sagte sie. »Ich wollte Ihnen nur helfen. Wenn Sie keine Hilfe wollen, ist mir das auch recht.«

Ich – fast hätte ich geschrieben, daß ich mich schämte, was nicht stimmt. Ich war peinlich berührt. Natürlich hatte sie recht, in jeder Hinsicht. Sie war ein Glückstreffer, nicht eine Bedrohung. Befürchtete ich, daß sie die Fadenscheinigkeit meines Projekts durchschauen würde? Das konnte mir schließlich egal sein. Sie würde bald genug nach Äthiopien oder wohin auch immer abreisen. Ich sagte, ich sei ihr sehr dankbar und wolle die Photokopie besorgen.

»Das können wir jetzt gleich in der Bibliothek der Linné-Gesellschaft tun«, sagte sie. Ich zottelte hinter ihr her und sah zu, wie sie meinen Schatzfund vervielfältigte. Sie faltete die Kopie und steckte sie in ihre geräumige Handtasche. Ich gab ihr meine Adresse.

»Sobald ich eine Idee habe, hören Sie von mir«, sagte sie. Und schritt Picadilly entlang davon, den brennenden Dornbusch ihres Haars wie ein Fanal hinter ihrem Kopf.

Ich trat meine Stelle (zwei Tage in der Woche) in Pucks Gürtel an. Ich muß gestehen, daß es der erste von Menschen benutzte Ort war, an dem ich mich mit anderen zusammen wohl fühlte (abgesehen von den gespensterbesetzten Plätzen in der British Library). Wie bereits gesagt, war der Raum blau und grün gehalten, mit sternengleichen Lichtern an einem mitternachtsblauen Himmel und mit behutsam verstreuten halbmond- und kegelförmigen Leselämpchen an Metallschnüren, die kleine Lichtflecken und -ketten erzeugten. Der Pappmalstrom, der Paradiesdschungel und die Alhambraarkaden ließen außer an sehr hellen Tagen nicht viel Tageslicht hereindringen. Sagte ich, daß es Frühling war? Wir lebten in unserem eigenen warm beleuchteten künstlichen Teich und bewegten uns darin wie neugierige Fische. Ich liebte die Kaffeemaschine aus stromlinienförmigem Edestahl und Glas, die pausenlos köstlichen Cappuccino erzeugte. An den zwei Wänden, die Schaufenster und Theke gegenüberlagen, verliefen Regale voller Bücher – nicht Broschüren –, Nachschlagewerke, Atlanten, Führer zu Flora und Fauna, Kathedralen und Eisenbahnen, Schiffen und Geysiren, Galerien und Skulpturenparks, Tempeln und Baumgärten in aller Welt. Diese kostspieligen und schönen Bücher waren mit zierlichen Edelstahlketten an der Wand befestigt und hatten ihre eigenen Spotlights als Beleuchtung. Für Kunden, die sich hinsetzen und schmökern wollten, gab es Hocker mit silbrigen Beinen und in allen Grünschattierungen von Jadegrün bis Olivgrün, von Apfelgrün bis Efeugrün. An noch feineren Ketten gab es sogar Vergrößerungsgläser. Erik sagte, die Ketten hätten sie der Diebstähle wegen anbringen müssen, doch er fand sie schön und war der Ansicht, daß sie zum Nachdenken einluden, was ihm gefiel.

Hinter der Theke lagen eine weiße fensterlose Küche und ein kleines Badezimmer, und beide Räume waren sparsam, aber perfekt mit allem Erforderlichen ausgestattet.

Meine erste Aufgabe bestand darin, mich mit den Funktionen des Computers vertraut zu machen. Mein eigenes Gerät ist alt, grau und laut. Die im Reisebüro waren neu, leise summend und schnell. Mein Bildschirm leuchtete saphirblau. Ich lernte, Zugverbindungen ausfindig zu machen, Flugzeuge, Busse, Überlandbusse, Pferdekarawanen, Führer, Maulesel, Jeeps, Autovermieter, Eindecker, Yachten und Frachtkähne an jedem beliebigen Ort der Welt. Ich lernte, Pucks Gürtels umfangreiche Liste vertrauenswürdiger Hotels, Gasthäuser, Übernachtungsmöglichkeiten, Zelte, Caravans, Schlösser, Klöster und Karawansereien jeglicher Ausstattung zu konsultieren und anhand der Kommentare von Gästen – Empfehlungen wie Beschwerden – auf dem neuesten Stand zu halten. Ich beobachtete Erik und Christophe dabei, wie sie die Phantasie ihrer Kunden nährten und förderten – neuer Zufallskunden wie alter Stammkunden, die zahlreich waren, vom Experten für mittelalterliche Glasmalerei, der eine bestimmte Glasur von England durch ganz Europa bis nach Assisi verfolgte, bis zum Taxifahrer, der Vögel beobachtete und den indischen Dschungel, die afrikanische Savanne und das Amazonasgebiet bereist hatte, auf Elefanten, in Geländewagen, in Einbäumen, und sich nach etwas Neuem sehnte. Ein Mann, der Italien auf ungewohnte Weise bereisen wollte, wurde dazu ermuntert, Goethes *Italienische Reise* nachzuvollziehen. Ein anderer wanderte in den Fußstapfen von Wordsworth, Dorothy und Coleridge durch Deutschland. Da gab es den Mann, der alle Schlachtfelder der Napoleonischen Kriege absolviert hatte und sich an die des Hundertjährigen Krieges machte, und es gab jene, die auf der Fährte Mary Wollstonecrafts und Lady Mary Wortley Montagus pilgerten, auf den Spuren Berengarias und Ginevras. Es gab sogar jemanden, der die Reisen Alfred Russel Wallaces nachreisen wollte. Christophe versuchte Interesse an Humboldts Spuren in Südamerika zu wecken. Beim Lunch in der Küche – Christophe bereitete köstliche Salate zu, und ich sah täglich gesünder aus – dachten wir uns die verrücktesten Reisen aus und die Kunden, denen wir sie verkaufen wollten.

Ich sage »wir«. Ich bin mir nicht sicher, ob ich je zuvor in meinem Leben irgendeine Gruppe, zu der ich gezählt haben mag, als »wir« bezeichnet habe. Zwischen Erik und Christophe bestand ein ungezwungenes Gefühl der Zusammengehörigkeit, wie ich es selten erlebt habe. Sie berührten einander, wenn sie in Küche und Büro arbeiteten. Sie schienen immer zu wissen, was der andere gerade tat, ohne daß er zu sehen war, nur mittels verfeinerter Aufmerksamkeit und gutem Zeitgespür. Überaus feinfühlig bezogen sie mich ein, nicht als ihresgleichen, sondern als jemanden, der in ihre sanfte Zielstrebigkeit eingeschlossen war. Der eine oder andere fuhr mir durch das Haar oder berührte mich an der Schulter, während ich auf den Monitor blickte. Ich erwiderte diese Gesten nicht. Ich wollte es nicht. Doch ich war dankbar für die Berührungen, dafür, daß man mich akzeptierte. Ich muß gestehen, daß ich dankbar war.

Mit der Zeit machte ich eigene Vorschläge. Ich stellte fest, daß meine Destry-Scholes-Forschung erstaunlichen Nutzen abwarf. Wir stellten eine Reise für Mosaikbegeisterte zusammen, zu den Prunkstücken Istanbuls und Ravennas und zu einigen Kirchen in Serbien und Makedonien, die nur Eingeweihten bekannt waren. Erik entdeckte eine Schule in Ravenna, wo Reisende in Befolgung der alten Methoden eigene Mosaiken anfertigen, die Steine zurechtschneiden und einfügen konnten. Als nächstes erdachten wir uns eine Fahrt nach Venedig auf Turners Spuren inklusive eines Aquarellierlehrgangs in seiner speziellen Manier, wobei man mit den farbbeschmierten Fingern das Papier bemalte. Christophe sagte, damit bildeten wir Fälscher aus, und Erik sagte, das Fälschen sei ein menschliches Grundbedürfnis, das laut Fourier befriedigt gehöre. Es ging nicht immer um Kunst – wir ermöglichten einem Kunden, als Ausgesetzter auf einer Insel zu sein, und einem anderen, Schiffswracks vor der Küste der Azoren zu untersuchen.

Viele unserer Reisen waren Kunstreisen der ein wenig anderen Art. Vergleichende Besichtigungen von Darstellungen der Geburt Christi in Deutschland, Österreich, Frankreich, Italien und Flandern. Paradiesgärtlein in aller Herren Länder. Ein Jahrhundert steinerner Engel. Als ich in ihrem Laden erschien, stellten Erik und

Christophe gerade eine Reise zu Fresken des Jüngsten Gerichts zusammen, von Michelangelo bis zu unbekannten Angelsachsen in Northumbria, von Bayern bis Konstantinopel. Während wir uns darüber unterhielten, trat ein unwirscher Mann im Trenchcoat herein und sagte, er nehme an, daß wir nicht in der Lage seien, eine Reise zu den Orten des letzten Sprungs von Selbstmördern zu organisieren. Erik sagte, das lasse sich gewiß einrichten. Beachy Head, die Reichenbach-Wasserfälle, Paul Celans Pariser Brücke, die entsprechenden Wolkenkratzer. Geld, sagte der Mann im Trenchcoat, sei kein Hinderungsgrund. Sein Trenchcoat war ziemlich schäbig und ziemlich schmutzig. Als er gegangen war, sagte Christophe, daß er wahrscheinlich seinen ganzen Besitz zu Geld gemacht hatte und beabsichtige, an irgendeinem dieser Orte seinen eigenen letzten Sprung zu tun. Sollten wir ihm helfen? Erik sagte, daß a) jedermann das Recht habe, in den Tod zu springen, wenn es ihn danach gelüstete, und b) die Reise ihn in seinem Entschluß höchstwahrscheinlich wanken lassen werde und c) das Ganze ein origineller Gedanke sei, der eine neue Dimension einbringe.

Tod, Jüngstes Gericht, Himmel und Hölle, sagte ich. Die vier letzten Dinge. Irgend etwas regte sich in meinem Geist. Eine neue Idee, sagte Erik. Eine Reise zu den vier letzten Dingen. Wie eine Pilgerreise. Der Tourismus stamme von der Pilgerreise ab, sagte Christophe, das sei eine Binsenweisheit. Reisen sei das, was von der Religion übriggeblieben sei. Galerien seien die Tempel unserer Zeit, sagte Erik, das sei wohl wahr. Einst waren Menschen gereist, um die Kunstwerke in den Galerien zu sehen. Heute waren die Galerien – in Stuttgart, in Nîmes, in Houston, in St. Ives – das Reiseziel, die Zentren spiritueller Kontemplation, so wie es einst die großen Kathedralen gewesen waren und vor ihnen die Höhlen der Orakel. Große, monumentale Fabrikgebäude der industriellen Revolution (das Bankside-Kraftwerk, die Gare d'Orsay, der Hamburger Bahnhof in Berlin) beherbergten heutzutage Kunstsammlungen, Leinwände und Skulpturen, Wachs und Glaskästen.

Etwas regte sich noch merklicher. Es waren Destry-Scholes' Figuren. Alle drei waren Reisende. Und er hatte offenbar ihre Reisen mit erfundenen »spirituellen« Visionen ausgeschmückt.

Alle drei Figuren hatten, wenn man so will, sich selbst, ihre Doppelgänger, ihre Geister nach anstrengenden Reisen halluziniert. Ibsen paßte vielleicht nicht ganz in dieses Bild. Ich mußte mich noch eingehender mit seiner Biographie beschäftigen, mit seinem wirklichen Kontakt oder Nichtkontakt zu seinem unehelichen Sohn Henriksen. Doch der biographische Sketch stellte den Sohn als Doppelgänger vor, als Alter ego, als Gespenst. Seit Fulla Biefeld mit dem gespleißt-gefälschten Dokument verschwunden war, hatte ich mich nicht mehr mit Linné befaßt. Ich fragte mich, ob ich mich vielleicht lieber ernsthaft mit Francis Galtons Aufenthalt in Owampoland beschäftigen sollte. *Warum* hatte Destry-Scholes angefangen, Geistreisen zu erfinden? Tatsächlich verhielt es sich so, daß ich immer mehr Zeit damit zubrachte, in der British Library Zusatzinformationen für Reisen auszugraben, die Erik und Christophe planten. Es war ein angenehmes Gefühl, mit einer unerwarteten Fundstätte voller Archäopterixknochen aufzuwarten, die man von einer besser bekannten Stätte aus mit einer Wanderung durch die Wildnis Perus erreichen konnte, oder mit einem Breughel-Bild des irdischen Paradieses in einer ansonsten nicht weiter beachtenswerten kleinen Schweizer Galerie. Und Erik und Christophe begrüßten meine Entdeckungen und Vorschläge so enthusiastisch. Sie wiesen mich auf die Vorteile des Internets für meine Recherchen hin, und ich benutzte es freudig, doch die Bibliothek blieb unschlagbar, jedenfalls bis auf weiteres, mit ihrem Katalog und ihren Büchern voller Bibliographien voller Bücher voller Bibliographien. Es war ein interessantes Phänomen, daß Destry-Scholes immer wirklicher wurde, obwohl ich in seiner Hinsicht keine Fortschritte machte. Ich fragte mich, ob es eine Galton-Gesellschaft gab, der Linné-Gesellschaft vergleichbar.

Und ich fragte mich – naheliegenderweise –, ob auch ich würde reisen können. Der schicksalsgesandte Anschlag im Schaufenster hatte eine Reisemöglichkeit erwähnt. Ich fragte Erik und Christophe – sie waren so nett, es fiel mir nicht schwer –, was sie damit gemeint hatten. Sie sagten, daß hin und wieder ein Tourist einen Reisegefährten benötige, aus gesundheitlichen Gründen oder aus Altersgründen oder wegen seiner Einsamkeit. Bisweilen konnte man Touristen zusammenspannen und so einem beiderseitigen

Bedürfnis entgegenkommen. Doch ab und zu – nicht allzu häufig – war einer von ihnen – einer von uns – der passendste Reisebegleiter. Christophe sagte, ich müsse erst das Gewerbe in- und auswendig kennen, mich bewährt haben, bevor ich für so etwas in Frage kommen könne. Was wäre in so einem Fall mein Wunschtraum? Ich erwähnte abermals den Malstrom. Der Mann, mit dem ich mich beschäftigte, sagte ich, war dort oder in der Nähe verschwunden. Erik sagte, daß man diesen Ausflug vielleicht unter die vier letzten Dinge oder die Todessprünge einreihen solle. Christophe sagte, dort gebe es nichts zu sehen. Erik sagte, das hänge von ihm ab. Womit er mich meinte. Aber sie boten nicht an, mir die Reise zum Malstrom zu ermöglichen, und ich erwähnte das Thema nicht wieder.

Ich weiß nicht mehr, was das nächste war, der Brief oder das erste Auftauchen des fremden Kunden. Ich nannte ihn insgeheim so, von Anfang an, wie mir scheint, in Anlehnung an Destry-Scholes' Darstellung des Ibsenschen Doppelgängersohns. Der nach dem fremden Passagier auf Peer Gynts letzter Fahrt so genannt worden war. Das erstemal kam er, als ich allein war, ebenso die folgenden Male. Beim erstenmal fiel mir, wie ich glaube, sein großer Schatten nicht auf, als er vor dem Proszenium des Fensters mit dem Papierwhirlpool auf und ab ging. Später ja. Ich gelangte zu der Annahme, daß er Ausschau hielt, ob ich allein war, doch beim erstenmal wäre mir so etwas nicht entfernt in den Sinn gekommen. Ich dachte, er wäre zufällig eingetreten, so wie ich. Er war sehr groß, größer als ein Meter achtzig, mit glattem schwarzen Haar, das sehr gut geschnitten war, kurz und modisch. Er trug einen doppelreihigen Anzug, ebenfalls sehr gut geschnitten, ganz leicht tailliert und mit einem ganz leicht geckenhaft breiten Revers. Er hatte eine weiße Rosenblüte im Knopfloch stecken und hielt einen schwarzen Lackspazierstock in der Hand, den er an die Theke lehnte. Sein Gesicht war ein wenig zu lang, um wohlproportioniert zu sein. Seine Lippen waren breit und voll, aber verkniffen, nicht locker, nicht einmal entspannt. Seine Fingernägel waren eckig geschnitten und erschreckend sauber. Es dauerte lange, bis ich seine Augen bemerkte und mich an sie erinnern konnte. Wenn ich ihn mir in Erinnerung rief, blieb der Teil seines Gesichts, der am bemerkenswertesten sein müßte, immer ein graues rauchiges oder wolkiges Rechteck. Mir scheint, daß er möglicherweise dunkle Brillengläser trug oder andersgeartete Brillengläser, vielleicht nicht immer dieselben. Bei seinem ersten Besuch war ich es noch nicht gewohnt, allein im Laden zu sein. Ich tat deshalb so, als wäre ich sehr beschäftigt – nun ja, das war ich auch, ich unterbrach mich also nur nicht darin – mit meinem blauen Monitor und meinen tanzenden Alphabeten. Er stand in der Tür – dort blieb er immer stehen –, und ich spürte sein Gewicht wie eine Barriere, falls mich das Bedürfnis überkommen sollte, auf die Straße zu eilen. Seine Schuhe waren makellos gewienert.

Erik und Christophe hatten mir eingeschärft, Kunden, die den Anschein weckten, ein bißchen stöbern zu wollen, ohne sich an mich zu wenden, auf keinen Fall zu stören. Er blickte mich kurz an und setzte sich dann auf einen der Hocker und blätterte in Büchern über griechische Kunst und thailändische Tempel. Ich hatte begonnen, mir einzubilden, Pucks Gürtel mit seiner bestirnten Zimmerdecke und seinen angeketteten Touristenbibeln sei eine Art Andachtskapelle. Meinen fremden Kunden zeichnete eine gewisse Ehrfurcht aus, wie er seinen Kopf über die Buchseiten neigte und die Fingerspitzen aneinanderlegte. Lange Zeit schlenderte er die Regale entlang, öffnete und schloß Bücher. Schließlich trat er zu mir. Er fragte, wo Pim geblieben sei (oder vielleicht Pym, das weiß ich nicht). Ich sagte, von einem Pim wisse ich nichts.

Seine Stimme war klar und volltönend. Nicht wie diese Stimmen bei Fitzgerald, die voller Geld sind, sondern voll einer dickblütigen Mischung aus Selbstvertrauen und Begehren (welches Wort ich zumindest teilweise im Sinne meiner postmodernistischen französischen Literaturtheorie verwende). Ich will damit nicht sagen, daß er *mich* begehrt hätte. Ich will sagen, daß er den Eindruck machte, als bereite es ihm Genuß, opulente Mahlzeiten zu verzehren und in der ersten Klasse mit großer Geschwindigkeit zu fliegen. Er sagte, Pim habe vielleicht die Firma verlassen, ich sei vielleicht sein Nachfolger? Pim habe einige unvergeßliche Erfahrungen für ihn in die Wege geleitet, sagte er und lehnte sich kurz über die Theke zu mir herüber. Ich hatte bisher nicht darüber nachgedacht, ob ich einen Vorgänger gehabt hatte, aber das tat jetzt nichts zur Sache. Ich sagte, wir versuchten immer, etwas Ungewöhnliches zu ersinnen. Darin, so stimmte er mir im Brustton der Überzeugung zu, überträfen wir sogar die kühnsten Erwartungen. Zu meiner Überraschung fügte er hinzu, man könne zwar von vielen Reisebüros behaupten, daß sie verwässerten oder entstellten fourieristischen Prinzipien huldigten, doch Pucks Gürtel sei ja wohl die geglückte hundertprozentige Umsetzung in die Wirklichkeit, ob ich das nicht auch fände? Ich stimmte ihm begeistert zu (obwohl ich mir Begeisterung nie ansehen lasse; das ist nicht meine Art). Ich konnte es kaum fassen, in einer Welt zu leben, in der Engländer in Maßanzügen hereinspaziert kamen und kenntnisreich über Fourier plauderten. Er werde wiederkommen, erklärte er. Er lege Wert auf eine lange Zeit der Erwartung und Vorbereitung. Ihm schwebten ein, zwei Projekte vor. Noch nichts Konkretes. Er werde sich genauer dazu äußern, sobald es soweit sei. Ich sagte, ich hoffte, wir würden alles zu seiner Zufriedenheit einrichten können. Er sagte, da sei er sich ganz sicher. Ich glaube, das ist alles, was es über meine erste Begegnung mit ihm zu verzeichnen gibt. Ich glaube, alles andere kam später, auch die Nennung seines Namens, den er mir bei diesem ersten Anlaß nicht mitteilte.

Der Brief war eine völlige Überraschung, nicht zuletzt weil ich keine Briefe bekomme, keine Brieffreundschaften unterhalte. In den vergangenen Wochen hatte ich zwei oder drei (oder mehr, ich glaube, es waren mehr) knappe Botschaften von Fulla Biefeld erhalten, die sich inzwischen am Hope Entomological Institute in Oxford befand, wo sie sich mit der Systematik der Bienen befaßte. Sie hatte mir eine Auflistung von Büchern zu Linné geschickt. Das fand ich leicht beleidigend, zum Teil weil eines der wenigen Dinge, auf die ich mir etwas einbilde, meine Kennerschaft von Katalogen und Bibliographien ist, und teilweise weil sie fälschlicherweise unterstellte, ich sei außerstande, Texte zu lesen, die auf französisch, lateinisch oder deutsch verfaßt waren. Sie schickte mir auch Unterlagen zur Krise in der Bestäubungsforschung und über etwas, was sie als TI (taxonomisches Impediment) und als TD (taxonomisches Defizit) in der Untersuchung natürlicher Ressourcen und der Ökologie bezeichnete. Andere Postsendungen, die zweifellos auf ihre Initiative zurückgingen, waren eine Einladung zu einem gesamteuropäischen Bienenbeobachten, dessen Londoner Ableger der Wildlife Trust finanzierte, und zu einer taxonomischen Untersuchung der Flora und Fauna in Richmond Park. »Vielleicht würden Sie gerne einen Teil Ihrer Freizeit auf etwas verwenden, was sich als Problem von größter Dringlichkeit erweisen könnte (oder eher wird)«, schrieb sie. Ihre Unterstellung, daß ich freie Zeit zur Verfügung hätte, empfand ich ebenfalls als leicht beleidigend. Auf dem Weg nach Picadilly achtete ich inzwischen auf Hummeln und Bienen auf dem Gehsteig und in den Hecken. Ich überlegte, ob es interessant sein könne, Bienenbeobachtung und Bestäubungsausflüge dem Fächer dessen hinzuzufügen, was Pucks Gürtel bereithielt. Ich dachte sogar mit flüchtigem Vergnügen daran, im Park von Richmond nach Regenwürmerhaufen und Vogelnestern Ausschau zu halten. Niemand konnte behaupten, das seien keine *Dinge*. In Pucks Gürtel gab es Dinge, doch die meisten waren Abbildungen anderer Dinge, Gletscherphotos, Beschreibungen von Hotelzimmern (TV, Heizung, Bad oder Dusche, großes, kleines, französisches Bett und so weiter). Die angeketteten Bücher waren Dinge und ebenso die Monitore der Computer, doch sie waren Dinge, die den Zugang zu dinglicheren Dingen von größerer Dichte bildeten.

Aber ich schweife ab. Der Brief kam aus Willesden und hatte mit Fulla Biefeld nichts zu tun. Er war in überaus schöner und ordentlicher und sehr kleiner Handschrift gehalten, lesbar, doch besser entzifferbar unter der Lupe.

Lieber Mr. Nanson,

man hat mir vor einiger Zeit Ihre Anfrage im *Times Literary Supplement* zur Kenntis gebracht. Ich lese diese Beilage nicht, wie ich zu meinem Bedauern sagen muß. Ich bin die Nichte von Scholes Destry-Scholes; meine (verstorbene) Mutter war seine Schwester. Es ist möglich, daß ich seine einzige lebende Verwandte bin, doch genau weiß ich es nicht, da wir keine engen verwandtschaftlichen Bande gepflegt haben. Meine Mutter und er waren die einzigen Geschwister. Seinerzeit fand ich es nicht nötig, Ihnen zu schreiben, weil es nichts zu erzählen gab. Ich habe meinen Onkel nie kennengelernt und kann mich nicht entsinnen, daß je über ihn gesprochen worden wäre. Ihrer Anfrage entnehme ich jedoch, daß er eine gewisse Bedeutung gehabt haben könnte. Beim Aufräumen meines Speichers fiel mir neulich ein Koffer mit Dingen aus seinem Besitz in die Hände. Es befinden sich zahlreiche Karteikarten darunter, die Sie vielleicht interessieren könnten. Ich fände es schade, sie weiter als Staubfänger herumliegen zu lassen, wenn es irgend jemanden geben sollte, der etwas mit ihnen anfangen könnte. Sagen Sie mir, was Sie meinen. Sie dürfen auf mein Verständnis rechnen, wenn Sie finden sollten, daß mein »Fund« zu unwichtig ist, als daß Sie sich damit abgeben wollen.

Mit freundlichen Grüßen,

Vera Alphage

Natürlich war ich von der Verbindung Destry-Scholes' mit einem ganzen Koffer voller authentischer Dinge wie elektrisiert. Von Miss oder Mrs. Vera Alphage machte ich mir keine allzu klare Vorstellung. Ich schrieb in unpersönlichem Ton nach Willesden zurück und erklärte, daß ich mich mit dem Vorhaben trüge, eine Biographie von Scholes Destry-Scholes zu verfassen, weil seine eigene Arbeit über Elmer Bole mich so beeindruckt hatte, daß es mir jedoch überaus schwer gefallen sei, irgendwelche Informationen über ihn zu erlangen, und es mich daher sehr freue, eine Verwandte von ihm kennenlernen zu können oder irgendwelches Archivmaterial über ihn zu sehen zu bekommen. Aus ihrem Stil hatte ich den Eindruck gewonnen, daß sie eine gemütliche und ein bißchen naive Hausfrau Ende vierzig sein müsse. Ich stellte sie mir rundlich und heiteren Gemüts vor. Sie erwiderte allerdings, daß sie nur abends abkömmlich sei, nach ihrer Arbeit, die sie oft bis spät in die Nacht beanspruche. Ich antwortete darauf – wiederum postalisch, denn keiner von uns beiden teilte dem anderen eine Telephonnummer mit – mit einer Auflistung meiner eigenen Arbeitszeiten. So kam es, daß ich schließlich an einem Sommerabend gegen acht Uhr nach Willesden fuhr, von Mrs. Alphage vorgewarnt, daß sie »ein paar Karteikarten nicht unbedingt als ein Archiv« bezeichnen wolle.

Die Nummer zehn am Fox Crescent ähnelte dem Geburtsort am Askham Way in mehr als einer Hinsicht. Ein kleines Reihenhaus mit einer kleinen Gartentür zu einem phlox- und rittersporngesäumten Vorgarten mit einem Rasenstreifen wie eine Cricketbahn. (Cricket kenne ich nur aus dem Fernsehen; an der Schule, die ich besuchte, wurde so etwas nicht gespielt. Ich wollte zuerst sagen, wie zwei Walzenumdrehungen, und dann fiel mir ein, daß die Walze vom Cricket kam, und ich dachte, ich müsse den Bezug offenlegen.) Im Unterschied zu dem Haus in Pontefract besaß Nummer zehn einen Windfang mit Giebeldach, den eine üppig rankende Schlingpflanze überwucherte, so daß die Haustür im Schatten lag. Ich klopfte und wurde eingelassen. Vera Alphage ist weder mittleren Alters noch sonst etwas von den unspektakulären Dingen, die ich mir vorgestellt hatte. Sie ist jung – Ende zwanzig – und auf beinahe schockierende Weise schön. Zuerst merkt man das nicht, weil sie den Kopf gesenkt hält und weil ihr dünnes schwarzes Haar samt Pony sehr lang ist. Auch ihre Beine und Finger und ihr Hals sind lang. Ihre Haut ist hell. Ich hatte sofort den Eindruck, daß sie das Sonnenlicht scheute – ihre Fenster waren mit Spitzenvorhängen verdeckt und durch die Ausläufer von Schlingpflanzen verschattet. Ihre Stimme klang sehr sanft und sehr schüchtern. Sie bot mir Tee an oder Sherry – ich entschied mich für Tee – und einen Platz auf dem Sofa, das mit elfenbeinfarbenem Leinen mit Veilchenmuster bezogen war. Das Zimmer war eine kleine Kiste von einem Zimmer (ich bin in solchen Räumen aufgewachsen und habe in solchen Räumen mein Leben verbracht). Es war nicht vollgestellt und spärlich möbliert, mit weißen Regalen an den weißen Wänden, die ein paar Bücher enthielten (vielleicht an die zwanzig, so gut wie nichts) und ein paar hübsche Tassen und Untertassen. Mir fiel auch auf, daß Mrs. Alphage keinen Ehering trug und auch sonst keine Ringe.

Wir plauderten. Wir sind beide schüchtern, und es war nicht einfach, sondern eher mühsam. Sie hielt den Kopf über ihre Teetasse gesenkt, und was ich sah, war ihr Pony. Sie sagte, ihr Großvater, Destry-Scholes' Vater, sei ein Steuerbeamter gewesen.

»Soweit ich weiß, hießen sie nicht Destry-Scholes, sondern nur Destry. Meine Mutter nannte sich schlicht und einfach Joan Destry. Schlichtheit war ihr oberstes Gebot. Sie war nicht romantisch veranlagt. Sie ist vor sechs Jahren gestorben. Von ihrem Bruder hat sie nie gesprochen – ich glaube nicht, daß sie je erwähnt hat, daß er ein Buch geschrieben hat, aber vielleicht wußte sie es nicht. Ich glaube, es hat sie gekränkt, daß er die Universität besuchen durfte und sie nicht. Sie hat dafür gesorgt, daß ich eine gute Ausbildung bekam, aber ich war ja ohnehin ein Einzelkind.«

»War er verheiratet?«

»Ich kann es mir nicht vorstellen. Ich weiß es nicht. Mummy hat fast alle Briefe verbrannt, bevor sie starb – aus Ordnungsliebe, nehme ich an, sie hatte Knochenkrebs, sie hatte Zeit, sich darüber Gedanken zu machen, nicht aus dem Wunsch, irgendwelche Geheimnisse zu verschleiern. Mir hat es nichts ausgemacht, ich hätte sie nicht davon abgehalten. Heute wünschte ich, ich hätte es getan. Ich habe einen sehr reduzierten Familiensinn oder Sinn für die Vergangenheit – Dinge, die anderen Leuten am Herzen zu liegen scheinen. Wissen Sie, wenn ich heiraten würde, dann gäbe es niemanden, den ich einladen wollte bis auf ein paar Arbeitskollegen. Keine Verwandten. Es tut mir leid, daß ich Ihnen nicht weiterhelfen kann.«

Ich erinnerte sie an den Koffer mit Onkels Sachen.

Sie sagte, er befinde sich auf dem Speicher und sei zu schwer, als daß sie ihn allein tragen könne. Ob ich mit ihr nach oben gehen und ihr helfen wolle? Ich sah ihren zweifelnden Blick angesichts meiner Körpergröße und zierlichen Hände. Sie war sicher einen Kopf größer als ich oder mehr. Ich sprang auf die Beine, um zu zeigen, daß ich zu allem bereit sei. Die Treppe ist eng und schmal wie die Zimmer des Hauses. Den Speicher erreicht man über eine Falltür in der Flurdecke. Sie holte eine Leiter und einen Besen, mit dessen Stiel sie die Falltür öffnete. Ich folgte ihr die Leiter hoch. Im Speicher ist es hell – sie hat ein Dachfenster einbauen lassen –, und überall stehen ordentlich gepackte Kisten und Kartons. Staub gibt es keinen. Den Koffer – abgenutztes rötliches Leder – hatte sie unter das Fenster geschoben. Jemand – ich vermute, daß Vera Alphage es gewesen war – hatte ihn mit einem Etikett versehen. ONKELS SACHEN. Ich kniete mich daneben. Ich hätte fast geschrieben, ich kniete mich ehrfürchtig daneben, weil einem so ein Adverb geradezu aus der Feder tropft. Aber so war es nicht. Ich kniete mich gierig daneben, sofern sich das vermitteln läßt. Vera Alphage förderte einen kleinen Schlüssel zutage und öffnete das Kofferschloß (das sie geölt hatte, wie ich begriff).

Es gab zwei Schuhkartons aus glänzendem soliden Pappkarton. Der eine war taubengrau, der andere dunkelblau. Außerdem gab es ein Paar abgetragene Schnürschuhe, ganz gewöhnliche braune Schnürschuhe – nicht sonderlich groß, wie mir auffiel, die Schuhe eines recht kleinen Mannes, es sei denn, er hätte unverhältnismäßig kleine Füße gehabt. Es gab eine Ansammlung von Korkenziehern und Flaschenöffnern, mit roter Schnur zusammengehalten, und andere Gerätschaften – eine Käsereibe, eine Muskatnußreibe, eine Schachtel voller Dosenöffner, ein Schweizer Messer, einen Beutel, der chirurgische Instrumente enthielt, darunter ein Skalpell, Nadeln, eine Schere, eine kleine Säge. Es gab ein Gerät, das sich aus Lederriemen und Schrauben und Nägeln zusammensetzte und das ich mir nicht erklären konnte. Und es gab einen weichen scharlachroten Lederbeutel, der mit einer Schnur verschlossen war und vielleicht als Behältnis für Nähnadeln, Nähgarn und so weiter gedacht war. – Vera Alphage bezeichnete ihn später als den »Puppenbeutel«. – Dieser Beutel klirrte, als enthielte er Steinchen. Ich hatte mir haufenweise Dokumente erhofft, Briefe, Entwürfe für weitere Folgen des Lebens seiner Figuren, doch es gab nichts. Es gab mehrere Paare abgetragener Socken und einige ziemlich große Trikotunterhosen. Zwei Garnknäuel von unterschiedlich dickem Garn und einen sehr kleinen Geologenhammer. Vera Alphage sagte: »Die Karteikarten, von denen ich Ihnen geschrieben habe, sind in dem grauen Schuhkarton. In dem blauen sind nur Photos.« Ich hob die Deckel der Kartons. Beide waren ordentlich gefüllt, der eine mit großen, englinierten Karteikarten, der andere mit Photos. Die Photos schienen bei oberflächlicher Betrachtung aus allen möglichen Epochen zu stammen – aus viktorianischer und edwardianischer Zeit, aus den zwanziger, den dreißiger, den fünfziger Jahren – und von Familienschnappschüssen über Ansichtskarten bis zu schweren Daguerrotypien und etwa fünf Zentimeter großen verblaßten Kodakabzügen zu reichen. Manche waren sogar aufgeklebte Zeitungsausschnitte oder Abbildungen aus Büchern. Auf den ersten Blick schienen sie keine Ordnung aufzuweisen – unscharfe Babys mit Wollmützen neben imposanten Opernsängerinnen in Korsetten und daneben Freaks mit Elefantenrüsseln oder Riesenhintern. »Ich habe sie nicht angerührt«, sagte Vera Alphage, wie um ihre ordentliche Person von der Verantwortung für diese Unordnung freizusprechen. Ich fragte sie, ob irgend etwas in dieser Sammlung Familienphotos sein könnten (indem ich die Nahaufnahme einer Krebserkrankung schnell überblätterte, um zu einer hübschen Debütantin der fünfziger Jahre als Julia zu kommen). Sie sagte, sie habe die Bilder nur flüchtig betrachtet und niemanden darauf wiedererkannt.

»Sie sehen aus wie eine Freak-Show«, sagte sie. »Sogar die Bilder, die zuerst normal wirken.«

Diese Bemerkung fand ich interessant.

Ich wandte meine Aufmerksamkeit dem Karton mit den Karteikarten zu. Möglicherweise hatte ich es hier (sofern man nicht die braunen Schuhe und die angegrauten Unterhosen mitzählen wollte) endlich mit Destry-Scholes persönlich zu tun. Sie waren handschriftlich beschrieben, in einer krankhaft ordentlichen Schrift (was heißt krankhaft? sie war schlicht und einfach ordentlich, sehr ordentlich sogar) und mit blauer Tinte aus dem Füllfederhalter. Auf den ersten Blick schien es sich um eine Ansammlung zusammenhangloser Zitate oder Notizen zu handeln, die keiner ersichtlichen Ordnung, keinem ersichtlichen Kategorisierungssystem zu gehorchen schienen und keine ersichtlichen Quellenangaben aufwiesen. Meine eigenen Notizen zu Destry-Scholes und meine Notizen zu weiblichen Personae bei Firbank, Maugham und Forster waren allesamt brav mit Quellennachweisen inklusive Ausgabe und Seitenzahl versehen. Hier gab es nichts dergleichen. Sorgfältige Annotationsarbeit und Analyse würden erforderlich sein. Ich blätterte in den Karten. Mehr oder weniger zufällig zog ich zwei heraus – nicht ganz zufällig, denn beide waren in Versform beschrieben, nicht in Prosa. Ich bemerkte, daß Vera Alphage instinktiv eine Geste machte, als wolle sie mich daran hindern, die Anordnung der Karten zu zerstören, und das gefiel mir. Sie hatte eindeutig die Mentalität eines Gelehrten. Ich hatte sie nicht gefragt, was für eine Tätigkeit sie bis in die Nacht beschäftigte.

Als ich ein Knabe war, das weiß ich wohl,
Kamen mir häufig zwei Gedanken, über die ich lachen mußte.
Eine Eule, die sich vor dem Dunkel fürchtete, und ein Fisch,
Der wasserscheu war. Warum dachte ich an sie?
Weil ich dunkel den Unterschied spürte
Zwischen dem, was ist, und dem, was sein sollte; zwischen
Dem Ertragenmüssen und der Feststellung, daß die Bürde
Unerträglich schwer ist.
Jeder Mensch
Ist eine solche Eule und ein solcher Fisch, geschaffen,
Um im Dunkeln zu wirken, in der Tiefe zu leben;
Und doch fürchtet er sich. Er platscht
In Todesangst zum Ufer, schaut zum hellen
Himmelsgewölbe hoch und schreit: »Gib mir Luft
Und das Gleißen des Tageslichts!«

Und

Allmächtiger Gott, Schöpfer und Bewahrer aller Dinge, der Du
Mich in den Mooren Lapplands so hoch emporsteigen ließest
Und in den Bergwerken Faluns so tief hinab,
Der Du mir in den Mooren Lapplands *diem sine nocte*, den Tag ohne Nacht, zeigtest
Und in den Bergwerken Faluns *noctem sine die*, die Nacht ohne Tag,
Der Du mich in den Mooren Lapplands in der ewigwährenden Kälte sein ließest
Und in den Bergwerken von Falun in der ewigwährenden Hitze,
Der Du mich in den Mooren Lapplands alle vier Jahreszeiten zugleich sehen ließest

Und in den Bergwerken Faluns keine einzige Jahreszeit,
Der Du mich in Lappland unbeschadet durch so viele tödliche Gefahren geleitet hast
Und in Falun unbeschadet durch so viele Gefahren für mein Wohlergehen,
Gepriesen sei alles, was Du geschaffen hast,
Vom Anfang bis zum Ende.

Einen irrwitzigen Moment lang dachte ich, Destry-Scholes habe diese Gedichte verfaßt, ich hätte ihn sozusagen mit heruntergelassenen Hosen ertappt. Dann dämmerte mir, daß das zweite Gedicht mit seinen Lapplandbezügen höchstwahrscheinlich eher mit Linné zu tun hatte, womöglich von ihm selbst geschrieben war, und da ich weder unnötige Geheimniskrämerei betreiben noch das Licht meiner Intuition unter den Scheffel stellen will, sei hiermit verraten, daß ich später schnell genug herausfand, daß Linné diesen paradoxen Lobgesang tatsächlich gegen Ende seines (teilweise fiktiven) Berichts über die Reise nach Lappland zu Papier gebracht hatte. Noch später fand ich heraus, daß das merkwürdige Eulen-Fisch-Paradox von Ibsen stammte. Höhen und Tiefen und Verwirrung in beiden Gedichten. Rätselhaft und suggestiv, vielleicht ohne tieferen Sinn.

Vera Alphage fragte mich, ob ich diesen Schuhkarton und vielleicht auch den mit den Photos nach unten mitnehmen wolle, um ihren Inhalt unter bequemeren Umständen in Ruhe zu untersuchen. Ihre schmalen weißen Finger nestelten den Knoten auf, der den scharlachroten Beutel verschloß. Ich sagte zustimmend, es sei sicher das vernünftigste, Karten und Photographien nach unten mitzunehmen. Ich nahm das Gerät aus Riemen und Schrauben in die Hand und sagte müßig, daß ich mir nicht vorstellen könne, worum es sich dabei handle.

»Oh«, sagte Vera Alphage. »Ich weiß, was das ist. Das ist ein Trepan.«

Ich wußte nicht, was ein Trepan sein sollte. Der Name klang für mich nach gefährlichen Manövern an Bord napoleonischer Schlachtschiffe. Sie erläuterte es mir.

»Damit bohrt man ein kleines Loch in die Schädeldecke. Das

ist die sogenannte Entlastungstrepanation bei Hirndrucksteigerung. Früher glaubte man, auf diese Weise die Intelligenz steigern und sogar Visionen bewirken zu können.« Sie sprach ohne zu stocken. »Ich kann mir nicht vorstellen, warum er so etwas besessen hat.«

Vielleicht um Visionen zu bewirken, gab ich zu bedenken. Es habe etwas vom russischen Roulette, erwiderte sie in fast schroffem Ton. Ihre Finger lösten den letzten widerspenstigen Rest Schnur um die Beutelöffnung. Der Beutel enthielt – wir zählten sie später – 366 Glasmurmeln, Murmeln aller Größen, Farben und Musterungen, darunter manche offenkundig sehr alte und sehr schöne Exemplare. Außerdem enthielt er ein Notizbüchlein, ein altmodisches Kassenbuch, in das jemand geschrieben hatte: die Namen der vornehmen Familien, der Zehnzahlen, der Geschlechter und der Quellen ihrer Ordnung nach, mitsamt ihrem Kommen und Gehen, den Insignien, Wappen und allem übrigen von Bedeutung für die Leitung, das Aussenden und Zurückdirigieren der Ausfalltruppen und der Verteidiger von Posten und Toren. Es war die Schrift eines Schülers. Sie hatte sich möglicherweise – nein, ganz sicher – zu der ordentlichen Handschrift auf den Karteikarten entwickelt. Vera Alphage reichte mir das Büchlein. Es enthielt fast ausschließlich eine Auflistung von Namen.

> Cyan, Spinell, Arsenik, Radiolarion, Venushaar, Schachtelhalm, Zirrus, Steiß, Lunge, Uruboros, Klatschnelke, Purpurtuch, Nachtschatten, Fidibus, Wickelranke, Gänsedaune, Federbusch, Penna, Argus, Kopffüßer, Federnebel, Blutwurz, Rost, Amalekiter, Rahab, Rapunzel, Schierling, Stachelbeere, Florian, Hesperos, Jaspis, Flüstern, Granatapfel, Kumpel, Lump, Kabbelung, Portwein, Gyr, Tyr, Hauer, Enzian, Tausendfüßer, Fumato, Ton, Nieve, Schneewittchen, Popocatepetl, Feuerspeier, Uvula, Metatarsus, Schulterblatt, Schwanz, Nepenthes, Kekulé, Klaue, Jormungandr, Amphisbaena, Moly, Gloop.

Das sind nur einige der Namen aus einer der Listen. Vera Alphage sagte: »Sie hatten alle Namen. Sie waren alle in Gruppen und Truppen angeordnet.« Sie hielt eine Murmel ins Licht, eine große durchsichtige Murmel mit einer kobaltblauen Spirale in ihrem Inneren, um die sich karmesinrote, goldene und weiße Spuren schlängelten. »Ich finde sie wunderschön«, sagte sie. »Ich nehme sie auch mit nach unten. Ich frage mich, ob wir wohl in Erfahrung bringen können, welcher Name zu welcher Murmel gehört hat.«

Wir trugen die zwei Schuhkartons und den Beutel mit Murmeln die Leiter hinunter und brachten sie in Vera Alphages weißes Wohnzimmer mit seinen lavendelfarbenen Schatten. Ich durchblätterte im Zeitraffer sowohl das Photoarchiv als auch die Karteikarten. Beide verrieten mir nicht das geringste Ordnungssystem, auch nicht bei näherer Untersuchung. Einige der Karten enthielten Verse – ich erkannte Bruchstücke aus *Peer Gynt* –, andere kleine Erzählungen, in denen ein Mann einen Hund durch ein Eisengitter reizte oder ein Mann einen Toten in der Morgue identifizierte oder jemand von einem Raddampfer ins Wasser fiel. Es gab auch Gedanken zur Psychologie, zur Philosophie, zur Evolution, zur Kreuzung und so fort. Alles auf einzelnen Karten, deren Geometrie – 8 auf 6 Zoll – ebenso die Illusion von Gleichrangigkeit erzeugte wie das Täuschungsmanöver der feinen grauen Linierung und der roten obersten Linie, über der die Überschrift hätte stehen sollen und nicht stand. Ich sah im Blättern eine Karte über das Kategorisieren von Glasaugen, was mich an die Murmeln erinnerte. Vera Alphage hatte einige der größeren in einer Reihe ausgelegt – manche enthielten kunstvolle Muster, manche zufällige Farbspiralen – und hielt sie eine nach der anderen ans Licht und spähte hindurch.

»Dieses Braun ist eigentlich ein dunkles Violett«, bemerkte sie, »mit goldenen Würmern durchsetzt.«

Ich richtete meine Aufmerksamkeit auf die Photographien. Es gab verschiedene steife viktorianische Familienporträts und ein paar freche edwardianische Photopostkarten von Damen in Spitzenhöschen, die einen Fuß vielsagend auf einen Puff oder eine Leitersprosse gestellt hatten. Es gab Photos von oder im Stil von Nadar und August Sander. Es gab Photos aus der *Picture Post* von Soldaten im Feldlager und *Tatler*-Photos von jungen Damen im Reitkostüm oder im Ballkleid. Es gab Photos, die medizinische

Abbildungen von Geschwulsten und von sezierten Leichen zu sein schienen. Und es gab eine Vielzahl von Familienschnappschüssen. Ich dachte, daß ich hier ganz gewiß Destry-Scholes begegnen würde. Ein etwa zehnjähriger Junge mit einem Fischernetz und einem Marmeladenglas voller Köder, das an einer Schnur hing, schien sich als Kandidat anzubieten. Er hatte Sommersprossen und einen hellen Haarschopf und einen fröhlichen Gesichtsausdruck und trug graue knielange Flanellhosen. (Daß sie grau waren, nahm ich an. So deutete ich ihren Grauton.) Ich sah ihn an und sah Vera Alphage an. Sein Gesicht war noch zu unspezifisch. Es gab keine Ähnlichkeit und keine Unähnlichkeit. Dann kam mir ein Studiophoto von einem ganz anderen Zehnjährigen in die Finger, einem entzückenden schwarzhaarigen Knaben im Profil, dessen lange dunkle Wimpern eine gewisse Ähnlichkeit mit Vera Alphages Dunkelhaarigkeit aufwiesen. Doch ihm folgte ein ernsthaft dreinblickender Knabe mit Rucksack, eher untersetzt, aber auch brünett, sowie ein sehr dünner Knabe, der auf einem Felsen am Meer saß und seine Knie umschlungen hielt, eine verirrte Locke tief in der Stirn. Es gab Gruppenbilder von jungen Studenten, denen sich nicht entnehmen ließ, wann sie aufgenommen worden waren oder auf welchem Rasen die Porträtierten standen. Es gab zwei deutlich unterschiedene Gruppen von Soldaten, solche in Khakishorts und solche in Luftwaffenblau (wie wollte ich das den Schwarzweißbildern entnehmen?). Jeder und keiner von ihnen allen konnte Destry-Scholes sein. Ich hasse Photographien. Photographien gegenüber hege ich, was schon fast als Phobie bezeichnet werden kann. Ich lasse mich nie photographieren. (Abgesehen davon, daß kaum jemand den Wunsch verspüren dürfte, mich zu photographieren.) Roland Barthes hatte recht, als er in seinem Buch über das Photographieren sagte, es habe vor allem mit dem Tod zu tun. Barthes zufolge sagt eine Photographie, daß dieses Geschöpf lebendig war und tot sein wird. Sein Buch ist eine verdeckte Elegie auf seine Mutter; die Photographie, um die es ihm geht (und die er nicht zeigt) ist ein Bild aus ihrer Kindheit, als es sie gab und ihn nicht. Aus der Zeit vor seiner Lebenszeit. Ich glaube, sein Leben endete, abgeschnitten durch einen Wäschereilieferwagen, bevor es ihm möglich gewesen wäre, die quälenden und erbarmungslosen photographischen Aufzeichnungen zu sehen, die ein dänischer Photograph von den letzten Tagen seiner Mutter anfertigte, von ihrem wehmütigen Blick bei der Ankunft im Krankenhaus, ahnungsvoll und (teilweise) resigniert, bis zu ihrem zusammengekrümmten, fetalen, mumienhäutig-ledrigen Endzustand. Alles Schreiben über Photographien, auch das, mit dem ich soeben beschäftigt bin, hat etwas vom Verfall (dekadent) an sich, etwas Abscheuerregendes. Niemand (außer in gewissem Maße Barthes) hat je das Grauen begriffen, das diesen Momenteindrücken von Licht und Schatten auf Gelatine innewohnt (Hiroshima hat uns erlaubt, in Form eines schnell gewonnenen Klischees zu sehen, was es heißt, den eigenen Schatten gestochen scharf dort vorzufinden, wo man sich in Luft aufgelöst hat). Das Grauen von Spiegeln ist nichts neben dem Grauen von Photographien. Es hat auch damit zu tun, daß das schwarze Loch hinter der Blende die Identität fortnimmt oder aufsaugt, wie es primitive Völker glauben. Abzwacken. Klicken. Zähne. Revolvertrommel. Ich hasse Photographien. Destry-Scholes hatte sie gesammelt, möglicherweise weil auch er sie haßte. Ich fand seine Sammlung grauenerregend. All diese Augen waren so tot wie präparierte Fische. Aber möglicherweise übertreibe ich auch aus Gründen privater Natur, die ich deshalb zu erläutern versucht habe. Erläutern ist ein Wort, das mir in diesem Zusammenhang zusagt; es hat sich wie von selbst eingestellt. Mir fällt auf, daß mein Schreiben vielleicht etwas zu feurig wird. Aber um was für eine Art von Schreiben handelt es sich dabei, zu welchem Zweck und für welchen Leser? Ich kann so feurig oder kühl sein, wie ich will, da dieses Dokument ohnehin keinerlei Bedeutung hat.

Ich fragte Vera Alphage, ob sie irgendeines der photographierten Gesichter für das von Destry-Scholes halte. Sie sagte, sie habe keine Ahnung, und fügte die sonderbare Bemerkung hinzu, die Oberfläche von Gesichtern interessiere sie nicht sonderlich. Sie hielt noch immer die Murmeln ins Licht, eine nach der anderen, wie Linsen. Viel Licht war nicht mehr vorhanden. Sie sagte ohne rechte Begeisterung, sie wolle in den Alben mit Familienphotos nachsehen, ob sie etwas Entsprechendes oder Hinweise finden könne. Dann fragte ich, ob sie mir erlaube, die Karteikarten mitzunehmen, um sie eingehender zu studieren.

»Ich kenne Sie nicht«, erwiderte sie. »Ich weiß weder, wer Sie sind, noch, warum Sie sie haben wollen. Ich kann sie nicht aus dem Haus geben, schon gar nicht, da Sie ihnen eine gewisse Bedeutung beimessen. Aber Sie können gerne jederzeit wiederkommen und sie hier studieren. Ich führe ein ruhiges Leben; Sie würden nicht gestört werden. Sie müßten allerdings an meinen freien Tagen kommen, die leider keinem festen Rhythmus folgen.«

Daraufhin fragte ich sie, worin ihre Arbeit bestehe. Sie erwiderte, sie arbeite in einem Krankenhaus, St. Simeon's. Sie äußerte sich nicht weiter zu ihrer Tätigkeit dort. Ich hatte keine Ahnung, ob sie Krankenschwester war oder Chirurgin mit feinfühligen Fingern oder Sozialarbeiterin oder Verwaltungsangestellte. Oder vielleicht gar Psychiaterin? Ich stelle immer wieder fest, daß ich von Menschen an sich nicht viel verstehe. Ich kann mir nie vorstellen, wer sie sind oder was sie tun. Wir vereinbarten, daß sie mich an ihrem nächsten freien Tag anrufen würde – »ich stehe weitestgehend zu Ihrer Verfügung«, sagte ich kühn, »abgesehen von zwei Tagen in der Woche bei Pucks Gürtel«. Ich gab ihr auch die Telephonnummer des Reisebüros. Sie fragte nicht, was der Name zu bedeuten habe, wie auch ich nicht gefragt hatte, was sie in dem Krankenhaus tat. Wir waren oder sind zaghafte Wesen, Vera Alphage und ich. Ich beschloß, mehrere Packen Karteikarten zu kaufen, die denen von Destry-Scholes entsprachen. Photokopien kamen nicht in Frage. Ich würde sein Geschriebenes in meiner eigenen Schrift auf meinen eigenen Karten reproduzieren müssen. Glücklicherweise sind wenigstens unsere Handschriften von annähernd gleicher Größe.

Ich schrieb gerade, daß ich von Menschen an sich nicht viel verstehe. Das sollte sich in anderer Hinsicht deutlich zeigen.

Der fremde Kunde kam ein-, zweimal wieder, stets dann, wenn Erik und Christophe nicht da waren. Das schrieb ich dem Umstand zu, daß seine freien Tage offenbar mit meinen Arbeitstagen zusammenfielen. Er fragte jedesmal nach Pim oder Pym (ich habe nie erfahren, welche Form der Name hatte) und sagte auch einen

Nachnamen, Proctor (oder Proktor oder Procter). Bei seinem vielleicht dritten Auftauchen reichte er mir eine Karte mit seinem Namen – ohne Adresse –, der Maurice Bossey lautete, und schien zu erwarten, daß ich ihn erkannte, was nicht der Fall war. Er entwickelte auch die sonderbare Gewohnheit, sehr kleine Mahlzeiten zu sich zu nehmen, während er vor dem Bücherregal saß und die angeketteten Bücher studierte. Nicht so ordinäre Speisen wie Sandwiches oder Rosinenbrötchen. Aus einem kleinen Lederrucksack förderte er einen Metallteller hervor (möglicherweise aus Silber) und eine auseinanderklappbare dreizinkige Gabel, dem Dreizack eines Retiarius nicht unähnlich. Außerdem ein elegantes Klappmesser mit dünner, scharfer Klinge. Damit zerteilte er eine Wachtel oder schnitt hauchdünne Scheiben von einem blutigen Fleischstreifen ab (Rinderfilet, Wildfleisch, Kalb? Auch so etwas lag außerhalb meiner Zuständigkeit). Er hatte ein frisches Brötchen und etwas Butter in Wachspapier dabei, und danach aß er etwas Obst. Einmal rief er mich her, damit ich ihm zusah, wie er einen reifen Pfirsich zerteilte. Ich sah zu, wie er die Klinge in den Spalt zwischen den Fruchthälften einführte und dann einen Kreis einander überlappender Halbmonde um den Kern herum beschrieb, an dem Reste rosigen Fruchtfleischs hingen. Er bot mir eine Scheibe davon an. Ich wich zurück. Ich wollte nichts von seinem Fruchtfleisch auf dem Silberteller. Ein andermal rief er mich, damit ich zusah, wie er ein neues Instrument gebrauchte – einen langen, schmalen Korkenzieher aus lackiertem Material –, um den Korken aus einer halben Flasche Château Lacoste zu entfernen. Er führte den Korkenzieher mit rhythmischen Schraubbewegungen in den Korken, ein Lächeln um die Mundwinkel. Dann holte er zwei Silberbecher mit vergoldetem Rand hervor und schenkte uns beiden Wein ein. Der Wein war samtig, reich, rot und leicht moussierend. Auch diesmal schien es mir wichtig abzulehnen. Ich dachte, der Grund sei einfach, daß ich ihn nicht leiden konnte. Er roch leicht nach Kampfer und daneben nach einem süßlichen Weihrauch, nicht auffällig, aber merklich. Alles, was ich gerade schreibe, läßt ihn ziemlich verdächtig wirken, wie ich weiß (wie ich hoffe), doch damals empfand ich nur ein leichtes Unwohlsein in seiner Gegenwart. Pucks Gürtel hatte eine

Menge exzentrischer Kunden. Camper und Pastoren, ältere Damen in dicken Strümpfen und Schnürschuhen, sonnenhungrige zaundürre Mädchenfrauen in seidenen Hängerchen, kraftstrotzende Bergsteiger, bärtige Ökofreaks. Maurice Bossey war letztlich kein ärgerer Sonderling als der Durchschnitt. Und ich war so eifrig darauf bedacht, nichts falsch zu machen, die Hoffnungen nicht zu enttäuschen, die Erik und Christophe in mich setzten, an ihren phantasievollen Vorstellungen von den Freuden des Reisens mitzuspinnen.

Als Semiotiker habe ich nie etwas getaugt, das weiß ich jetzt. Vielleicht komme ich mit dem Schreiben besser zurecht, jetzt, wo es zu spät ist, doch damals war ich wie vernagelt, ich konnte die Zeichen nicht entziffern.

Nach etwa einer Woche schrieb mir Vera Alphage, daß sie einen freien Tag habe und ich gerne kommen könne, um die Photos und die Karten anzusehen. Ich begab mich erneut nach Willesden, wo ein Arbeitsplatz für mich an einem kleinen Schreibtisch in einem Zimmer eingerichtet worden war, bei dem es sich um das Gästezimmer zu handeln schien – spärlich möbliert, mit einem Einzelbett, Vorhängen mit Blumenmuster, einem Patchwork-Bettüberwurf. Ich nahm mein Sandwich und einen Apfel mit – ich wollte nicht den Eindruck erwecken, als erwarte ich, von Mrs. Alphage verköstigt zu werden –, doch sie erschien gegen Mittag mit einer Schale Kressesuppe, einem Roggenbrötchen und einem Stück Brie. Mein erstes Gefühl angesichts der Karten und im Wissen um die begrenzte Zeit, die mir zur Verfügung stand, grenzte an Panik. Ich beschloß, alle Karten zu lesen und mir Notizen über alle »Gegenstände« in den Eintragungen zu machen. Danach wollte ich mich mit ihrer Einteilung beschäftigen (falls es denn eine gab) und die Karten abschreiben, die mir am auffallendsten erschienen. Wie sollte ich sonst vorgehen? Jede Methode wirkte mehr als unbefriedigend. Und ich glaube nicht, daß es einen Sinn hätte, im folgenden akribisch aufzulisten, was ich »entdeckte«. Ich brauchte drei Besuche, um eine Übersicht zum Inhalt des Schuhkartons anzulegen, der mir noch heute so vielgestaltig und beliebig zusammengewürfelt vorkommt, daß der Gedanke, die Karten in irgendeiner

Anordnung zu sehen oder ihnen einen Sinn abzulesen, reines Flickwerk sein muß. Ich hatte mir vorgestellt – was sich als hoffnungslos idealistische Illusion erweisen sollte –, ich könne mich ihnen mit einem völlig unbelasteten Geist nähern, mit eines Forschers Äquivalent zu einer *tabula rasa*, um zu erfassen, was Destry-Scholes beabsichtigt hatte (falls er etwas beabsichtigt hatte), indem er diese Sammlung anlegte, und um die Feinheiten (wenn es sie gab) der Anordnung dieser Karten zu erspüren. »Zu finden, nicht aufzudrängen«, wie Wallace *Stevens* es so großartig ausgedrückt hat. Einer der Gründe, warum ich der poststrukturalistischen Theorie ade gesagt habe, war die unerquickliche Menge an Behauptungen, die mit ihr einhergehen. Man dachte sich aus, wonach man suchen wollte, um es dann brav zu finden – männliche Vorherrschaft, liberal-humanistische *idées reçues* usw. Verschärft wurde dies dadurch, daß Dekonstruktionisten *et alii* Lippenbekenntnisse ablegten, denen zufolge das Aufdrängen verpönt war, ja sogar soweit gingen, halbherzig zu glauben, sie sollten auch nichts finden. Und trotzdem entdeckten sie mit schöner Regelmäßigkeit in völlig unterschiedlichen Texten die gleichen Strukturen, die gleichen Velleitäten, die gleichen Ausflüchte. Mir war es höchst ernsthaft darum gegangen, diese Art von Lektüre den Texten *nicht* aufzudrängen, und, schlichter noch, darum, meine eigenen Hypothesen darüber, wer Destry-Scholes gewesen sein mochte oder was er mit seinem Tun bezweckt haben mochte, ihm nicht aufzudrängen. Das war nicht weiter schwierig, da meine Hypothesen äußerst dünn waren, heiße Luft, nichts weiter.

Welche Form gebe ich heute in meinen Gedanken diesem Würfel engbeschriebener Karten?

Ins Auge sprangen die Stellen, wo zwei oder mehr Karten dem gleichen Gegenstand zu gelten schienen. Als Beispiel gebe ich eine kleine Sequenz, die mit Karte Nr. 21 beginnt (Vera Alphage hat mir gestattet, sie mit Bleistift ganz leicht zu markieren).

Karte Nr. 21

Der Name des jungen Mannes lautete Ludvig David. Er sprang aus dem Fenster einer römischen Wohnung im zweiten Stockwerk. Ihm war nicht wohl, er hatte hohes Fieber, schwitzte stark, und HI war der Ansicht, daß er geglaubt habe, in der flirrenden, geschmolzenen Oberfläche, die er unter sich sah, die schäumende Haut eines kühlen, tiefen, erfrischenden Meeres vor sich zu haben. Wie auch HI sehnten sich alle Exilierten unablässig nach den stürmischen Meeren des Nordens. Es ist auch denkbar, daß der junge Mann aus gewichtigeren Gründen den vorübergehenden, aber unerträglichen Schmerzen oder seinem Leben selbst ein Ende bereiten wollte. Welches auch die Gründe für den Sprung in den Tod gewesen sein mögen, – es war HI ein Anliegen, bei der Obduktion zugegen zu sein. Er schrieb an Ludvig Davids Freund B und schilderte ihm die Verfassung des Leichnams mit akribischer Genauigkeit. »Der Schädel war am Scheitelpunkt geborsten, und das Gesicht war entstellt, beinahe wie gehäutet und voller Blut. Arme und Beine waren unversehrt, der Brustkorb aber war eingedrückt, und die Lungen waren zerfetzt, was einen starken Blutschwall zur Folge gehabt hatte.« HI warf zweifellos einen Blick in den offenen Schädel. Kopfhaut und Gesichtszüge waren zurückgeschoben wie die Haut einer Zwiebel. Es ist merkwürdig, daß er all das in dem Brief verzeichnet, der sein erstes Schreiben an B. gewesen zu sein scheint.

Karte Nr. 22

»Als ich den steifen und leblosen Leichnam erblickte, die toten, blassen und schaumbefleckten Lippen, als ich an den Verlust eines so alten und treuen Freundes dachte und mich der schlaflosen Nächte entsann, der arbeitsamen Tage, der Reisen und der mitternächtlichen Stunden erschöpfender Forschungstätigkeit, die ihm jene Gelehrsamkeit verschafft hatten, in der er keinen Rivalen zu fürchten hatte – da kamen mir die Tränen. Und als ich erwog, daß all seine Gelehrsamkeit, die ihm Unsterblichkeit und seinem Land Ruhm und Ehre hätte eintragen müssen, mit seinem Tod ausgelöscht werden sollte, da bewog die Liebe, die ich noch immer für meinen Freund empfand, mich machtvoll dazu, dem Gelöbnis, das wir einst getroffen hatten – daß der Überlebende die Beobachungen des anderen der Welt zu übergeben habe –, nachzukommen.« A. ertrank im einem Amsterdamer Kanal am 27. September 1735 nach einem geselligen Abend mit Seba. Einige Tage zuvor hatte er CL alles vorgelesen, was er bis dahin für sein Buch über Ichthyologie geschrieben hatte, und CL damit fast die ganze Nacht wachgehalten – er pflegte von drei bis neun Uhr in die Schenke zu gehen, von neun Uhr bis drei Uhr nachts zu arbeiten und von drei Uhr bis mittags zu schlafen. Über ihre letzte intensive Diskussion schrieb CL: »Er hielt mich lange wach, viel zu lange, unerträglich lange (was unserem gewöhnlichen Procedere nicht entsprach), doch hätte ich gewußt, daß es unser letztes Gespräch sein würde, dann hätte es noch viel länger währen dürfen.« A. war zum Zeitpunkt seines Todes erst 29 Jahre alt. CL nannte ihn »Zierde und Ruhm seiner Nation!«. Er schrieb: »So raffte das Schicksal allzu früh diesen einzigartigen Geist dahin! So ertrank der hervorragendste aller Ichthyologen im Wasser, nachdem er sein Leben der Entdeckung der Bewohner dieses Elements gewidmet hatte ...«

Karte Nr. 23 [Donnerstag, 14. April 1840]

Ich fuhr mit dem Raddampfer nach Putney, um die Ruderregatta der Mannschaften von Oxford und Cambridge zu sehen. Als wir zurückfuhren, bei hoher Geschwindigkeit und mit der Strömung, rammten wir den mittleren Brückenpfosten der Battersea Bridge. Ich befand mich hinter dem Radkasten und sah, was geschehen würde, bevor der Zusammenstoß erfolgte, und hielt mich an einer der Stufen des Radkastens fest in der Erwartung, daß unser Schiff untergehen würde, und entschlossen, um mein Leben zu schwimmen. Der Rumpf unseres Paketbootes kam wieder frei, doch der Radkasten, hinter dem ich mich befand, traf laut krachend gegen den Brückenpfeiler. Genau vor mir klaffte er durch die Wucht des Aufpralls auseinander. Mit dem Kopf voran wurde ich durch diesen Spalt geschleudert, mitten unter die Schaufeln des Raddampfers, die sich noch immer drehten, da sie die Brücke nicht berührt hatten ... Dies raubte mir im wahrsten Wortsinn die Besinnung. Zum Glück brach ich mir dabei nicht das Genick. (Entrinnen Nr 1.) Ich war halb ohnmächtig und habe nicht die geringste

Vorstellung, wie ich an dem Hindernis vorbeikam. Wahrscheinlich drückten die Schaufeln mich unter den Kiel des Schiffes – und dies zu meinem Glück, denn sonst wäre ich zwischen Schiff und Brücke eingeklemmt und gewiß zu Tode gequetscht worden. Das ist Entrinnen Nr. 2. Wie gesagt war ich halb ohnmächtig, und als ich zu mir kam, fand ich mich unter einem großen Stück Holz wieder, das die Außenverkleidung des Radkastens war … Ich machte mir keine großen Hoffnungen, war jedoch entschlossen, mein Leben so teuer als möglich zu verkaufen … Ich war keine zwei Handbreit unter die Wasseroberfläche gesunken, als ich mich in langen Holztrümmern verfing, die mich fast ertränkten, da ich kaum noch Kraft hatte, und die mich nicht tragen konnten, da sie zu schwer waren, doch als ich wieder auftauchte, erblickte ich die Verkleidung des Radkastens, die mir zuvor so sehr im Weg gewesen war, die mit der Strömung flußabwärts reiste. Ich schwamm zu ihr hinüber und war sehr glücklich, als ich sie erreichte. Ich bestieg sie, und sie erwies sich als ausgezeichnetes Floß. (Entrinnen Nr. 3.) Als ich um mich sah, stelle ich fest, daß der Dampfer sich etwa 300 Meter vor mir befand und manövrierunfähig war … Ich war nun in der Flußmitte, und am Ufer sah man zahlreiche Boote und Bootsführer, jene braven, wackeren Burschen, die in aller Gemütsruhe zuschauen, wenn sie unseresgleichen um sein Leben kämpfen sehen, und nicht im Traum auf den Einfall kämen, herbeizueilen, bevor man entweder in Sicherheit oder tot ist – und wenn keine Gefahr mehr besteht, behaupten sie, sie hätten einem das Leben gerettet, und marschieren zur Royal Humane Society, um sich für ihre Mühen mit einer Goldmedaille belohnen zu lassen samt einem langen Artikel in der *Times* über »unvorstellbaren Heldenmut« und so weiter. Nun gut, nachdem ich meinen Hut eine halbe Ewigkeit lang geschwenkt hatte, kam ein halbes Dutzend von ihnen. Ich wurde in ein Boot gezogen, und mir war recht elend zumute, mir war schwindelig und übel. Um den Kapitän jedoch nicht noch weiter zu erschrecken, ergriff ich eines der Ruder, behauptete, ich sei wohlauf, und begann mechanisch zu rudern. Ich war so verwirrt, daß ich kaum wußte, was ich tat. Als ich das Paketboot betrat, sah mich jedermann voll Entsetzen an, und einige der Damen hielten sich das Taschentuch vor die Augen. Ich begriff nicht recht, warum, doch als ich am Ufer in ein Wirtshaus gebracht wurde, sah ich im Spiegel, daß mein Gesicht, meine Ohren, mein Backenbart, mein Hemd usw. über und über mit Blut besudelt waren. Ein Nagel hatte mir die Nase seitlich aufgeschlitzt, ein anderer hatte mein Gesicht »bearbeitet«, und meine Ohren waren zugerichtet wie die eines Spanferkels auf der Weihnachtstafel. Ich legte mich ins Bett, zog danach halb getrocknete Kleidung an und ging zu Fuß nach London. Glauben Sie jetzt bitte nicht, ich sei krank. Ich habe genug Kalomel und Salze eingenommen, um gegen alles gefeit zu sein, und außer einem ziemlich zerschundenen Gesicht und einem schmerzenden Kopf ist mir überhaupt nichts geschehen ... Mein Ausflug unter Wasser hat mir großen Ruhm eingetragen und gibt ausgezeichneten Gesprächsstoff ab – oder wird es tun, wenn erst die Schmerzen vergangen sind. Ich weiß jetzt, wie man sich beim Ertrinken fühlt – ich verspürte keine Schmerzen, sondern eher ein träumerisches Gefühl –, und ich weiß auch, wie es mir beim Sterben ergehen wird, denn zu sterben glaubte ich in jenen Momenten mit Gewißheit.

Die Karten Nr. 24 und Nr. 25 waren Exzerpte (das nahm ich jedenfalls an; mir war klar, daß Karte Nr. 23 ein Exzerpt sein mußte und Karte Nr. 22 eine Mischung aus Exzerpt und Zusammenfassung) in einer skandinavischen Sprache, die ich nicht lesen konnte. Möglicherweise Schwedisch – Linné – oder Norwegisch – Ibsen. Das Wort Malstrom kam vor, ebenso wie die Wörter Arkturus, Boreas und Pisces. Dies nährte in mir die Vermutung, daß es sich um Zitate Linnés handelte, und diese Zitate waren obendrein mein erster greifbarer – oder fast greifbarer – Beweis, daß Destry-Scholes seine skandinavischen Recherchen in den Originalsprachen angestellt hatte. Sicherlich ist es denkbar, daß er die Originalstellen abgeschrieben hatte, wie ich seine Kopien kopierte, um sie übersetzen zu lassen. Mir wurde bewußt, daß die Vorsehung oder das Schicksal mir einen Übersetzer beschert hatte, als ich ihn benötigte. Ich konnte die Karten Fulla Biefeld schicken und sie um Identifizierung und Übersetzung der Textstellen bitten. Ich wollte ihr auch die Beschreibung des Todes von A. schicken (den ich alsbald als Petrus Artedi identifizierte, den Studienfreund Linnés und Begründer vieler der Klassifizierungssysteme, die Linné benutzt oder adaptiert hat).

Karte Nr. 26

Öfter als einmal ist mir widerfahren, daß ich fast erstickt wäre und dabei zu meiner Überraschung nichts von dem dringenden Bedürfnis nach Luft verspürte, das normalerweise eintritt, wenn das Atmen unterbrochen wird. Nicht sehr viel scheint erforderlich zu sein, um die Aufmerksamkeit von diesem Bedürfnis abzulenken und das Gefühl zu erzeugen, man fühle sich lediglich unwohl und stehe im Begriff, ohnmächtig zu werden. Meine diesbezüglich gemachten Erfahrungen mögen wenig glaubwürdig klingen; sie sind die Folge meines Versuchs, beim Tauchen klar zu sehen. Der konvexe Augapfel drückt in das Wasser eine konkave Linse, deren Effekt durch eine konvexe Linse ausgeglichen werden muß. Letztere muß sehr »stark« sein, denn das Vermögen der Linse, die Strahlen zu brechen, wird durch das Wasser erheblich gemindert. Meinen ersten Versuch unternahm ich in einer Badeanstalt, wo ich die zwei Objektive meines Opernglases recht erfolgreich miteinander kombinierte. Später ließ ich mir eigens entsprechende Brillengläser anfertigen, die ich 1865 vor der British Association beschrieben habe. Mit ihnen konnte ich unter Wasser ohne Schwierigkeiten eine Zeitung lesen, wenn diese im richtigen Abstand für klare Sicht gehalten wurde; allerdings war der Spielraum gering. Mit diesem neuen Steckenpferd vergnügte ich mich sehr häufig, und da das Lesen so interessant war, vergaß ich immer wieder, daß ich fast erstickte, und wurde nicht etwa durch ein dringendes Bedürfnis nach Luft darauf aufmerksam, sondern lediglich durch ein Gefühl des Unwohlseins, das mich beunruhigte. Nachdem ich den Kopf aus dem Wasser gehoben und zwei-, dreimal tief eingeatmet hatte, verschwand es sofort.

Karte Nr. 27

PEER Das stürmt ganz toll.
DER FREMDE PASSAGIER Ja, großartig, Mann!
PEER Großartig?
PASSAGIER Haushoch gehen die Wellen.
Ah, daß man so was erleben kann!
Wie viele Wracks wohl heute nacht zerschellen –
Und wie viele Leichen treibt's wohl heran!
PEER Gott!
PASSAGIER Haben Sie schon Erstickte gesehn –
Gehenkte – Ertrunkne?
PEER Nicht auszustehn –
PASSAGIER Leichen lachen. Nur ist ihr Lachen gezwungen;
Und meistens beißen sie sich in die Zungen.
PEER Lassen Sie mich –
PASSAGIER Eine Frage bloß!
Wenn wir zum Beispiel nach heftigem Stoß
Absöffen –
PEER Deucht es Sie so gefährlich?
PASSAGIER Ich weiß nicht, ich sag' Ihnen das ganz ehrlich.
Gesetzt, ich entkomme, und Sie glauben dran –
PEER Ach, Unsinn –
PASSAGIER Ich deut' nur die Möglichkeit an.
Nun, steht man im Grab mit dem einen Fuß,
Wird man weich und verteilt gern milde Gaben –
PEER *(greift in die Tasche.)* Ho, Zaster!
PASSAGIER Nein; aber sehn Sie, ich muß
Ihren geschätzten Kadaver haben –!
PEER Nun wird's mir zu bunt!
PASSAGIER Bloß die Leiche, verstehn Sie!
Es ist nur der Wissenschaft halber –
PEER Nun gehen Sie!
PASSAGIER Doch denken Sie nur – welchen Nutz Sie erringen!
Ich werde Ihr Inneres zutage bringen.
Was ich namentlich suche, ist die Stätte der Träume –
Wobei ich die kritische Pflicht nicht versäume –
PEER Hinweg!

PASSAGIER Ein ertrunkner Leib ist zum Kauf –
PEER Sie Spötter! Sie stacheln das Unwetter auf!
Zu toll! Da haben wir Sturm und Naß,
Eine tobende See und viel Zeichen, daß
Nicht viel fehlt, und es geht uns an Kopf und Kragen;
Und sie fordern's heraus mit Ihrem Betragen!
PASSAGIER Sie sind noch nicht willig zu weitrer Verhandlung;
Doch fördert die Zeit ja so manche Verwandlung …
(grüßt freundlich)
Na denn, bis Sie sinken, wann nicht zuvor!
Vielleicht sind Sie dann bei besserm Humor.
(Geht in die Kajüte.)
PEER Diese Wissenschaftler! Nein, solch ein Tort!
Solch ein Freidenkertum –

Ich weiß nicht recht, in welcher Reihenfolge ich die nächsten Teile meiner Geschichte am besten erzählen soll, denn ich merke, daß mein Gedächtnis hinsichtlich der genauen Chronologie von Ereignissen unzuverlässiger ist, als mir lieb sein kann. Ich verspürte das Bedürfnis – ein ästhetisches Bedürfnis –, meine Assimilierung der Destry-Scholesschen Schuhkartons (denn ich begann der Photographien allmählich ebenso Herr zu werden wie der Karten, wie man sehen wird) mit meinen Begegnungen mit dem fremden Kunden zu interpungieren. Zumindest zeigt dies, daß ich mittlerweile zwei Leben führte – drei, wenn man Ormerod Goode und die Karteikarten nicht zusammenzählte. Von meiner letzten Entdeckung hatte ich ihm nichts gesagt. Ich sparte es mir auf. Vier eigentlich, wenn man Fulla Biefeld in Oxford mitzählte. Ich weiß nicht, wie oft ich nach Willesden ging. Ein Gefühl der Panik – als müsse ich ein Verzeichnis der Karten erstellt haben, bevor Vera Alphage die Lust verlor oder ich ihr auf die Nerven zu gehen begann – wich einem gelassenen Arbeitsrhythmus, als ich begriff, daß sie sich über meine Anwesenheit freute, meine Besuche sogar erwartete. Etwa um diese Zeit machten Erik und Christophe sich zu einer Erkundung der Inseln von Nordjapan auf. Sie überließen den Laden meiner Obhut – ich arbeitete vier Tage in der Woche statt zwei. Dies bedeutete, daß meine Besuche in Willesden nun abends stattfanden. Ja, so war es zu jener Zeit.

Der fremde Kunde fragte mich, ob ich bestimmte Websites bevorzuge. Ich erwähnte verschiedene für das Reisegewerbe nützliche, Hotelketten, kunsthistorische Stätten und so weiter. Er sagte, das habe er nicht gemeint. Er sagte, er wolle mir eine Liste derjenigen geben, die er und Pym (oder Pim) besonders ergiebig gefunden hatten. Ich dankte ihm. Er bot mir eine Zigarre an. Er besaß eines dieser merkwürdigen Instrumente, mit denen man ein kleines Loch in die Spitze einer Zigarre zwickt. Es hatte eine sehr kleine und sehr scharfe Klinge. Ich sagte, ich sei Nichtraucher. Maurice Bossey sagte in gleichmütigem, ausdruckslosem Ton, es gebe wohl nicht viel, was ich täte, oder? Ich sagte, ich wolle ihm gerne helfen, wenn er mir etwas expliziter sagen könne, was er suche. (Habe ich das wirklich gesagt? Ja, das habe ich, daran erinnere ich mich genau; manche Erinnerungen fressen sich ein wie Licht in lichtempfindlichen Film.) Er sagte, es freue ihn, daß ich ihm helfen wolle, denn sonst hätte es für den Ruf von Pucks Gürtel bedenklich ausgesehen. Er blies mir den Rauch seiner dicken Zigarre ins Gesicht – brennender Zigarrentabak hat für mich ein Element der *Verwesung*, als würde etwas verbrannt, was bereits schal und zerfallen ist –, und ich bat ihn, es nicht zu tun, da ich Asthmatiker bin. Er sagte etwas von »armer kleiner Lunge« und qualmte noch mehr und noch näher, Wolken und Girlanden aus schwarzem, dickem Rauch. (Jetzt übertreibe ich es mit der Literatur. Durchstreichen? Ich will es bis auf weiteres stehenlassen.) (Trotzdem war es Rauch, und zwar Wolken und Girlanden.)

Er öffnete seine Brieftasche und nahm ein sehr dünnes Blatt Papier heraus, auf dem eine Reihe von Internetadressen notiert waren.

»Versuchen Sie es mit diesen«, sagte er, »als Stimulans für eine träge Phantasie. Ihre geschätzten Arbeitgeber sind sicherlich weniger schwerfällig, wie ich annehme ...« Er betrachtete mich abschätzig.

»Viel ist an Ihnen nicht dran, finden Sie nicht auch? Nehmen die beiden Sie auch hin und wieder mit? Gehören Sie zum Team, wie man so sagt?«

»Ich passe auf den Laden auf«, antwortete ich.

»Tja, dann beißen Sie sich dabei bloß nicht aus Versehen die Zunge ab«, sagte er. »Es kann nicht schaden, ein bißchen weniger verbissen in die Welt zu schauen. Hin und wieder ein Lächeln, ein Kichern, eine Information oder ein bißchen Klatsch.«

Ich sagte, Klatsch wisse ich keinen.

Er sagte, es stehe zu befürchten, daß dies nur zu wahr sei.

Die Karten 21 bis 26 bezeichnete ich insgeheim als »Gruppe der Ertrunkenen und Obduzierten«. Fulla Bielfeld antwortete mir umgehend auf meine Anfragen und sagte, die Karten, die ich ihr geschickt hatte, bezögen sich auf Linné. Eine beschrieb seine Theorie, daß Schwalben den Winter unter Wasser, unter der Eisdecke tiefer Seen verbrächten (eine Theorie, die, wie sie sagte, zu jener Zeit sehr verbreitet war). Die andere war eine zeitgenössische Schilderung des Todes von Peter Artedi, der betrunken in einen ungesicherten Amsterdamer Kanal gestürzt und von Linné im Leichenschauhaus identifiziert worden war. Artedi, sagte Fulla Bielfeld, sei ein weit intelligenterer Mensch gewesen als Linné und seine Klassifizierung der *umbelliferae*, die Linné nach seinem Tod veröffentlichte, habe diesem als Vorbild für viele seiner eigenen Schemata gedient. Auch Artedis System werde noch heute berücksichtigt, obwohl er nichts von der Evolution gewußt hatte (wie hätte er das auch sollen); es galt als Grundlage der Klassifizierung von Arten nach der Stammesgeschichte, indem jedes benannte Taxon sich durch eine eigene Evolutionsgeschichte auszeichnete. Er war strenger und weniger verspielt als Linné, sagte Fulla Biefeld. Sein Tod im Alter von neunundzwanzig Jahren war vor langer Zeit erfolgt. Was wollte ich eigentlich herausfinden? Wissenschaftler konnten Leute wie mich nicht verstehen, die ihre Zeit mit vergangenen Irrtümern, vergangenen Irrwegen vergeudeten, mochten sie noch so amüsant sein. Sie legte einen Artikel über die Folgen des undosierten Einsatzes von Pestiziden und Herbiziden in kalifornischen Obstplantagen bei. Solche Untersuchungen seien in East Anglia notwendig, in Bayern, in Spanien, aber sie würden nicht gemacht. Falls ich noch Hilfe brauchte, solle ich mich melden.

Meine nächste eindeutige Gruppe, die mit der Karte Nr. 42 beginnt, wenngleich sie einige Lücken aufweist und einige Klassifizierungsunsicherheiten mit sich bringt, könnte man »Hybriden und Mischwesen« nennen. Sie beginnt mit der Hydra von Hamburg.

Karte Nr. 42

Die siebenköpfige Hydra gehörte dem Hamburger Bürgermeister. Graf Königsmark hatte sie 1648 nach der Schlacht von Prag vom Altar einer dortigen Kirche mitgehen lassen. Der Apotheker Albert Seba, Artedis Brotherr, veröffentlichte im ersten Band seines Thesaurus der Naturgeschichte eine Abbildung der siebenköpfigen Hydra oder Seeschlange. CL, dem Kohl das Untier zeigte, entlarvte die Fälschung sogleich. Er stellte fest, daß die Kiefer und klauenbewehrten Füße von Iltissen stammten und daß der Leib mit geschickt aneinandergelegten und verklebten Schlangenhäuten bezogen war. Daß das Geschöpf sieben Köpfe besaß, bewies in seinen Augen bereits hinlänglich, daß es sich nur um Betrug handeln könne. »Herr im Himmel«, rief er, »der du nie mehr als einen klaren Gedanken [*tanke*] in einen von dir geschaffenen Körper gegeben hast!« Er äußerte die Vermutung, daß Mönche die Hydra als Sinnbild eines apokalyptischen Ungeheuers gebildet hatten, und sagt nichts von den Fabeltieren der Antike.

Der Bürgermeister, der seit geraumer Zeit die Hydra zu verkaufen versuchte, hatte zuerst einen unvorstellbar hohen Preis für sie verlangt. Es hieß, der dänische König habe vergeblich 30.000 Taler geboten; doch danach war der Preis ständig gesunken, und als CL. so taktlos war, seine Entdeckung hinauszuposaunen, fiel er ins Bodenlose. Um sich etwaigen Rachegelüsten des Bürgermeisters zu entziehen, hielt er es für das klügste, Hamburg so schnell wie möglich zu verlassen. Am 16. Mai 1735 reisten sie nach Altona, wo sie einen kleinen Zweimaster nach Amsterdam bestiegen (für einen Dukaten Fährgeld pro Kopf).

Karte Nr. 43

Als CL 1737 die Brüder Jussieu in Paris besuchte, begleitete er sie und ihre Schüler auf botanischen Ausflügen. Einer von ihnen setzte aus Fragmenten verschiedener Blumen eine Scheinblume zusammen und bat CL, sie zu benennen. Der scharfäugige und scharfsinnige Mann ließ sich nicht von etwas täuschen, was letzten Endes nichts war als einer der üblichen Studentenscherze. Er erwiderte leutselig, der junge Mann solle Jussieu befragen, denn »nur Jussieu oder Gott könne diese Pflanze benennen«.

Die Karten Nr. 44 und Nr. 45 waren auf schwedisch verfaßt. Ich schickte Abschriften davon an Fulla Biefeld. Ich gebe ihre Antworten an dieser Stelle wieder, da mein Schreiben keiner strikten Chronologie folgt und da sie mich in meinem Entschluß, diese Gruppe als die der »Hybriden« zu bezeichnen, bestärkten. Die erste Antwort betraf Linnés Experiment der Erschaffung der ersten fruchtbaren Pflanzenhybride (*Tragopogon pratensis x T. porrifolius*) und seine Beschreibung in *De Sexu Plantarum* (1760) von seiner Manipulation der Blüten der *Mirabilis*-, der *Cannabis*- und anderer Spezies, indem er die Staubgefäße entfernte, Papier um die Stempel legte usw., um das Grundprinzip der Botanik zu beweisen, daß die Befruchtung – Pollen auf der Narbe des Stempels – Voraussetzung dafür war, daß der Samen reifen konnte.

Aus freien Stücken fügte Fulla Biefeld hinzu, daß viele der von Linné identifizierten Pflanzenhybriden nichts dergleichen seien. Sie schrieb, er habe geglaubt, sowohl Pflanzen als auch Tiere bestünden aus zwei Substanzen, dem Mark und der Rinde – *medulla* und *ortex* –, dem Mark als der inneren Substanz, Trägerin der Lebens- und Fortpflanzungskräfte, und der Rinde als äußerer Substanz, der vor allem die nährende Funktion zufiel. Das Mark bezeichnete das weibliche Element in der Fortpflanzung (bei den Pflanzen der Stempel), während die Rinde dem männlichen Prinzip entsprach (den Staubgefäßen).

Fulla Biefeld rümpfte die Nase über diese Theorien (oder fand sie schlicht albern). Linné, sagte sie, sei so weit gegangen, seinen Schülern gegenüber zu behaupten, der Wille wohne dem weiblichen Prinzip inne, wie es die Fähigkeit zur Expansion und Kontraktion belege. In diesem Zusammenhang zitierte er die einzellige Amöbe, die »niederste aller Kreaturen« (*Volvox Chaos dicta*), als nur aus Mark bestehend und daher imstande, alle nur denkbaren Formen anzunehmen.

Solche falschen Analogien, solche Kurzschlüsse, sagte Fulla Biefeld, und der Wunsch, aus Pseudoerkenntnissen und Binsenweisheiten Theorien abzuleiten, die alles erklärten, seien sehr gefährlich. Aber seinen unerschöpflichen Einfallsreichtum müsse man trotz alledem bewundern.

Ich schrieb ihr – sie verführte mich dazu –, daß hinsichtlich der falschen Analogien die auf Bienen angewiesene Orchidee und die Augen auf Schmetterlingsflügeln mich, wenn man es so ausdrücken wollte, metaphysisch ratlos machten. Ich begriff zwar, daß über Jahrtausende hinweg eine Ähnlichkeit von einer Blume oder den Schuppen eines Flügels infolge der natürlichen Auslese perfektioniert werden konnte, doch es zu wirklich zu glauben fiel mir schwer. Es hatte noch immer etwas von absichtsvoller Poesie, was mich ratlos machte. Ich sagte, ich erwiderte nichts auf ihr Argument, sondern fügte ihm nur ein eigenes hinzu.

Karte Nr. 45, so erfuhr ich von ihr, enthielt Linnés Abschrift von Réaumurs Bericht über die Aufzucht eines behaarten Huhns, Ergebnis der Kreuzung eines Kaninchens mit einem Huhn.

Karte Nr. 46

Alle Briefe Darwins über Kaninchen, die erhalten sind, wurden nach der Veröffentlichung von Galtons Schrift »Versuche zur Pangenesis durch Zucht von Kaninchen einer Varietät, in deren Blutkreislauf größere Mengen Blut von Exemplaren anderer Varietäten eingebracht wurden« geschrieben. Diesen Bericht trug Galton am 30. März 1871 den Mitgliedern der Royal Society vor. In den Briefen ist die Rede von einer Fortführung der Versuche, abermals mit negativen Ergebnissen ... Dem Leser dieser Briefe bleibt kein Zweifel daran, daß Darwin von der Art der Versuche unterrichtet war und wußte, daß Galton glaubte, die Gemmulae oder »Keimchen« seien im Blut zu finden. Er wollte herauszufinden, ob die Erbanlagen einer

Varietät A durch Bluttransfusion auf die Mitglieder einer Varietät B übertragen werden und die späteren Nachkommen von B »bastardisieren« konnten. War »Blut«, wie es die Folklore in aller Welt behauptete, tatsächlich ein Träger erblicher Eigenschaften?

Karte Nr. 47

11. Dez. 69. Mein lieber Darwin, ich frage mich, ob Sie mir vielleicht helfen können. Ich möchte bestimmte Experimente durchführen, auf die mich das Züchten von Tieren hat verfallen lassen, und dafür benötige ich Kaninchen aus verläßlicher und gut unterscheidbarer Zucht, insbesondere *Hängeohrenkaninchen* mit geringstmöglicher Tendenz zum Albinismus und dito gewöhnliche *Hauskaninchen. Weiße Angorakaninchen* … Verzeihen Sie, daß ich Sie damit behellige; die wissenschaftliche Bedeutung des geplanten Experiments, das in der Tat äußerst kurios ist, ist meine einzige Entschuldigung …

15. 3. 70. Mein lieber Darwin, ich hoffe, Ihnen in etwa einer Woche Neuigkeiten berichten zu können und bis nächsten Samstag mit definitiven Ergebnissen zu den Kaninchen aufwarten zu können. Ein Wurf [Zippe?] hat heute geworfen, und sie scheint wohlauf zu sein … Es bekümmert mich sagen zu müssen, daß das Tier, in welches ich die größten Hoffnungen gesetzt hatte, drei Tage vor der Zeit niederkam und sich kein Nest bereitet hatte, so daß wir von der Sache überhaupt nur durch die Blutspuren erfuhren und durch den *Kopf* eines der Neugeborenen, den wir fanden. Sie hatte ebenso wie der Rammler Transfusionen von Tieren mit hellem Fell erhalten. Der Kopf war zweifelsohne auffallend heller als der eines anderen Abgangs, den ich zu sehen bekommen hatte, und er war ganz fraglos *unregelmäßig* gefärbt, insbesondere um die Schnauze herum dunkler, doch es widerstrebt mir, aus so ungesicherten Daten irgend etwas abzuleiten, und ich habe den Kopf nicht aufbewahrt. Sobald ich erste wirkliche Ergebnisse haben sollte, werden Sie als erster davon erfahren. Unterdessen ist mir vor Erwartung und Zweifel ganz elend zumute …

Karte Nr. 48. Brief von Charles Darwin in *Nature* vom 27. April 1871.

»Pangenesis«. In einem Vortrag, den er am 30. März 1871 vor der Royal Society hielt und der vor kurzem veröffentlicht wurde, trägt Mr. Galton die Ergebnisse seiner interessanten Experimente zur Bluttransfusion zwischen unterschiedlichen Kaninchenvarietäten vor. Diese Experimente wurden unternommen, um zu überprüfen, ob an meiner vorläufigen Hypothese einer Pangenesis etwas Wahres sein könne. Indem er deren »Hauptthesen« zusammenfaßt, erklärt Mr. Galton, daß die Keimchen »im Blut verteilt« seien. Im entsprechenden Kapitel meiner Schrift *Das Variieren der Tiere und Pflanzen im Zustande der Domestikation* habe ich jedoch nicht eine Silbe über das Blut oder eine andere dem Kreislauf zugehörige Flüssigkeit verloren. In der Tat sollte es außer Frage stehen, daß das Vorkommen von Keimchen im Blut keine Bedingung meiner Hypothese bilden kann, denn zu ihrer Verdeutlichung beziehe ich mich auf die niedrigsten animalischen Lebensformen wie die Protozoen, die weder Blut noch entsprechende Gefäße aufweisen, und ich beziehe mich auf Pflanzen, bei denen zwar eine Flüssigkeit in den Gefäßen nachweisbar ist, diese jedoch nicht als Blut im engeren Sinne gelten kann ... Ich sagte, daß die Keimchen in jedwedem Organismus »gründlich verteilt« sein müßten, was nicht weiter erstaunlich sein dürfte, bedenkt man ihre geringe Größe und die ununterbrochene Zirkulation der Flüssigkeiten im Körper. Doch als ich diese Worte und vergleichbare verwendete, dachte ich höchstwahrscheinlich an die Verbreitung der Keimchen durch das Gewebe oder von Zelle zu Zelle, unabhängig von der Existenz der Gefäße, ähnlich den bemerkenswerten Experimenten des Dr. Bence Jones, bei denen die vom Magen absorbierten chemischen Elemente innerhalb weniger Minuten in der klaren Linse des Auges entdeckt wurden ... Und es ließe sich auch nur schwerlich geltend machen, daß die Keimchen Gewebe oder Zellen nicht zu durchdringen vermöchten, denn wir wissen, daß der Inhalt jedes Körnchens Pollen die Wände sowohl des Pollenbehältnisses als auch des zu befruchtenden Organs durchdringt. Was die Fähigkeit von

Flüssigkeiten betrifft, Membranen zu durchdringen, darf ich hinzufügen, daß sie die Härchen der Wurzeln lebender Pflanzen auf ihrem Weg von Zelle zu Zelle in einer Geschwindigkeit durchmessen haben, die wahrhaftig erstaunlich ist.

Wenn Mr. Galton aus dem Umstand, daß Kaninchen einer bestimmten Varietät, in deren Blut sich eine größere Menge des Blutes einer anderen Varietät befindet, keinen »bastardisierten« Nachwuchs erzeugen, den Schluß zieht, die Hypothese der Pangenesis sei ein Irrtum, will es mir scheinen, daß seine Folgerungen ein wenig übereilt sind …

Karten Nr. 49 bis 51. Brief von Francis Galton in *Nature* vom 4. Mai 1871.

»Pangenesis«. Mr. Darwins Brief … erweckt den Eindruck, als unterschieden sich die Vorstellungen, denen meine Experimente widersprechen … von jenen, die er unterhält. Dennoch scheint mir, daß sie dem entsprechen, was sich bei Lektüre seiner veröffentlichten Darstellung der Pangenesis-Theorie im Geist des Lesers am ehesten einstellen dürften [sic]. Die Doppeldeutigkeit beruht auf dem irreführenden Gebrauch der drei Wörter »zirkulieren«, »ungehindert« und »verteilt«. Die wahre Bedeutung der Zirkulation liegt auf der Hand – es geht um eine Bewegung der Wiederkehr. Nichts kann zirkulieren, wenn es nicht nach einer gewissen Zeit eine frühere Position wiedereinnimmt. Bücher einer Leihbücherei zikulieren, indem sie ausgegeben und zurückgebracht werden. Vom Geld heißt es, daß es zirkuliere, indem es im Verlauf des geschäftlichen Austauschs wieder in die gleichen Hände gelangt. Eine Geschichte kann zirkulieren, da man sie in der Gesellschaft immer wieder zu hören bekommt. Das Blut darf zweifelsfrei in Anspruch nehmen, als zirkulierende Flüssigkeit bezeichnet zu werden, und bei der Verwendung dieses Begriffs ist stets das Blut gemeint … »Ungehindert« sagt man, wenn ein kleiner Fisch durch die Maschen der Netze schlüpfen kann, ohne auf Widerstand zu stoßen, doch daß Keimchen Körpergewebe durchdringen können sollen, ohne auf Widerstand zu stoßen, scheint wenig glaubwürdig …

Es läge mir fern, darüber Klage führen zu wollen, daß ich mich von allzu hochtrabenden Worten auf eine falsche Fährte hätte führen lassen, denn ich weiß, wie gewissenhaft Mr. Darwin in all seinem Schreiben ist, wie schwierig es ist, Gedanken in das richtige sprachliche Gewand zu kleiden, und wie häufig Wörter die einfachsten Dinge falsch dargestellt haben, seit die Welt besteht. Selbst in dem Idyll, das Mr. Darwin von der Erfindung der Sprache entwirft, müssen notwendigerweise die törichtsten Irrtümer oft genug aufgetreten sein. Ich beziehe mich auf die Stelle, wo er vermutet, daß ein besonders kluges affenähnliches Wesen als erster den Einfall hatte, das Knurren eines Raubtiers nachzuahmen, um seine Gefährten auf die Art der bevorstehenden Gefahr hinzuweisen. Mir ist dabei zumute, als hätte ich selbst der Szene beigewohnt. Als hätte ich meinen geschätzten Anführer einen nicht allzu deutlich artikulierten Schrei ausstoßen hören, der mir dem einer Hyäne am ähnlichsten klang, und sei daraufhin als loyales Gefolgsgeschöpf und gutes Beispiel für die anderen Stammesgenossen, die sich nicht von der Stelle rührten, einen glücklicherweise vorhandenen Pfad in die Ebene hinabgeeilt, vom beifälligen Nicken und zufriedenen Grunzen meines verehrten Häuptlings begleitet. Und nach der Rückkehr von meinem beschwerlichen Unterfangen, als ich berichten will, daß die Gefahr irrtümlich gewittert wurde und sich keine Hyäne in der Nähe aufhielt, muß ich mich darüber belehren lassen, daß der Schrei meines Anführers nicht auf eine Hyäne in der Ebene anspielen sollte, sondern auf einen Leoparden in den Bäumen; seine Heiserkeit hatte den Schrei lediglich ein wenig verzerrt. Nun, meine Mühen werden dennoch nicht vergeblich gewesen sein; es ist auch nicht zu verachten zu wissen, daß in der Ebene keine Hyänen weilen, und mir scheint, daß ich auf dem besten Weg bin, mir einen guten Platz zu sichern, um Ausschau nach Leoparden zwischen den Ästen der Bäume zu halten. Vivat Pangenesis! Francis Galton.

Karte Nr. 52

In Anbetracht des zwei Jahre währenden Briefwechsels, der Obigem vorausging – und auf den nur in Worten angespielt wird, die allein Darwin wird haben würdigen können: »vom beifälligen Nicken und zufriedenen Grunzen meines verehrten Häuptlings begleitet« –, halte ich diesen Brief Galtons in *Nature* für eine der besten Sachen, die er in seinem ganzen Leben geschrieben hat; wenige Menschen erhalten eine so glanzvolle Gelegenheit und nutzen sie so mutig. Vivat Pangenesis!

Karte Nr. 53

Es ist die Pflicht des Biographen, die charakterliche Größe seines Gegenstands sinnfällig aufzuzeigen und nicht lediglich zu behaupten. Ich kenne keinen anderen Fall, in dem die Hochachtung eines Schülers für seinen Lehrer jene übertroffen hätte, die Galton Darwin erwies. Ich frage mich, ob Menschen von auch nur geringfügig bescheidenerer menschlicher Größe als Darwin oder Galton imstande gewesen wären, ihre Freundschaft nach diesem 24. April 1871 auch nur einen Tag länger ungemindert aufrechtzuerhalten. Ich habe den Eindruck, daß Galtons Selbstverleugnung in dieser Sache eine der bezeichnendsten Handlungen seines Lebens war, doch sie ist etwas, was kein Biograph übergehen darf, und sollte er Darwin noch so sehr verehren.

Ich (diesmal Phineas G. Nanson, das Ur-Ich dieses Dokuments) habe den Eindruck, daß ich die Transkription der Hybriden und Gruppen – *meiner* Hybriden und Gruppen – an dieser Stelle unterbrechen sollte, um die Karte Nr. 53 etwas näher zu erläutern, auf der es – wie dem aufmerksamen Leser kaum entgangen sein dürfte – nicht etwa um Hybride und Mischwesen geht, sondern ziemlich eindeutig um die Biographie und um das Verhältnis des Biographen zu seinem Gegenstand. Ich muß gestehen, daß Galtons Beredsamkeit mich berührte, seine linguistisch begründete Empörung und seine bewundernswert stringente und nuancierte linguistisch-evolutionäre Metapher für das, was man den Verrat Darwins an seinem Freund und Cousin nennen kann. Ich hoffte und glaubte es auch kurzzeitig, daß der in der ersten Person sprechende Biograph, der hier plötzlich und überraschend sein Credo ablegt, niemand anders sei als Scholes Destry-Scholes. Schließlich hatte er mit seiner lebhaften Schilderung der Reise Galtons durch

Owampoland zum Ngamisee und der Visionen, die ihm dort widerfahren waren, zumindest Teile einer Galton-Biographie geschrieben. Es war der Forscher Galton, der in gewisser Weise mit dem Lachen der Hyänen, dem Keuchen der Leoparden und dem wohlgefälligen Brummen Charles Darwins gespielt hatte. Mir gefiel der Gedanke, daß er innegehalten hatte, um seine Bewunderung für seinen Gegenstand zu verzeichnen und seine Vorstellungen von der »Pflicht des Biographen«. In meinem Fall erforderte es jedoch die Pflicht des Biographen, daß ich die Quellen überprüfte, und bei meinem nächsten Besuch in der British Library entdeckte ich schnell, daß die Worte, die ich Scholes Destry-Scholes zugeschrieben hatte, in Wahrheit die gemessenen Aussagen Karl Pearsons waren, des ersten Biographen Galtons und des Verfassers von *The Grammar of Science*, dessen Wirken am Londoner University College von Galton inspiriert und finanziert war. (Das biometrische Labor, das eugenische Labor, der Francis-Galton-Lehrstuhl für nationale Eugenik ⟨später für Humangenetik⟩, der Lehrstuhl für Statistik, die *Annals of Eugenics*, *Biometrika* ...) Als ich das festgestellt hatte – die Erörterung der Kaninchenepisode findet sich in Band 2 von Pearsons gewichtigem vierbändigen Werk –, nahm ich eine Zeitlang an, Destry-Scholes habe die Stelle so sorgfältig transkribiert, weil er ihr zustimme, ihre Grundhaltung ebenso teile wie ihre Definition der Beziehung zwischen Biograph und Gegenstand. Doch als ich in Pearsons Buch weiterlas, von der apostolischen Inbrunst seiner Ergebenheit für Galton gleichermaßen fasziniert wie abgestoßen, begann ich das zu bezweifeln. Geachtete Biographen unserer Tage zeichnen sich letztlich nicht durch Ehrerbietung für ihren Gegenstand oder dessen Überzeugungen aus. An die Eugenik hatte Pearson, wie ich feststellte, inbrünstig geglaubt. Er sagt (in Band 3, Teil 1, auf Seite 435 – ich bringe es einfach nicht über mich, Destry-Scholes' sorglosen Verzicht auf Quellenangaben zu übernehmen), das »Lebensziel« Galtons sei es gewesen, »rassische Massenveränderungen auf vielen Gebieten zu erforschen unter der Maßgabe, die Evolution des Menschen zu kontrollieren, wie dieser die vieler anderer Lebensformen kontrolliert«. Natürlich hatte er das in seliger Unkenntnis dessen geschrieben, was an Nutzanwendungen aus solchen Ideen abgeleitet werden sollte, und unser heutiges erschrecktes Entsetzen angesichts solcher Aussagen hätte die idealistisch gesinnten Spätviktorianer zweifellos überrascht. Pearson äußert die Überzeugung, daß Galton in der Geschichte der Zivilisation einen Platz finden werde, der dem Darwins in den Naturwissenschaften gleichkommt:

> Galton lehrte eine neue Moral, eine bisher unbekannte Doktrin des Altruismus, die wie alle neuen Glaubenssätze schwer zu akzeptieren und leicht abzutun war: *»Helft lieber dem Starken als dem Schwachen, dem Mann von morgen lieber als dem von heute, laßt Wissen und Voraussicht die blinden Gefühle und unbeherrschten Instinkte kontrollieren, mit denen die Natur in ihrer Rücksichtslosigkeit den hirnlosen und verblendeten Menschen ihren eigenen evolutionären Weg entlangtreibt.«* – »Wecke mein Volk«, lautete Galtons Schlachtruf, ganz wie bei einem religiösen Propheten alter Zeit. Er war Agnostiker darin, daß er die Schwäche der Glaubenssätze durchschaute, die der Mensch behauptete, mochten sie weniger tiefschürfenden Naturen auch genügen; doch wie seine Nichte seinem Biographen erklärte, war er ein *religiös fühlender* Agnostiker, welche Bezeichnung mir als zutreffend erscheint.

In der mit Anführungszeichen markierten Stelle haben wir die weltliche Version einer Tendenz, die ich allmählich als (möglicherweise absichtvolle) *Übertreibung* und Ausschmückung Destry-Scholes' zu beargwöhnen begonnen hatte. Die prophetischen Worte und Ausrufe, die Pearson Galton zuschrieb, sind Pearsons eigene Worte, und ich glaube – da ich mittlerweile Galtons Stil besser kannte, der sich durch intellektuelle Agnostik, Zweifel und Offenheit auszeichnet, was ihm zum Beispiel erlaubte, Darwins *volte-face* mit Witz und Gleichmut zu kommentieren –, das Ergebnis einer Stilanalyse wäre, daß Galton diesen Satz nicht geschrieben haben kann. Doch diese rhetorische Abschweifung ändert nichts an dem unstreitigen Sachverhalt, daß Galton *den Ngamisee nie erreicht hat* (wie auch Linné niemals den Malstrom erreichte oder nach Torneå gelangte). Im Falle Linnés war das, was großzügig als Verdrehung der Tatsachen bezeichnet werden kann, sein eigenes Tun und ist folglich eine biographische Tatsache. (Ich merke, daß ich vom viktorianischen Pathos Pearsons infiziert bin – und das gerade als ich glaubte, endlich einen eigenen Stil zu finden, frei von allem post-post-strukturalistischen Getue.) *Aber Galton hatte nie behauptet, den Ngamisee erreicht zu haben – zum großen Verdruß seiner Reisegefährten stritt er sogar ab, jemals beabsichtigt zu haben, ihn zu erreichen.* Und ich habe nie irgendeine Quelle für die Visionen gefunden, die Destry-Scholes ihm am Ufer dieses Sees unterschiebt, obwohl ich einräumen muß, daß viele Elemente dieser Geschichte – darunter Galtons Vision von dem aufgehängten Leichnam des von römischen Soldaten Gemarterten und Gekreuzigten – in seinen autobiographischen Erinnerungen zu finden sind und in seinem Buch *Inquiries into Human Faculty and its Development.* Er sagt, daß seine Vision dieses gekreuzigten Leichnams keinerlei religiöse Bedeutung hatte, nur einen Toten zeigte.

Worauf wollte Destry-Scholes hinaus? Das ist die Frage, meine Frage. Nach der Lektüre von Pearson gelangte ich zu der vorläufigen Hypothese, daß er ein Experiment zur Natur des biographischen Erzählens durchgeführt hatte. Es gibt einen Unterschied zwischen der Art von Biographie, wie sie Pearson geschrieben hat, wie sie Destry-Scholes über Sir Elmer Bole verfaßt hat und der kritischen oder psychoanalytisch orientierten Biographie unserer Tage. Pearsons Arbeit würde man heute als Hagiographie bezeichnen (hätten er oder Galton über die religiöse Konnotation dieses Wortes gelächelt oder eher die Stirn gerunzelt?). Man kann sie mit der Biographie vergleichen, die John Cross von seiner Frau George Eliot verfaßt hat und in der es von langen, aber tendenziösen und entstellten Zitaten wimmelt. Doch gerade das, was uns als überflüssige Ausführlichkeit im Zitieren oder Illustrieren erscheinen mag, rettet diese hagiographischen Werke vor der Einseitigkeit, denn darin spricht die Stimme Galtons neben der seines Schülers und in einem anderen Stil. Und das, was moderne Leser, denen es um eine These oder eine Hypothese geht, redundant finden mögen, erscheint Lesern, die wie ich nach etwas suchen, als *Fakten,* als *Dinge* sogar, als Goldklumpen der Eigentlichkeit. Und für die, welche Ohren haben zu hören, gibt es den Tonfall der Wahrheit, den Klang eines Satzes, das unentwirrbare Knäuel einer echten Kontroverse, deren Ausgang ungewiß ist, als Gegenstand sowohl der Belehrung wie der Unterhaltung. Von Genen wußte Pearson (noch) nichts. Von Mendel wußten er und Galton.

Ich merke, daß ich – weil ich Pearson offenbar und tatsächlich nicht leiden kann – das Bedürfnis habe, Pearsons Reaktion auf Galtons Begräbnis festzuhalten, das er in eine Fußnote verbannt hat (Band 3,1, Seite 435):

> Francis Galtons sterbliche Überreste wurden in der Familiengruft beigesetzt, die sein Vater auf dem Friedhof hatte errichten lassen. Er liegt bei seinen Eltern Samuel Tertius und Violetta (Darwin) Galton ... Zweifellos hat er selbst den Wunsch geäußert, dort bestattet zu werden, und ein schlichterer, entlegenerer und friedlicherer Dorfkirchhof ließe sich kaum denken. Dennoch wäre die Feuerbestattung wie im Falle Herbert Spencers oder Galtons Bruders Erasmus seinem Biographen als passenderes Ende dessen erschienen, was unausweichlich vergehen muß. Noch heute ist mir der Gedanke an Francis Galtons sterbliche Überreste im Kerker einer Gruft überaus schmerzlich.

Was für eine eigenartige und bewegende Fußnote voller absonderlicher, genauer und lokalisierbarer Gefühle. Ein Mensch, der sich der Gefühle bewußt ist, die ein »schlichter, entlegener und friedlicher Kirchhof« wecken muß. Ein Mensch, der obendrein von Genealogie und Ahnenforschung besessen ist, der den Wunsch seines Gegenstands, sich im Grab der Eltern bestattet zu sehen, verzeichnet und respektiert (wie er weiche auch ich dem Anthropomorphismus der »letzten Ruhe« aus). Und doch hat dieser Mensch eigene machtvolle Gefühle. Er hegt den »religiös geprägt agnostischen« Glauben, daß die Verbrennung ein reinerer Vorgang sei, sowohl in symbolischer als auch in faktischer Hinsicht. Er hinterläßt in seinem Leser den leisesten Schatten des Verdachts, daß seine Liebe zu dem Toten die Vorstellung von dessen körperlicher Zersetzung als widerwärtig empfindet, daß der verfallende Leichnam seine Phantasie heimsucht. Ich weiß nicht, ob man diese

Empfindungen mit einiger Berechtigung in die Worte »Noch heute ist mir der Gedanke überaus schmerzlich« hineinlesen kann. Ich weiß nur, daß ich es tat, bevor ich innehielt und mich fragte, ob ich etwas in sie hineinläse. Und man beachte seine Verwendung des Wortes »Biograph«. Das einzige, was er von jetzt an für seinen Freund sein kann, so scheint er sagen zu wollen, ist dessen *Biograph.* Zugleich erhebt er für diese Rolle das Recht zu bestimmen, was – im Kontext der Überzeugungen und Prinzipien, denen er und sein Gegenstand huldigten (trotz des ausdrücklichen Wunsches seines Gegenstands, wie nicht übersehen werden darf, doch ebensowenig dürfen wir übersehen, daß die Information über diesen Wunsch von ihm, dem Biographen, stammt) –, was, wiederhole ich, sich als die angemessene Abschiedszeremonie für das anbieten muß, »was unausweichlich vergehen muß«.

Worin mochte Destry-Scholes die Rolle des Biographen sehen? Warum schrieb er Lügenmärchen auf, warum verfaßte er Parodien? Es fiel mir immer schwerer, seine Gedanken über die drei Figuren – und die Verbindungen von Linné zu Artedi, von Galton zu Darwin und Pearson wurden immer zahlreicher – nicht mit meiner eigenen Suche nach einer Sicht auf die Welt zu vermischen, mit meinem Wunsch nach einem Zusammenstoß mit dem Dinglichen. Nun ja, auch mit Fakten. Wenn ich auf meine eigene Zeit zurückblicke, dann fällt mir am deutlichsten auf, daß wir unendlich raffinierte Methoden und Techniken entwickelt haben, um die verborgene Bedeutung hinter der Scheinbedeutung freizulegen, die Wünsche und Unterstellungen hinter dem zu entdecken, was Leute sagen und über ihre Empfindungen und Vorstellungen verlautbaren. Und doch ist alles, was in unser Schreiben hineingelesen werden kann, in Wahrheit nur unser Wunsch, alles – jeden Menschen, jeden Gedankengang, jede irrationale Furcht und Hoffnung – unserem eigenen Prokrustesbett aus Prioritäten anzupassen. Die Welt ist sehr alt, und die heutigen Theorien zur Gehirntätigkeit und zu den geistigen Vorgängen sind sehr neu und sehr begrenzt. Sie wurden nicht von der Zeit geprüft (Vorsicht! Klischee! PGN), wie es mit Platons Höhlengleichnis oder Empedokles' Worten vom Universum der Atome der Fall ist.

Letzten Endes kann ich nicht mehr tun als den Absatz des Biographen über den Leichnam seines Gegenstandes zu lesen und den Nebel seiner Worte *im Geiste* aufzuhellen zu versuchen. Meine eigenen Vorstellungen von der Pflicht eines Biographen, von »schmerzlichem Gedenken«, von »sterblichen Überresten« oder dem »gebührenden Ende dessen, was unausweichlich vergehen muß«, verleihen dem, was Pearson in seinen eigenen Worten *völlig angemessen ausgedrückt hat*, vielleicht mehr Leben, doch keineswegs zwangsläufig mehr Wahrheit.

Aber kein Faden hat ein Ende. Wie Spinnengespinst, das sich entrollt.

Es ist mir gelungen, mich in Abschweifungen zu verfangen, sofern bei einem Vorhaben, das sich abwechselnd durch zu wenig und zu viel Form auszeichnet, von Abschweifungen die Rede sein kann. Ich habe zu viele Fährten gelegt. (Was soll das nun wieder heißen? Woher kommt diese Trapper- und Jägersprache? Ich habe noch nie irgendwelche Fährten gelegt. Ich bin ein Stadtbewohner. Ach, aber im Geiste … Und wessen Stimme bitte schön war das eben, dieses volltönende »Ach, aber …«?) Ich will mich wieder der Auflistung dessen zuwenden, womit ich beschäftigt war, bevor ich oder Destry-Scholes sich eingemischt haben, meiner halbwegs zusammenhängenden Gruppe von »Hybriden und Mischwesen«.

Karte Nr. 54

5. Juni 1888

Die magnetischen Kräfte des Meeres. Die Sehnsucht nach dem Meer. Menschen, die dem Meer ähnlich sind. Vom Meer angezogen. Vom Meer abhängend. Zum Meer zurück. Eine Fischspezies ist ein grundlegendes Glied in der Kette der Evolution. Ob wohl noch Reste davon im menschlichen Geist vorhanden sind? Im Geist mancher.

Bilder des wimmelnden Meereslebens und dessen, »was für immer verloren« ist. Das Meer hat Macht über unsere Stimmungen, wahre Willenskraft. Das Meer hat hypnotische Kraft. Wie die Natur überhaupt … Sie kommt aus dem Meer. Verlobte sich heimlich dem fremden Passagier … Im Innersten, im Fühlen – ist er derjenige, mit dem sie in der Ehe lebt …

Karte Nr. 55

PROFESSOR RUBEK Es sind trotzdem eigentlich keine richtigen Porträtbüsten, sage ich dir.

FRAU MAJA Was denn sonst?

PROFESSOR RUBEK Es liegt etwas Verdächtiges, etwas Verstecktes in und hinter diesen Büsten, etwas Heimliches, was die Leute nicht sehen können –

FRAU MAJA So?

PROFESSOR RUBEK *(überlegen)* Nur ich kann es sehen. Und das macht mir innerlich solch ein Vergnügen. – Von außen zeigen sie jene »frappierende Ähnlichkeit«, wie man sagt und wie die Leute sie mit offenem Mund beglotzen *(senkt die Stimme)*, aber in ihrem tiefsten Grund sind es ehrenwerte, rechtschaffene Pferdefratzen und störrische Eselsschnauzen und hängeohrige, niedrige Hundeschädel und gemästete Schweinsköpfe … und blöde, brutale Ochsenkonterfeis sind auch darunter!

FRAU MAJA *(gleichgültig)* All unsere lieben Haustiere also.

PROFESSOR RUBEK Sehr richtig, Maja. All diese lieben Tiere, die der Mensch nach seinem Bilde verpfuscht hat. Und die den Menschen ihrerseits wieder verpfuscht haben.

Karte Nr. 56

Zudem scheint der Bursche gesund geboren,
Und stark gebaut ist er auch, wie ich seh'.
Wohl wahr, Kopf hat er nicht mehr als einen,
Doch hat meine Tochter ja auch nicht meh.
Dreiköpfige Trolle gibt's schier mehr keinen,
Zweiköpige kaum noch mal hier und da,
Und die sind denn auch soso lala.

Karte Nr. 57

Ja, ja, mein Sohn, so bedarf's einer Kur
Wider diese dickschädelige Menschennatur.

PEER Einer Kur?

DOVRE-ALTER In den linken Augapfel hier
Ritz ich dich leicht: So wird scheel dein Geäug;
Doch was du siehst, siehst du fortan wie wir.
Sodann schneid' ich aus dir das rechte Visier.

PEER Du bist wohl –!

DOVRE-ALTER *(legt einige scharfe Werkzeuge auf den Tisch)*
Hier hab' ich mein Glaserzeug.
Und kriegst du dann Scheuklappen noch wie ein Gaul,
Dann siehst du die Braut mit einemmal blühn
Und fabelst nie fürder mit bösem Maul
Von trippelnden Ferkeln und Schellenkühn –

Die letzte Karte mag man eher meiner nächsten Gruppe zuordnen wollen, die ich vorläufig als »(Komposit-) Porträt-Photographie« bezeichnet habe. Oder vielleicht als »Komposit-Porträt (-Photographie)«. Die Zitate aus *Peer Gynt* und *Wenn wir Toten erwachen* waren nicht weiter schwierig zu identifizieren. Die Karte über Fisch und Meer, die auch in meine »Ertrunkenen«-Gruppe passen würde, gehört zu Ibsens Notizen für *Die Frau vom Meer*. Indem ich die Anspielung auf den fremden Passagier notiere, muß ich an meinen fremden Kunden denken, an Mr. Maurice Bossey.

Ich sah mir einige der Websites an, die er aufgelistet hatte. Wie ich vermutlich von Anfang an geargwöhnt hatte, waren sie durchgehend pornographischer Natur. Sie zeigten Bilder – unbewegte und bewegte – von. Ich muß nicht schreiben, wovon. Ich könnte mir einen Strang kleiner, kalter, kategorisierender Wörter zurechtlegen. Päderastie, Pädophilie. Sado-Masochismus. Sadismus. Manche der Halskrausen und Klauen und Forken und Ketten und Apparate waren belustigend, und das galt auch für manches gezeigte Fleisch. Wie Gummiballons. Manche der Photos waren besser als andere, mit überzeugendem Blut (nun ja, vielleicht mit echtem, hin und wieder, bisweilen, wie ich vermute, wie ich annehme). Aber es gibt andere Wörter. Schmerz. Verletzung. Verstümmelung. Plötzlich begriff ich den Clou, wenn ich so sagen darf, von Maurice Bosseys kleinen Instrumenten, seines Messers, seines Korkenziehers, seines Zigarrenabschneiders. Unter all diese Bilder waren (von Site zu Site) idyllische, paradiesische Urlaubs»angebote« gemischt, deren Photographie hin und wieder ganz entzückend war. Goldenhäutige vorpubertäre Knaben, die über weißen Sand unter wogenden Palmwipfeln liefen oder sich mit gespreizten Beinen in den sanften Brandungswellen aalten. Neben ihnen spielten nackte Kleinkinder in Wasserpfützen und bearbeiteten wasserglitzernde Sandburgen mit scharfen Schaufeln.

Ich hatte Maurice Bossey noch nie leiden können, und jetzt wurde mir schlecht, wenn ich an ihn denken mußte. (So bin ich nun einmal. Es hat keinen Sinn, Sympathie zu heucheln, die ich nicht empfinde. Und nicht empfinden will. Ich weiß, wenn ich es mit einem Opfer zu tun habe, mag es noch so reizend lächeln.)

Was mir wirklich zu schaffen machte, das war, daß der Ekel, den ich empfand, sich in meine Gefühle für meine abwesenden Arbeitgeber einzuschleichen begann, diese sanften, jeglichem Hedonismus aufgeschlossenen Menschen, die es so einfühlsam verstanden, jedem seine Vergnügungen zu besorgen. Hatten sie mich mit Bossey alleingelassen, um mich auf die Probe zu stellen? Oder wußten sie gar nichts von seiner Existenz, war er Kunde des verschwundenen Pim oder Pym, den sie nie erwähnt hatten? Die Bilder der unverschmutzten Strände pazifischer Atolle verschmolzen in meinem Geist mit den süßen Bildern von Angst und Schmerz und ließen sich nicht mehr von ihnen sondern, als wären Sand und Sonne mit ekelerregendem Blutgeruch verklebt. (Ein Bildbruch. Soll er bleiben.)

Es gab niemanden, mit dem ich über diese Dinge hätte sprechen können. Ormerod Goode wollte ich meinen selektiven und *arrangierten* Bericht über den Inhalt des Schuhkartons präsentieren, wenn ich soweit war. Blieb Vera Alphage, die Wert darauf zu legen schien, daß wir eine angenehme Distanz wahrten. Beispielsweise fragte sie mich nie, wie ich vorankomme, obwohl sie mich weiterhin mit wohlschmeckenden Imbissen verwöhnte. Und dann rief sie mich eines Tages, als ich gerade gehen wollte, in ihr kleines Wohnzimmer. Sie hatte einen mit grünem Filz bezogenen Kartentisch aufgeklappt – einen bizarren Moment lang argwöhnte ich, sie werde wie eine zweite Miss Havisham von mir verlangen, ich solle

»spielen«. Zuerst dachte ich, sie spiele eine Art Einsiedlerspiel mit ungewöhnlich vielen Steinen oder Kugeln. Doch dann erkannte ich Destry-Scholes' Murmeln, die nach Farbe und Größe in kleinen Gruppen und Reihen auf dem grünen Feld angeordnet waren. Sie sagte: »In einem Moment der Muße kam mir der Gedanke zu versuchen, Onkels Namen mit den Murmeln zu verbinden. Wissen Sie noch, die Namenliste und die Listen der Clans und Kohorten und so weiter, aus denen diese Armee besteht – falls es sich darum handelt und nicht um eine hierarchische Gesellschaft oder ein Phantasiekönigreich oder was auch immer. Dann war ich ziemlich ratlos, weil ich merkte, daß zu einem Namen sechs Murmeln passen konnten oder umgekehrt sechs Namen zu einer Murmel, und andere wiederum waren gar nicht zuzuordnen. Deshalb habe ich angefangen, sie in Farbgruppen einzuteilen. Blau, grün, braun, violett, durchsichtig weiß, rot, rosa und so weiter. Den Tisch habe mir geholt, weil ich die Murmeln, die ich *Überschneidungen* oder *Verbindungsglieder* nenne – solche, die sowohl blau als auch grün oder gelb und braun sind –, zwischen den größeren Gruppen unterbringen muß. Diejenigen, die nur Spuren einer zweiten Farbe enthalten, habe ich unter ihrer Hauptfarbe eingereiht.

Als nächstes habe ich die Farben nach Opazität und Transparenz unterschieden. Und dann Besonderheiten wie Türkis oder Goldbraun. Und regenbogenfarbene Murmeln. Und Opale. Eine ganze Gruppe von Namen bezeichnet Steine und Halbedelsteine – Jade, Jaspis, Chrysolith, wobei Opal nicht vorkommt – oder Saphir, Smaragd und Sardonyx. Und Topas. Die einzige Murmel, die wie ein Topas aussieht, wäre auch ein guter Kandidat für Tigerauge.«

Ihre kleinen Kreise von Kugeln interessierten mich – vielleicht um so mehr, als ich darin eine sinnlose, aber ästhetisch ansprechende Parallele zu meinen eigenen Kartengruppen sah. Ich sagte: »Die Karteikarten lassen sich zu Gruppen verwandter Themen ordnen. Zum Beispiel unter dem Oberbegriff *Meer*. Oder *Kompositen*.«

»Einige der alten Photos kamen mir ein bißchen vor wie Galtons Kompositbilder«, sagte sie, Wissen verratend, das ich bei ihr nicht vermutet hatte.

»Sie wissen über Galton Bescheid?«

»Nicht sehr viel. Aber mit Photographien kenne ich mich sehr gut aus, in jeder Hinsicht. Ich hatte den Eindruck, daß eine der Murmelarmeen Meeresbegriffen entsprechen könnte. Ich habe Blasentang, Lippfisch, Springflut, Malstrom, Schaumkrone, Chronoschaum (was das sein soll, weiß ich nicht – es klingt wie eine Rasiercremesorte). Ich habe Atoll, Meergrün, bunter Ozean, Kielwasser – und es gibt ein paar Murmeln mit Einschließungen, die aussehen wie Kielwasser –«

Ich sagte, das Wort Meergrün könne sich möglicherweise auf Robespierre beziehen, den »meergrünen Unbestechlichen« in seinem geliebten grünen Frack. Sie sagte, es gebe die Namen Thermidor und Fructidor und Pimpernel, was vielleicht mit *Scarlet Pimpernel* zu tun habe. Und dann gebe es, sagte sie, Namen von Körperteilen. Brustkorb und Schulterblatt, Halswirbel, Steiß, Lunge und Schwanz, was wiederum zu allen möglichen anderen Gruppen gehören konnte, zu menschlichen Geschlechtsorganen …

Ich sagte, es komme mir fast unmöglich vor, ein so willkürliches System zu erfinden.

Sie sagte, es sei nicht willkürlich, jede Murmel sei mit Vorbedacht und unverwechselbar benannt worden.

Sie sagte, sie liebe die kleinen Glaskugeln um ihrer selbst willen, sie hätten etwas Magisches. Sie hielt einige ins Licht, und wir spähten hindurch. Weiße Würmer oder Spuren beschrieben phantastische Windungen in smaragdgrünen und amethystblauen Höhlen. Eine rosa- und goldfarbene Spirale drehte sich in bläulich-durchsichtigem Glas um sich selbst. Vera Alphage reichte mir zwei besondere Murmeln.

»Ich dachte mir, *Steiß* könne nicht schwer zu finden sein. Ich dachte, eine der beiden müsse es sein.«

Eine enthielt zwei weiße Halbkugeln, eingebettet wie die Spitzen hartgekochter Eier in durchsichtiges Braun. Die andere enthielt in leicht verschleierndem Türkis ein opakes scharlachrotes Etwas, das einem männlichen Zeugungsorgan verblüffend ähnlich sah. Sie sagte: »Ich weiß nicht, wie alt er war, als er mit der Namengebung anfing. Kleine Jungen nennen ihren ganzen Unterleib ›Hintern‹. Erst später fangen sie zu differenzieren an.«

Ich wandte ein, daß dieses System nicht von einem *kleinen* Jungen ersonnen sein konnte. Kleine Jungen kannten die meisten der Wörter nicht, die darin vorkamen. Vera Alphage sagte, sie habe den Eindruck, daß die Sammlung über einen langen Zeitraum hinweg angelegt worden sei, daß er mit vielleicht einem halben Dutzend besonders geliebter Murmeln den Anfang gemacht und dann immer weiter gesammelt habe, »wie man es eben so tut«. Ihr leeres kleines Zimmer zeigte keinen Hinweis auf irgendeine Sammelleidenschaft. Ich sagte, als Theorie sei das interessant, doch wie wolle sie es beweisen? Sie sagte, die kleinen Notizbücher bewiesen, daß die Handschrift sich weiterentwickelte – zu Anfang eine recht kindliche Schrift, und die Listen in dieser Schrift waren sehr kurz.

Sie sagte: »Möglicherweise gibt es eine Gruppe mit Namen, die sich auf die Eigenschaften von Atomen beziehen. Da gibt es Fusion und Fission und Neutrino und Rauchpilz. In diesem Fall würde Atoll natürlich auch zu Rauchpilz passen. Aber andererseits paßt Rauchpilz wiederum zu Rauchgraublätteriger Schwefelkopf, Grünfeldriger Täubling und Kupferroter Gelbfuß, zu einer Gruppe von Pilzen mit extravaganten Namen.«

Ich sagte, die Listen selbst müßten durch ihre Anordnung doch irgendeine Erklärung liefern. Ich dachte an mein mühsames Numerieren der Karten. Sie sagte: »Aber dieselben Namen kommen in den verschiedenen Listen an verschiedenen Stellen vor. Offenbar haben sie die Bündnisse, ich meine die Kategorien gewechselt.« Sie sagte: »Die Listen haben oft keine Bezeichnung. Nur kleine *Zeichen* wie Hieroglyphen oder Piktogramme.«

Ich sagte, das entspreche in jeder Hinsicht seinem Verfahren mit dem Inhalt der Schuhkartons.

Sie hielt einen sehr großen Wirbel aus Rosa, Smaragdgrün und Kobaltblau empor. »Meinen Sie, das könnte Aurora borealis sein? Oder« – sie hielt eine Murmel mit goldenem Rand und einem Flackern durchsichtigen Karmesins hoch, die an das Kleid einer Tänzerin denken ließ – »das hier?«

Ich sagte, ich könne mir nicht recht vorstellen, was ihr Vorhaben sei.

Sie sagte, sie mache sich keine Hoffnungen, das System jemals zu erfassen. Dennoch frage sie sich, ob sie durch den Prozeß des

Eliminierens nicht irgendwann jeder Murmel einen Namen zuordnen könne. Sie war davon überzeugt, daß jede einen Namen hatte, einen einzigen Namen.

Sie sah mich herausfordernd an. Sie sagte: »Ich weiß, daß das idiotisch klingt.« Sie streckte die Hände aus, um alle Gruppierungen zu einem ununterscheidbaren Haufen zusammenzuschieben. Instinktiv hielt ich ihre Hände fest, um sie daran zu hindern. Ich packte sie am Handgelenk. Ich spürte das Blut unter meinen Fingern pochen und sah es blau unter der weißen Haut zucken. (Eine der Murmeln hieß Blauader.) Während ich ihr Handgelenk hielt, sagte ich, es sei nicht idiotisch, jedenfalls nicht idiotischer als das, was ich selbst tat. Wir vermaßen beide das Hirn von Scholes Destry-Scholes.

Ein bläuliches elektrisches Zittern durchfuhr die blauen Adern und meine Fingerspitzen.

Ich ließ sie los. Was hätte ich sonst tun sollen?

Die nächste Gruppe, die der Photographien, beginnt für meine Begriffe mit der Karte Nr. 75; diese Gruppe nenne ich (Komposit-)Porträt-Photographien-Gruppe oder Komposit-Porträt-(Photographie)-Gruppe. Und was gab es dazwischen, darf sich mein nichtexistenter Leser zu Recht fragen. Alles mögliche. Die Beschreibung eines Überziehers. Eine Auflistung von Wasserständen bei Flut und Ebbe (näheres weiß ich nicht). Ein paar Zeilen Lyrik zu Themen, die mir nichts sagten (das Vergehen der Zeit in verschiedenen Sprachen sowie Wurzeln und Blüten, ebenfalls in verschiedenen Sprachen). Nichts von alledem hatte auf irgend erkennbare Weise etwas mit den drei Figuren zu tun, obwohl die Vermutung nahelag, daß es das tat, daß es das tun mußte. Im folgenden jedenfalls einige der Photos.

Karte Nr. 75

Mein erster Gedanke zu Kompositporträts kam mir, als Sir Edmund du Cane, seinerzeit mit der Oberaufsicht über die Gefängnisse Ihrer Majestät beauftragt, mich bat, die Photographien von Verbrechern zu begutachten, um festzustellen und zu definieren, ob sich bestimmte Gesichtszüge bestimmten

Arten des Verbrechens zuordnen ließen. Daß die volkstümlichen Vorstellungen über diesen Sachverhalt äußerst unzutreffend sind, ist bekannt; er fand den Gegenstand einer wissenschaftlichen Untersuchung würdig. Ich bot meine Mitarbeit freudig an, und er ermöglichte mir Gefängnisbesuche und Zugang zu einer großen Anzahl von Photographien von Verbrechern, deren Gebrauch selbstverständlich der Vertraulichkeit unterlag. Zuerst ging es mir darum, Durchschnittsbilder zu erlangen, zu welchem Zweck ich Paare von Porträts mittels eines Stereoskops miteinander kombinierte, was von mehr oder weniger Erfolg gekrönt war. Dann erinnerte ich mich an einen Effekt, den wir mit der Laterna magica zu erzielen pflegten, indem wir zwei dieser Laternen ihr Bild auf die gleiche Fläche werfen ließen und dabei langsam der einen das Licht nahmen und es auf die andere richteten. Das erste Bild macht langsam dem zweiten Platz, wobei alle Teile der Bilder, die einander auch nur entfernt ähneln, kaum zu unterscheiden sind. Offenbar war es möglich, übereinandergelegte Bilder gleichzeitig zu photographieren, indem man zwei oder mehr dieser Apparate benutzte. Das, was allen Bildern gemeinsam war, würde mit aller Deutlichkeit hervortreten, während individuelle Unterschiede zu schwach wären, um wahrgenommen zu werden. Dann kam mir der Gedanke, daß ich die Bilder nacheinander an derselben Stelle befestigen und nacheinander mit derselben Platte photographieren konnte, wobei ich für jedes einzelne Porträt einen Bruchteil der Gesamtbelichtungszeit ansetzte.

Karte Nr. 76 18. Mai, Dresden

Ich habe oft an das gedacht, was Sie einmal schrieben, daß ich mir nicht den heutigen Standpunkt der Wissenschaft angeeignet habe. Wie sollte ich das leisten können? Aber wird nicht doch jede Generation von ihrer Zeit geprägt? Ist Ihnen in der Porträtsammlung eines früheren Jahrhunderts nie die seltsame Familienähnlichkeit zwischen verschiedenen Personen der gleichen Epoche aufgefallen? So auch im Geistigen. Was uns Laien an Wissen fehlt, haben wir, glaube ich, bis zu einem gewissen Grade, als Ahnung oder Instinkt. Und die Aufgabe eines Dichters ist ja wesentlich, zu *sehen*, nicht zu reflektieren; namentlich für mich selbst würde ich darin eine Gefahr erblicken.

Karte Nr. 77

Mit Erfolg habe ich viele Kompositbilder sowohl von Rassen als auch von Familien angefertigt. Das Ergebnis ist stets feinerer und idealerer Art als jede seiner Komponenten, doch ich habe festgestellt, daß es den Leuten nicht zusagt, mit ihren Brüdern und Schwestern zu einem gemeinsamen Porträt vermischt zu werden. Es mag sich dabei um ein befremdliches und recht lächerliches Gefühl handeln, doch an seinem Vorhandensein läßt sich nicht zweifeln. Ich kann keinen anderen Grund erkennen, der hindern sollte, Kompositporträts in größerem Maße zu verwenden, um den Familientypus zu erfassen. Man könnte sie von Brüdern und Schwestern anfertigen, von Eltern und Großeltern, verbunden mit Kompositbildern der Rasse in entsprechenden Proportionen mit Rücksicht auf die Stammesgesetzmäßigkeiten (siehe hierzu das Kapitel über Vererbung). Das Ergebnis dürfte äußerst lehrreich sein, doch zur Zeit sind die Schwierigkeiten, das entsprechende Material zu erhalten, schier unüberwindlich. Männliche und weibliche Porträts mischen sich vortrefflich mit einem gleichmäßigen Resultat.

Karte Nr. 78

Stephen Sindling zum Modellieren der Statue für das Theater. »Ich arbeitete und arbeitete, und es wurde nichts Rechtes. Ein Entwurf nach dem anderen. Als ich es zum sechstenmal probierte, kam ich auf den Gedanken, Ibsen zu bitten, seine Brille abzunehmen. Er legte sie hin und sah mich an. Noch nie habe ich zwei solche Augen gesehen. Das eine war groß, fast möchte ich sagen abscheulich – so erschien es mir zumindest – und zutiefst mystisch, das andere weit kleiner, recht eigentlich verkniffen, kalt und klar und ruhig erkundend. Sprachlos stand ich für einen Augenblick da und starrte diese Augen an und sprach aus, was mir durch den Kopf ging: ›Sie hätte ich nicht gern zum Feind!‹ Da schienen seine Augen und sein ganzer Körper zu erglühen, und unwillkürlich kam mir der Troll im Märchen in den Sinn, der aus seiner Höhle springt und brüllt: ›Wer fällt da Bäume in *meinem* Wald?‹«

Karte Nr. 79

DER MAGERE Man kann man selbst sein in doppeltem Verstand,
Ein Rock sein, von außen oder von innen.
Sie wissen ja, wie jüngst in Paris man erfand,
Porträts mit Hilfe von Sonne zu gewinnen.
Da kann man nun richtige Bilder machen,
Oder Negative, die gleich viel wert wind,
Nur daß hier Licht und Schatten verkehrt sind –
Und die Laien sie häßlich finden und lachen.
Doch die Ähnlichkeit schlummert auch hier verstohlen,
Es kommt nur drauf an, sie hervorzuholen.
Hat eine Seele nun in ihrem Leben
Sich also negativ photographiert,
So wird die Platte drum nicht kassiert –
Man pflegt sie vielmehr an uns weiter zu geben.
Wir nehmen sie uns sodann vor zur Behandlung,
Und geeignete Mittel vollziehn die Verwandlung.
Wir dämpfen, wir baden, wir putzen, wir hitzen,
Mit Säuregüssen und Schwefelblitzen,
So lang', bis sich unsrem geduldigen Auge
Das rechte Bild endlich, das Positiv, tischt.
Doch hat man, wie Sie, sich zur Hälfte verwischt,
So nützt weder Schwefel noch Kalilauge.
PEER Also wer als Rabe zu Ihnen kommt,
Kann als Schneehuhn gehn?

Wie man sich denken kann, führten diese Karten mich zu dem Schuhkarton mit den Photos zurück. Einige davon waren wie gesagt verblaßte Zeitungsausschnitte, sorgfältig auf Postkarten aufgeklebt. Es gab Photos von General de Gaulle, von Stalin, von einem afrikanischen Herrscher im Prunkgewand aus Leopardenfell, von zwei Kriegshochzeiten, von den Prinzessinnen Elizabeth und Margaret Rose als kleinen Mädchen. Es gab pittoreske alte Bäuerinnen, die Gesichter von Falten zerfurcht, die Augen wie verlorene schwarze Punkte. Es gab Arbeiter im Sonntagsanzug und bei der Arbeit, wo sie in pittoresken Dampfwolken mit sehnigen Armen Hochöfen schürten. Und es gab Kadaver auf Leichenschauhaustischen und schwarzweiße Reproduktionen von Mantegnas perspektivisch verkürztem toten Christus und von Holbeins starrem horizontal liegenden – beide, wie es schien, aus Büchern ausgeschnitten. Es gab eine Vielzahl von Babys, haarlos und mit Flaum, schmollend und lächelnd. Es gab auch mehrere Bildnisse von aufgebahrten Toten, unter denen ich Galton und Ibsen ausmachte. Ich schrieb bereits, daß Photos mit dem Tod zu tun haben. Es gab mehrere Postkarten von Julia Margaret Camerons Frauen mit ihren schweren Flechten und schweren Armen und schweren Brüsten, die als Persephone, Pomona, Maia, als verkörperte Reife posierten. Es waren Eindrücke lebendigen, atmenden Fleischs und warmen Haars auf der photographischen Platte, Schatten, wo das Sonnenlicht den schwellenden Busen oder die Höhlung des Schlüsselbeins oder die roten Lippen, die tiefschwarz aussahen, berührt hatte. Große Sträuße von Rosen und Lilien, romantisches Efeugewirr, gewölbte Augenlider, die sich alle für die lange Aufmerksamkeit der Dame unter dem Samttuch der Starrheit des Todes befleißigten und die nun alle zu Knochen und Staub geworden waren, Falten und geschwollene Knöchel erlebt hatten, es sei denn, sie waren früh gestorben, wie es bei vielen der Fall war – und alle, wie Galton, friedvollen Kirchhöfen anheimgefallen, unter steinernen Engeln, von denen es im Schuhkarton ebenfalls Photos gab, auf denen sie den Kopf gesenkt hielten oder den Blick nach oben richteten. Die Bilder der Toten sind nicht so schockierend, wie es die Bilder der Lebenden sind. Denn ihre Augen sind sittsam geschlossen und nicht tote Flächen auf dem Papier.

Galton und Ibsen ähnelten einander im Tod, wie sie es im Leben nicht wirklich getan hatten, abgesehen von jenem Sinn, den Ibsen zutreffend erwähnt hatte, in dem alle Menschen einer bestimmten Epoche einander ähneln wie auf Familienbildern. Galton war ein großer, schwerer Mann, und Ibsen war zierlich, doch auf diesen Photographien wirkt Ibsen, dessen Frack bis zu dem straffgespannten weißen Laken über seinem Magen reicht, imposanter als Galton in seinem weichen Nest aus weißem Tuch, das sich vom Hintergrund abhebt wie Schnee vor einem grauen Himmel. Beide hatten – im Leben wie im Tod – schmallippige Münder, Ibsen möglicherweise, weil er das Gesicht ständig in einer Grimasse der Übellaunigkeit verzog, Galton zweifellos, weil er von Geburt an einen langen, sanften, breiten Mund besaß. Beiden Gesichtern haftet im Tod ein schwebender Rest silbrigweißen Haares an. Ibsens Haar ist ein wenig zerzaust, was rührend wirkt, und eine Andeutung des Backenbarts von gewaltigen Ausmaßen umspielt seinen Kragen. Beide haben die scharfknochigen Nasen der Toten – Galtons Nase zeigt riesige Nasenlöcher –, denen man *ansehen kann, daß sie nicht atmen.* Wie kommt das? Beide haben den, wie ich es nennen will, »gleichen Gesichtsausdruck«, den völliger (erfüllter) Erschöpfung, der macht, daß jene, die diese Bilder sehen, froh sind, daß alles vorbei ist, worin es auch bestanden haben mag. Was heißt, daß jene, die sie sehen, froh sind, daß der Tote tot ist. Wie Karl Pearson vermeide auch ich die Wörter »Frieden« oder »Ruhe«. Wer weiß? Doch die Köpfe dieser Toten sind kein schlimmer Anblick, und sie ähneln einander. Photographien des lebenden Galton zeigen die leicht ausdrucksleere Miene eines Menschen, der sich weit hinter sein kreidiges, geduldiges Gesicht zurückgezogen hat. Ibsen wirkt immer kampflustig, immer mißmutig, sogar auf dem Bild, das 1905 nach seinem Schlaganfall gemacht wurde, wo er in seinen Sessel gestützt sitzt. Ein Kompositporträt aus diesen zwei Bildern ergäbe wahrscheinlich einen ältlichen steinernen Engel.

Keines der Photos in dem Schuhkarton ließ an irgend etwas erkennen, daß es Destry-Scholes wiedergab – ihn erfaßt hatte.

Doch es gab einige von Galtons Lieblingskompositbildern, die ebenfalls zweifellos aus Büchern ausgeschnitten waren.

»Kompositbilder aus den Porträts von Verbrechern, die für Mord, Totschlag oder Gewaltverbrechen verurteilt wurden.« Das Bild zeigt acht unscharfe Abbildungen von männlichen Gesichtern, deren Ausdruck als würdevoll, resigniert und – in vielleicht geringerem Maße – *furchtsam* beschrieben werden könnte. Sie sollen aus 3, 8, 7, 9 und 5 einzelnen Komponenten bestehen. Die leise Unschärfe läßt sie eher gespenstisch denn unheimlich wirken. Galton notierte, daß bei seinen Kompositbildern von Verbrechern

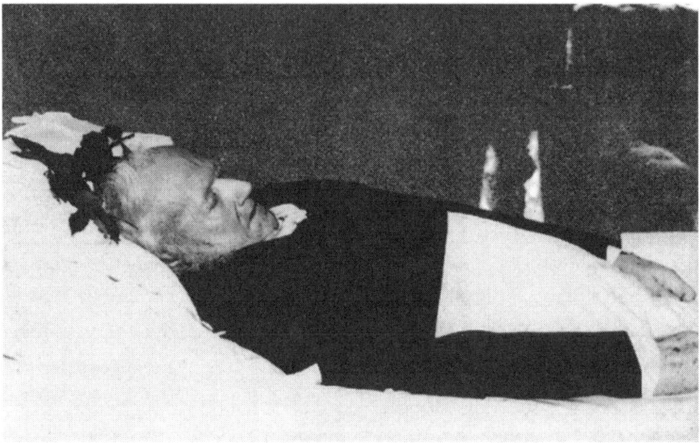

Henrik Ibsen aufgebahrt im Mai 1906.

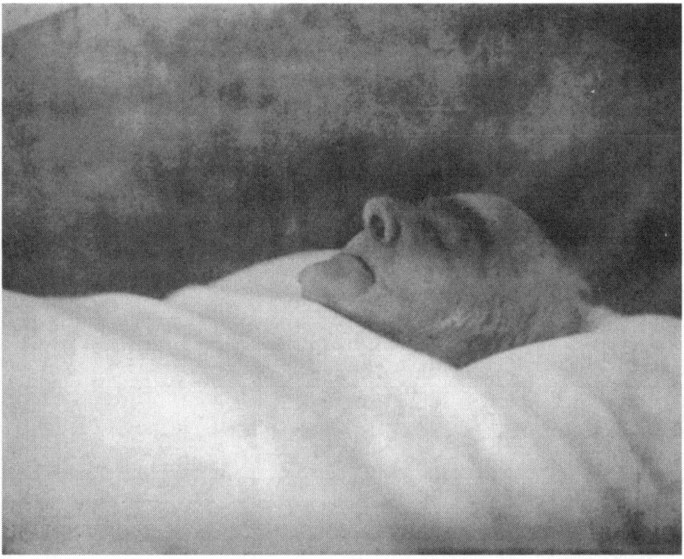

Francis Galton nach seinem Tod im Januar 1911.

»die besonderen Unregelmäßigkeiten des Verbrechers verschwunden sind und die darunterliegende allgemeine Menschlichkeit zum Ausdruck kommt«. Destry-Scholes hatte sich auch einen Abdruck von Galtons Bild verschafft, das die Kompositporträts von Offizieren und Soldaten der Royal Engineers zeigt (5 Offiziere, 12 Offiziere, 11 Gefreite, 30 Gefreite), doch er besaß nicht, was Galton für seine größte Leistung hielt, den »jüdischen Typus«. Es gab drei der Kompositbilder, die Galton aus Münzen und Medaillen erschaffen hatte, Bilder von Alexander dem Großen, Napoleon und Kleopatra. Galton hatte die einzelnen Münzen photographiert – im Falle Alexanders hatte er sie in »indische« und »griechische« Sammlungen aufgeteilt – und seine Kompositergebnisse in der Bildmitte angeordnet. Er sagte dazu, daß in jedem einzelnen Fall das Kompositbild lebensechter, schöner und idealer sei als jede der individuellen Vorlagen, wobei er hinzufügte, daß Kleopatra mit ihrer Hakennase und ihren kantigen Kinnbacken nach moderner Schönheitsauffassung als häßlich gegolten hätte. Man wird ihm kaum darin widersprechen wollen, daß seine Überlagerungen – möglicherweise zum Teil infolge eines stereoskopischen Effekts und auch weil ein heutiger Betrachter den Eindruck hat, daß der Photographierte sich in dem Augenblick bewegt hat, in dem die Blende sich öffnete – lebendiger und besser proportioniert wirken als die Komponenten, aus denen sie bestehen. (Wenngleich von den gehörnten und schlangenlockigen Köpfen der indischen Alexanderbildnisse etwas verlorengeht.) Destry-Scholes besaß auch zwei der Familienkompositbildnisse Galtons; eines war das von drei Schwestern, die jeweils von vorne und im Profil aufgenommen und dann zu dem Familiengesicht amalgamiert worden waren, das wie eine vierte Schwester aussah, das andere war das einer ganzen Familie über mehrere Generationen hinweg, Männer und Frauen, Großeltern und Kinder, Onkel, Nichten, geschickt nicht zu einem, sondern zu mehreren Kompositporträts amalgamiert – »Männer«, »Frauen«, »Kinder«, »Männer und Frauen«. Es war möglich, dachte ich, zu erkennen, warum die auf diesen Bildern Dargestellten sich ihnen widersetzten. Indem etwas hinzugefügt wurde, wurde etwas entfernt.

Es gab auch ein Bild mit den Porträts von fünf Frauen aus dem

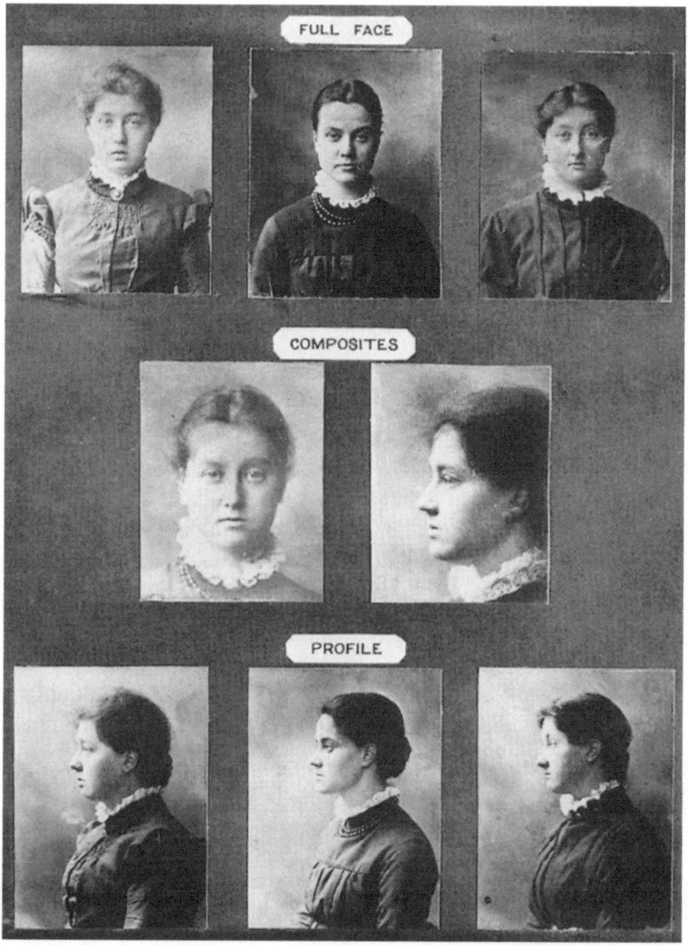

Porträtphotographien dreier Schwestern von vorne und im Profil
samt den entsprechenden Kompositbildern.

18. Jahrhundert, die alle das gleiche längliche, ovale Gesicht hatten, den gleichen unbewegten Mund und die gleiche gepuderte Hochfrisur, mit einer Ausnahme, die nachlässig ein Häubchen trug, das über der Mitte ihrer Stirn eine Rose zierte. Das Kompositporträt in der Bildmitte wirkte lebhafter als jede einzelne der Damen. Viel später begegnete ich ihnen bei meinen Recherchen. Es waren Linnés Ehefrau Sara Lisa und seine Töchter Lisa Stina, Louisa, Sara Stina und Sophia (sein Liebling, wie es heißt, die Familienschönheit, wie es heißt, wenngleich mir der strenge, harte Gesichtsausdruck der anderen besser gefällt). Ich habe nirgends irgendeinen Hinweis darauf finden können, daß Galton ein Kompositporträt der Töchter Linnés angefertigt hätte. Vielleicht hat er es dennoch getan. Sie bieten sich als Gegenstand geradezu an. Ihre Ähnlichkeit ist verblüffend, die Unterschiede sind minimal. Vielleicht hat Destry-Scholes das Kompositbild angefertigt, zum eigenen Vergnügen, nachdem er all die anderen gesammelt hatte. Es gibt keinen Hinweis, keinen Beweis, daß irgendeines der Photos von ihm stammt oder jemanden zeigt, der mit ihm zu tun hatte.

Natürlich bat ich Vera Alphage, die Photosammlung durchzusehen, um herauszufinden, ob sie jemanden wiedererkannte.

Sie sagte mir, sie habe es sehr sorgfältig getan und niemanden gefunden. Sie hielt ein unscharfes Photo hoch, das in Scarborough von einem Strandphotographen aufgenommen worden war (seine Adresse befand sich auf der Rückseite), das Bild einer großen Familie, die sich vor einem Strandzelt aufgebaut hatte, die Großeltern in Liegestühlen, die Eltern stehend hinter den Liegestühlen, die Babys (zwei) in den Armen der Eltern, die kleinen Kinder in Badeanzügen im Sand hockend, mit Eimern und Schaufeln bewaffnet. Das Familiengesicht zog sich über großelterliche Falten, müdes mütterliches Lächeln, jugendliche Schmollmienen und Kleinkinderlachen. Dunkle, umschattete Augen, geschwungene Lippen.

»Dieses Kind erkenne ich wieder«, sagte Vera Alphage, »mitsamt seinem Badeanzug mit den Schmetterlingen darauf, weil *ich es bin*. Nur erkenne ich sonst niemanden auf dem Bild. Aber ich habe ein anderes Photo von mir ausgegraben, nicht in Scarborough, aber mit demselben Badeanzug – ich finde, Rüschen um den Popo kleiner Mädchen sehen idiotisch aus –, so daß Sie sehen können, daß ich mir das nicht bloß eingebildet habe.«

Das kleine Mädchen, vielleicht acht Jahre alt, schmiegte sich an das Bein einer großen, schlanken Frau in weißem, rückenfreiem Badeanzug. (Falls er weiß war. Alle Photos waren schwarzweiß. Vera erzählte mir, daß ihr Badeanzug mit den Schmetterlingen gelb war, mit rosa und blauen Insekten und grünlichen – so nannte sie es – Rüschen und Trägern. Auf dem Bild grau in grau.) Die Frau in dem Badeanzug sah der heutigen Vera Alphage verblüffend ähnlich. Ich begriff, daß ich etwas von Scholes Destry-Scholes' Gesicht vor mir hatte. Doch es war unscharf, im Dreiviertelprofil, scharfgeschnitten, das lange dunkle Haar vom Wind über die Züge geweht; inwiefern glich es ihm, inwiefern nicht? Vera Alphages Mutter hatte unglaublich erotische Beine. Auf Sandalen mit hohen Absätzen. Eine große Frau. Das Kind, soweit ich es beurteilen konnte, war tatsächlich dasselbe Kind.

Ich sagte, ich könne sehen, was sie meine. Ich wollte nicht fragen, ob sie noch mehr Bilder von ihrer Mutter habe. Auf merkwürdige Weise war dieses Betrachten der zwei Bilder von kleinen Mädchen ein Moment der Intimität.

Vera sagte: »Natürlich kann ich mich nicht daran erinnern, daß das Photo gemacht wurde. Ich weiß nicht, um welche Ferien es sich gehandelt hat oder wie es für mich war, aus diesen Augen zu sehen. Als meine Mutter starb, erhielt ich das Bild zur Erinnerung an sie. Mein Vater hatte es gemocht. Vermutlich hat er es aufgenommen. An den Badeanzug kann ich mich erinnern, weil ich ihn doof fand. Aber wie kam er – wie kam ich – auf dieses andere Bild? Schnappschüsse machen wir, um uns daran zu erinnern, wo wir waren, aber dadurch erinnern wir uns dann nur an die Schnappschüsse. Ich weiß nicht, wie ich mir damals im Spiegel vorkam, falls ich damals in den Spiegel geschaut habe. Es ist ein Erinnerungsstück nicht nur zu ihrem, sondern auch zu meinem Gedächtnis.«

Sie sah wieder auf das Photo, das wir aus dem Karton genommen hatten. In der Ecke eines der Kompositbilder Galtons befand sich ein kleiner Versuch von seiner Hand, einen Kompositschädel zu konstruieren. Er war sehr unscharf, und Hals und Wirbel wirkten unverhältnismäßig in die Länge gezogen.

Vera Alphage sagte: »Würden Sie gern meine Arbeiten sehen? Ich sagte Ihnen, daß ich mit Photographien arbeite.« Sie sagte: »Ich bewahre sie im Schlafzimmer auf. Sie sind nicht nach jedermanns Geschmack.«

So folgte ich ihr, ein wenig beunruhigt, in ihr Schlafzimmer, das einen eingeschränkten Blick auf den kleinen ordentlichen Garten hinter dem Haus bot. Sie ging zum Fenster und zog die Vorhänge zu, die aus weißem musselinähnlichen Stoff mit Linien bestanden.

»Künstliches Licht ist besser«, sagte sie und schaltete ein paar strategisch plazierte Lampen an, deren weiches, violettblaues Licht den Raum in seinen Schimmer tauchte. Große Photos in Stahlrahmen bedeckten die Wände. Es waren eigentlich Schwarzweißbilder, doch der Hintergrund war bläulich und grünlich, unterwasserblau, ultraviolett. Es waren Photos von Knochen. Zwischen Knochen ein Gespinst anderer Organe, Schleier durchsichtigen Gewebes. Wirbel, Kiefer, Becken- und Oberschenkelknochen, Schlüsselbeine und Schulterblätter, Finger und Zehen. Sie waren von großer Schönheit, teils wegen der verschleiernden Schatten und der Tiefe des dreidimensionalen Raums, den die erkundenden Röntgenstrahlen offenbarten, teils weil sie so an der Wand angeordnet waren, daß Gelenke und Knochen über den ganzen Raum hinweg ein Muster bildeten.

»Ich bin Röntgenologin«, sagte Vera Alphage. »Das ist mein Beruf. Die meisten Leute halten meine Bilder für morbid. Das kann ich nicht verstehen. Es sind Bilder von Lebenden, nicht von Toten. Manche Knochen sind abgenutzt oder beschädigt, aber sie sind alle lebendig, es sind Bilder von unserem Innenleben, wenn man so will.«

Ich war sprachlos. Ich drehte mich um und sah sie an. Im blauen Dämmerlicht war sie außergewöhnlich schön. Sie hatte die erotischen Beine ihrer Mutter; im Licht glänzte die Haut. Ich starrte sie an. Sie lächelte. Ich sagte, wie ich mich zu erinnern glaube: »Wunderschön«, womit ich die Bilder und die Frau meinte. In dem Zimmer gab es nur ein weißes Bett und eine weiße Kommode. Wir gelangten in das Bett. Ich wollte schreiben, daß wir in das Bett *fielen*, aber so war es nicht. Und ich werde nicht beschreiben, was dann geschah, obwohl ich festhalten werde, *daß* es geschah, denn diese Art Schriftsteller bin ich nicht. Glaube ich. Es wird zunehmend schwierig zu überlegen, welche Art Schriftsteller ich bin. Und danach war ich nicht der gleiche wie vorher.

Ich hatte mir vorgenommen, das Wissen um Maurice Bosseys Websites für mich zu behalten. Ich hatte mir vorgenommen, wie ich mich zu erinnern glaube, mich ihm gegenüber ab sofort höflicher Unverbindlichkeit zu befleißigen. Ich begann ihn in kulturellen Klischees zu sehen, als den Vampir mit wehendem Umhang und Zylinder, die er nicht trug, obwohl ich mir vorstellen kann, daß er diese Vorstellung möglicherweise selbst hegte und schätzte. Oder vielleicht auch nicht. Als er das nächstemal erschien, wirkte er aufgeregt. Ich sprach gerade mit einem anderen Kunden, einer jungen Frau, die eine Mosaikenreise nach Ravenna buchen wollte. Ich erzählte ihr gerade, was Destry-Scholes über die Anordnung der Steinchen in den strahlenden Heiligenscheinen der Engel gesagt hatte. Bossey lauerte in der Eingangstür. In einem kleinen und gutbeleuchteten Laden zu lauern ist nicht so einfach. Als meine Kundin ihre Zugfahrkarte und ihre Hotelreservierung und die Hinweise auf Destry-Scholes entgegengenommen hatte und sich in der Tür umdrehte, um auf Wiedersehen zu sagen, sah Bossey aus, als habe er (im übertragenen Sinn) Schaum vor dem Mund. Er kam auf mich zu. Er sagte: »Sie haben unnötig lange mit dieser Frau geredet.«

»Guten Tag«, sagte ich in Befolgung meiner Politik. »Kann ich irgend etwas für Sie tun?«

»Das können Sie allerdings, Sie Ratte, und Sie wissen ganz genau, was es ist. Ich glaube kaum, daß Ihre umsichtigen Arbeitgeber weggefahren sein sollten, ohne Ihnen den leisesten Hinweis zu hinterlassen. Ich glaube, die Zeit wird allmählich knapp, und ich sollte längst unterwegs sein. *Mögen Sie etwas Schnupftabak?*«

Er schob mir eine emaillierte Schnupftabaksdose zu. Aggressiv. Sie war mit einem (männlichen) nackten rosa Cherub auf einem Meer aus entweder Blut oder Feuer bemalt.

Ich sagte, ich schnupfte nicht, und schob sie zurück.

Wie ich bereits sagte, bin ich im wahren Leben angesichts von Codes und jedem noch so auffälligen Zeichensystem mehr als begriffsstutzig.

Er sagte, ich sei ein unübertrefflicher Esel und er sei davon überzeugt, daß Erik und Christophe mir gesagt haben müßten, daß Schnupftabak zu den Freuden gehöre, deren Kenntnis bei meiner Tätigkeit unabdingbar sei.

»Sie bieten alles an. Rundum. Sogar *snuff. Das müßten Sie wissen*«, sagte er. Seine Stirn war feucht.

»Ich fürchte«, sagte ich, »mit der Art von Reisen, um die es Ihnen geht, können wir nicht dienen.«

»Stellen Sie sich nicht so dämlich an. Ich habe schließlich bezahlt. Mit der Nase und mit jedem anderen Körperteil. Beträchtliche Summen. Sie stecken das Geld ein, und von Ihnen bekomme ich die Tickets und die Kontaktadressen. Vom Mädchen für alles, so sieht es die Regelung vor. Ihretwegen verpasse ich noch diese Geschichte. In Ihren Unterlagen muß es einen Code geben. Es muß ihn geben.«

Ich sagte, ich wolle mein Bestes tun. Aber das war nicht meine Absicht. Ich sagte, ich sei mir nicht so sicher, daß Erik und Christophe wüßten, was er meinte. Ich sagte, ich täte es nicht.

»Ein Lieblingsausspruch von Christophe«, sagte Maurice Bossey, »lautet, Schadenfreude sei eine verbreitete menschliche Eigenschaft. Habe ich recht?«

Ja. Ich nickte.

»Mir geht es nur um mein eigenes Vergnügen. Es ist eine alte und verbreitete Form des Vergnügens. Sie sollten hier nicht arbeiten, wenn Sie das nicht verstehen.«

»Bitte«, sagte ich, »gehen Sie.«

»Machen Sie sich überhaupt eine Vorstellung, wieviel ich dafür bezahlt habe?« sagte er daraufhin. »Schauen Sie nach, Sie Mädchen für alles.«

Er ging.

Und hinterließ in meinem beunruhigten Geist die Vorstellung, daß »Mädchen für alles« ebenfalls zu einem Code gehörte, so wie Pfirsiche und Schnupftabak, Messer und Korkenzieher.

Ich war mit meiner Arbeit glücklich gewesen.

Ich weiß nicht sehr viel über die Filme, die üblicherweise als *snuff movies* bezeichnet werden. Ich war ihnen in den Aufzählungen urbaner Legenden begegnet, neben den obligaten Alligatoren in der Kanalisation und der Großmutter im Gepäcknetz. Doch die alarmierenden neuesten Nachrichten über Ereignisse in Belgien weckten in mir den Verdacht, daß sie kein Hirngespinst waren. Maurice Bossey hatte sich beschwert, weil er die Geschehnisse in Belgien verpaßt hatte. Vielleicht bildete ich mir das auch nur ein, aber mir kam es so vor. Kein gebildeter Zeitgenosse, der von römischen Gladiatorenspielen gelesen hat oder von japanischen Foltermethoden oder von türkischen höfischen Gepflogenheiten oder vom Holocaust oder auch nur davon, was unter den Tudorköniginnen im Tower geschah, kann sich in der Illusion wiegen, solche Dinge seien unmöglich. Man erwartet nur nicht, mit ihnen in Berührung zu kommen, ganz davon zu schweigen, mit einem Kunden konfrontiert zu werden, der verlangt, daß man sie ihm besorgt. Aber wie ein eingeschüchterter kleiner Junge auf dem Schulhof (und nichts anderes war ich in dieser Situation) behielt ich das für mich und geriet in Panik und litt darunter. Ich frage mich, wie man in diesen Teufelskreis gerät, doch jetzt, da ich darüber schreibe, wird mir klar, daß es einen zweiten Aspekt gibt. Der Schulhof kennt auch die typischen *snuffer*, die Anführer und das Publikum, kleine Bosseys, die früher einmal vielleicht selbst Opfer waren. Bosseys Erregung bewirkte, wie ich jetzt erkennen kann, daß ich mir wie die arme kleine Kerze vorkam, die ausgelöscht werden sollte. Und im Schlaf suchten er und Erik und Christophe mich als die bösen Buben heim, die mit Fahrradketten und Federmessern und Streichhölzern und diesem gewissen Lächeln ihre Opfer drangsalierten.

Jedenfalls gab es niemanden, an dessen Schürzenzipfel ich mich hätte klammern können. Ormerod Goode hatte mit alledem nichts zu schaffen. Gewiß, ich unterhielt inzwischen ein Liebesverhältnis mit Vera Alphage in ihren frischen weißen Bettlaken, doch dies bedeutete nicht, daß wir, was den verbalen Austausch betrifft, vertrauter miteinander umgegangen wären. Sie war als Liebende vorsichtig und zartfühlend – man wird sich denken können, daß meine Vergleichsmaßstäbe begrenzt waren, doch ich kann mir nicht vorstellen, daß diese Zartbesaitetheit und Umsicht eine meinerseitige Fehldeutung sind. Alles spielte sich weitgehend wortlos ab. Sie ist eine von Natur aus reservierte Person, wie mir scheint. Sie spricht nicht über ihr Leben, über ihre Familie, darüber, wie sie zu ihrem Beruf kam. Bisweilen, in Streßsituationen, erzählt sie von Zwischenfällen im Krankenhaus, von Patienten, deren Todeskampf sie bedrückt hat, von gefährlichen Unternehmungen mit gutem oder schlechtem Ausgang, vom Tod von Unfallopfern oder von Opfern häuslicher Gewalt. Nie erzählt sie Klatsch über Kollegen, nie beklagt sie sich über die Arbeitsbedingungen. Es dauerte eine Weile, bis ich das begriff. Ich habe ihr nie von der Universität erzählt (ich ging ohnedies nicht mehr hin), und wegen meiner Ängste vor Bossey erwähnte ich nicht einmal Erik und Christophe. Ich bin nicht die Art Schriftsteller, und das hier ist nicht die Art Geschriebenes, um ein Maximum an Effekt aus den fraglos verrückten Elementen meiner damaligen Situation herauszuholen. Da lag ich im Bett der Nichte des Mannes, dessen Biographie – dessen Lebensbeschreibung – ich vergeblich zusammenzufügen versuchte, umgeben von anonymen Photographien lebender Skelette, von Herzmuskeln und Lungengewebe und Zahnwurzeln. Ich begann den verrückten Gedanken zu hegen, daß eine Biographie eine Art *snuff movie* sei, daß das Zusammenfügen längst vergangener Freuden und Schmerzen ein Element der Schadenfreude enthalte. Ich träumte in diesem Bett einen einige Male wiederkehrenden Traum, einen dieser Träume, in denen sich viele Bilder zu einem Bild vereinen und sich deshalb dem Geist als unbestreitbare Darstellung der Wahrheit einprägen, obwohl sie nichts anderes sind als ein Zusammenrühren und Zusammenmischen der disparatesten Dinge im unbewußten (schlafenden) Geist. Ich träumte, ich beobachtete Destry-Scholes, der kopfüber in den Malstrom sprang, der zwar unermeßlich groß, finster und brodelnd war, aber gleichzeitig Eriks entzückende Papierspirale im Schaufenster und außerdem eine spiralförmige Klinge war, die immens vergrößerte Version von Maurice Bosseys Korkenzieher und Taschenmesser. Und ich schwamm in dem tintendunklen Wasser, versuchte mich vorsichtig zu nähern, das ungesehene Gesicht zu schauen, zu sehen, *wer er war*, und meine

Glieder entzogen sich meiner Kontrolle, ich geriet in immer größere Nähe zu dem Schlund aus Klingen und Wasser …

Dann erwachte ich und schüttelte mich und sagte zu Vera, daß ich geträumt hatte. Und Vera fragte nicht, was ich geträumt hatte, und ich sagte es nicht. Darin glichen wir einander.

Worüber sprachen wir dann? Sie hatte sich völlig in das Problem der Murmeln vertieft. Sie berichtete von kleineren Triumphen – sie hatte Cyan als den »Löwenmähnen«-Organismus in der Geschichte von Conan Doyle identifiziert, in der jemand an etwas stirbt, was auf seinem Rücken ein Netz brennender Schwielen verursacht. Den Namen hatte sie versuchsweise einer meergrünen Murmel gegeben, die einen Wirbel aus zarten roten Härchen enthielt. Sie bewegte Kolonnen über den Tisch – Pflanzennamen, Insektennamen, Meeresbewohner – und mußte immer wieder feststellen, daß zwei oder drei Murmeln für einen Namen in Frage kamen und zwei oder drei Namen für eine Murmel. Ich glaube, sie kannte sie allmählich fast so gut wie der ursprüngliche Besitzer, was alles andere als einfach war angesichts von mehreren hundert Glaskugeln ohne erkennbare Taxonomie. Abends legte sie zu meiner Unterhaltung ausgewählte Murmeln aus, einmal in bunten Primärfarben, ein andermal in allen nur erdenklichen Grünschattierungen. Wir gewöhnten uns an, sie wie in einem Ritual hochzuhalten und hineinzustarren, als wären es vielfarbige Kristallkugeln voller bizarrer Muster.

Noch immer war ich verbissen damit beschäftigt, Destry-Scholes' unberechenbare Kartensammlung zu katalogisieren. Möglicherweise unter dem Einfluß der Murmeltaxonomie war mir, als entdeckte ich einen Subtext von Karten zu taxonomischen Sammlungen. Das Prunkstück darin war Pearsons Bericht über Galtons Exemplare von Glasaugen und künstlichem Haar.

Karte Nr. 90

Bei seinem Augen- und Haarfarbe-Test verwendete Galton Glasaugen in den Farben Dunkelblau, Blau, Grau, Dunkelgrau, Graubraun (Grün, helles Haselnußbraun), Braun, Dunkelbraun, Schwarz. Er verwendete auch die üblichen Haarfarben: Hellblond, Hellbraun, Dunkelbraun, Schwarz und 3 Rottöne: Rotgolden, Rot und Dunkelrot (Kastanienbraun). Zweifellos hat er als erster standardisierte Skalierungsverfahren für diese Dinge eingeführt und – wichtiger – erkannt, wie schwierig sie zu vervielfältigen sind. Heutzutage sind solche Skalen recht verbreitet, doch 1882 verhielt es sich anders, doch selbst heute bleibt es schwierig genug, sie akkurat zu reproduzieren, sogar wenn dieselbe Firma sie herstellt. Weder enthalten die Glasaugen der zwei Standardskalen die gleichen Pigmente noch die Haare aus gesponnenem Glas die gleiche Menge Farbstoff. Galton war die Notwendigkeit standardisierter, unveränderlicher Farbskalen bewußt, und seine Vorschläge zu diesem Thema sind äußerst bedenkenswert. Im Jahr 1869 fiel ihm die Vielfalt und Farbechtheit der Farben auf, die für Mosaiksteine Verwendung finden. Er hatte die *Fabbrica* im Besitz des Vatikans besucht und dort die 25.000 numerierten Laden oder Gebinde farbiger Mosaiksteine besichtigt. Sogleich erkannte er die Gelegenheit, nicht nur Farbskalen daraus abzuleiten, sondern diese auch auf Haarfarbe, Hautfärbung und Augenfarbe zu anthropometrischen Zwecken anzuwenden.

Karte Nr. 91

3. Febr. 1870. Brief von FG an das Ministerium für Wissenschaften und Künste in South Kensington

Ich erlaube mir den Vorschlag, daß das Ministerium für Kunst sich beim Papst dafür verwendet, Mosaiktafeln zu erhalten, auf denen jede der 25.000 Farbabstufungen vorkommt, mit dem Ziel, diese im Museum als Farbstandard aufzuhängen … Man könnte sie als umlaufenden Fries in Augenhöhe anbringen, eventuell in Hundertereinheiten mit jeweils zehn Längs- und Querreihen und dunklen Trennlinien nach der 5. Unterteilung, damit die jedem Stein entsprechende Numerierung bequem nachzusehen ist …

Der weitergehenden Erwägung durch die Behörde sei die Überlegung anheimgestellt, ob sie sich der Fähigkeiten und des Könnens, die ihr zur Verfügung stehen, nicht bedienen will, um aus den Mosaikfarben des Vatikans etwa ein Zehntel auszuwählen und daraus eine South-Kensington-Farbskala zusammenzustellen, von welcher identische Kopien in Mosaikform die nicht mehr Platz als 10 auf 8 Fuß beanspruchen würden, in allen Kunstschulen des Vereinigten Königreichs anzubringen wären.

Karte Nr. 92

Sechzehn Jahre später (1886) kam Galton auf seinen Vorschlag zurück unter dem Eindruck des Verblassens der von Broca ursprünglich entworfenen Hauttöne und nach einem weiteren kurzen Aufenthalt in Rom und einem abermaligen Besuch der vatikanischen Werkstätten ... Er stellte fest, daß es 40.000 Mosaikgebinde gab, von denen 10.762 klassifiziert waren und in 24 Behältnissen aufbewahrt wurden, deren jedes 16 Reihen von je 28 Mustern enthielt. Die den europäischen Rassen entsprechenden Hauttöne waren etwa 500 an der Zahl; der Vatikan besaß also mehr als genug Material für die Zusammenstellung von Tönen, wie Anthropologen sie benötigten ... Mr. Odo Russell – der spätere Lord Ampthill –, unser halboffizieller Vertreter am Vatikan (bis 1879), wurde zuletzt gebeten, Erkundigungen daüber einzuziehen, ob das Vorhaben sich verwirklichen lasse, »doch der von den päpstlichen Behörden geforderte Preis war viel zu hoch, so daß man die Sache auf sich beruhen ließ«.

Karte Nr. 93

Zu den Dingen, die uns in diesem Kapitel beschäftigen, zählen Standardisierungen von Haar- und Augenfarben. Galton schlug vor, »für das Haar gesponnenes Glas von einem Glasbläser« anfertigen zu lassen. Vor 1886 hatte er folglich standardisierte Glasaugen, Mosaikfarben für Hauttöne und gesponnenes Glas für Haare vorgeschlagen, und alle 3 Vorschläge wurden in diesem Jahrhundert verwirklicht, und zwar von Deutschen – in Form der wohlbekannten Augenskala Professor R. Martins, Professor von Luschaus Hautskala und Professor G. Fischers Glashaarskala. Die Höchstleistungen, zu denen wir uns heute befähigt sehen, wurden von Galton also schon zwanzig bis dreißig Jahre früher in Vorschlag gebracht.

Eine Liste von Ibsens Orden und Ehrentiteln könnte zu dieser Gruppe der Sammlungen gehören. Warum sonst sollte Destry-Scholes sie angelegt haben? (Sie befand sich nicht in räumlicher Nähe anderer Bestandteile dieser Gruppe, sondern zwischen den Entwürfen Francis Galtons für Erasmus Darwins Grabstein und einer Liste von Schulnoten, die ich nicht identifizieren konnte – Chemie 2+, Religion 3, Algebra 2–, Geometrie 2+. Möglicherweise Destry-Scholes' eigene Noten, möglicherweise nicht, keine Ahnung. Und ohne Datum.)

Karte Nr. 132

Vasa-Orden. Medjidije-Orden (türkisch), Komtur dritter Klasse des Dannebrog-Ordens. Ritter des St.-Olaf-Ordens, Ritter erster Klasse des Sachsen-Ernestine-Ordens, Ehrendoktor der Universität von Uppsala, Komtur erster Klasse des St.-Olaf-Ordens, Großes Kreuz von St. Olaf, Großes Kreuz des Dannebrog-Ordens, Großes Kreuz des Sterns des Nordens.

Karte Nr. 115

Stimme aus dem Grab an jene, die meine liebe Frau war.

1. *Die zwei Herbarien des Museums.* Weder Ratten noch Motten sollen sie beschädigen. Kein Naturforscher soll auch nur eine einzige Pflanze entwenden. Es ist mit größter Sorgfalt darauf zu achten, wem die Pflanzen gezeigt werden. Obwohl sie schon jetzt wertvoll sind, werden sie im Verlauf der Zeit noch viel wertvoller werden. Dies ist die größte Sammlung, die je angelegt wurde. Verkaufe sie nicht unter tausend Dukaten. Mein Sohn soll sie nicht erben, weil er mir bei den botanischen Studien nie geholfen hat und weil er sie nicht liebt; bewahre sie für einen Schwiegersohn auf, der sich als Botaniker erweist.
2. *Das Muschelkabinett* ist nicht unter 12.00 Taler wert.
3. *Das Insektenkabinett* wird wegen der Motten keine lange Lebensdauer haben.

4. *Das Mineralienkabinett* enthält Dinge von großem Wert.
5. *Die Bibliothek in meinem Museum* mit all ihren Büchern ist mindestens 3.000 Kupfertaler wert. Verkaufe sie nicht, sondern schenke sie der Bücherei von Uppsala. Meine Bibliothek in Uppsala soll mein Sohn gegen Taxierung erhalten.

CL

Eine andere Stelle, die ich Fulla Biefeld mit der Bitte um Übersetzung geschickt hatte, erwies sich als Beschreibung von Linnés Arbeitszimmer.

Karte Nr. 117

Sein Museum, zu dem all seine Studenten Zugang hatten, hätte Ihr Gefallen, Ihre Bewunderung, ja recht eigentlich Ihre Liebe gefunden.

An der einen Wand sah man sein Lappenkostüm und andere Merkwürdigkeiten, an einer anderen große Gegenstände aus dem Pflanzenreich und eine Muschelsammlung und an den zwei übrigen seine medizinischen Werke, seine wissenschaftlichen Geräte und seine Mineraliensammlung. In einer Ecke des hohen Raumes bevölkerten an die dreißig verschiedene zahme Vögel die Äste eines Baumes, und unter den Fenstern standen große Töpfe voller Erde bereit, seltene Pflanzen aufzunehmen. Eine Freude war es auch, seine Sammlung gepreßter Pflanzen zu betrachten, die alle auf Papierblätter aufgeklebt waren; darunter waren mehr als dreitausend schwedische Pflanzen, wilde wie gezüchtete, sowie zahlreiche seltene Pflanzen aus Lappland. Außerdem gab es an die tausend Arten schwedischer Insekten und die gleiche Anzahl schwedischer Gesteinsproben, die in geräumigen Behältnissen geschmackvoll nach dem gänzlich neuen System angeordnet waren, das in seinen eigenen Beobachtungen gründete.

Dieser Übersetzung hatte Fulla Biefeld eine Notiz beigelegt, in der sie sich danach erkundigte, ob ich vorankomme, und mir mitteilte, daß Linnés geologische Sammlung zerstreut worden war, als Fru Linnaea 1784 zur großen Bestürzung der schwedischen Universitäten und der schwedischen Regierung seine Sammlungen an James Edward Smith verkauft hatte. Smith (damals vierundzwanzig Jahre alt) wurde zum ersten Vorsitzenden der Linnaean Society, die erwarb, was von den Sammlungen noch übrig war. Fulla Biefeld hoffte, in naher Zukunft nach London zurückzukehren und einige von Linnés Präparaten eingehender zu untersuchen. Sie würde sich bei mir melden. Sie sei neugierig auf die Ergebnisse meiner Nachforschungen.

Dies erklärte eine ziemlich wortkarge Karte (Nr. 128), die ich anfüge.

James Edward Smith. 26 große Truhen. 19.000 Blatt mit gepreßten Pflanzen. 3.200 Insekten. 1.500 Muscheln. 700 bis 800 Korallen. 2.500 Mineralienproben. 2.500 Bücher. 3.000 Briefe (an und von). Diverse Ms.

Karte Nr. 129

Von FG entworfene Instrumente. Anthropometrische, psychometrische, meteorologische et al. Viele unidentifizierte Geräte sowie Entwürfe zu solchen, deren Zweck heute nur mehr erahnt werden kann, wurden im anthropometrischen Labor als Galtons Spielzeug bezeichnet.

Drillstorchschnabel. Wetterballon. Ein Schloß. Eine Lampe. Eine Waage. Eine Fernschreibemaschine. Ein Gerät, um sechs Gegenstände zusammenzusetzen. Ein Hyperskop. Ein Gerät zur Wellenerzeugung. Ein Heliostat. Eine »Tactor«-Maschine. Ein Gerät zur optischen Kombination von Bildern. Eine isländische Spierenverbindung. Ein Gerät zum Messen der Ähnlichkeit. Ein Instant-Haltungs-Registrator. Taucherbrillen. Pfeifen zur Erzeugung sehr hoher hörbarer Töne und von Ultraschall. Ein Taschenregistrierapparat. Ein Gerät zum Testen der Wahrnehmung verschiedener Tönungen. Ein Gerät zum Messen der Bewegungen eines Körperglieds.

Karte Nr. 130 *Ersatzmöglichkeiten*

Möglicher Ersatz für Zwirn, Schnur oder Seil sind folgende Materialien: Riemen, die zu einer Spirale, einer Uhrfeder vergleichbar, aus Leder oder Haut geschnitten und durch Aufrollen um einen Stab geschmeidig gemacht werden; Sehnen; Darmsaiten; innere Rinde von Bäumen – durch langes Einweichen leicht abzulösen, doch noch leichter durch Kauen; Baumwurzeln wie die der Fichte, entsprechend aufgespalten; Geißblatttriebe, Ausläufer oder biegsame Zweige; manche Tangsorten – die einzige englische mir bekannte ist die verbreitete olivgrüne Alge namens *Chorda filum*; sie sieht aus wie eine Peitschenschnur und kann eine Länge von dreißig bis vierzig Fuß erreichen; wenn sie halbwegs getrocknet ist, wird sie geschnitten und zu Angelschnüren usw. verarbeitet; Stroh; Roßhaarseile oder auch einzelne zusammengedrehte Schwanzhaare von Pferden; die Stengel vieler Pflanzen können als mehr oder weniger brauchbarer Hanfersatz dienen, und jene, deren sich die Eingeborenen des Landes bedienen, in dem man sich aufhält, sind näherer Untersuchung wert; »indisches Gras« ist eine tierische Substanz, die sich an den Eierstöcken von kleinen Haiarten und ähnlichen Fischen findet.

Wenn man Rindenstreifen, Stroh und dergleichen verwendet, um Dinge zusammenzuschnüren, ist die richtige Art des Verschließens *nicht* das Verknoten, wobei sie reißen, sondern das Zusammendrehen der losen Enden, bis sie »halten«. Bündel und Lasten werden grundsätzlich auf diese Weise verschnürt.

Vera sagte, *Chorda filum* gehöre zu den Murmelnamen, genau wie Pferdeschwanz und Roßhaar. Das Zitat konnte ich ohne größeren Aufwand in Galtons *Art of Travel* ausfindig machen, einem auf verrückte Weise handfesten Buch für den Freund der Reiseliteratur, das mir in glücklicheren Tagen gewiß als unverzichtbar für das Buchangebot in Pucks Gürtel erschienen wäre (ein Reprint ist lieferbar). Im Schuhkarton gab es weitere Zitate aus diesem Werk, darunter Galtons Ausspruch, demzufolge Frauen sich zum Tragen eigneten, weil sie gerne Gewichte trügen. Frauen, sagte er, würden »zu den hilflosen Puppen, als die sie gelten, indem sie dazu abgerichtet wurden, in den Boudoirs der Adelsschlösser Handarbeiten zu verfertigen (›zusammengepfercht wie Schweine im Koben‹)«. – »Es liegt in der Natur der Frau, gerne Gewichte zu tragen; in

Omnibussen und Kutschen kann man sehen, wie sie ausnahmslos ihre Körbe und Kinder lieber auf den Knien halten, statt sie neben sich zu haben. Jede Frau, deren moderne Kleidung unzählige Kubikmeter Raum beinhaltet, hat dennoch nie genügend große Taschen, um kleine Gegenstände darin zu tragen, denn sie zieht es vor, alle möglichen Dinge in der Hand zu tragen.«

Vera sagte, Frauen erlitten durch das Tragen falsch verteilter schwerer Gewichte gravierende körperliche Schäden. Sie hatte Verletzungen und Verkrüppelungen zu sehen bekommen, die direkt auf die Bedienung von Rollstühlen und das Tragen schwerer Taschen zurückgingen. Sie sagte, Destry-Scholes und seine Figuren schienen sich nicht sonderlich für Frauen zu interessieren. Ich sagte, Ibsen habe das sicher getan – zumindest was junge Mädchen betraf, er habe junge Mädchen, mit denen er flirtete, geradezu gesammelt. Doch über diesen Aspekt seines Lebens gab es keine Karten. Unsere Unterhaltung über Ibsens Neigung zu jungen Mädchen weckte in mir eine undeutliche Erinnerung an meinen fremden Kunden und seine augenscheinlich unbezwingbaren Bedürfnisse. Aber zu Vera sagte ich nichts davon. Es wäre unpassend gewesen.

Karte Nr. 193

Samuel John Galton (1753–1832) war ein großer Tierfreund. Er hielt mehrere Schweißhunde; er liebte Vögel und schrieb ein anspruchsloses illustriertes dreibändiges Werk über sie. Er hatte eine ausgeprägte statistische Ader und liebte es, jegliche Daten in parallel verlaufenden Linien von gleicher Länge anzuordnen, nicht selten durch Farben unterschieden. Mein Vater und andere der Kinder Samuel Galtons erbten diese Vorliebe in größerem oder geringerem Maße, und bei einer seiner Töchter nahm sie geradezu unvernünftige Ausmaße an. Sie dürfte aus diesem Grund ein willkommener Kunde ihres Buchbinders gewesen sein; die Menge kostspielig gebundener Bände, die sie in regelmäßigen Abständen anfertigen ließ, jeder einzelne mit roten Linien unterteilt und einem bestimmten Jahr oder Gegenstand ordentlich zugeteilt, ist kaum vorstellbar. Nach ihrem Tod erbat ich mir einige davon, um sie als psychologische Kuriosa aufzubewahren; sie dürften sich noch heute in meinem Besitz befinden; die übrigen wurden vernichtet. Diese kostspieligen Bücher hat sie offenbar gesammelt, um einem bloßen Instinkt Genüge zu tun, denn sie führte sie keiner sinnvollen Verwendung zu und beschrieb selten mehr als eine Seite, oft genug nicht einmal diese. Für gewöhnlich verwendete sie bei ihren Eintragungen schwarze, rote und blaue Tinte, wobei sie nicht irgendeiner Logik folgte, sondern auf den bildlichen Effekt bedacht war. Sie war vielleicht nicht die Klügste, doch keineswegs schwachsinnig und besaß viele Eigenschaften, derentwegen ihre Neffen und Nichten sie ins Herz geschlossen hatten.

Es wurde zunehmend anstrengender und schmerzlicher, auf Eriks und Christophes Rückkehr zu warten. In gewisser Weise war ihre Rückkehr schlimmer als anderes, was ich gefürchtet hatte; teilweise lag dies daran, daß das Warten mich in einen Zustand der Überreiztheit versetzt hatte. Natürlich versuchte ich, mich rational und vernünftig zu verhalten, und ich verwandte noch mehr Eifer auf die Photos und Zitate und auf meine Arbeit in Pucks Gürtel. In dem Schuhkarton mit den Photos entdeckte ich mehrere von Galtons Fingerabdruckmustern, darunter seine eigenen, die mehrerer Axtmörder und Giftmörder und die eines Gorillas aus dem Londoner Zoo. Zweifellos gab es einen Zusammenhang zwischen den Photos und den Zitaten, aber wohin sollte er mich führen? Es gab auch ein Photo von Galton als »Verbrecher«, von der Polizei festgenommen, auf dem er eindeutig verdächtig und gefährlich aussieht. In Pucks Gürtel befand ich mich in einem Zustand ständiger Angst – ich bin kein tapferer Mensch – angesichts des drohenden Wiedererscheinens von Maurice Bossey. Ich verkaufte Ferienreisen nach Südafrika und nach Kairo, die mich an Galtons Aufenthalt in diesen Gegenden erinnerten, eine Gorillabeobachtungsreise nach Ruanda und ein paar nicht ganz koschere Badereisen eines Klubs für Leute unter dreißig an der Copacabana. Dazwischen versuchte ich auf ziemlich ungeschickte Weise meine Computerprogramme in Ordnung zu bringen – *id est, alle Spuren* jeglicher von Maurice Bossey angestifteten Suche zu tilgen und obendrein alle Websites, für die er Interesse bekundet hatte, mochten sie sich noch so harmlos ausnehmen (»Die verlorenen Kouroi von Hellas«, »Auf der Suche nach Jugendkultur in Kuala Lumpur«.) Da ich in Computerdingen keine Leuchte bin, hatte das zum Ergebnis, daß kurzfristig oder dauerhaft alle möglichen Bestandteile einer einst vorbildlichen Datenbank verlorengingen, indem ich Gebiete und Kundenlisten durcheinanderwirbelte, die Lofotenrundfahrt in die (täglich schwindenden) Tropenwälder von Belize und Guatemala mischte. Ich versuchte, wenn ich mich recht erinnere, den Gedanken, daß ich meine Arbeit verlieren würde, nicht zu denken. Doch die Arbeit war so angenehm gewesen, weil Erik und Christophe so offen und unbekümmert waren.

Tagsüber zitterte ich hinter meinem beherrschten und ruhigen Auftreten. Nachts lebte ich in einer Phantasmagorie. (Ob in Veras Bett oder meinem eigenen. Unsere Begegnungen fanden in schicklichen Abständen statt. Eine gewisse kühle Distanz war für unser beider Vergnügen Voraussetzung.) (Glaube ich.) Erik und Christophe stolzierten in vielfältiger und immer entsetzlicherer Gestalt durch meine Träume. Erik war ein goldener Berserker mit gehörntem Helm und sonst wenig Bekleidung, der einen Schlachtruf grölte, seine schöne Haut blutbesudelt (nicht mit seinem Blut). Christophe war ein Chirurg, nackt unter seinem weißen Kittel, der einen kleinen Jungen sezierte, der Phineas G. Nanson war und nicht war. In Leopardenfellhosen und mit Federkronen stolzierten sie über die Steppe, in riesigen penisförmigen Kürbissen und mit erbärmlichen verfaulenden Schrumpfköpfen krochen sie aus dem Dschungel. Ich träumte von Pfählungen und von Kühlräumen voller Fleischerhaken, von stierköpfigen Männern und von blutenden Robben mit menschlichen Gesichtern, die in Wasserlöchern harpuniert wurden. Eine meiner bizarrsten Schöpfungen war ein Raum voller zuckender rosa Würmer (eigentlich schöne, durchsichtige, schlanke rosa Würmer), auf denen Christophe achtlos und skrupellos mit Tennisschuhen herumstampfte, unter deren Sohlen Klingen angebracht waren. Wendungen kamen mir in den Sinn. *Trollaukinn* – Menschen, die etwas vom Troll haben. Einmal erblickte ich den Gekreuzigten, den Galton gesehen hatte – ich will sagen, ich sah seine Vision, die einer deutlich erkennbaren

Gestalt, die im Todeskampf am Kreuz hing (stämmig, ergrauend, dicke Lippen, über gelbe Zähne zurückgeschoben, die Augen voller Fliegen). Und mir fiel der Begriff »römische Dekadenz« ein, wie er auch ihm eingefallen war.

Natürlich war es mein Geist, der Geist von Phineas G. Nanson, der all diese Umformungen und Umgruppierungen vornahm.

Es war keine schöne Tätigkeit.

Sie kamen an einem Tag zurück, an dem ich nicht im Laden war. Ich dachte, ich hätte die Programme weitgehend in Ordnung gebracht, aber sicher war ich mir nicht. Als ich wieder in den Laden ging, hatte ich einen Teil meiner übertriebenen Ängste in die Frage investiert, was ich möglicherweise zusammen mit Maurice Bosseys Lieblingswebsites gelöscht haben mochte. An dem Morgen, an dem ich wiederkam, waren Erik und Christophe in einer Laune, die man als munter und überschwenglich bezeichnen könnte. Sie hatten einen Zwischenaufenthalt in San Francisco gehabt und dort ein paar fröhliche Tage verlebt. Durch Christophe hatten sie sich mit einem Extennisspieler angefreundet, der an exklusiven Orten Sportferien der gehobenen Art vermittelte. Sie lachten ununterbrochen und waren für ihre Verhältnisse mehr als freigebig mit Anzüglichkeiten und Scherzen. In einer Mischung aus Zuneigung und Bosheit plauderten sie über neue Freunde und neue »Szenen«, wie es sonst nicht ihre Art war. Während meiner Zeit in Pucks Gürtel hatte ich sie immer um ihre Welt aus endlos miteinander verbundenen Freunden und Bekannten beneidet, und noch mehr hatte ich ihre ernste und unerschütterliche gegenseitige Zuneigung – ihre Liebe – bewundert. An diesem Tag zeigte sich ihre Liebe in der ungewohnten Form, daß sie sich als Tunten gebärdeten. Das machte mich von Anfang an nervös.

Sie hatten mir Geschenke mitgebracht. Eine japanische Netsuke einer kleinen gnomenartigen Gestalt mit riesigem Phallus. Einen wunderschönen silbernen Brieföffner, dessen Griff aus einer Janusfigur bestand, jung und begehrenswert, männlich auf der einen Seite, weiblich auf der anderen. Und einen Preis, den sie bei einer Osterlotterie in San Francisco gewonnen hatten. »Wir wußten nicht, was wir damit anfangen sollten, und deshalb dachten wir, daß wir ihn am besten unserem lieben Mädchen für alles mitbringen.« Es war ein Osterkorb voller kleiner Schokoladeneier, jedes in andersfarbenes Stanniolpapier eingewickelt. Zwischen den Eiern hockten zwei weiße flauschige Osterhasen, die mit kleinen silbernen Handschellen an den Henkel des Korbs gekettet waren. Sie trugen Sado-Maso-Ledermasken und -hosen. Zwischen den Eiern steckten kleine neunschwänzige Katzen, Gummiknüppel und andere Miniaturfolterinstrumente. Ich saß da und starrte sie an.

»Es gefällt ihm nicht«, sagte Erik. »Er findet es nicht komisch. Mach dir nichts draus, mein Lieber. Wirf es einfach weg.«

Ich saß da und starrte.

Christophe machte sich an dem Computer zu schaffen.

»Ich möchte wirklich wissen –«, sagte er. »Ich verstehe das nicht. Wo sind die ganzen Tennisunterlagen geblieben? Und die Unterlagen über unser Survival-Training für Ungeübte, das einem Sesselfurzer erlaubt, seine Freunde zu schlagen, und wenn es nur im Minigolf ist? Rolf findet auch, daß es der größte Wunsch der Leute ist, andere zu schlagen oder sie wenigstens verlieren zu sehen. Ein Grundbedürfnis. Schadenfreude ist eine menschliche Grundeigenschaft ...«

Er sagte: »Phineas, du bist ein böser Junge gewesen. Ich hatte nicht gewußt, daß du dich mit diesen Hardcore-Sachen abgibst. Ich bin wirklich überrascht. Das ganze Zeug ist in mein unschuldiges Tennis geraten. Was hast du bloß angestellt?«

Die nächsten Minuten waren entsetzlich. Ich kann mich nicht mehr klar daran erinnern. Ich weiß nur, daß ich die Ostereier mit aller Gewalt nach den beiden geworfen habe. Ich weiß, daß ich meine eigene Stimme hörte, die Unzusammenhängendes über Mädchen für alles schrie, über Schadenfreude, Pym oder Pim, Semiotik, Ekel, Grenzen, die es schließlich gebe, was zu weit gehe, gehe zu weit; ich weiß, daß ich schrie und kreischte und brüllte – ja, und weinte –, und das in ganzen Sätzen. Ich weiß, daß ich Maurice Bossey erwähnte – ziemlich spät – und *snuff* und Belgien. Und daraufhin begannen Erik und Christophe zurückzubrüllen und mich gewissermaßen anzugreifen. Ich zerriß Unterlagen, Briefe, die ich geschrieben hatte, Buchungen, die ich vorgenommen hatte. Ich schrie Wörter, die ich noch nie benutzt hatte und deren volle Bedeutung mir nicht klar war.

Ich weiß, daß ich wie ein tobsüchtiger Affe auf der Theke hockte und schnatterte und mit dem silbernen Brieföffner auf Erik und Christophe einstach. Ihre Mienen lächelten nicht mehr, sondern waren wutverzerrt. Mit ausgestreckten Händen versuchten sie mich abzuwehren; Eriks rechte Hand blutete aus einem Schnitt, den ich ihm versetzt hatte. Blut tropfte auf die Theke. In diesem Augenblick wurde die Tür geöffnet (sagte ich, daß dies durch ein helles Silberglöckchen angekündigt wurde?), und ich sah einen flammenden Heiligenschein, eine Krone goldenen Feuers, die gekommen war, um mich zu retten.

»Was geht hier vor sich?« sagte Fulla Biefeld.

Christophe hatte ich an der Wange verletzt. Sein Hemd saugte das Blut auf. Meine eigenen Hände waren voller Blut und auch mein Gesicht, das ich mit ihnen berührt hatte. Fulla sagte zu mir: »Phineas, sind Sie verletzt?«

Erik und Christophe setzten sich auf die schönen Stühle, holten wunderschöne enteneiblaue Taschentücher hervor und tupften einander sehr behutsam das Blut von den Verletzungen. Erik küßte Christophes Wange. Christophe neigte den Kopf über Eriks Hand. Fulla Biefeld streckte eine ruhige Hand aus und half mir von der Theke herunter.

»Dem kleinen Arschloch fehlt natürlich nichts«, sagte Erik. »Sie sollten ihm besser die Waffe wegnehmen. Er ist über uns hergefallen. Mit einem hübschen Messer, das wir ihm geschenkt hatten. Er ist gefeuert.«

Ich sagte, ich wolle keine Minute länger bleiben. Ich sagte, es gebe schließlich Grenzen. Ich sagte, über Maurice Bossey habe man mich nicht aufgeklärt. Sie hätten kein Recht, von mir zu erwarten, daß ich mich mit Kunden wie Maurice Bossey abgab.

Fulla sammelte die Schokoladeneier vom Boden auf.

Erik sagte, er werfe mich raus, weil ich auch nur eine Sekunde lang unterstellen konnte, sie hätten etwas mit Leuten wie Maurice Bossey zu tun.

Christophe sagte: »Wir haben Pym Purchase vor die Tür gesetzt, sobald wir erfuhren, was er vorhatte.«

Erik sagte: »Wie konntest du auch nur eine Sekunde lang denken, daß wir uns mit so etwas abgeben würden?«

Fulla, die sich auf der Theke nach einem Behältnis für die Eier umsah, entdeckte den Korb mit den gefesselten Plüschhasen, den kleinen Peitschen, den Handschellen. Sie stellte ihn hin und häufte die Eier hinein.

»Er hat Christophes Ausspruch über die Schadenfreude zitiert«, sagte ich. »Er hat behauptet, das Mädchen für alles sei für seine Art Urlaubsreisen zuständig. Er sagte, er hätte im voraus bezahlt –«

»Was für Urlaubsreisen?« sagte Fulla Biefeld.

Erik sagte ihr, sie solle die Klappe halten und sich aus der Sache heraushalten. Er sagte: »Schluß damit, du bist gefeuert, hau ab.«

Fulla sagte in ihrem schwedischen Singsang: »So benimmt man sich nicht.«

Erik sagte: »Ich habe Ihnen doch gesagt, Sie sollen die Klappe halten.«

Christophe verband Eriks Hand sehr behutsam. Er sagte: »Langsam wird mir klar, daß manche der Dinge, die wir sagen – unsere ganze Art – ihn vielleicht denken lassen konnten, daß –«

Fulla Biefeld schwenkte die gefesselten Häschen.

»Ich kam her, weil ich dachte, ich hätte eine gute Idee«, sagte sie. »Ich dachte, man könnte meine Forschungen – die sich vielleicht noch als dringend notwendig herausstellen, was Ihr Überleben betrifft oder das Ihrer Kinder –«

»*Wir* werden wohl kaum welche haben, meine Liebe«, sagte Christophe. »Höchstens welche aus dem Reagenzglas.«

»Na gut«, sagte Fulla unbeeindruckt, »dann eben Phineas' Kinder. Irgend jemand muß sich darüber Gedanken machen. Man sollte meinen, daß das Schicksal unseres Planeten sogar Hedonisten mit Märchennamen betreffen dürfte.«

»Märchen ist ein blödes Wort«, sagte Erik.

»Na gut, dann eben Hedonisten der Art, wie ein Puck sie repräsentiert«, sagte Fulla. »Sie schicken die Leute in Phantasiewelten, und sie ersticken an echten Waldbränden in Indonesien, am Rauch und Qualm brennender Wälder, wovon in Ihren hübschen Prospekten nichts zu sehen ist. In der Donau wimmelte es nach den Bombardements im Kosovo von erstickten und radioaktiven

Fischleichen; am Copacabana-Strand in Rio wurden *menschliche Exkremente* von einer großen Flutwelle angespült; Sie schicken körperlich unvorbereitete Stubenhocker nach Ruanda, wo sie die Gorillas stören sollen und von Hutu-Guerilleros abgeschlachtet werden, oder in den Jemen, wo sie ach-so-romantische Befestigungsanlagen aus dem Mittelalter bestaunen sollen und statt dessen ins Kreuzfeuer eines Religionskriegs geraten. Sie können nicht auf Ihrem hübschen kleinen unsichtbaren Gürtel rund um die Welt reisen, ohne dabei mit der Realität in Berührung zu kommen. Das Mittelmeer ist ein *totes Meer*, und das verdanken wir dem Assuan-Staudamm und der Sintflut der Touristenscheiße und Konservierungsmitteln, Pflanzenschutzmitteln und Unkraut- und Insektenvertilgungsmitteln ... aber die Scheiße allein wäre schon ausreichend. Der Mensch benötigt seine Intelligenz, um die Folgen der Anwendung seiner Intelligenz anderen Wesen gegenüber auszugleichen. Und die Folgen für Luft, Wasser und Erde. Aber wir handeln trotzdem nicht, oder? Wir benutzen Bleichmittel, um hübsche weiße Plüschhäschen herzustellen, die wir in echtes Leder kleiden, das wir irgendeinem anderen armen Tier vom Körper schneiden, und so kommt es, daß wir glauben, Tiere bestünden wirklich aus Plüsch und Glasaugen und solchen niedlichen Ketten.«

»Bravo«, sagte Christophe, wobei nicht zu erkennen war, ob er es ironisch meinte.

»Verschwinden Sie«, sagte Erik, der viel wütender war als Christophe und dessen Wunde übler aussah. Er war wütender, weil er der Größere und Stärkere und in Wahrheit Gütigere war. In Christophe gab es etwas, was die Existenz eines Maurice Bossey begreifen konnte – und damit auch meine Situation –, während Erik, der im Grunde ein skandinavischer Moralapostel vom Schlage Fullas war, schlicht empört war. »Wenn Sie ausgeredet haben«, beschied er ihr feierlich und lächerlich, »gehen Sie bitte. Und wenn nicht, dann auch.«

»Ich gehe schon«, sagte sie. »Kommen Sie, Phineas.«

Ich weiß nicht, wie das Ganze geendet hätte, wenn Fulla nicht wie eine Walküre hereingerauscht wäre. Vielleicht hätte ich einen meiner Arbeitgeber oder sogar beide ernsthaft verletzt. Oder wir hätten uns ausgesöhnt, Schwamm drüber. Die Absurdität des Ganzen eingesehen. Aber so folgte ich Fulla aus dem Laden, während Erik hinter uns herrief, ich sei gefeuert, gefeuert, gefeuert. Und Fulla habe keinen Sinn für Humor. Das ärgerte sie. »Ich habe sehr wohl Sinn für Humor«, sagte sie zu mir, als wir auf die Straße traten. »Aber damit muß ich nicht die ganze Zeit hausieren gehen. Alles zu seiner Zeit. Auch der Humor. Aber das sehen die Briten offenbar anders.« Ich sagte, Erik und Christophe seien keine Briten. Sie sagte, das habe sie gemerkt, sie sei schließlich kein Vollidiot. Sie blieb unvermittelt stehen.

»Sie sind mir doch nicht böse, weil ich die beiden angeschrien habe, Phineas?« sagte sie zweifelnd. »Sie waren sehr aggressiv und irrational.«

Ich sagte, ich sei ihr selbstverständlich nicht böse. Tatsächlich war ich von ihrem Eintreten für mich gerührt. Es war das erstemal, soweit ich mich erinnern konnte, daß jemand versucht hatte, mich in Schutz zu nehmen. Vor Einschüchterungen oder wovor auch immer. Ich hatte nicht gedacht, daß wir einander gut genug kannten – sie nannte mich »Phineas«, als wären wir gute alte Freunde. Ich merkte, daß ich hoffte, wir seien trotz ihrer exzentrischen Persönlichkeit und ihrer extravaganten Überzeugungen tatsächlich Freunde. Möglicherweise hatte sie mich um meine Stelle gebracht. (Möglicherweise hatte ich das selbst besorgt.) Ich sagte: »Danke, Fulla.«

Sie holte ein großes, sauberes, weiß und golden kariertes Taschentuch hervor. Sie zog mich zu sich hin. Sie wischte mir das Blut aus dem Gesicht, das nicht mein Blut war. Mit der Zungenspitze befeuchtete sie eine Ecke des Taschentuchs und rieb damit an meiner Augenbraue. Die Berührung des von ihrer Zunge befeuchteten Taschentuchs ließ meine Knie weich werden. Mich überwältigte die Erinnerung daran, wie ich unter ihrem Rock zur Besinnung gekommen war. Als sie den Arm hob, roch ich ihren Schweiß, salzig und bitter. Ich streckte eine Hand aus und hielt mich an ihrer Schulter fest, um das Gleichgewicht wiederzufinden. Ich taumelte auf sie zu und wandelte den Sturz in einen kurzen, schnellen und respektvollen Dankeskuß auf ihre Wange um.

»Und jetzt?« sagte ich mit ungewohnter Unbekümmertheit.

»Ich habe gerade meine Arbeit verloren und für den Rest des Tages noch nichts vor. Was wollen wir unternehmen?«

Was würde sie darauf sagen? Ich mußte das Gefühl der Berauschtheit aus dem Kopf bekommen.

»Wir gehen in den Richmond Park«, sagte sie. »Da gibt es etwas, was ich Ihnen zeigen will.«

»Wir nehmen ein Picknick mit«, sagte sie und ging zu Fortnum & Mason's voraus, wo sie Vollwertbrötchen und Schafskäse und Chicoree kaufte und Tomaten und große knackige Äpfel und Joghurt und Honig und dunkle Schokolade und Wasserflaschen. Das alles verstaute sie in dem Rucksack, den sie immer bei sich hatte. Mit U-Bahn, Bus und zu Fuß gelangten wir nach Richmond. Es war ein strahlend schöner Tag im späten Frühling oder frühen Sommer. In der Innenstadt herrschte drangvolle Enge in der U-Bahn, und ich stand mit der Nase in Fulla Biefelds großem glitzernden Haarschopf. Ich roch das Haar, das Pulsieren der Kopfhaut unter dem Haar. Ich bot an, ihren Rucksack zu tragen, doch sie lehnte ab und sagte, sie habe ihn durch Wälder und Wüsten getragen und würde sich ohne ihn wie amputiert vorkommen. Da stand ich also mit leeren Händen und mit meiner Nase in ihrem Haar.

Es war mitten in der Woche, und der Park war abseits der breiten Wege so gut wie menschenleer. Wild graste zwischen den Farnbüscheln, Schmetterlinge bummelten über Löwenzahn und Disteln, knorrige Weißdornbüsche standen in voller Blüte, und in der Luft schwebten Pollen jeder Art. Fulla schritt zielstrebig aus – sie wußte, wohin sie wollte. Dohlenschwärme waren zu sehen, und ein unsichtbarer Specht war zu hören. Keineswegs menschenscheu kauerten Kaninchen im Gras und sprangen umher. Fulla suchte nach kleineren Lebewesen. Sie marschierte weiter; sie trug eine Art langes Hemd und Turnschuhe. Ich versuchte Schritt zu halten. Wir gingen an großen Teichen mit langsam gleitenden Schwänen und Bläßhühnern und Gänsen und diversen Enten vorbei. Ich kam mir vor wie ein kleiner Junge auf einem verzauberten Spaziergang, mit dem Unterschied, daß ich mir neben diesem beinahe *gewalttätig* weiblichen Geschöpf meiner Männlichkeit ausgesprochen bewußt war. Ich war noch nie zuvor in diesem Park gewesen. Die »Naturkunde« meiner Schulzeit hatte uns in den örtlichen Kinderzoo geführt, wo es Meerschweinchen in Käfigen und ein paar zottelige und griesgrämige Ziegen gab.

Fulla ging auf eine eichengesäumte Lichtung zu, wo hundertjährige Bäume zwischen den verfallenden Stümpfen ihrer einstigen Gefährten standen. »Die Förster haben inzwischen begriffen, daß man das tote Holz liegenlassen muß«, sagte sie anerkennend. »Deshalb habe ich Sie hergebracht.« Sie untersuchte die Baumstümpfe und nickte zufrieden, als sie Bohrlöcher und Fraßspuren entdeckte, die sie mir nicht erklärte. »Warten Sie«, sagte sie. »Sie müssen bald kommen. Essen wir in der Zwischenzeit.« Wir saßen nebeneinander an einen der Baumstümpfe gelehnt am Rand der Lichtung und kauten. Fulla, eine alles andere als graziöse Person, hatte die Beine ausgestreckt. Sie schimmerten vom Sonnenlicht in den goldenen Härchen. Nach einiger Zeit begannen sich kleine Lebewesen einzustellen. Eine winzige Spinne ließ sich an einem langen Faden herunter und verschwand in Fullas Haar. Eine olivenfarbene buckelige Raupe – eine von denen, die sich krümmen, strecken und dann Ausschau halten – kroch auf ihre Knie und begutachtete sie. Andere Raupen kamen an Fäden durch die Luft gesegelt und landeten in ihrem Haar oder auf den Brusttaschen ihres Hemds. Sie traf keine Anstalten, eines der Tiere zu entfernen. Eine Schwebfliege hing vor ihren Lippen, während sie aß. Bienen summten vorbei oder gruben in dem lockeren Erdreich um die Wurzeln. Solitärhummeln, männliche und weibliche Wollbienen, eine Wespenbiene *Noamada flava* auf einer Löwenzahnblüte. Eine Kuckuckshummel – *Psithyrus bohemicus* –, die, wie Fulla sagte, ihre Eier in die Nester der Hummel *Bombus lucorum* legt. Sie verbirgt sich, sagte Fulla, im Moos, mit dem das Nest ausgepolstert ist, bis sie den Geruch des Nests angenommen hat, und dann kriecht sie hervor, frißt die Eier der Hummelkönigin und hinterläßt an deren Stelle die eigenen. Kuckuckshummeln haben eine dicke Haut, die sie vor Stichen schützt, und legen meist viel mehr Eier als die Wirtsarten. Die männliche *Nomada*-Biene ahmt den Geruch des Wirtes *Andrena* nach und patrouilliert in seinem Nest, um Weibchen der eigenen Spezies anzuziehen. Die Larven weisen oft als erstes große sichelförmige Kauränder auf, die es ihnen ermöglichen, Eier und Larven der Wirtsart zu zerstören, ein ähnliches Phänomen wie der Höcker des Kuckucksjungen, mit dem es die Eier der Wirtseltern aus dem Nest wirft. »Bis vor kurzem wußte man nicht sehr viel über männliche Bienen«, sagte Fulla Biefeld. »Die Untersuchungen konzentrierten sich auf das Staatenwesen und das Pollensammeln der Weibchen. Aber die Männchen sind sehr interessant. Hummelmännchen versammeln sich beispielsweise auf Hecken und laden die Weibchen durch eine Art Tanzdarbietung zum Spießrutenlauf ein. Oder die Wollbiene, die darauf spezialisiert ist, ihre Nester aus dem Flaum von Salbeiblättern zu bauen. Bei dieser Spezies ist das Männchen größer als das Weibchen, was unüblich ist, und sehr territorialbewußt. Es bekämpft und tötet alle Eindringlinge, sogar wesentlich größere Bienenarten.« Ich fragte, wie es das tue. Ich sagte, ich hätte gedacht, männliche Bienen besäßen keinen Stachel. Sie haben auch keinen, sagte sie. Sie haben am Bauch einen stacheligen Panzer, mit dem sie sich an ihre Gegner klammern, die sie so durchbohren. Die Weibchen dieser Spezies lassen sich anders als die der anderen Spezies mehrmals begatten. »Wir vermuten, daß die meisten Weibchen nach der Begattung ein Hormonsignal aussenden. Sie wollen nicht belästigt werden und Energie verlieren, die sie zum Brüten benötigen. Sie leben nur sechs Tage lang.«

Ich fragte, ob wir gekommen seien, um aggressive Bienenmännchen zu beobachten. Nein, sagte sie. Da kommen sie. Jetzt zeige ich Ihnen, weshalb wir hergekommen sind.

Sie kamen angeflogen wie winzige Dämonen auf einem Fresko des Jüngsten Gerichts, gehörnt und gravitätisch. Sie flogen ungelenk, mit schnarrenden und klackenden Geräuschen. Sie sind schwerbewaffnet und wirken zugleich äußerst verletzlich, riesig in der Welt der Insekten, leicht zu zertreten in der der Menschen. Fulla sagte: »Südwest-London ist nämlich der einzige Ort des Inselreichs, wo sie nisten, soweit wir wissen. Ihre Eier legen sie in verrottenden Eichenstümpfen ab. Jedes Männchen sichert sein Territorium – seinen Baumstumpf – und wehrt andere Männchen ab. Passen Sie auf, Phineas, gleich beginnt das Turnier.«

Und genau das geschah. Ein großes, glänzendes Männchen saß auf einem Baumstumpf, und Fulla zeigte mir das Weibchen, das im Schatten welker Blätter wartete. Aus ihrem Rucksack holte sie ein Fernglas, das wir abwechselnd benutzten. Der männliche Käfer war von dunklem Kastanienbraun, mit schildförmiger Flügeldecke (in Form eines normannischen Schildes) und riesigen Kiefern, die sowohl an die gekerbten Scheren von Hummern und Krebsen als auch an Geweihe erinnerten. Hinter diesen Zangen befanden sich lange Fühler, die am Ende mit beweglichen Kämmen besetzt waren. Der Kopf des Insekts sah aus wie geschnitzt mit der breiten, geschwungenen Stirn und den hellen kleinen goldenen Augen an den Seiten. Das Insekt hatte sechs Arme oder Beine, deren Enden gefiedert waren. Das Weibchen war kleiner und dunkler und besaß statt des auffälligen Geweihs bescheidene Zangen. Das Männchen stand auf seinem Holzstrunk, der Rivale kam angeflogen, und der Kampf begann. Er glich wahrhaftig dem Geweihgerangel echter Hirsche, das sich ganz gewiß auf ähnlichen Lichtungen wie dieser abspielte. Sie rannten aufeinander zu, stolzierten fast, und verhakten dann die Geweihe ineinander, rangen und kämpften mit dem Ziel, den Gegner vom Platz zu drängen oder, wie es den Anschein hatte, ihn auf den Rücken zu werfen. In diesem Fall warf der Herausforderer den Platzhirsch auf den Rücken, und beide fielen auf den Boden, wo sie nach wildem Beineschwenken wieder auf die Füße kamen und einander erneut angriffen, diesmal auf einer langen, schmalen Wurzel, von der jeder den anderen zu vertreiben versuchte. Wieder fielen beide herunter, und wieder begann der Kampf von neuem. Fulla wies mich auf andere Kämpfe um andere Baumstümpfe hin. Sie reichte mir ihr Fernglas. Ihre Finger sind trocken und kräftig, mit kurzgeschnittenen Nägeln. Als sie meine Finger berührten – auf selbstverständliche Weise –, war es wie ein Stromschlag, meine Haut brannte. Ich sah durch das Fernglas und verlor für einen Augenblick das Gefühl für Proportionen; ich sah gepanzerte Ungeheuer über ein schartiges Schlachtfeld kriechen, schimmernde Panzer und staunenswert gegliederte, verblüffend drahtige Gliedmaßen. Ich hätte fast gesagt, daß sie einander zornig anfunkelten, doch das wäre reiner Anthropomorphismus. Ich fragte Fulla, ob sie einander ins Auge blickten, und sie sagte, das sei eine interessante Frage, sie wisse es aber nicht, und ließ sich das Fernglas zurückgeben. Sie sagte, die Käfer sandten vermutlich Gerüche aus. Ich sagte – es hatte darauf gewartet, gesagt zu werden, und meine vorherige Bemerkung brachte mich dazu, es zu sagen –, daß ich immer gedacht hatte, die Idee, von Vögeln und Bienen etwas über die Sexualität zu erfahren, sei einfach dämlich. Hunde und Kühe, sagte ich. Fulla hielt ihre Finger vor meine Lippen, um mich zum Schweigen zu bringen. Der Herausforderer wurde auf den Rücken geworfen. Ein drittes Männchen sah vom Rand des Rings (des Baumstumpfs) aus zu. Fullas Finger auf meinen Lippen brannten wie der Stich einer Biene. Ich erwog, hineinzubeißen, und tat es nicht. Sicherlich, dachte ich, müsse sie auch wissen, was geschah – in gewisser Weise lächerlich, wie mir bewußt war, aber gleichzeitig kam es einem nicht lächerlich vor. Der Schloßherr kletterte wieder auf seinen Baumstumpf und machte einen Ausfall in Richtung des neuen Eindringlings, der sich zurückzog.

»Ich möchte«, sagte Fulla, »daß Sie mir bei einem Experiment helfen.«

»Ist er tot?«

»Nein, nein, normalerweise verletzen sie den anderen nicht so schwer. Anders als die aggressiven *Anthidium*. Nein, das ist nur männliches Imponiergehabe. Diese Geschöpfe sind vom Aussterben bedroht. Es heißt, daß immer der Größere gewinnt. Anders als bei Revierkämpfen von Schmetterlingen, wo immer der gewinnt, der als erster das Revier besetzt hatte. Was wir tun müssen, ist folgendes: Wir müssen die Männchen kennzeichnen und einen nach dem anderen wegnehmen und wiegen und dann ihre Kämpfe und die Gewinner aufzeichnen. In Plastikdosen mit Luftlöchern und mit feuchtem Sand dehydrieren sie nicht. Und von mir bekommen Sie farbige und numerierte Plaketten, mit denen Sie sie kennzeichnen. Männliche *Osmia-rufa*-Bienen haben wir auf diese Weise sehr erfolgreich beobachtet.«

»Warum ich?«

»Na ja, Sie wirken irgendwie unterfordert. Und ich muß in die Türkei abreisen. Und nach Oxford zurück. Und ich möchte unbedingt mehr über diese Geschöpfe in Erfahrung bringen, bevor wir sie ausrotten.« Sie schwieg. »Wissen Sie«, sagte sie, »das erste Insekt, das ich gesammelt habe, war so einer. Ich fand ihn in den Ferien tot auf der Straße. Ich habe ihn in eine Schachtel gelegt und ›Hirschkäfer‹ draufgeschrieben. Ich habe ein schwedisches Wort benutzt – *hjortbagge*, was wörtlich Hirsch und Käfer heißt – und dachte, der Name sei meine Erfindung. Später erfuhr ich, daß der richtige Name *ekoxe* lautet, was Eichen-Ochse heißt und nicht bei weitem so treffend ist, wie ich finde. Ihr Freund Linné nannte ihn *Lucanus cervus*, was wieder Hirschkäfer heißt. Ich dachte also, ich hätte zuviel Phantasie, aber noch später fand ich heraus, daß der alte schwedische Name für diesen Käfer tatsächlich *hjortbagge* ist. Ich hatte also recht gehabt. Als kleines Mädchen habe ich alle möglichen anderen Dinge gesammelt – Schneckenhäuser und Samenhülsen und Schmetterlinge und andere Käfer – und gab ihnen selbsterfundene Namen. Ich erinnere mich, daß ich einen Borkenkäfer – der damals *Scolytus destructor* hieß und seitdem in *Scolytus scolytus* umbenannt wurde – in eine Streichholzschachtel gesteckt habe, die ich mit der Aufschrift *Kofferkäfer* versah. Der Käfer ist nicht besonders aufregend, aber er legt wunderschöne Tunnelmuster in der Rinde von Ulmen an, die wie große Tausendfüßer oder wie Drachen aussehen. Der Käfer selber sieht wie ein ordentlich verschlossener Lederkoffer aus. Aber zu sagen, er sei nicht aufregend, ist falsch, denn er verbreitet die Ulmenkrankheit und hat ganz Europa verändert.«

»Glauben Sie, daß jeder als Kind Sachen sammelt?«

Motten huschten durch meinen Geist, vielfarbige kleine Glaskugeln glitzerten. Was tat ich da?

»Ich weiß es nicht. Ich habe Partys für die Käfer in den Streichholzschachteln veranstaltet. Puppen konnte ich nie leiden – tote Menschen, die nie lebendig gewesen waren, das fand ich immer. Mit ekelhaft süßlichen Gesichtern. Dann habe ich mich dafür interessiert, die Käfer einander zuzuordnen. Und dann die Insektenwelt der übrigen Welt einzupassen. Schachteln in Schachteln. Natürlich sind alle Benennungen willkürlich. Die neuen genetischen Einteilungen – die Klades – werden die Linnéschen Familien und Gattungen und Spezies ersetzen und alles auf völlig neue Weise miteinander verbinden. Beispielsweise könnte ein Pilz mit

Ihnen enger verwandt sein als mit einer Chrysantheme oder mit einem Schleimpilz.«

Ich sagte, ich wolle ihr gerne bei ihrem Projekt helfen. Sie habe recht, ich sei zur Zeit relativ überflüssig. Ich sagte, ich wolle ihr gerne helfen, wisse aber nicht, wie ich es ohne sie angehen solle.

»Das ist kein Problem«, sagte sie. »Wir haben genug Zeit, alles vorzubereiten, bevor ich abfahre.«

Und sie ließ sich mit ausgebreiteten Armen und Beinen auf den Rasen fallen, mitten zwischen verdorrten Kaninchenkot und Wildlosung, zwischen die geheimen Eingänge zu den Nestern von Hummeln und Blindschleichen, zwischen Mariengarn und Maßliebchen und Löwenzahnsporen und golden flammende Löwenzahnblüten, und ihr atemberaubendes Haar breitete sich wie eine eigene Lebensform über die Gräser, und kleine Wesen flogen hinein und krochen auf dem Bauch und auf unzähligen winzigen Füßen darüber.

Und sie öffnete die zwei obersten Knöpfe ihres Hemds, so daß ich ihre sommersprossigen braunen Brüste in den spitzenbesetzten Körbchen sehen konnte. Sie ließen mich an Vogeleier denken oder an den schattigen Schlund von Fingerhutblüten. Und als sie meinen Blick sah, streckte sie ihre kleinen energischen Hände aus und zog mein Gesicht zwischen ihre Brüste herunter. Und alles in mir, alles in mir zitterte und explodierte.

Auf der Rückfahrt von Richmond saßen wir sittsam nebeneinander im Obergeschoß eines Busses. Mir war, als brenne meine linke Seite (ihre Seite) und löse sich in Dampf oder Gase auf. Andere mögen schon oft solche Fahrten unternommen haben, deren Ziel mit Sex verbunden war, doch für mich war es etwas Neues, so neu wie das, was Fulla mit meiner Haut und meinem Knochenmark angestellt hatte, mit meinen Fingern und Zehen, vom naheliegendsten Körperteil oder den entsprechenden Teilen ganz zu schweigen. Ich hätte sie streicheln können oder packen können oder an ihr lecken können auf der ganzen langen Fahrt zurück, doch es hinauszuschieben, zu warten, *still dazusitzen*, unaufgeregt zu wirken, das war um so vieles erregender …

Sie wohnte in irgend jemands Wohnung in Fulham. Ich folgte

ihrem Duft das dunkle Treppenhaus empor (es war eine Dachgeschoßwohnung). Und …

Ich habe mit dem Schreiben dieses Textes zu einem Zeitpunkt begonnen, als ich beschlossen hatte, nicht länger poststrukturalistischer Literaturtheoretiker zu sein. Das scheint lange her zu sein. Ich glaube mich zu erinnern, daß am Anfang Überdruß an Empedokles' Vorstellung von den vereinzelten Körperteilen stand, die einander suchen. Ich glaube, als Ormerod Goode mir die Elmer-Bole-Biographie von Destry-Scholes eröffnete, war ich deshalb so überwältigt, weil gerade die Determinierungssucht der Literaturtheorie, ihre Metasprache, einen Hintergrund abgab, vor dem Destry-Scholes' Leistung, die Schilderung eines ganzen Individuums, eines vielgesichtigen einzelnen Menschen von seiner Geburt bis zu seinem Tod, um so heller erstrahlte. Ich muß ihn dafür respektieren, daß er so skrupulös dafür Sorge getragen hat, sich gegenüber meinem Text, meiner Arbeit durch *Abwesenheit* auszuzeichnen. Man wird unschwer erkennen, daß auch mich der Wunsch leitete, *abwesend* zu sein. Der Vorstellung, meine Erzählung müsse wegen der Abwesenheit Destry-Scholes' zu einem Bericht meiner eigenen Anwesenheit werden, *id est* zu einer Autobiographie, dieser ungreifbarsten und selbstverliebtesten aller Formen, habe ich mich widersetzt und entzogen. Ich habe mich bemüht, sowohl meine eigene Geschichte unbefangen als zeitlichen Faden zu benutzen, auf den sich die von mir erzählte Geschichte (mein Schreiben) aufreihen ließ, als auch dabei nicht unnötig bei meinen Gefühlen zu verweilen, meinen Bedürfnissen oder gar – du lieber Himmel – meinem *Charakter*. Unschwer werden die meisten aufmerksamen Leser erkennen, daß ich mich, je länger ich mit diesem Text beschäftigt bin (wir befinden uns mittlerweise auf Seite 161 des Manuskripts), immer mehr mit dem Schreiben selbst auseinandersetze und daß ich der Neigung nachgebe, meine Aufmerksamkeit von der Abwesenheit Destry-Scholes' auf meinen eigenen Stil und folglich meine *Anwesenheit* zu verlagern. Inzwischen – nach den letzten Seiten, die ich über die Vögel und Bienen (und Hirschkäfer) und Fulla B. geschrieben habe – frage ich mich, ob *jedes* Schreiben die Tendenz aufweist, wie ein Fluß zum Körper des Schreibenden und zu seinen eigenen Erfahrungen zu strömen. Am Anfang stand das, was ich noch immer für das gesunde Bestreben halte, *das Persönliche zu meiden* (das Flüchtige, das Zufällige). Doch jetzt beherrscht mich der unbezähmbare Drang, den Liebesakt mit Fulla Biefeld zu beschreiben und, schrecklicher noch, zu beschreiben, wie diese Erfahrung sich von der (nicht minder intensiven, auch wenn der Leser dies denken sollte) des Liebesaktes mit Vera Alphage unterscheidet. Und das alles durchdringende Gefühl der Befreiung, das sich Luft macht, indem ich poetische (banale, für mich jedoch erschütternde) Vergleiche von Fingerhutblüten und Sommersprossen, von Spinnweben und Haaren niederschreibe.

Ich hatte bereits – vor dem Verlust meiner Arbeit, vor dem improvisierten Picknick – mit Vera Alphage vereinbart gehabt, daß ich sie am nächsten Tag besuchen würde. Aus einer verrückten Vorstellung von Schicklichkeit oder dem Gefühl kompletter Hilflosigkeit spielte ich mit dem Gedanken, die Verabredung rückgängig zu machen. Ich hatte den undeutlichen Eindruck, als hafte Fullas Moschusgeruch an meinem ganzen Körper, klebe in jeder Pore. Fullas Liebesspiel ist kraftvoll und energisch, nicht ausgedehnt, sondern wiederholt (es war mir Anlaß zu nicht wenig Stolz, daß ich diesen Wiederholungen gewachsen war). Sie schreit, sie lacht, und man würde kaum glauben, daß sie dieselbe Person ist wie die grimmige, strenge Moralpredigerin, der ich im Tresorraum der Linnaean Society begegnet war. Sie ist wie flüssiges Gold, das einen einhüllt und mitreißt. Sie beißt entzückend. In den Höhlungen meines Schlüsselbeins und die Hüfte entlang von den Lenden aus entdeckte ich in meinem Badezimmer kleine blaue Male. Als ich dieses schattige Blau und die rosigen und schwärzlichen Schwellungen auf meiner einsamen Nacktheit erblickte, dachte ich an Vera. Nicht, wie Sie vielleicht glauben, weil ich befürchtete, Vera werde Fullas Tun den Mustern auf meiner Haut ablesen. Wie sollte sie das nicht, wenn man es recht bedenkt, doch ich bin so begriffsstutzig im Deuten von Zeichen, wie ich bereits sagte, und außerdem gab es eine geringe Chance, daß sie es nicht entdeckte, weil sie beim Liebesakt ihre großen Augen immer geschlossen hält, die langen Wimpern auf den dunklen verschatteten Höhlen ruhend. Nein, ich dachte an Vera, weil ich immer, immer an Vera denke, wenn ich dieses ganz bestimmte Blau sehe, und an das Blau von Wunden und Schatten, an das der Dunkelheit, in der das Blut ihrer blauen Adern in ihrem Handgelenk pocht, an den Ansatz ihres schlanken Halses, an die Innenseite ihrer weißen Schenkel. Und ich denke an das Blau, das fast mitternachtsblau ist, das Nachtblau, das sie als Hintergrund für ihre Photographien unserer unsichtbaren Innenleben gewählt hat, die mit Lichtfrequenzen gemacht werden, die unser menschliches Auge nicht sehen kann. Ich dachte an Vera, wie ich gestehen muß, während Fulla ihr warmes kleines Gesicht energisch an den Knochen meiner Hüfte und meines Unterleibs rieb, ich dachte an das *Leben der Knochen* hinter, innerhalb der unsichtbaren Welt des Körpers. Veras Welt. Ich dachte an beide zugleich. Fulla wandelte auf meinem Fleisch und machte, daß jedes Härchen sich zu ihr aufrichtete, und Vera sang in meinen Nervensträngen. (Meine poetischen Bilder werden besser, aber ich bin mir nicht sicher, ob der letzte Satz funktioniert. Ich lasse ihn stehen. Wer soll schon jemals diesen ganzen Quatsch lesen. Außerdem ist es *wahr.*)

Ich glaube, bis zu diesem Moment war ich Vera *dankbar* dafür gewesen, daß sie mir erlaubte, mit ihr zu schlafen. Bis ich mich mit der ungeschminkten Gewalt von Fullas Begehren konfrontiert sah, war mir nicht bewußt gewesen, wie sehr ich mir eingebildet hatte, ein kleines, unbedeutendes Wesen zu sein, zu dem die schöne, geheimnisvolle Vera lediglich *nett* war. Fulla entzündete in mir nicht nur die Sexualität, sondern auch ein Vergnügen an mir selbst, das mir neu war. Ich mochte meinen Körper. Ich mochte Phineas G. Nanson. Und – ich muß es gestehen – ich wollte diesen neuen, stolzen, schimmernden Phineas G. Nanson auch Vera zeigen. Ich wollte ihr etwas von meinem neuerworbenen Erfindungsreichtum mitbringen, *schenken.*

Aus meiner Romanlektüre habe ich offenbar die Vorstellung gewonnen, daß man sich angesichts von zwei Frauen genötigt fühle, die eine als »die Richtige« und die andere als »nur« dies oder jenes zu betrachten. *Nur* zum Sex, *nur* zur Erholung, *nur* zu Freundschaftszwecken sogar im Gegensatz zur romantischen verschweißten Zweiheit. Was ich plötzlich, nach diesem letzten Gedanken, unter dem Aspekt des hermaphroditischen Messers betrachte, mit dem ich auf Erik und Christophe eingestochen hatte. Eine Waffe zum Zerschneiden von Papier. Wir haben das kulturell erzeugte Bedürfnis, uns die Dinge auf diese Weise vorzustellen. Aber ich wollte das nicht. Ich wollte bis in alle Ewigkeit von Fulla zu Vera (und wieder zurück). Ich wollte sogar Vera beibringen, mich anzusehen. Mich, den die Liebesbisse einer schwedischen Bienentaxonomin bedeckten. Von Ormerod Goode und seinem Glenmorangie hatte ich einen weiten Weg zurückgelegt. Vermutlich hat auch er zu seiner Zeit ein Leben als Körper mit anderen Körpern gehabt. Dieser Gedanke war mir nie gekommen, trotz seiner erotischen Kritzeleien in staubigen Seminaren.

Ich ging also zu Vera. Wie üblich und nicht wie üblich. Als ich ankam, saß sie über eine neue Anordnung der Destry-Scholesschen Murmeln gebeugt. Die Anordnung enthielt, wie ich mich zu erinnern glaube, in der Mitte ein kreisförmiges Gebilde, dessen Mittelpunkt eine sehr große, leicht beschädigte Murmel bildete, deren gelblich-durchsichtiges Glas als Kern eine blaue durchbrochene Spirale enthielt, in der sich eine dünne rote Spirale befand. Von der Mitte ausgehend, hatte sie lange Tentakel oder Geißeln ausgelegt; die Anordnung folgte einem Prinzip, das sich mir nicht enthüllte. An den Enden waren die Arme gebogen, so daß sich eine hakenkreuzartige Form ergab. Sie blickte nicht auf, als ich hereinkam. Sie sah verändert aus. Ich begriff sogleich, daß sie von meinen Abenteuern wußte. Ich näherte mich im Krebsgang. Meine – das heißt Destry-Scholes', das heißt Veras – Schuhkartons standen auf einem Tischchen.

»Ich habe die Schuhkartons hergeholt«, sagte sie wie aus dem Inneren eines Zelts aus dunkler Seide.

Ich ging nicht zu den Schuhkartons, sondern zu ihr. Ich fragte sie, dämlich genug, woran sie gerade arbeite. Sie sagte mit klarer Stimme, das sei unwichtig. Nun, das war es sicher.

Und dann sah ich runde Tropfen auf die runden Glasmurmeln klatschen und in den grünen Filz einsickern ... Sie schniefte diskret, beinahe unhörbar. Fast, ja fast hätte ich auf dem Absatz kehrtgemacht und die Flucht ergriffen. Aber ich blieb. Ich legte eine Hand auf das Wogen ihrer weinenden Schultern. Ich streichelte das dunkle Haar. Stumm. Voller Angst, sie zu verlieren. Und schließlich, während noch mehr Tränen auf noch mehr Murmeln rollten, sagte ich: »Soll ich lieber gehen?«

»Es tut mir leid, daß ich mich so aufführe. Vielleicht wäre es besser.«

»Dann gehe ich.«

»Ich kann nicht erwarten, daß du dich mit meinen Problemen herumschlägst. Das ist nicht unsere Art, ich weiß –«

»Vera. Was ist los?«

»Ich kann so nicht weitermachen.«

»Mit mir? Natürlich verstehe ich –«

»Sei nicht albern. *Mit meiner Arbeit.* Ich habe etwas Unverzeihliches getan.«

Es hatte nichts mit mir zu tun. Ich atmete Sauerstoff, ich nahm sie in die Arme, ich nannte sie meinen Liebling, mein Herz (Wörter, die bis dahin im Nanson-Wortschatz nicht vorgekommen waren, zumindest nicht in Zusammenhang mit einem Possessivpronomen). Ich führte sie zum Sofa und hielt ihr nasses Gesicht an mein Hemd gedrückt, das ihre Tränen benäßten und bespritzten. Erzähl es mir, sagte ich, erzähl es mir. Das tat sie. Ich kann mich nicht erinnern, daß mir irgend jemand je zuvor etwas Derartiges anvertraut hätte. Ich streichelte ihr Haar, als zähmte ich ein verängstigtes Tier.

Sie hatte Szintigramme vom Schädelansatz, vom Hals und von der Wirbelsäule eines jungen Mannes gemacht; er hatte eine Operation wegen eines sehr seltenen Halswirbelkörperkrebses hinter sich, in deren Verlauf man ihm einen Arm und eine Schulter amputiert hatte. Allem Anschein nach war er völlig geheilt worden, hatte gelernt, einhändig und voller Narben zu leben, mit frechen bunten Jacken und bunten Mützen auf seinem kahlen Schädel. Und dann hatte man beunruhigende Symptome festgestellt. Sie hatten ihn geröntgt, um sich zu vergewissern. Vera hatte die Röntgenbilder auf einem Leuchtschirm angebracht, und durch die Bilder hindurch hatte das Licht die Fasern und Sprößlinge des Krebses gezeigt, die sich um die Wirbelsäule wanden und in sie hineinreichten, ihre Form verschatteten, sich in sie hineinfraßen und nach dem Knochenmark ausgriffen. Es waren, sagte Vera, herrliche Photographien. Noch vor fünf Jahren wären so genaue und klare Ergebnisse nicht möglich gewesen. Es waren viele Bilder. Der Blick des jungen Mannes wanderte von Bild zu Bild; der Chirurg deutete mit einem roten Laserstrahl auf die bösartigen Zellwucherungen, und Vera sah, wie der junge Mann in den Details ihrer Arbeit seinen Tod, seinen unvermeidlichen Tod, erkannte.

Und mit einemmal begann sie unbeherrscht zu weinen, als sie sah, wie er die Lippen aufeinanderpreßte und wie seine Halsmuskeln sich anspannten und sein Blick starr wurde. Sie weinte und weinte und ließ sich zu Boden fallen und mußte von dem Chirurgen hinausbegleitet werden, der dem Todgeweihten hätte helfen sollen, das tödliche Wissen zu verarbeiten. Mein Liebling, mein Herz, flüsterte ich ihr ins Haar. Ich sagte, der junge Mann sei ihr vielleicht dankbar gewesen, daß sie es sich so zu Herzen genommen hatte. Nein, sagte sie, er habe sie mit einem kalten, fernen, *bösartigen* Blick bedacht, denn sie war lebendig und machte unnötigerweise eine Szene, während er einen Tunnel hinab verschwand und nicht zurückgeholt werden konnte. Ich wischte ihr die Tränen ab, ich küßte sie, ich sagte – wahrheitsgemäß –, es sei mir immer unbegreiflich gewesen, wie sie es fertigbringe, so ruhig Tag für Tag im Tal des Schattens zu wandeln. Als ich ihr das Gesicht mit meinem Taschentuch abwischte und ihr sagte, wie tapfer sie sei, fielen mir Erik und Christophe und ihre enteneiblauen Taschentücher ein und Fullas Zunge an ihrem Taschentuch auf Eriks Blut an meinem Gesicht. Fulla hatte mich verteidigt, und jetzt fühlte ich mich Manns genug, Vera zu trösten. Ich sagte zu Vera, sie könne zu anderen nicht freundlich sein, wenn sie es sich selbst gegenüber nicht sei. Sie sagte, sie habe *kein Leben*, obwohl sie nicht im Sterben liege, nur diese asketische Berufung, und als verläßlicher (und ehrlicher) Phineas, der ich war, sagte ich, daß das nicht stimme, daß sie ein Leben habe, daß sie mich habe.

Wir gingen im Dunkeln ins Bett. Sie sagte, sie wolle nicht, daß ich ihr geschwollenes Gesicht sehe, und folglich sah sie nichts von

Fullas Liebesbissen. Mit Lippen und Fingerspitzen spürte ich die Tränen noch immer langsam zwischen ihren geschlossenen Lidern hervorquellen. Ich merkte, ich vermerkte, daß Veras Geruch, den ich insgeheim als silbrig bezeichnete, sich mit meinem eigenen ganz anders vermischte als Fullas, den ich als golden bezeichnete. Wie kam ich zu diesen synästhetischen Metaphern? Vera (mein Herz, mein Liebling) ist ein springender silberner Fisch, ein Mond, der über einen indigoblauen Himmel gleitet, Quecksilber, das sich in tausend Tröpfchen aufspaltet und zu neuen Formen gerinnt. Fulla ist ein goldener Kelch, der sich eifrig im goldenen Sonnenlicht öffnet, Fulla ist goldener Pollen im Bienenpelz, Fulla ist der dahinfliegende Flaum des Löwenzahns. Fulla ist Löwenfell und Katzenzähne. Ich glaube, mit den poetischen Einsprengseln tue ich mich doch noch etwas schwer. Der Drang dazu ist überwältigend, die Ergebnisse sind es weniger. Aber bis auf weiteres kann es stehenbleiben. Wir denken in Klischees, weil sie Ideen sind, die im Lauf der Zeit ihre darwinistische Tauglichkeit sozusagen bewiesen haben (ich spreche nicht von ihrem Wahrheitsgehalt). Ich könnte Fulla und Vera mit Tee und Kaffee oder mit Glasgow und Birmingham vergleichen, doch hier sind Klischees erforderlich, die als Pfahlwurzeln in dem (in jeder Hinsicht) gewöhnlichen Bewußtsein fungieren, aus dem neue Mutationen in leicht veränderter Form erzeugt werden.

Wir lagen im Dunkeln. Sie umklammerte meine Arme nicht mehr, ihre Finger waren entspannt, obwohl die Tränen noch immer flossen. Ich schmiegte mich schützend und behutsam an ihren reglosen Körper, streckte das Rückgrat, um es ihrem gekrümmten anzupassen, und mein Geschlecht regte sich in der Spalte ihres weißen (unsichtbaren) Hinterteils. Ich kam auf den Einfall, ihren Halsansatz zu massieren (ich kann einfach keine Zeichen deuten), ließ es jedoch bleiben, als meine Berührung einen heftigen Schauder bewirkte. Ich streichelte ihr Haar und ihr Gesicht und ihre Ohren, wieder und wieder, und sie weinte, ruhiger jetzt, gelöster. Am Morgen weinte sie noch immer. Ich sagte, sie solle nicht in die Arbeit gehen, sie solle einen Arzt aufsuchen. Sie sagte, das habe ihr auch der Chirurg empfohlen. Ich sagte: »Ich bleibe in deiner Nähe.« Sie wollte widersprechen, doch ich sah, daß sie mich brauchte. Sie nickte. Da fiel mir ein, daß Fulla mich nicht erreichen konnte, und dann fiel mir ein, daß ich mit ihr in Verbindung treten müsse, während Vera beim Arzt war, damit ich – ja, was? – nun, zumindest das nächste Stadium des Hirschkäferexperiments in die Wege leiten konnte.

Den ganzen nächsten langen, leeren Tag über döste und weinte Vera abwechselnd. Ich bereitete kleine Mahlzeiten für sie. Und ich machte mich wieder an das Kartenverzeichnis.

Meine nächste Gruppe ist den Karten von Destry-Scholes nach dem Zufallsprinzip entnommen – oder eher nicht ganz zufällig, sondern in Befolgung einer Verbindung, eines Schlüssels eigener Erfindung. Ich beginne mit einem Zitat, das ich in Pearsons Biographie (Band 3, 1, S. 411) ausfindig machen konnte, da ich seinen unverwechselbaren Tonfall auf Anhieb wiedererkannte. Es bezieht sich auf *Weißnichtwo*, eine eugenische Utopie, die Galton in seinem letzten Lebensjahr verfaßt hat. Es handelt sich um die Karte Nr. 411 im Schuhkarton. Ich glaube nicht, daß diese Zufallsentsprechung etwas zu bedeuten hat.

> Bei der Erwägung des Problems jener Bücher, die einen anhaltenden Einfluß auf die Menschheit hatten, dachte er an die idealen Staatswesen in Platons *Republik*, Mores *Utopia*, Haringtons *Oceana* und Butlers *Erewhon*. Warum sollte nicht auch er auf kommende Generationen vergleichbaren Einfluß nehmen, indem er sein eigenes *Utopia* schrieb, die Geschichte eines Landes, dessen Nation nach eugenischen Gesichtspunkten eingerichtet war? Ein moderner Gulliver sollte sich auf die Reise machen und in Eugenia nach einer Braut suchen. Nur ein Bruchstück dieses *Utopia* mit dem Titel »Weißnichtwo« ist erhalten; es behandelt das »College für Eugenik von Weißnichtwo«. Das Buch gibt sich aus als »Exzerpte der Tagebücher des späteren Professors I. Donoghue ⟨Fußnote: ›Nie gehört!‹⟩, auf seine Bitte hin von Sir Francis Galton, F. R. S., durchgesehen und veröffentlicht«. Bei dem letzten Besuch, den ich

Galton am 28. und 29. Dez. 1910 abstattete, erzählte seine Nichte mir ein wenig geheimnistuerisch, er schreibe an einem »Roman« und werde mir wahrscheinlich nichts davon sagen, doch falls er es tue, müsse ich ihn dazu überreden, das Buch nicht zu veröffentlichen, weil die Liebesepisoden auf allzu absurde Weise unrealistisch seien. Es ist vielleicht unnötig zu betonen, daß ich ihm so etwas nie und nimmer geraten hätte. Galtons körperlicher Verfall hatte die Klarheit seines Geistes nicht im geringsten gemindert, als ich keine drei Wochen vor seinem Tod mit ihm sprach; und ihm zu empfehlen, etwas zu vernichten, auf dessen Erzeugung er Zeit und Kraft verwendet hatte, wäre mir geradezu verbrecherisch vorgekommen. Wäre Swift vor dem Erscheinen von *Gullivers Reisen* gestorben oder Samuel Butler vor der Veröffentlichung von *Erewhon*, hätten ihre Verwandten möglicherweise mit ähnlicher Befriedigung diese scheinbar törichten Geschichten vernichtet. Ich will nicht behaupten, daß Galtons literarische Phantasie sich mit der eines Swift oder Butler vergleichen ließe, doch bin ich zutiefst davon überzeugt, daß wir kleinen Fische uns kein Urteil über den Salm anmaßen sollten, wenn er aus unserem Teich sechs Fuß hoch springt und Stufen erklimmt, die in unseren Augen aufs Trockene führen. Wir dürfen nicht vergessen, daß Galton sich in seinen letzten Lebensjahren ganz dem Vorhaben verschrieben hatte, die Eugenik durchzusetzen. Durch seine Stiftung des eugenischen Labors wollte er die Männer der Wissenschaft erreichen; Gruppierungen wie den Anthropologen hatte er sich in seinen Huxley-Vorträgen genähert und den Soziologen in seinem Vortrag vor ihrer Gesellschaft und seinen danach verfaßten Essays; in seinem Oxforder Herbert-Spencer-Vortrag hatte er an die akademische Welt appelliert und in seiner Eugenischen Erziehungsgesellschaft an all jene, die Vierteljahresschriften lesen. Dennoch gibt es Schichtungen der Gesellschaft, die selbst auf diesem Wege nicht erreicht werden können. Für diese war er bereit, sich interviewen zu lassen, und für die noch Unbeleseneren, die Romane lesen und nur die Bilderseiten der Zeitungen anschauen, schrieb er, was ihnen entsprach, ein Märchen, sein »Weißnichtwo«. Seine Methode des Werbens war verständnisvoll, doch ich glaube, daß Galton sein Publikum eben besser einschätzen konnte als die meisten anderen. Ein Ibsen oder Meredith, der Galtons Überzeugungen geteilt hätte, hätte mit seiner machtvolleren Phantasie die Vorstellungskraft derer, an die sich Galtons Erzählung richtete, wohl überfordert …

Karte Nr. 413 Brief von Gs Nichte

Ich wollte Ihnen gerade über »Weißnichtwo« schreiben, als Ihr Brief eintraf. Als ich mich an das Vernichtungswerk machte, war mir dies so schmerzlich, daß ich zuerst dachte, ich wolle mich darauf beschränken, das Ganze nur zu »dauphinisieren« und dann weiterzusehen. So zerstörte ich die *ganze* Geschichte, die ganze arme Miss Augusta und die Nonnyson-Anekdoten und wahrhaftig alles Unpassende – doch es sind nicht wenige Seiten geblieben, die zu beurteilen ich mich außerstande sehe. Ich schicke Ihnen daher die verstümmelte Fassung in der Hoffnung … daß Professor Karl Pearson sich mit ihr befaßt … In dieser verstümmelten Form wird das arme »Weißnichtwo« niemals veröffentlicht werden können; davor ist es so sicher, als wäre es ganz und gar vernichtet, doch ich glaube, das, was übrig ist, könnte Prof. Pearson interessieren und vielleicht, obgleich ich dies bezweifle, von Nutzen sein. Und zudem müßte ich mich nicht gar so sehr wie eine Mörderin fühlen, wenn *etwas* davon erhalten bliebe!

Karte Nr. 414 [selbstverständlich Pearson]

Zweifellos waren jene, die es auf sich nahmen, über Galtons letztes Werk das Urteil zu sprechen, sich der Verantwortung, die sie damit eingingen, völlig bewußt. Doch die Pflicht eines Biographen ist anderer Natur; seine Aufgabe ist es, seinen Gegenstand von allen Seiten darzustellen; etwaige Schwächen würden durch Stärken wettgemacht; und wenn er sich veranlaßt sieht, die Jugendtaten seines Gegenstandes zu schildern, so muß er auch die seines Alters schildern.

Außerhalb der Reihenfolge schiebe ich jetzt zwei Karten ein, die mir in Zusammenhang mit der letzten Karte in der »Weißnichtwo«-Gruppe zu stehen scheinen. Ich hatte das Wenige gelesen, das Pearson von »Weißnichtwo« zu retten vermocht hatte – eine auf ziemlich kindische Weise muntere und dogmatische Schrift, harmlos genug, außer man hält *jeden* eugenischen Gedanken für von Grund auf teuflisch. Und nachdem ich einige von Veras schrecklicheren Bildern gesehen habe, bin ich dafür, gentherapeutische Forschung zu unterstützen. Aber Utopien mag ich nicht, und Galtons durchhygienisierte Welt mag ich auch nicht, selbst wenn er sie – obwohl ich mir da nicht so sicher bin – mit einer Art *wolkiger* Ironie behandelt.

Karte Nr. 24 G über Energie

Energie ist eine Eigenschaft der höherwertigen Rassen, da sie mehr als alles andere von der natürlichen Selektion profitiert. Die Lebensumstände und der Lebenskampf zwingen uns zu reger Aktivität. Sie bieten Stimuli, welche die Schwachen bedrücken und bekümmern, denn sie klagen und jammern darunter, scheitern vielleicht an ihnen, während der Energische sie mit fröhlichem Achselzucken begrüßt und sich an ihnen stählt. Diese obenerwähnten Stimuli können jeder beliebigen Art sein; wichtig ist nur, daß alle Fähigkeiten gefordert sind, damit keine durch Nichtgebrauch verkümmert. Bei wenigen Fähigkeiten genügen recht schlichte Stimuli. Schon eine Fliege gibt einen brauchbaren Stimulus ab. Hunde sind unablässig damit beschäftigt, sich zu kratzen, und Vögel damit, ihr Gefieder zu putzen, wenn sie nicht durch Nahrungssuche, Jagd, Kämpfe oder Liebe abgelenkt sind. In den Zeiten des Nichtstuns gibt es wenig Beschäftigung außer ihren verschiedenen Hautreizungen. Gewaschene und gekämmte Haustiere werden träge, wie die Beobachtung lehrt, weil ihnen der Stimulus des Ungeziefers fehlt. Würden die Tiere nicht durch ihre Plagegeister zu reger Aktivität angespornt, hätten ihre Rassen sich wahrscheinlich schon seit langem auf eine Weise modifiziert, daß ihre Körper keinen Nährboden für Parasiten mehr böten.

Karte Nr. 99 G über das Ich (die Ichs)

Ich hege den Argwohn, daß vieles von dem, was wir als Unentschlossenheit brandmarken, daraus herrührt, daß unser Ich keineswegs eines und unteilbar ist und daß wir mitnichten gesonnen sind, das Ich des Augenblicks einem anderen aufzuopfern. Mir scheint, daß es Fälle gibt, wo wir uns zu Unrecht Vorwürfe machen, wenn wir sagen: »Die letzte Woche hast du nicht so verbracht, wie du es nun gerne hättest«, denn das Ich war nicht dasselbe. Man sollte das größte Glück für die größte Zahl im Auge behalten sowie den Umstand, daß das jeweilige Ich, das Rückschau hält, nicht als einziges zu berücksichtigen ist.

Karte Nr. 101 G über Ichs und Zellen

Bislang wissen wir nichts von der spezifischen Verbindung zwischen unserem Bewußtsein, unseren Ichs, und dem Eigenleben der Milliarden von Zellen, aus denen jeder menschliche Körper besteht. Wir wissen nur, daß die Zellen eine riesige Nation bilden, in der einzelne Mitglieder sterben und andere wachsen, um den Platz der Sterbenden einzunehmen, und daß die fortwährende Abfolge dieser unzähligen kleinen Leben das größere und bewußtere Leben des ganzen Menschen als Resultat zeitigt. Unsere Rolle im Universum mag sehr wohl entfernt jener der Zellen im Verbund eines Körpers ähneln, und unsere Persönlichkeiten mögen sehr wohl die vergänglichen, aber notwendigen Elemente eines unsterblichen kosmischen Geistes sein.

Karte Nr. 414 Die Religion von Weißnichtwo

Ihr Glaube oder, wie ich besser sagen sollte, ihr Aberglaube, denn er ist noch zu keinem dogmatischen Glauben geronnen, besagt, daß Lebewesen und insbesondere Menschen die einzigen tätigen Instanzen sind, von denen man verläßliche Kenntnis hat. Das Leben in seiner Gesamtheit gilt ihnen als riesiger Organismus, in welchem alles Lebendige seine unbewußte Rolle spielt, ähnlich wie es sich mit den verschiedenen Zellen in einem Lebewesen verhält. Ob die im folgenden aufgeführten Ansichten selbsterdacht oder zu Teilen entlehnt sind, weiß ich nicht, doch die Bewohner von Weißnichtwo sind der unverrückbaren Überzeugung, daß die Geister aller Wesen, die jemals gelebt haben, in ihrer Nähe weilen und ihr Tun beobachten. Sie beobachten das Treiben der Menschen aufmerksam, voller Kummer, wenn es der Menschheit schadet, und voller Freude, wenn es ihr nützt. Es ist eine Art gigantischer Personifizierung dessen, was wir Gewissen nennen, durch eine Vielzahl von Kompositporträts. Ich nehme an, daß die zahlreichen Visionäre unter ihnen – denn sie gibt es in allen Rassen – die flehenden oder zornigen Gesichter dieser imaginären Geister mehr oder weniger deutlich sehen können, sei es als Individuen oder als Kompositen. Es scheint keine rechte Klarheit darüber zu herrschen, ob die Wolken der Geistbeobachter sich aus Verwandten zusammensetzen, aus Mitgliedern derselben Rasse oder ferneren Bewohnern des Universums. Man vermutet, daß sie voneinander getrennt existieren, sich jedoch zu verschiedenen Gesamtheiten zusammenschließen können. Auch über die Macht dieser Geister ist man sich nicht einig; manche halten sie für lediglich sympathetisch, andere schreiben ihnen die Fähigkeit zu, Menschen Ideen einzugeben, andere wiederum unterstellen ihnen zeitweilige physische Kräfte. Jedermann hier ist davon überzeugt, daß er nach dem Ende seines Lebens sich dieser Geisterlegion beigesellen wird, und er hegt die lebhafte Hoffnung, daß seine Nachkommen so handeln werden, daß es ihm Freude bereitet und nicht Verdruß. Ich hörte, wie manche das Leben mit der schmalen Schaumkrone auf den Brechern eines rastlosen unendlichen Ozeans verglichen, der sich langsam und unerbittlich in das Ufer eines unendlichen und trägen Kontinents hineinnagt. Doch diese Metapher scheint mir wenig hilfreich, abgesehen davon, daß sie mir versinnbildlicht, wie klein in ihrem Verständnis das Leben angesichts der so viel größeren Menge von Elementen des potentiellen Lebens ist.

Beim Lesen von Pearsons Zusammenfassung all dessen fiel mir auf, daß Galton seine Utopiabewohner mit einem großen Interesse an Kompositphotographien ausgestattet hatte, die sowohl Familien- als auch religiöse Ikonen darstellten und bei den (fröhlichen)

Bestattungsfeiern Verwendung fanden. »In Weißnichtwo hält man die Rasse für weit wertvoller als das Individuum …«

Als Fußnote für Fulla füge ich etwas hinzu, was ich ebenfalls bei Pearson gefunden habe, aber nicht in Destry-Scholes' Schuhkarton. Es stammt aus einem Brief Galtons an seine Nichte Milly, Mrs. Lethbridge, die für die Teilvernichtung von »Weißnichtwo« verantwortlich war. Unter anderem spricht er vom Entwurf für den Grabstein seiner Schwester Emma, der mit Abbildungen von Galtonien verziert werden sollte – *Galtonia candicans*, von Professor J. Decaisne in Paris Galton zu Ehren nach ihm benannt. Es ist eine südafrikanische Zwiebel, deren Blütenschaft bis zu anderthalb Meter Höhe erreichen kann. Diese Informationen entnehme ich Pearsons Fußnote zu Galtons Brief. Der Brief ist auf den 17. Dezember 1904 datiert. Er findet sich bei Pearson auf S. 533 von Band 3, 2 (Destry-Scholes' Anmerkungsaskese hat mich so wahnsinnig gemacht, daß ich mich außerstande sehe, auf diese Angabe zu verzichten, selbst für *keinen eventuellen Leser*). Die Abbildung LVI auf S. 534 ist die Strichreproduktion der Zeichnung einer Galtonie.

> Der Grabstein unserer lieben Emma ist noch nicht einmal errichtet … Ich sende Dir eine Photographie von der Inschrift, die Du vielleicht behalten möchtest, um so mehr, als Du bei der Formulierung behilflich warst. Die Galtonien zu beiden Seiten sind eine ausgemachte Katastrophe. Der Künstler ist durch nichts zu entschuldigen, denn ihm standen viele Abbildungen zur Verfügung; Genauigkeit aber ist nicht die Stärke eines Künstlers. Ihnen sind Schatten so wichtig wie Gegenstände, und eine Hutschachtel wirft einen so schwarzen Schatten wie ein Granitblock. (Aus dieser Metapher ließe sich etwas machen!) […] Die letzte Rose des Sommers – die letzte Ratte des Jahres! Du wirst sie oder ihn hegen und pflegen müssen. Aber die erwartungsgemäß großen Familien der Ratten sind abscheuerregend. Ich hörte, daß alle Bienenstöcke ligurischer Bienen in England von einer einzigen Bienenkönigin abstammen sollen, die von der Riviera mit der Post nach England geschickt wurde. Ist das vorstellbar?

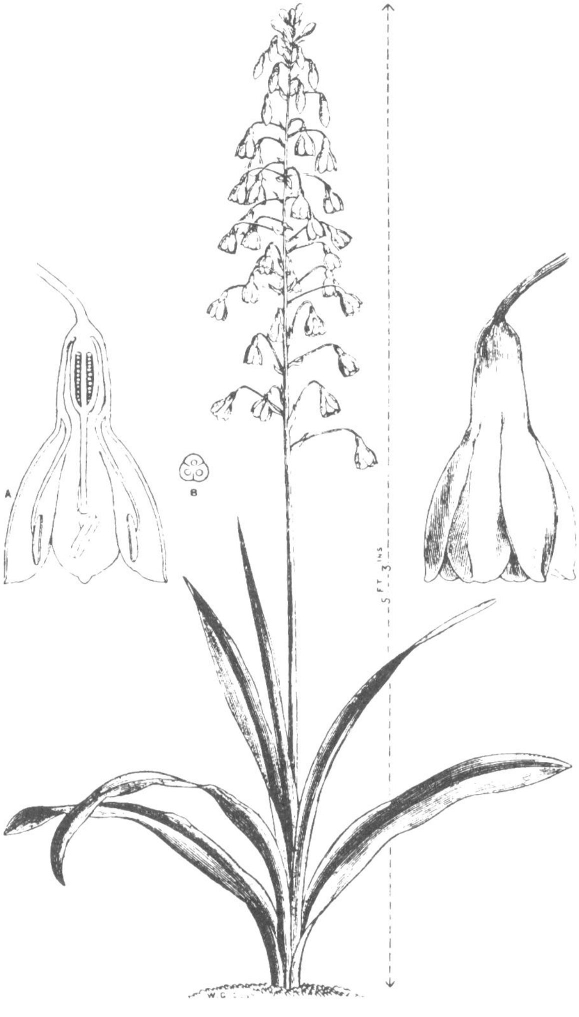

Die Riesenhyazinthe oder Galtonie (*Galtonia candicans Decue*, vormals *Hyacinthus candicans Baker*) aus dem tropischen Südafrika

Ich füge noch ein paar Zufallsfunde aus dem Schuhkarton hinzu. Zufallsfunde nenne ich sie, weil ich sie an verschiedenen Stellen entnommen und in diesem Dokument neu angeordnet habe. Die Verbindungen sind meine Idee. Zumindest in dieser Hinsicht werde ich allmählich zum Biographen von Scholes Destry-Scholes, *organisiere* ich zumindest den Steinbruch des Sekundärmaterials zu einer Urform, einer vorläufigen Form.

Karte Nr. 79 [Henrik Jaeger im *Dagbladet* vom 27. 2. 1891 – mein Verweis; PGN] [Besprechung der Premiere von *Hedda Gabler*]

»Der Applaus wurde schwächer, je weiter das Schauspiel voranschritt … Ibsen hat die hier dargestellten psychologischen Konflikte behandelt, wie Pasteur und Koch Bakterien behandeln.«

Und Georg Göthe in der *Ny Svenske Tidskrift*:

»Keine dramatische Begabung kann einen so dunkel vielschichtigen Charakter wie Hedda Gabler wirklich klar und dramatisch einleuchtend gestalten.«

Karte Nr. 113 [Georg Brandes an Professor C. J. Salomonsen, Dresden, 1874. PGN] [Salomonsen ist Biologe. PGN]

Der Mann sitzt da und produziert sehr wenig, außerstande, aus der Welt um ihn herum geistige Nahrung zu beziehen, weil es ihm an den dafür erforderlichen Organen mangelt und weil er starrsinnig auf allen erdenklichen Vorurteilen und Absonderlichkeiten beharrt. Nur für eines hat er einen sicheren Blick, nämlich die Vorurteile seiner Heimat, alles, was in Norwegen und Dänemark obsolet ist; doch der Mangel an systematischer Bildung macht ihn hoffnungslos beschränkt. Denken Sie nur – er glaubt allen Ernstes an eine Zeit, da die »intelligente Minderheit« in diesen Ländern »sich gezwungen sehen wird, sich der Hilfe von Chemie und Medizin zu bedienen, um das Proletariat zu vergiften«, um nicht von der Mehrheit politisch überrollt zu werden. Und diesem universellen Vergiften gilt sein Trachten. Auch die Deutschen, unter denen er so lange gelebt hat (ohne jemals einen einzigen intelligenten Deutschen kennenzulernen oder mehr als ein oder zwei Bücher im Jahr zu lesen – ich übertreibe nicht), auch die Deutschen kennt er nur sehr oberflächlich, und seine Bekanntschaft mit ein paar verrückten Katholiken hat ihn dazu gebracht, seine Sympathien der katholischen Faktion zu schenken, während er sich gleichzeitig als Freidenker bezeichnet. Kurzum, er ist in einem unaufhörlichen Chaos der Charakterlosigkeit gestrandet.

Karte Nr. 2 [Aus Ibsens Ballonbrief an eine schwedische Dame, den er aus dem belagerten Paris im Krieg von 1871 absandte.] In diesem Brief (Stellen, die *nicht* von S-D-S notiert wurden) schreibt er, daß er ihr den Brief nicht mit einer Brieftaube schicken kann, weil er keine Tauben hält, die die Vögel der Hoffnung sind. »Auf diesem engen Boden bauen nur Eulen und Raben ihr Nest. Keine Boten für eine Dame.« Er hatte den Nil mit einer Gruppe internationaler Mitreisender befahren,

Elf gallische Hähne, vier spanische Hengste …
Eine Art Widder aus der Schweiz … und natürlich
Eine Herde deutscher Wildschweine, fast zahm.

[Ibsens schwedische Dame war Frau Frederika Limnell. PGN]

Wenn die Persönlichkeit fehlt,
Wenn es weder Haß gibt noch Empörung,
Noch Freude, noch Pulsschlag, noch Erröten,
Ist der Ruhm nichts als dürres Knochengeklapper.
Wer sah nicht mit dem inneren Auge Juno,
Bleich vor Zorn, als sie ihren Herrn überraschte? …
Doch die Götter Ägyptens waren anders.
Statisch, nicht wie die Götter der Griechen
Und wie die Menschen, die sündigen, tasten und sich
Aus der Sünde aufrichten.
Und diese jahrtausendealte Kultur
Liegt wie eine blutlose Mumie in ihrer Gruft.

[Galtons Nichte, eine Bienenkönigin als Ahnherrin, Ibsens schwedische Dame, sinnlose Verbindungen zu meiner eigenen Geschichte. Und Göttinnen, denn ich habe entdeckt, daß Fulla eine skandinavische Naturgottheit ist, eine Dienerin Friggs.]

Karte Nr. 134

Wenngleich Philosophen sich bemüht haben mögen, darzulegen, daß es unmöglich ist herauszufinden, was im Geist eines anderen vorgeht, beharre ich auf der gegenteiligen Ansicht. Ich wüßte nicht, warum der Bericht eines Menschen über seinen eigenen Geist nicht ebenso vertrauenswürdig und verständlich sein sollte wie der eines Reisenden über ein neues Land, dessen Beschaffenheit und Bewohnerschaft sich von allem unterscheidet, was wir kennen. Mir will scheinen, daß die Erforschung der mentalen Beschaffenheit anderer Menschen ein höchst fruchtbares Forschungsfeld darstellt, insbesondere die bislang hier wie anderswo gewonnenen Fakten darauf hinzuweisen scheinen, daß die ursprünglichen Unterschiede der mentalen Konstitution beständiger Natur sind und durch die Erziehung nur wenig beeinflußt werden können, somit also hauptsächlich vererbt sind.

Destry-Scholes hatte es wie üblich verschmäht, dies zu annotieren, und eine Zeitlang brachte ich es irrtümlich mit den Ibsen-Zitaten durcheinander, mit denen ich es plaziert habe. Tatsächlich stammt es aus einem Vortragsmanuskript Galtons über »Beobachtungen und Folgerungen zum Thema des freien Willens«, erschienen in *Mind* (Band IX, 1884, S. 406-13). Destry-Scholes kann nie und nimmer an *mich* gedacht haben, als er dieses unförmige Dossier hinterließ. Ich vermute, der einzige Leser, den er sich vorgestellt haben könnte, wird er selbst gewesen sein, und ich vermute, daß er ein außergewöhnlich gut ausgebildetes photographisches Gedächtnis besessen haben muß, um in diesem Chaos die Übersicht zu behalten. Ich war nicht wenig stolz, daß ich obiges Zitat mit Hilfe von Sachregistern ausfindig gemacht hatte, was zeitaufwendig gewesen war. Dann stellte ich fest, daß ich es bei Pearson hätte nachschlagen können – vor dem ich immer mehr Respekt empfinde, zumindest angesichts seiner Leistungen als gründlicher Verfasser von Fußnoten und Indizes.

Karte Nr. 98 [Mitschrift einer Ansprache von HI]

Bevor ich das erste Wort schreibe, muß ich die Figur durch und durch kennen. Ich muß mich bis in den hintersten Winkel ihrer

Seele getastet haben. Ich gehe immer vom Individuum aus; Bühnenwirksamkeit und dramatisches Ensemble stellen sich von allein ein und bereiten mir kein Kopfzerbrechen, sobald ich mir des Individuums in jeder Faser seiner Menschlichkeit gewiß bin. Doch ich muß auch eine Vorstellung von seinem Äußeren haben bis zur kleinsten Einzelheit, wie es geht und steht, wie es sich beträgt, wie seine Stimme klingt. Dann lasse ich es nicht mehr los, bis sein Geschick sich erfüllt hat.

Karte Nr. 137 [Mitschrift einer Ansprache von HI]

In der Regel schreibe ich 3 Entwürfe zu meinen Stücken, die sich sehr stark voneinander unterscheiden – in der Charakterausführung, nicht in der Handlung. Wenn ich mich an das erste Ausarbeiten meines Materials mache, ist es, als wären die Figuren mir von einer Eisenbahnfahrt her bekannt. Man hat eine oberflächliche Bekanntschaft geschlossen, hat über dies und jenes geplaudert. Beim nächsten Entwurf sehe ich alles schon viel deutlicher, und ich kenne die Leute so, wie man jemanden kennt, mit dem man einen Monat in einem Kurort zugebracht hat; ich habe ihre charakterlichen Grundgegebenheiten und ihre kleinen Eigentümlichkeiten entdeckt, doch in manchen Grundzügen mag ich mich noch immer täuschen. Und im letzten Entwurf bin ich bis an die Grenzen meines Wissens gelangt; ich kenne meine Figuren aus enger und langer Bekanntschaft – sie sind vertraute Freunde geworden, die mich nicht mehr enttäuschen können; so, wie ich sie jetzt sehe, werde ich sie immer sehen.

Karte Nr. 197

Die Punkte, die ich herausstellen wollte, sind hauptsächlich folgende: Erstens sollte man den Charakter mittels sorgfältig aufgezeichneter Handlungen beurteilen, die für das Betragen repräsentativ sind. Verallgemeinerungen sind nichts als eine Mixtur aus undeutlich Erinnertem und punktuellen Beobachtungen. Das Verallgemeinern ist eine verbreitete Untugend. Wir benötigen Listen von Fakten, deren jeder für sich allein überprüft werden kann, bewertet und abermals bewertet, bis man die Summe des Ganzen bilden kann. Die statistischen Ergebnisse unseres Betragens in unbedeutenden Alltagsdingen werden sich höchstwahrscheinlich als der einfachste und genaueste Maßstab unseres Charakters erweisen. Der andere Punkt von herausragender Bedeutung ist der, daß ein bewußtes und methodisches regelmäßiges Prüfen des eigenen Charakters wie des Charakters anderer kein Hirngespinst ist, sondern eine Forderung, die ernsthafter Erwägung und der Erprobung im Experiment würdig ist.

[Dies stammt aus Galtons Text über »Charaktermessung« PGN«.]

Karte Nr. 6 aus *Peer Gynt*

KNOPFGIESSER Doch beim Meister steht Sparsamkeit obenan;
Drum ist er und bleibt ein gemachter Mann.
Er schmeißt nicht, wie wer sich vom Äußeren blenden läßt,
Als unnütz weg, was sich als Rohstoff verwenden läßt.
Du warst zum blinkenden Knopf auserwählt
Am Frack der Welt; doch die Öse fehlt,
Und deshalb wirst du zum Ausschuß gestoßen
Und, wie das heißt, in Brei umgegossen.
PEER Wie, du willst doch nicht sagen, man gösse uns
In was Neues um zusammen mit Hinz und Kunz?
KNOPFGIESSER Ei, freilich rechne ich mit solchen Güssen.
Hat mehr als einer dran glauben müssen.
Zu Kongsberg ergeht es dem Geld nicht anders,
Das schlecht ward ob zu vielen Gewanders.
PEER Aber das ist ja elende Knauserei!
Teuerster Freund, da gib mich nur frei –
Ein Knopf ohne Öse, ein blinder Heller -
Was ist das für *deinen* Auftragsteller!
KNOPFGIESSER Freund, ösenlos oder abgeschliffen –
Dein Metallwert bleibt davon unangegriffen.

Und ich füge noch die Stelle von Peer Gynt und der Zwiebel hinzu, die abzuschreiben Destry-Scholes wahrscheinlich nicht nötig fand, da sie so berühmt ist.

Noch immer das alte Geliebel!
Du bist kein Kaiser, du bist eine Zwiebel.
Jetzt will ich dich einmal schälen, mein Peer!
Es hilft dir nichts, stöhnst du auch noch so sehr.
(*Nimmt eine Zwiebel und pflückt Haut um Haut ab.*)
Da liegt die äußere, zerfetzte Schicht –
Der Gescheiterte, der um sein Leben ficht.
Die Passagierhaut hier, dünn wie ein Sieb –
Hat doch im Geschmack von Peer Gynt einen Hieb.
Hier ist das Goldgräber-Ich – fahr hin!
Der Saft ist weg – war je einer drin.
Dies Dickfell hier, mit dem Zipfel für zwei,
Ist der Pelzjäger an der Hudsonbai.
Dies gleicht einer Krone hier – hat sich was!
Dem geben wir ohne weiteres den Paß.
Hier der Altertumsforscher, kurz, aber kräftig,
Und hier der Prophete, frisch und vollsäftig.
Er stinkt von Lügen, wie's in der Schrift heißt;
Ein Duft, der ein ehrlich Mannsauge wie Gift beißt.
Dies Blatt hier, das weichlich am Finger klebt,
Ist der Herr, der herrlich und in Freuden gelebt.
Das nächste scheint krank. Es hat schwarze Schwielen –
Schwarz kann auf Neger wie Pfaffen zielen.
(Pflückt mehrere auf einmal ab.)
Das hört ja nicht auf! Immer Schicht noch um Schicht!
Kommt denn der Kern nun nicht endlich ans Licht?
(Zerpflückt die ganze Zwiebel.)
Bis zum innersten Innern – da schau mir einer! –
Bloß Häute – nur immer kleiner und kleiner!
Die Natur ist witzig!

Nachdem ich all diese Karten zusammengestellt hatte, fügte ich ein Zitat aus Linnés *Nemesis Divina* über Gespenster – Spöka – hinzu, um dessen Übersetzung ich seinerzeit Fulla gebeten hatte. Ich war mir nicht sicher, ob es wirklich hierherpaßte, aber ich brauchte einen Text, der in der dritten Person gehalten war, um das Arrangement abzurunden. Er paßte zu den Geisterwolken aus Galtons Weißnichtwo und zu Destry-Scholes' phantasievoller Version von Linnés Münchhausiade über seine Reisen in den hohen Norden, die zu Beginn meines Textes vorkommt. Ich hatte Vera ins Bett gebracht und las Fullas ordentliche kleine Taxonomenschrift in dem kleinen Wohnzimmer.

Karte Nr. 100

Von Gespenstern wird erzählt in der Schrift, in ältesten Zeiten, meist in fabulöser Zeit. Nun hört man nichts mehr davon in den florierenden Reichen, allerorts wird auf dem Land davon gesprochen. Das meiste ist fabulös. Nichts habe ich gesehen.
Kinder wurden eingeschüchtert, an Gespenster zu glauben, wenn sie allein in die Dunkelheit gehen, oder am Tag, wenn die Läden verschlossen werden. Das sitzt eingewurzelt das ganze Leben lang, daß sie sich im Dunkeln fürchten. Vor allem auf Kirchhöfen und nahe Galgen.
Von 1000 Sagen ist schwerlich eine veritabel.
Die Heilige Schrift sagt, daß jeder seinen Engel hat, der ihn bewahrt Tag und Nacht vor Unglücken, vielleicht auch hilft bei Unglücken. Ob sie dem Körper folgen wie der Schatten?

Ich versuchte das Geheimnis des Schuhkartons zu ergründen. Ich versuchte Destry-Scholes' ganzes Vorhaben zu ergründen – vorausgesetzt, es handelte sich um eines und nicht um drei verschiedene. Es hatte nichts mit dem zu tun, was wir heute Mehrfachbiographie nennen. So etwas ist in Mode gekommen, weil wir nicht mehr wie Karl Pearson an große Männer glauben und weil wir die Menschen gerne als Teile sozialer Strukturen sehen, deren Mechanismen und Wechselbeziehungen wir aufdecken und beschreiben können. Ich hatte das Gefühl, daß Destry-Scholes' Figuren sich in seinem Geist ineinander verwoben hatten wie die Figuren einer Dreifaltigkeit. Warum gerade diese drei, fragte ich mich und versuchte, Abstand zu gewinnen. Wovon waren sie drei Aspekte?

Ein Taxonom, ein Statistiker, ein Dramatiker. Jeder von ihnen auf seine Weise ein Erforscher der Art und Weise, wie Dinge und Menschen miteinander verbunden sind. Jeder mit der Untersuchung verschiedener Aspekte dieser Dinge und Menschen beschäftigt. Wie drei unterschiedlich geknüpfte Netze mit verschieden großen Maschen, die über die Natur der Dinge geworfen waren.

Galton betrachtete die verschiedenen Ichs in der Brust eines Menschen wie Zellen, die in einem Organismus zusammenwirken. Georg Brandes' höhnische Beschreibung des Ibsenschen Mikrokosmos sprach von Keimen und Bakterien, von Befall und Zersetzung. Ibsen, der Tragödienschreiber, nicht Galton, der Eugeniker, war es, der die niederen Klassen vergiften wollte.

Alle drei gelangten vom Mikroskop zum Makroskop, vom Kleinen zum Großen. Ihre Detailschilderungen überlagerten und überschnitten sich – auf verrückte, bisweilen willkürliche Weise von Destry-Scholes (und später dann von mir) arrangiert. Sie nahmen sich aus wie eines der Galtonschen Kompositporträts, die vielleicht den Schlüssel zu dem bildeten, was Destry-Scholes im Sinn gehabt hatte. War das Kompositporträt sein wahres Gesicht? War es, blickte man in einen verrückten Spiegel, das meine?

Und neben dem Schuhkarton gab es das Problem der drei fiktiven biographischen Fragmente, in denen der Biograph keineswegs zufällig seine eigenen Lügen und Erfindungen in das dichte Gewebe der gesammelten Fakten eingewoben hatte. Sollte das ein spöttischer Kommentar zur Hoffnungslosigkeit des Wunsches nach biographischer Genauigkeit sein, oder war es nur ein übermütiges, grillenhaftes Spurenverwischen? Ich hatte den Eindruck, als verstünde ich, daß die der Phantasie geschuldete Erzählung aus der des Wissenschaftlers erwachsen war und daß der Drang zu *erfinden* in gewisser Hinsicht meinem eigenen Gefühl verwandt war, das mir sagte, ich müsse beim Zusammenfügen dieser Erzählung Fakten über mich selbst einbeziehen, und nicht nur Fakten, sondern auch meine Empfindungen und nun meine Interpretationen. Auf merkwürdige Weise wurde ich dazu gebracht, meine eigene Geschichte zu schreiben, auf sehr verschiedenartige Weisen zu schreiben. Sie werden deutlich und undeutlich, bewegen sich über eine Vielzahl von Skalen, vom Winzigen zum Riesenhaften. Sie bildeten eines von Galtons Kompositporträts, das verschwommener war als die genetisch homogen beschaffenen. War das Kompositbild Destry-Scholes? War es, indem ich arrangiert und neu-arrangiert hatte, Phineas G. Nanson? Plötzlich hatte ich kurzzeitig eine erschreckende Vision. Ich begriff, daß das, was Destry-Scholes veranlaßt hatte, die drei fiktiven (lügnerischen, unwahren) biographischen Fragmente zu schreiben, das war, was nun mich veranlaßt oder veranlaßt hat, diese Materialansammlung in meine eigene Geschichte umzuwandeln, von meiner Liebe zu Fulla, meiner Liebe zu Vera, meiner Angst vor Maurice Bossey, meinem leisen Neid auf die Gefühle Eriks und Christophes zu schreiben (so, wie er schrieb, für keinen Leser). Ich begriff außerdem, daß alles fiktive Schreiben Destry-Scholes' sich auf Gespenster und Geistererscheinungen bezog, auf Doppelgänger und Wiedergänger, Metamorphosen, Zerstückelung, Tod. Zu diesen Themen gibt es sehr wenige menschliche Wahrheiten und unendlich viele Variationen. Ich stand eben im Begriff zu schreiben, daß es sehr wenige Wahrheiten über die Welt gibt, aber wahr ist daran nur, daß wir nicht wissen, was zu wissen wir biologisch außerstande sind, mag es noch so voll strahlender und zerstörender Dinge sein, Geometrien, Chemien, Physiken, zu denen wir keinen Zugang haben und niemals haben werden. Lesen und Schreiben erweitern – nicht unendlich, doch heftig und schwindelerregend – die uns wahrnehmbaren Variationen zu den Wahrheiten, die wir auf diesem Weg entdecken. Kinder fürchten sich vor dem Dunkeln; ein Doppelgänger geht uns zur Seite oder hängt wie ein Schatten an unserem Fleisch; und wir brauchen ein ganzes Leben (das kurz genug ist allein im Licht der Geschichte, vom Alter der Welt ganz zu schweigen), um zu entdecken, was diese Dinge für uns bedeuten – Dunkelheit und Schatten.

Ich merkte, daß ich in gewisser Weise Vera und Fulla *erfunden* hatte, während ich gleichzeitig immer wieder von ihrer unabhängigen und unvorhersehbaren Wirklichkeit überrascht war. Zum Beispiel sah ich sie in ihren jeweiligen Farben – Vera in den zärtlichen Blau- und den schimmernden Schwarz- und Grautönen der Dunkelheit und des Dämmerlichts, Fulla in den Farben des Sonnenlichts und des Pollens, des gelben Staubes, des goldenen Pelzes der Bienen. Ich könnte sagen, daß ich mir eine Königin der Nacht und eine Königin des Tages ausgedacht hatte, und ich könnte hinzufügen, daß der Geist diese gefährlichen Metaphern, sobald er sie erst einmal zu spinnen begonnen hat, verziert und ausschmückt.

Doch ich muß mich in acht nehmen. Vera ist eine wirkliche Frau, kein Todesengel. Sie ist eine wirkliche Frau, die ihr Leben damit verbringt, Zellwucherungen zu untersuchen, die leben und fressen, wachsen und töten. Und Fulla ist eine ziemlich hartnäckige Idealistin, die eine Vorstellung – o ja – von den unendlich verschlungenen Fasern der lebendigen Erdoberfläche hat, aber zugleich wie alle Wissenschaftler ihren kleinen Winkel erbittert verteidigt.

Wohin hat mich all das gebracht? Destry-Scholes' Dreifaltigkeit ist Destry-Scholes selbst und ist es nicht (ich weiß, daß ich das nicht zum erstenmal sage, doch er und die anderen geraten immer wieder aus dem Fokus und in ihn hinein). Ich bin mir nicht sicher, ob meine Forschungen noch weiter führen werden. Und ich muß bestimmte Entscheidungen über mein Leben treffen.

Ich mußte Fulla sehen. Außerdem hatte ich versprochen, ihr bei dem Hirschkäferexperiment zu helfen, und ich mußte sie beim Beobachten dieser Kreaturen beobachten, um beim eigenen Observieren und Aufzeichnen nichts falsch zu machen. Ich kam zu dem Schluß, daß ich Vera, die etwas ruhiger wirkte und eingeschlafen war, unbesorgt für kurze Zeit alleinlassen konnte. Ich sagte ihr – was stimmte –, daß ich jemandem bei seiner Recherche half. (Wie praktisch ist doch die Unbestimmtheit dieser neutralen Bezeichnung.) Ich rief Fulla von einer Telephonzelle aus an. Wir verabredeten uns im Richmond Park, auf der Lichtung des Turniers. Wir trafen uns vormittags; die Käfer waren am späten Nachmittag und in der Dämmerung, bevor der Park schloß, am aktivsten. Fulla hatte Plastikdosen zum Einsperren großer gehörnter Männchen mitgebracht und andere Plastikdosen voller köstlicher nordischer Sandwiches mit Krabben, Frühlingszwiebeln und Brunnenkresse. Während Ameisen unsere Krümel forttrugen, fragte sie mich, wie ich mit meinen Forschungen vorankomme.

Was sollte ich sagen? Die ganze Sache war so irrwitzig und so dürftig; wie sollte ich sie einer auf exakte Dinge konzentrierten

Taxonomin erklären können, jemandem, dem es darum ging, Pflanzen und Bestäubungsinstanzen zu beschreiben und zu retten? Ich sagte, ich wolle es aufgeben. Ich sagte, ich sei zu der Einsicht gelangt, daß die Literaturwissenschaft keinen Sinn habe, und habe mich deshalb mit Biographien beschäftigt, die eine Art Geschichtsschreibung seien, und nun hielte ich auch das für sinnlos. Fulla war auf eine Weise entspannt, die ihr gut stand und die meinen sensorischen Apparat – in allen Einzelbestandteilen: Nase, Haut, Augen, Ohren – vor Begehren kitzlig machte. Ihr kühner Mund war entspannt (zwischen kleinen Schlucken Apfelsaft ließ ich meine Zunge wie eine Biene hinein- und wieder hinausgleiten), ihre farblosen Wimpern warfen zarte Schatten über ihre versonnen blickenden Augen. Sie sagte, die Geschichte sei letztlich unverzichtbar. Selbst ich, sagte sie, brauche das Museum, in dem ich arbeite, ich brauche die Präparate der Käfersammler alter Zeiten, ich brauche alles Wissen, das die toten Feldforscher hinterlassen haben und mit dessen Auswertung wir noch immer beschäftigt sind. Sie erzählte von der Entdeckung der Laubenvögel mittels viktorianischer Hutdekorationen. Von Bienen, die niemand mehr zu Gesicht bekommen hatte, seit Alfred Wallace sein Exemplar auf eine Karte gesteckt und etikettiert hatte. All das müssen wir ins Internet bringen, sagte sie, damit Forscher im Regenwald sich in eine komplette Taxonomie einklicken können und das, was sie gefunden haben, einordnen können und nachsehen, was darüber bekannt ist (falls etwas bekannt ist).

Ich sagte, ich hätte versucht, etwas über Destry-Scholes herauszufinden. Der wiederum versucht hatte, etwas über einen Taxonomen, einen Statistiker und einen Dramatiker herauszufinden. Der mir den Eindruck machte, sagte ich, indem ich ein ganz klein wenig mehr erzählte als bisher, daß er sich mehr für das interessierte, was den dreien gemeinsam war, als für das, was sie voneinander unterschied. Der sie als sich überlagernd und überschneidend betrachtet hatte, so wie Galtons Kompositbilder. Zuvor, sagte ich, hatte er über Elmer Bole geschrieben, der viele Personen in einer Person vereinigte, der Soldat, Politiker, Forscher, Übersetzer, Linguist, sogar Bienentaxonom gewesen war. Ich weiß, sagte Fulla. Seine türkischen Bienen befinden sich in Oxford. Noch immer nicht vollständig katalogisiert. Er verstand etwas von Solitärbienen, sagte Fulla Biefeld. Sie müsse einräumen, daß sie selbst eine Vorliebe für Solitärbienen habe. Entomologen haben Gefühle wie jedermann sonst auch. Die Vorstellung vom Superorganismus habe sie immer gleichermaßen angezogen wie abgestoßen. Das Feldlager der Ameisensoldaten, der Bienenstock der Honigbienen, das genetische Muster, der Wille des einzelnen. Gewiß, sagte sie, müsse jeder, der einen Flughafen zu sehen bekam, annehmen, daß die Menschen einen Superorganismus bilden. Wechselseitige Abhängigkeit hält uns nicht weniger aneinander gefesselt als die Ameisen. Maschinen und Piloten, Lotsen und Buchhalter, Liftboys und Restaurantmanager, Polizisten und Passagiere, Elektriker und Anstreicher und Rolltreppenwartungsleute und Sicherheitsbeamte – jeder ist Teil des anderen. Ohne das Internet, in der Zeit vor dem Internet, waren wir ein Superorganismus.

»Aber du magst Solitärbienen«, sagte ich.

»Ich mag das Absonderliche und das Seltene«, sagte Fulla Biefeld, und ihr leichter Akzent klang stärker. Sie griff mit einer Hand in den Bund meiner Hose. Ihre kräftigen kleinen Finger trommelten und zerrten. Ich tanzte – meine Haut tanzte – zu ihrem Rhythmus. Ich sagte dümmlich, ich sei nur eine Kuckuckshummel. Ich säte, ich erntete nicht. Ich dachte mir, in Weißnichtwo müßten Superorganismen am richtigen Ort sein. Fullas Finger berührten jetzt meine Erektion. Ich dachte (ernsthaft und banal), daß Sex immer gleich und jedesmal anders ist. Mit einem leisen Seufzen wandte ich mich zu ihr. (Ich bin wieder in poetischer Stimmung. Man bemerke, in welchem Moment.) Und in ebendiesem Moment ertönte aus den Bäumen am Rand unserer grasgepolsterten Mulde lautes Krachen und Trampeln.

Zuerst dachte ich, es sei ein Hirsch. Es war gehörnt und zweibeinig, mit bizarren und spitzen Hörnern in Platingrau und schrillem Pink gekrönt. Es war sicherlich zwei Meter groß, nicht zuletzt durch Plateausohlen, die an die Kothurne erinnerten, mit denen die Schauspieler im griechischen Trauerspiel über die Bühne stapften. Es hatte biegsame Beine aus Leder, glänzend und beweglich, mit blinkenden Reißverschlüssen und Schnallen verziert. Oberhalb der Taille sah es aus wie gehäutet, doch in Wirklichkeit trug es ein scharlachrotes Seidenhemd oder -jäckchen, das an Handgelenken, Brust und Bauch eng anlag und auf halber Höhe des weißen Halses wie die Linie einer behutsam durchgeführten Enthauptung endete. Es schien einen geringelten Schwanz zu besitzen, ein kompliziertes Büschel aus Lederstreifen und Metallschnüren und -kettchen. Es lachte mit einem breiten vollippigen roten Mund im kreideweißen Gesicht; seine Nase war griechisch und seine Stirn (wie andere Teile seiner anatomischen Beschaffenheit) gewölbt. Ich dachte an Dionysos und an den Jäger Herne, bevor ich an einen Überfall dachte. Fulla wurde ganz still. Die statistischen Aussagen zum möglichen Sieg kleinerer Männchen bei *Lucanus cervus* und anderen Koleoptere sind nicht hundertprozentig aussagekräftig, aber hundertfünfzigprozentig entmutigend. Er kam direkt auf uns zu, in großen Sprüngen und lachend. Es war schlecht möglich, sich unsichtbar zu stellen. Eine zweite Gestalt erschien im Schatten zwischen den Baumstümpfen. Sie war schlank, zierlich, elegant in einem Armani-Jackett und Designerjeans. Es war Christophe. Er lief leichtfüßig hinter dem lachenden Dämon her, packte ihn an seinen baumelnden Zöpfen, berührte ihn am Hintern. Der andere drehte sich um und umarmte ihn. Fulla setzte sich auf und schnaubte verächtlich. Christophe erblickte uns.

Er wirkte nicht verlegen. Er klopfte dem Dionysos beruhigend auf die Brust und kam auf uns zugeschlendert.

»Ein komischer Ort, um sich wiederzusehen, Phineas. Ich wußte nicht, daß du deine freien Tage in diesem Winkel verbringst.«

»Wir machen Beobachtungen«, sagte ich.

Christophe sagte, er hoffe, die örtliche Fauna sei zu unserer Zufriedenheit. Der Dionysos lachte. Sanftmütig, bedachte man sein furchterregendes Aussehen. Christophe stellte ihn als Dean vor. Mein Freund Dean. Er komme manchmal an seinem freien Tag hierher, sagte er. Fulla sah verärgert aus. Ich begriff, daß der Grund dafür nicht war, daß wir ausgerechnet an einem Schwulenbalzplatz Hirschkäfer verfolgten, sondern daß Christophe mich bei unserer letzten Begegnung in ihren Augen angegriffen und beschimpft hatte. Diese Überlegung erinnerte mich daran, daß es sich in Wahrheit andersherum verhielt. Die Schnitte, die ich ihm mit dem Papiermesser beigebracht hatte, waren noch erkennbar. Mit sehr kleinlauter Stimme (sie sollte fester klingen, kam aber als Quieken heraus) fragte ich ihn, wie es Erik gehe.

Christophe sagte, Erik gehe es prima. Er fügte hinzu, daß er versucht habe, mich zu erreichen, daß ich jedoch nie zu Hause sei. Ich schwieg. Ich wollte niemandem auf der Welt Veras Adresse geben. Christophe sagte, sie hätten übereilt gehandelt, reagiert. Sie hätten erst im nachhinein begriffen, was ich mit Maurice Bossey durchgemacht haben mußte. Sie hofften sehr, daß ich zurückkommen würde. Sie hätten sich Sorgen gemacht, weil sie nichts mehr von mir gehört hatten. Dean, der mit gespreizten Beinen in der Sonne stand, lächelte wohlwollend. Christophe sagte, er würde mich gerne zum Abendessen einladen (sie hatten mich noch nie zu sich nach Hause eingeladen). Die Einladung galt auch für Fulla. Sie schnaubte abermals. Mit typisch gallischem Charme sagte Christophe, sie interessierten sich ernsthaft für ihre Meinung zur Machbarkeit von taxonomischen Urlaubsaktivitäten nützlicher Art. Dean grinste noch breiter. Fulla sagte, darüber habe sie auch schon nachgedacht. Jetzt sah sie wieder mehr wie ihr strenges öffentliches Ich und weniger wie meine Erdfrau aus. Ich sagte, ich müsse mein ganzes Leben neu überdenken, mein ganzes Leben und meine Arbeit. Aber das müsse nicht notwendigerweise eine Rückkehr in Pucks Gürtel ausschließen. Und ich würde sehr gerne zum Essen kommen, sagte ich. Ich auch, sagte Fulla. Vielen Dank. Christophe berührte Dean am Arm. »Auf geht's«, sagte er. Er wandte sich um. »Ach, Phineas, noch etwas. Wir schulden dir noch eine Urlaubsreise. Du hast deine Reise noch nicht ausgesucht.«

Und so aßen Fulla und ich bei Erik und Christophe zu Abend. Ich glaube nicht, daß sie uns für ein Paar hielten. Ich weiß nicht, was sie dachten. Ich weiß nicht, ob Christophe sah, wo sich Fullas Finger befanden, als er aus den Bäumen auftauchte. Und ebensowenig weiß ich – wenn ich schon dabei bin aufzulisten, was ich nicht weiß –, was Erik von Christophes Einfällen in das Reich Hernes des Jägers hielt. Ich machte mir mehr Gedanken über Eriks Reaktion auf mein Erscheinen. Schließlich hatte er mich rausgeworfen, nicht Christophe. Er kam uns im Eingang des Hauses in Notting Hill, in dem sich ihre Wohnung befand, entgegen und erdrückte mich in einer Bärenumarmung, streichelte meine Beine und Schultern, zerstrubbelte mir das Haar und lachte dabei dröhnend. Dann umarmte er Fulla, möglicherweise herzlicher als nötig, hob sie in die Luft und begrüßte sie in flüssigem Schwedisch. Sein Gesicht verschwand in ihrem Haar.

Ihre Wohnung war eine Überraschung nach der modernen Schönheit des Ladens. Es war eine Mischung aus übertriebenem Regency und viktorianischer Gotik mit geschnitzten Silberthronen, Porzellan mit Pfauenmuster, dicken schimmernden Samtvorhängen und Unmengen kleiner Lampen mit edelsteinfarbenen Schirmen – smaragdgrün, karmesinrot, kobaltblau –, die zwischen den dichten Schatten festumrissene goldene Lichtflecken warfen. Wir aßen einen Salat aus geräuchertem Heilbutt und marinierten Pilzen und ein Hasenragout mit Maronen und würzigem Kohl, eine Zitronencreme und federleichte Plätzchen. Ich erwähne diese Speisen – in normalen Romanen hasse ich Mahlzeiten, obwohl ich die von Proust oder Tolstoi oder Balzac um nichts in der Welt missen wollte –, weil ich merkte, wie schrecklich hungrig ich war nach den Tagen meines kargen und einfallslosen Kochens in Willesden, und mehr als der Champagner und Burgunder bewirkte das Essen, daß ich mir verwöhnt und wie im Paradies und unwirklich vorkam. Und weil sie sich meinetwegen (und Fullas wegen) soviel Arbeit gemacht hatten und das großzügig von ihnen war, nachdem ich sie mit ihrem eigenen stumpfen Messer geschnitten hatte und ihnen *snuff movies* zum Vorwurf gemacht hatte. Fulla aß konzentriert und mit offensichtlichem Vergnügen.

Wir saßen auf dicken Samtkissen und tranken türkischen Kaffee. Erik und Christophe verwandten ihren beträchtlichen Charme darauf, Fulla zum Reden zu bringen. Sie entwarf Schreckenstableaus des möglichen Abnehmens der Population von Bestäubungsträgern (darunter jener, die unsere Getreidepflanzen bestäuben). Schreckenstableaus der Zerstörung ihrer Lebensräume durch

Menschen und der Vernichtung nützlicher und notwendiger Insekten, Vögel, Fledermäuse und anderer Geschöpfe durch Pflanzenschutzmittel und Straßenbau. Sie sprach vom Verschwinden der Migrationswege, wo die Lebensräume noch bestanden. Von der zu großen Abhängigkeit von Zuchthonigbienen, die als Rivalen um Nektar und Pollen nur zu erfolgreich waren, für viele Pflanzen aber nicht unbedingt die besten oder verläßlichsten Bestäuber waren. Sie sprach von der Milbe *Varroa jacobsoni*, die aus dem Fernen Osten stammt und heute die Bienenstöcke auf der ganzen Welt heimsucht. Von den gefährlichen Killerbienen, die sich in Amerika unaufhaltsam nach Norden ausbreiteten. Von der Notwendigkeit, andere (oft bessere) Bestäuber zu finden, und das in einer Welt, in der diese schnell und unauffällig ausgelöscht werden. Von dem Sachverhalt, daß es auf der ganzen Welt nur neununddreißig qualifizierte Bienentaxonomen gab, deren Durchschnittsalter sechzig war und von denen nur zwei, beide über achtzig, Nachfolger ausbildeten. Von englischen Hummeln, von denen es einst fünf Spezies gegeben hatte und eine bereits ausgestorben war. Von Populationsproblemen und von der Welternährung und von Sesbania, einer Leguminose, die sowohl das Anwachsen der Wüsten verhindern kann, da sie den Boden bindet, als auch die Hungernden ernähren, doch nicht im erforderlichen Maß angebaut wird, weil niemand über die bestäubenden Insekten gut genug Bescheid weiß, über ihr Vorkommen, ihre Gewohnheiten. (Sie wird von Blattschneiderbienen bestäubt, *Megachile bituberculasta, Chalicodoa sp. Xylocopa sp.* Diese Bienen wären züchtbar, denn sie besiedeln Schilfrohr, Bambus, Holzstümpfe.)

Sie beschrieb ausführlich ein Universum des Sterbens und Verschwindens kleiner Wesen, lange Ketten nicht bedachter und nicht untersuchter Ursachen und Wirkungen, hilfloser Kreaturen und träger menschlicher Entscheidungen. Sie war praxisnah und voller Zorn.

Erik und Christophe sagten, sie hätten gehört, daß Leute ökologische Urlaubsreisen machten.

»Um die gefährdeten Galapagos-Inseln noch mehr zu ruinieren!« rief Fulla.

»Es müssen nicht die Galapagos-Inseln sein. Es könnte überall sein. Es könnte nützlich sein. Man könnte so an Gelder und an Helfer kommen –«

Das Geld, sagte Fulla, werde für werbewirksame Dinge wie Tiger und Pandas ausgegeben, die ohnehin zum Aussterben verurteilt seien. Die Touristen wollten glitzernde Fische und bunte Papageien und Affen sehen. Keine Bienen. Keine Käfer.

Sie könnten es lernen, sagte Christophe.

Fulla sagte, sie habe ein Projekt zur Beobachtung mediterraner Bienen. Viele unserer Pflanzen stammten von Pflanzen aus dem Mittelmeerraum ab, und wir seien darauf angewiesen, brauchbare Alternativen zur Honigbiene zu finden. Möglicherweise sehr bald. Aber die EU und jedermann sonst denke, Bienen seien Honigbienen, und deshalb würden Gelder nur für Honigbienen lockergemacht, so daß sich alles im Kreis drehe, Ende, aus.

Ihre Augen blitzten. Ihr Haar flammte und glitzerte. Wenn wir Ihnen Touristen besorgten, sagte Erik, könnten Sie sie dann ausbilden?

Könnten Sie sie *brauchen*?

Fulla sagte, sie würde ein paar halbausgebildete Leute benötigen – Parataxonomen –, denn sonst wären die Touristen nur durch die Gegend trampelnde Störenfriede. Aber Parataxonomen gebe es keine.

Christophe sagte, er habe den Eindruck, daß Phineas sich auf dem besten Weg befinde, ein Parataxonom zu werden.

Ich sagte, während ich an meinem Grappa nippte, daß ich nur ein Tropfen im Ozean sei.

Erik sagte, Ozeane bestünden aus Tropfen.

Christophe schenkte Grappa nach.

Fulla sagte, sie müsse ohnehin in genau vierzehn Tagen in die Türkei fahren.

Das hörte ich zum erstenmal, aber ich sagte nichts. Ich sagte noch nichts.

Wir gingen in Fullas kleine Wohnung und gingen ins Bett. (Ich hatte zu Vera gesagt, daß ich lange zu tun hätte und abends nicht zurückkommen würde. Sie war wieder auf, wanderte im Haus umher, bewegte hin und wieder die Murmeln.) Ich sagte noch immer nichts. Ich wußte nicht, was ich mit mir anfangen sollte. Überhaupt nicht.

Ich beschloß, Ormerod Goode noch einmal aufzusuchen. Ich rief ihn an und machte einen Termin aus – von Veras Haus und mit Veras Telephon. Ich hatte so viel Arbeit investiert und so viel geschrieben, aber nichts zustande gebracht, was ich vorzeigen konnte bis auf dieses Manuskript, mit dem ich aus naheliegenden Gründen nicht an die Öffentlichkeit gehen kann. Und mir war ein Gedanke zu Scholes Destry-Scholes gekommen, der mir schon viel früher hätte kommen müssen. Darauf zumindest wollte ich Ormerod Goode hinweisen, bevor ich mich geschlagen gab.

Goode saß in seinem braunen Büro und bot mir nichts an. Er fragte mich, wie ich vorankomme, und ich sagte, nicht sehr gut. Ich erzählte ihm von den drei kurzen Lebensläufen, davon, daß sie offenkundige Lügen enthielten, und von der Existenz des Schuhkartons. Ich machte einen stockenden Versuch, die Karten und die Photographien zu beschreiben.

»Ist das alles?« sagte Ormerod Goode, ohne sich auf eine Unterhaltung über Ibsen, Galton oder Linné einzulassen.

Ich sagte, so sei es. Es war alles. (Ich muß sagen, daß ich weder die Murmeln noch den Trepan erwähnt hatte.)

Goode sagte, das sei nicht viel. Versonnen fügte er hinzu, daß ich mich nicht sonderlich für biographische Recherchen zu eignen schiene. Diese strengen Worte versuchte er zu mildern, indem er sagte, er würde sich an meiner Stelle sicher nicht leichter tun, und deshalb habe er sich für Ortsnamen als Forschungsobjekt entschieden. Öffentlicher Besitz, sagte er, kann nicht weglaufen. Bleibt, wo er ist. Gut verknüpft. Zufriedenstellend.

Ich sagte, eine Sache gebe es noch, bei der er mir vielleicht weiterhelfen könne. Ich hatte mich daran erinnert, daß einer der wenigen »Fakten«, die ich über Scholes Destry-Scholes wußte, sein eventuelles Ertrinken im Malstrom betraf. Und mir war eingefallen, daß mein einziger Informant zu dieser Geschichte Ormerod Goode höchstselbst war. Ob er sich erinnern könne, wo genau er diese Information gesehen hatte?

Das sei wohl kaum von Bedeutung, sagte Goode, angesichts des grundsätzlichen Mangels an Material.

Ich sagte, für mich sei es von Bedeutung, auch wenn ich seine Einschätzung meines Versagens als potentieller Biograph zur Kenntnis nahm.

»Ich habe es von Jespersen in der Abteilung für Skandinavistik erfahren«, sagte Goode. »Er hat mir einen Zeitungsausschnitt gezeigt. Er sammelt alles, was mit dem Malstrom zu tun hat. Mythen und Legenden, Filme und Comics, Metaphern in Gedichten, Nachrichtenschnipsel, alles ist Wasser auf seine Mühle. Er ist nicht ganz dicht. Hat er mir selbst gesagt. Er sagte irgendwas wie: ›Erinnern Sie sich noch an den komischen Vogel, der einen Vortrag über Biographien gehalten hat? Der scheint in meinem Trichter verschwunden zu sein.‹ Damit können Sie mich natürlich nicht zitieren, das hat er nicht wörtlich so gesagt, wie sollte ich das auch nach all den Jahren noch wörtlich erinnern können. Ich kann nicht verstehen, daß irgend jemand etwas auf die Aussage von Augen- oder Ohrenzeugen vor Gericht gibt, Sie nicht auch, Nanson? Wenn Sie wollen, kann ich Sie mit Jespersen bekanntmachen. Er wohnt im obersten Stock im Roman-Jakobson-Gebäude.«

Wir gingen also zu Thorold Jespersen. Ein Wort, das mir in meinen poststrukturalistischen und postpsychoanalytischen Tagen gut gefiel, war der Begriff »überdeterminiert«. Im Rahmen meiner Geschichte (in welchem sonst?) war Thorold Jespersen überdeterminiert. Wäre er jung und forsch und klinisch gewesen, wäre ich vermutlich nicht minder zufrieden gewesen, ihn in der Geschichte vorzufinden, allein wegen des Elements von Schock und Erstaunen. Doch er hockte in einem verstaubten Dachkämmerchen hinter einem verstaubten Tisch voller gefährlich aufeinandergetürmter Lederbände, vergilbten Papiers und Krümel. Man erwartete Spinnweben, aber es gab keine. Sein Fenster war ein halbes Dachfenster und genauso schmutzig wie das im Seminarraum Gareth Butchers, wo die Seminare über Neue Kritik stattgefunden hatten. Dieses Fenster hier hatte sogar einen Rand aus lebhaft grünem Schleim oder Moos um seine verschleierte Trübheit. An den Wänden ohne Dachschräge hingen zwei Steckbretter (die ich später anschauen durfte) voller Photographien und Zeichnungen und Stichen und Seekarten vom Malstrom. Jespersen saß im Halbdunkel in einem Nest elfenbeinfarbenen Haars; sein langer weißer Bart hing in seine Papiere, sein langes weißes Haar mischte sich mit dem Bart; sein papierweißes runzliges Gesicht und seine blassen rissigen Lippen enthüllten walroßhorngelbe Zähne, und seine wäßrigen blauen Augen (*purging rheum*, wie Shakespeare es ausdrückte) spähten zwischen seinen Locken hindurch unter den hervorstehenden Vorgebirgen der weißen Brauen (voller Krümel. Alles war voller Krümel. Und voller heruntergefallener Korinthen oder möglicherweise Mäusekot). Raum und Mann sahen aus, als müsse es nach Verwesung stinken, aber das tat es nicht. Alles war trocken und staubig. Es dauerte eine Weile, bis er Ormerod Goode erkannte. Als er es tat, fragte er ihn mit hoher, spinnwebdünner Stimme, ob er mit seinem Hügelgrab Erfolg gehabt habe.

»Hügelgrab?«

»Louven How, Green Swang, Cock Lake Side.«

»Der See mit dem schwarzen Birkwild. Ihren Balzplatz haben sie dort noch, aber wie lange noch, weiß ich nicht. Sind vom Aussterben bedroht. Die Grabungen gehen gut voran, ja. Man dachte, der Schwarze Hahn wäre der Teufel, aber es ist bloß ein Auerhahn.«

»Schade«, sagte Jespersen unbestimmt. Schweigen trat ein. Goode stellte mich vor.

»Phineas Nanson. Er hat eine Frage zum Malstrom.«

»Ah, der Forscher. Bei mir sind Sie an der richtigen Stelle.«

Kein Forscher, sagte ich. Nanson, nicht Nansen. Mit einer Recherche beschäftigt, sagte ich, ohne mich näher zu erklären.

»Ah«, sagte Jespersen. »Auch gut. Gefährlich, dieser Malstrom. Tückisch. Manche glauben, er wäre das Loch, in das Dantes Odysseus eingefahren ist. Das Ende der Welt. Der uns bekannten Welt.« Er sagte: »Viele Wege in die Unterwelt, alle zu Lande. *Facilis descensus Averni.* In Abgründen und Bergen. Der hier ist der Wasserweg.«

Goode sagte, ich interessiere mich für jemanden, der offenbar dort ertrunken sei. Er sagte in ziemlich entschiedenem Ton, Jespersen habe ihm davon erzählt.

»Ach, ja. Über solche Fälle habe ich ein Dossier. Ertrunkene und Verschollene. Nicht weniger Selbstmörder als bei Beachy

Head, nur geborgen werden sie fast nie. Eine gute Methode, auf Nimmerwiedersehen zu verschwinden. Und wie heißt Ihr Kandidat, junger Mann?«

»Scholes Destry-Scholes«, sagte ich.

»Ah –«, sagte er und stand auf (er war fast zwei Meter groß und sehr dünn).

Seine Ablage schien ordentlicher geführt zu sein, als man aus seinem Schreibtisch schließen konnte.

Selbst jetzt rechnete ich damit, daß ich auf einer falschen Fährte war. Seine trockenen Finger raschelten mit trockenen Blättern.

»Da«, sagte er. »Da haben wir es. Mit Photo. Ein Zeitungsartikel. Britischer Schriftsteller vermutlich ertrunken.«

Gleich würde ich das Gesicht von Destry-Scholes sehen.

Jespersen kam über den knarrenden Boden zu mir und reichte mir den Zeitungsausschnitt.

»Es besteht kaum noch Hoffnung für den britischen Schriftsteller Scholes Destry-Scholes, der den Fischerhafen auf der Lofoteninsel Varøy vor einer Woche in einem kleinen Boot verließ. Das Boot wurde leer in der Nähe des Moskenesstroms gefunden, der unter seinem spätmittelalterlichen Namen Malstrom besser bekannt ist. Mr. Destry-Scholes befand sich allein auf einem Wander- und Angelurlaub und hatte Interesse an dem berühmten Strudel geäußert. Mit seiner dreibändigen Biographie des herausragenden britischen Exzentrikers, Forschers, Diplomaten, Wissenschaftlers und Schriftstellers Sir Elmer Bole war Mr. Destry-Scholes bekannt geworden. Von seinem Verlag erfuhren wir, daß man gehofft hatte, in Kürze ein neues Werk von ihm zu veröffentlichen, für das er in Norwegen und Südafrika recherchiert hatte. Das Bestreben nach Authentizität kann für Gelehrte gefährliche Folgen haben. Niemand weiß, mit welchem Thema er sich zuletzt konkret beschäftigt hatte. Er wurde als verschlossen, wortkarg und ungesellig beschrieben.«

Das Photo, das diesen Artikel begleitete, zeigte ein dunkles Ruderboot in aufgewühltem dunklen Wasser mit drei möwenbewohnten Felsen und einem gedrungenen Bergmassiv im Hintergrund. »So sehen sie alle aus«, sagte Professor Jespersen fröhlich. »Immer das gleiche Motiv, das leere Boot auf dem Wasser. Davon habe ich mindestens fünfzig. Den Mosken und die Tölpel wollen sie immer auf dem Bild haben. Pittoresk.«

Die Zeitung war die *Yorkshire Post.* Theoretisch hätte ich hinfahren und in deren Archiv nachsehen können. Aber danach war mir nicht zumute. Ich starrte das leere Boot an und das dunkle Wasser aus Zeitungspapier und dankte Jespersen und dankte Ormerod Goode und ging nach Hause.

Fast bin ich am Ende dieser Geschichte angelangt. Nicht der meines Lebens, sondern jenes Bandwurmsegments, das in einem Raum mit schmutzigem Fenster des Prince Albert Colleges seinen Anfang nahm und in einem ebensolchen mit dem Photo eines leeren Bootes sein Ende fand. Ich habe zugegeben, daß ich eine Geschichte schreibe, eine Geschichte, die auf zufällige (aleatorische) Weise zu einer in der ersten Person erzählten Geschichte geworden ist und sich von einer in der ersten Person erzählten Geschichte einer Suche in – ich muß es eingestehen – eine Geschichte der ersten Person als solche verwandelt hat, nämlich in eine Autobiographie. Ich kann Autobiographien nicht ausstehen. Schlüpfrig, unzuverlässig und, schlimmer noch, ungenau. (Ich bemühe mich, dem Problem des nachlassenden Vertrauens in die Vorstellung von Objektivität zu entgehen, indem ich im Luftsog der verläßlicheren, ideologisch unbelasteteren Idee der Genauigkeit reise. Ich glaube aber, daß diese Taktik nicht ganz aufgeht.) Da ich dies schreibe, ist das Verfassen von Autobiographien groß in Mode. Der »Reiz des Augenblicks«. (Darf ich mir so eine Formulierung durchgehen lassen? Ich lasse sie stehen. Man muß alles einmal ausprobieren.) Jedermann schreibt seine oder ihre »Erinnerungen«. Sie gleichen einander wie Galtons Photos oder die Porträts aus dem 18. Jahrhundert, von denen Ibsen spricht. Sie sind ziemlich abstoßend. Als Kind wurde ich dazu erzogen, Unaufdringlichkeit anzustreben, als Student dazu, unpersönlich zu sein.

Ich werde also aufhören, diese Geschichte zu schreiben. Mein Problem ist, daß ich allmählich dem Schreiben verfallen bin – das heißt, die Sprache eigenständig zu handhaben, und zwar – seien wir ehrlich – zu meinem eigenen Vergnügen. Ich bin verbotenen

Wörtern verfallen, Wörtern, die Anhänger der Neuen Kritik nicht verwenden dürfen, aber Schriftsteller sehr wohl. Wörter, die den unterschiedlichen Geruch von Fullas und Veras Haut beschreiben. (Das ist schwierig, aber nicht unmöglich. Ich habe kürzlich entdeckt, daß Linné auch eine Taxonomie der Gerüche angelegt hat. *Fragrantes* (duftend), *Hircinus* (bockig), *Ambrosiacos* (ambrosisch), *Tetros* (faulig), *Nauseosos* (ekelerregend), *Aromaticos* (aromatisch) und *Alliaceos* (knoblauchig.)

Fulla ist bockig und aromatisch. Vera ist duftend und – nicht knoblauchig, aber Lilien und Narzissen. Kühl und wurzelduftend, gemischt mit vergänglichen Blüten, deren Kronen und Schlünde grüngesprenkelt sind. Fulla ist der strenge, würzige Geruch der *compositae*, beinahe bitter, beinahe herb, aber verlockend. Veras Haar riecht nach Farn, und Fullas Haar – das ist schwierig; Geißblatt ist zu süßlich, Weißdorn zu mandelgleich, ich denke an Hecken, was nicht ganz zutreffend ist – eine Spur Jakobskreuzkraut und Fenchel, gemischt mit Wildrosen. Es wäre interessant zu erfahren, ob diese Genauigkeit, die mich viel Bleistiftkauen, Ins-Leere-Starren und mit intensiv erinnertem Genuß an abwesende Gerüche zu denken gekostet hat, jemand anderem die erotischen Freuden einer der beiden zu vermitteln vermag. Und noch eine Frage – würden diese zwei Hauttypen (diese zwei Frauen) für jemand anderen, dessen Haut anders als die meine riecht, auch anders riechen? Denn meine Nase erschnuppert mich selbst, wie sie sie erschnuppert. Ich werde absonderlich. Zurück zu dem, was ich schrieb und was einen Abschied vom Schreiben einläuten sollte.

Als Geschriebenes – was die Art und Weise betrifft, wie diese Geschichte sich in eine nicht außergewöhnliche Form eingefügt hat, in einen Kanal geflossen ist, den frühere Geschichten für sie ins Erdreich gegraben hatten (und all unsere Leben sind in mancher Hinsicht ein und dieselbe Geschichte mit Anfang, Mitte und Ende) –, als Geschriebenes also sieht dies aus wie die *Geschichte eines Schriftstellers.* PGN war nichts als ein Kritikaster, tritt auf die Bühne, findet sein Leben, findet seine Stimme, wird Schriftsteller. So oder ähnlich hätte es sich höchstwahrscheinlich in den zwanziger Jahren abgespielt (eine gute Zeit für Schriftsteller, wenn auch nicht die beste). Doch mich überkommt ein gewisser Ekel bei der Vorstellung eines solchen Geschicks für meinen Helden, mich. Dem Schreiben verfallen zu sein bedeutet nicht, daß man ein Schriftsteller sein will, werden will.

Gut. Wenn ich die Version »zwanziger Jahre« von Phineas G. Nanson erzählen würde, müßte sie mit einer »Offenbarung« enden. (Noch ein verbotenes Wort, wenngleich in Arbeiten über Joyce bislang zulässig.)

Und es gab eine Offenbarung, nichts anderes als eine Offenbarung, und deshalb schreibe ich es hin, zu meinem Vernügen, Klischee hin, Klischee her, und dann werde ich *zu schreiben aufhören.* Denn wie soll ich sonst erkennen, was ich tun soll?

Fulla hat mir erklärt, wie ich das Hirschkäferexperiment durchzuführen habe. Sie hat die Plastikdosen mitgebracht, kleine bunte Etiketten und eine kleine zierliche Waage, die man mit der Hand hält, für meine Gefangenen. Und sie hat sich begeistert mit Erik und Christophe über verschiedene Projekte unterhalten, Projekte weltweiter Zusammenarbeit zwischen Taxonomen, Bestäubungsspezialisten und entsprechend motivierten Touristen und Rucksacktouristen. Sie könnte ohne weiteres Manager einer internationalen Firma sein, dachte ich. Sie sah in die Zukunft und hatte ein Auge für Details und für mögliche Schwierigkeiten. Ich arbeitete wieder in Pucks Gürtel. Es bestand stillschweigendes Einverständnis darüber, daß ich zu gegebener Zeit Fulla bei dem Bestäubungstouristenprojekt unterstützen würde. Auch Vera ging wieder in die Arbeit, blaß und gefaßt. Die Murmeln sammelten wir in einem großen Glasgefäß, das ich ihr schenkte. Wir stellten es so auf, daß das weiche Licht durch sie hindurchfiel. Ich habe nie gesagt, wieviel schöner Destry-Scholes' Murmeln mit ihrem Farben- und Formenreichtum waren, als es die heutige Massenware ist. Wir setzten die Deckel auf die Schuhkartons und legten die Liste mit den Stammesnamen der Murmeln in den Koffer. Diese Schritte erörterten wir nicht. Ihr erster Arbeitstag verlief ohne Zwischenfälle. Weiß und lächelnd kam sie nach Hause zu mir zurück. Wir liebten uns. Fulla reiste ab, um einen Monat im

Nahen Osten mit ihrem anatolischen Projekt zu verbringen, und überließ mir die Verantwortung für die Käfer.

Ein, zwei Wochen lang beobachtete ich, wie diese fremdartigen Geschöpfe ihre Nester in den morschen Baumstümpfen anlegten, wie sie geräuschvoll über die Lichtung flogen, wie sie sich in die Brust warfen, zur Schau stellten, miteinander kämpften und einander begatteten. Es schien sich herauszukristallisieren, daß das größte oder schwerste Männchen immer Sieger blieb. Ich bemühte mich, eine objektive, wissenschaftliche Haltung einzunehmen, und versuchte deshalb meine Population mit Nummern zu benennen. Am Ende gab ich ihnen jedoch die Namen gehörnter Gottheiten – Herne und Moses, Horus und Aktäon (so hieß der Kleinste, der immer vernichtend geschlagen wurde). Die Weibchen nannte ich Moira, Klotho, Lachesis und Atropos. Ein schüchternes, verschrecktes Exemplar nannte ich Norne. Die Männchen kämpften auf Zweigen und Erhebungen, schüttelten und schwenkten ihre gezackten Zangen und gingen damit aufeinander los wie richtige Hirsche. Es ging stets darum, den Gegner hinzuwerfen, auf den Rücken zu werfen, in die Flucht zu schlagen. Der Geschlagene kam wieder, aber nie öfter als zweimal. Nach der dritten Niederlage kroch er davon, und der triumphierende Sieger paarte sich mit dem wartenden Weibchen, das entgegenkommend das Hinterteil lüpfte. Die Weibchen zeigten keine Vorlieben und paarten sich mit allen Siegern. Wie dieser Bericht zeigt, bin ich obsessiv an Seitenzweigen der Recherche interessiert, und deshalb begann ich mich in die entomologische Literatur über das Kampfverhalten von Käfern einzulesen. In W. D. Hamiltons beeindrukkenden Essays zum Leben in morschem Holz fand ich Hinweise auf das, was ich suchte, Kämpfe zwischen Feigenwespenmännchen und anderen Insekten. Hamilton schrieb, daß bei den von ihm provozierten Turnieren zwischen Hirschkäfern das *zweitgrößte* Männchen als Sieger hervorzugehen pflegte. Dazu bemerkte er, daß dies möglicherweise daran lag, daß solche arrangierten Kämpfe für gewöhnlich in Pappkartons stattfanden, während die Käfer einander im wirklichen Leben auf Zweigen oder Baumstümpfen attackierten, wo das Körpergewicht eine größere Rolle spielen mochte. Er schrieb auch, daß er die Meinung Konrad Lorenz' nicht teile, derzufolge extrem ausgebildete Waffen am Körper der Männchen nur dem Zweck des Imponiergehabes den Weibchen gegenüber dienten. Wenn man Hamilton glauben will, ist eine Waffe eine Waffe; er neigt zu einer entschieden düsteren Sicht auf den Wettstreit zwischen Lebewesen, die meiner eigenen Vorstellung von der Natur der Dinge nahekommt. Er schrieb, daß seine Beobachtungen ihn zu der Annahme gebracht hätten, daß Lorenz sich mit seiner Vorstellung täusche, Tiere kämpften im Unterschied zu Menschen nicht auf Leben und Tod. Und meinem subjektiven Eindruck nach bestand bei meinen Käfern mindestens ein ebenso großer Wunsch, echte Wunden zu schlagen, wie der, rituell die Fühler zu schwenken und einander aus dem Weg zu gehen. Herne, der kleiner war als Moses und größer als Horus und Aktäon, tat mir richtig leid. Er griff Moses kühn und risikofreudig an, und wenn ich den Patriarchen wegnahm, war er der Hahn im Korb. Aber sobald der Patriarch auf seinen Baumstumpf zurückgekehrt war, entthronte er den zeitweiligen Champion Herne ohne viel Federlesens. Aus eigenem Antrieb klebte ich deshalb Herne eine kleine Messingnuß auf den Rücken, bevor ich ihn das nächstemal freiließ; mit diesem künstlichen Zusatzgewicht wog er 1,2 Gramm mehr als Moses. Zu meiner Freude gelang es ihm durch sein größeres Gewicht, Moses die rituell erforderlichen drei Male zu Boden zu werfen, obwohl sein Geweih kürzer war als das des Patriarchen. Ich hatte etwas bewiesen. Was, wußte ich nicht so recht. Ich schrieb alles auf und löste die Messingnuß von Hernes Rücken, woraufhin Moses wieder die Oberhoheit übernahm.

*

All diese Aktivitäten ereigneten sich vor Einbruch der Dunkelheit, zu dem Zeitpunkt, zu dem auch die Parkaufseher den Park schließen. Ein paarmal wurde ich von berittenen Männern höflich aus meiner Grasmulde hinauskomplimentiert. Einmal, als die Dämmerung plötzlich und unerwartet hereingebrochen war, schaute ich in die Baumkronen hoch und sah einen langen grünen Blitz, leuchtendgrün – ein Grün, das mir *künstlich* erschien –

zwischen den Ästen und Zweigen. Ich rieb mir die Augen, die vom Starren auf die Käfer trübe geworden waren. Noch mehr grüne Blitze. Dann ein Rauschen und Rascheln und ein lautes, schnarrendes Kreischen. Es war nicht etwa ein Papagei, sondern ein ganzer Schwarm smaragdgrüner Vögel mit rosa Schnäbeln, langen Schwänzen, manche mit rosenroten Halskrausen, die sich in den Bäumen über mir für die Nacht sammelten. Ich dachte – ich dachte es allen Ernstes –, ich sei Opfer einer Halluzination geworden. Doch sie ließen echten Guano fallen, und ihr Geschnatter war nicht zu überhören. Ich weiß nicht, warum ich so bewegt war, tiefbewegt, als ich diese Manifestation der Tropen auf englischen Eichen miterlebte. Im englischen Sonnenuntergang leuchtete ihr Gefieder auf eine Weise, wie es im Licht der untergehenden Sonne ihrer Heimat so niemals möglich wäre. Ich konnte mir keinen Reim darauf machen. Vielleicht war es ein Zeichen, daß ich in England bleiben sollte – da hier alles möglich war, sogar tropische Vögel – oder, etwas weiter hergeholt, ein gutes Omen für meine Reisevorhaben, eine Ermutigung, Fulla beim Bestäuben zu helfen, in Sümpfen, Savannen, Berglandschaften. Was es mir eigenartigerweise sagte – bevor die Parkaufseher kamen und mich nicht unfreundlich aufforderten, nach Hause zu gehen, wobei sie sagten, die verwilderten Papageien würden immer zahlreicher und könnten noch zu einer wahren Plage werden –, was dieser Anblick der ganz realen schnatternden Vögel mir sagte, war, daß ich das Gefühl von Ordnung und Schönheit, das ich aus der Literatur bezogen hatte, mittlerweile leichter und unmittelbarer in den Geschöpfen der Natur fand. Als Knabe hatte sich mir die Kopfhaut zusammengezogen ob der Schönheit eines Shakespeare-Sonetts, eines Yeats-Rhythmus' oder der hellen Haare und spröden Knochen bei Donne. Das war vorbei. Doch was mir blieb, das war das besondere Kastanienbraun der Flügeldecken von *Lucanus cervus L.*, die rosafarbene Sichel kräftiger Schnäbel, Hörner und Krallen, das waren Staubgefäße und Stempel, das Schlagen dämonischer Flügeldecken und die herabschwebenden Kreise leuchtendrosiger und smaragdgrüner Flügel.

* * * * *

Ein Abschied von der Literatur bedeutet nicht etwa, daß man von einem Augenblick zum nächsten der neuentdeckten Schreibwut entsagen könnte. Als von der Neuen Kritik unberührter Leser, noch grün hinter den Ohren, vermerkte ich verächtlich genug, daß schlechte Schriftsteller sich durch unvertraute Umstände inspiriert fühlen, zur Feder zu greifen. Durch Ferien, Tourismus, Reisen. Dies schreibe ich in ein kleines Notizbuch, das ich mitnahm, um darin Lebewesen zu verzeichnen. Ich befinde mich tatsächlich auf einer Urlaubsreise – auf der bewußten Reise, die Erik und Christophe mir versprachen. Sie sagten, ich solle reisen, wohin ich wolle, und hier bin ich. Das Manuskript, ich meine das Dokument all des anderen Geschriebenen, befindet sich in meinem PC (und als Sicherheitskopie auf Diskette) in London. Ich habe Moltebeeren gesehen, Strandnelken und Sandkraut, Löffelkraut (das wie Kohl aussieht und zu dichten grünen Schlingen heranwächst), Sumpfdotterblumen und eine Art Riesenschierling. Die Luft riecht nach Seetang und Salzwasser. Sie ist mild wegen des Golfstroms und kühl und stürmisch, weil wir uns weit im Norden des Nördlichen Polarkreises befinden. Wir haben die großen Pottwale tauchen und graue Seeadler kreisen sehen; wir haben Papageitaucher nisten sehen, Stockfisch zum Trocknen aufgehängt und Tausende von Möwen jeglicher Art wirbeln, kreischen, herunterstoßen und Beute ergreifen, auf weißen Wellenkämmen tanzen und aus einem klaren Himmel ins dunkle Wasser tauchen. Wir sind auf Dämmen gewandert, auf Bergwegen und Moorpfaden. Wir sind durch den Trollfjord gesegelt, wo sich über einem unvorstellbare Felsgipfel auftürmen und dunkel dräuen. Wir sind über die Lofoten nach Süden gefahren und befinden uns jetzt auf Vaerøy, wo die Häuser an einer breiten Küste nebeneinander gebaut sind, von einem breiten Berggürtel geschützt. Wir haben gesehen, wie die Stürme über den Horizont gerast kamen und gegen unsere Fenster prasselten; wir haben den tobenden Wind gerochen und am Strandenstrand von Heia unter einer vierhundert Meter hohen schwindelerregend senkrechten Felsmauer in der Sonne gebadet. Morgen – an unserem letzten Tag – wollen wir eine Bootsfahrt mit Führer zur Insel Mosken machen und aus sicherer Entfernung einen Blick auf den Moskenstraumen riskieren, den

Malstrom. Ich nehme an, daß ich aus diesem Grund dem Drang, wieder mit dem Gekritzel anzufangen, nicht widerstehen konnte (sagte ich eigentlich, daß Destry-Scholes' Lügengespinst über Linnés Lügengespinst über dessen Besuch des Malstroms ein Edgar-Allan-Poe-Pasticcio war?). Ich werde den Gezeitenstrom betrachten – ich kann mir sein Wogen und Wirbeln und Drehen vorstellen, doch was ich sehen werde, wird etwas anderes sein – und werde nicht mehr über den Verbleib von Destry-Scholes wissen, als ich jetzt weiß. Wir haben uns gefragt, ob er auch den schönen Strand von Heia entlanggeschritten ist. Wir haben von den Walen gelesen, die vom Strudel in die Tiefe gezogen und an Land gespien wurden, und von der Sagengestalt *draugen*, einer Art Gespenst oder Dämon, der am Meeresgrund seine Felder bebaut und dessen Getreide bisweilen in den Kiemen und Mägen der Tiefseefische gefunden wird.

Ich sagte: unser letzter Tag, doch in Wahrheit war alles ein einziger langer Tag, denn die Mitternachtssonne ist nie untergegangen. Wir stellten fest, daß eine merkwürdige, doch unerbittliche permanente Wachheit sich unser bemächtigt hatte, die wir abmilderten, indem wir uns liebten – in weißen norwegischen Betten, im Freien, unter Felsvorsprüngen, an Berghängen, zwischen den Felsen am Strand. Vera, an die ich immer als im Dunkeln denke, ist in diesem Raum aus Luft und Felsgestein und zählebiger spärlicher Vegetation blaßgolden geworden. Sie ist glücklich. Ich begreife mit einemmal, daß ich sie mir nie anders als traurig und umsichtig hatte vorstellen können. Sie wirft den Kopf zurück und lacht in den Wind, der ihr dunkles Haar zerzaust und peitscht.

Das ist *genug geschrieben.* Es ist gefährlich nahe am Rande des unerträglich – was? Gefühlsseligen, Romantischen? des Glücks gar? Über das Glück schreibt man nicht.

Morgen werden wir, wie ich bereits sagte, den Malstrom sehen. Und ich muß jetzt zu schreiben aufhören, weil Vera aufgewacht ist und lächelt und mir die Arme entgegenstreckt.

* * * * *

Ich durchblätterte eben mein Notizbuch und sah, was ich vor nunmehr einem Jahr geschrieben habe, als ich wichtigtuerisch und verlogen behauptete, über das Glück schreibe man nicht. Hinzu kam ein gewisser snobistischer Ekel davor, über exotische Gegenden zu schreiben, den ich kommentarlos verzeichne und der noch immer besteht. Obwohl, wenn ich es recht bedenke – und erst jetzt, da ich zur Feder griff, kam mir dieser Gedanke –, sehr wohl eine vernünftige Möglichkeit bestünde, Nutzen aus meinem unbezähmbaren Drang zu ziehen, Wörter und Sätze zu formulieren. Ich könnte schreiben – keine autobiographischen Reisebücher, aber nützliche Reiseführer mit Einsprengseln »echten« Schreibens für den unerläßlichen nichtdestruktiven ökologisch orientierten Touristen. Ich könnte Warnungen mit Ratschlägen verbinden, Beschreibungen mit Erläuterungen, Wissenschaftliches mit kleinen luftigen literarischen Andeutungen, die mich immer wieder heimsuchen und sich nicht vertreiben lassen. Ich könnte meine zwei exemplarisch gespaltenen Existenzen als Touristenmanager und Parataxonom mit einer Art Ghostwritertum verbinden, einem Gespenst von Schreiben.

Ich könnte über die türkische Berglandschaft schreiben, in der ich mich gerade befinde. Ich bin mit einem Experiment betraut, das eine gemischte Reihe roter Tulpen (*Tulipa agenensis, Tulipa julia, Tulipa armena*) in Verbindung mit zwei Anemonensorten betrifft, *A. coronaria* und *Ranunculus asiaticus*. Wir studieren die Bestäuber roter Kelchpflanzen. Sie besitzen keinen Nektar und sind geruchlos, zumindest für menschliche Geruchsorgane. Manche, viele sogar, haben am Grund des Blütenkelchs einen dunklen Flecken. Wir haben auch Modelle von Blumen gebaut unter Verwendung farbiger und geruchloser Plastikkelche (rot, blau, gelb, grün, braun und weiß), die auf 15 bis 25 Zentimeter hohen Stengeln angebracht sind (in der durchschnittlichen Höhe der rotgoldenen Blumen). Und wir haben eine Auswahl von roten Petrischalen von 9 Zentimeter Durchmesser dabei – eine rot, eine mit einem toten Käferweibchen als Inhalt, eine mit einem schwarzen Flecken, der größer ist als das Käferweibchen. Wir haben, wie ich glaube, festgestellt, daß die rotgoldenen Blumen durch *Amphicoma*-Käfer bestäubt werden, die offenbar von der roten Farbe angelockt werden, insbesondere von dem Kontrast zwischen der roten Blüte und dem schwarzen Kelchgrund. Das ist interessant, weil man bisher annahm, die Käfer seien Farben gegenüber indifferent, möglicherweise farbenblind. Käferbestäubte Pflanzen besitzen für gewöhnlich einen starken Duft von der Art, die Linné wahrscheinlich als *ekelerregend* bezeichnet hätte – Kot, Fermentation, Zerfall, reifes und überreifes Obst.

Wir beobachten außerdem eine kleine Halictidae-Spezies, *Lasioglossum (Evylaeus) marginatum*, und eine große Bienenart – *Synhalonia plumigera* –, die beide die roten Blumen aufsuchen, aber nicht ausschließlich.

Unsere Plastikkelche und Petrischalen (die ein paar Tropfen Lösungsmittel enthalten, um die landenden Käfer festzuhalten und ihre Duftstoffe nicht entweichen zu lassen) sind nicht romantisch, aber kurios. Doch die Streifen roter Blüten auf dem kargen Bergrücken sind leuchtendbunt und entzückend. *Tulipa agenensis*, auch unter dem Namen *oculis-solis* bekannt (die Tulpe des Auges oder der Sonne), ist von tiefem Karmesinrot und hat samtigschwarze Staubgefäße und spitze Blütenblätter. Karmesin und Schwarz glänzen wie Lack, die Blüten sind steif und zart. *Tulipa armena* und *Tulipa julia* nehmen variierende Gestalt an, bisweilen reines Scharlachrot, bisweilen gelbgefiedert, bisweilen mit schwarzem Kelch, bisweilen nicht. Es gibt Storchschnabel- und Steppenkerzengewächse. Der Osmanensultan Achmed aus dem 18. Jahrhundert, dessen Herrschaft als *lale devri* – Tulpenära – bezeichnet wurde, ließ in den Bergen Millionen von Tulpen anpflanzen und sandte Hunderte von Gärtnern und Sklaven aus, die weitere Millionen auszugraben hatten. Nach seinem Sturz gerieten diese Pflanzschulen am Berghang in Vergessenheit. Bevor wir herkamen, waren Fulla und ich in Istanbul, fuhren mit dem Boot durch den Bosporus, besuchten Topkapi und sahen die stilisierten Tulpen, die auf den glasierten Kacheln der Gemächer Achmeds zu Girlanden gewunden sind. Der Harem gefiel Fulla nicht. Hier, in der frischen Luft, auf den Bergen, ist sie glücklicher. Ich will nicht behaupten, daß ihr die Tulpen nicht gefielen; ich will nicht einmal behaupten, daß sie die Kunstfertigkeit des Handwerkers und des Mosaikkünstlers nicht bewunderte, denen sie ebenfalls gefielen. Ich habe eine Reihe von Postkarten mit Motiven aus der Chora-Kapelle an Vera in Willesden geschickt. Ich habe ihr einen blinkenden gläsernen Pfau geschickt, dessen Glassteinchen tiefblau und smaragdgrün schimmern, giftrosa gestreift und golden leuchtend.

In meinem Gehirn sind Literatur und Alltagssprache ineinander verwoben. An Browning erinnere ich mich aus Kindertagen.

> Die Wildtulpe am Stengelende bläst ihre große rote Glocke aus
> Wie eine dünne klare Blutblase, für die Kinder zum Pflücken und Verkauf.

Ich erinnere mich daran, wie Tennysons Göttinnen das Idagebirge herunterschreiten, um das Urteil des Paris zu erfahren,

> Zu ihren Füßen feuergleich das Krokusdickicht.

Nach einer Zeitlang erfuhr ich, daß *Anemone coronaria* (die Kronenanemone), die blutrot ist, mit rußig-dunklem und pudrigem Zentrum (wie wir es mit unseren Petrischalen nachahmen), die sagenhafte Blume ist, die als erste aus dem Blut des Adonis sproß, als es von Aphrodite zum Leben erweckt wurde, die es mit Ambrosia bestreute. Bei Golding sagt Ovid:

> Dies gesagt, sprengte sie Nektar aufs Blut, das durch die Kraft
> Dessen wie Blasen schwoll, wie sie bei klarem Wetter erstehen
> Im Wasser. Und bevor noch eine Stunde vergangen war,
> War's eine Blume der Farbe des Blutes, die sie dort fand.

Sir Philip Sidney fand, daß Dichter schönere Blumen schufen als die Natur.

> Niemals hat die Erde der Natur einen so reichen Teppich bereitet, wie es die Poeten zu tun verstanden – seien es die erquickenden Flüsse, die fruchtbaren Bäume, die süßduftenden Blumen oder anderes mehr, was uns die allzu geliebte Erde noch

kostbarer machen möchte. Ihre Welt ist ehern, indes die Dichter sie nur als golden darstellen.

Aber nein. Solange wir sie nicht unwiderruflich zerstören und vernichten, wird unsere allzu geliebte Erde stets unser Vermögen, sie zu beschreiben oder zu denken oder zu verstehen, übersteigen. Sie ist alles, was wir haben. Ich muß jetzt zu schreiben aufhören – ich sehe Fulla, die den Berg hochkommt; schnell und sicheren Schritts wie eine goldene Ziege bringt sie Joghurt und Honig. Gerade noch rechtzeitig fällt mir ein, daß Fulla der Name einer kleineren nordischen Gottheit ist – einer Dienerin Friggas, die für den Schmuck der Himmelskönigin verantwortlich war und ihre Zeit damit verbrachte, sich um Wälder und Forste zu kümmern, um Obstbäume und Bienenstöcke, um Moltebeeren, Brombeeren und goldene Äpfel. Da kommt sie mit ihrer atemberaubenden Wolke gekräuselten Haars, das wie ein Stromstoß wirkt, wie ein Insektenschwarm, wie ein unabhängiges Lebewesen. Ich kann ihr strenges kleines Gesicht erkennen. Wie schön sind auf den Bergen ihre stämmigen Füße in ihren Gesundheitssandalen. Das ist eine mehr als irrsinnige Formulierung. Und Fulla ist es, die dem Irrsinn Sinn gibt, und ich muß zu schreiben aufhören und mein Notizbuch wegstecken.

Danksagung

All jenen, die geduldig und ausführlich meine mehr als unüblichen Fragen beantwortet haben, bin ich zu großem Dank verpflichtet. Chris O'Toole am Hope Entomological Institute in Oxford hat mich mit Material über Bienen und Taxonomie, über Bestäubung und Balzverhalten versehen und sogar überzeugende und nützliche Vorschläge zum Plot daraus abgeleitet. Sein Experiment zur Bestäubung von Blumen mit rotem Kelchgrund habe ich von Israel in die Türkei transferiert. Chris verdanke ich auch den Namen des Käfers, der die Ulmenkrankheit überträgt, und den der parasitären Wespe, die den Käfer befällt. Der Käfer heißt *Solyctus solyctus* – vormals *Solyctus destructor* –, die Wespe heißt *Phaeogenes nanus.*

Steve Jones, Professor für Genetik am Galton Laboratory des University College London, war ebenfalls unendlich zuvorkommend; er hat mir die Erinnerungsstücke an Galton in seinem Labor gezeigt, hat mir Lektürevorschläge gemacht und hat im Dienst fiktiver Genauigkeit sogar die Nuß gewogen, die Galton einmal einem Hirschkäfer auf den Rücken geklebt hatte.

Claudine Fabre-Vassas unterstützte mich mit Gesprächen und so vielen Büchern von und über Linné, wie ich mir nur wünschen konnte.

Auch Gina Douglas, der Bibliothekarin der Linnaean Society, bin ich zu Dank verpflichtet; sie zeigte mir Linnés Sammlungen, seine Bibliothek und seine Manuskripte, und mit ihr zusammen war ich kurzzeitig im Tresorraum im Dunkeln eingesperrt. Ihre Hinweise auf weitergehende Literatur über Linné erwiesen sich als ausgesprochen fruchtbar.

Mein dänischer Freund und Übersetzer Claus Bech versorgte mich freigebig mit linguistischen, entomologischen und mythologischen Informationen. Ihm verdanke ich mein Wissen über die kleinere Gottheit Fulla, über die skandinavischen Bezeichnungen für Hirschkäfer und vieles mehr.

John Saumarez-Smith, kundigster und findigster aller Buchhändler, empfahl mir und fand für mich zahllose Bücher, darunter

Blunts Linné-Biographie. – Und was ich ohne die Bestände und die unerschütterliche Freundlichkeit der Mitarbeiter der London Library anfangen sollte, wüßte ich wahrhaftig nicht.

Wie stets bin ich Gill Marsden für Genauigkeit, Tatkraft und seelische Unterstützung in Momenten, wo ich sie am dringendsten benötigte, zu Dank verpflichtet. Zu Dank verpflichtet bin ich meinem Agenten Michael Sissons für Urteils- und Begeisterungsfähigkeit, und Jenny Uglow, der phantasievollsten, geduldigsten und intelligentesten aller Lektorinnen. Mein Mann Peter Duffy hat mich vor vielen Irrtümern bewahrt und fand den richtigen Namen für den Wein des fremden Kunden.

Fehler und Irrtümer habe ich wie immer allein zu verantworten.

Ein Buch wie dieses, das aus so vielen Echos und Komposita besteht, muß seine Quellen angeben. Eine lange Bibliographie wäre unangebracht, doch die folgenden Werke waren unverzichtbar:

Michael Meyer: *Henrik Ibsen* (eine Biographie in drei Bänden; Band 1 erschien 1967, die Bände 2 und 3 wurden 1971 veröffentlicht). Außerdem habe ich Michael Meyers Übersetzungen der Stücke Ibsens benutzt.

Karl Pearson: *The Life, Letters and Labours of Francis Galton* (in vier Bänden), 1914–1930.

Wilfried Blunt: *The Compleat Naturalist: A Life of Linnaeus*, 1971.

Konsultiert habe ich außerdem Robert Fergusons Biographie mit dem Titel *Henrik Ibsen* (1996) und *The Sayings of Henrik Ibsen*, herausgegeben von Roland Huntford (1996). D. W. Forrests Galton-Biographie (*Francis Galton: The Life and Work of a Victorian Genius*, 1974) war mir von großem Nutzen, und das gleiche gilt für die Essaysammlung zu Linné, die Tore Frängsmyr herausgegeben hat (*Linnaeus: The Man and His Work*, 1994).

Den Keim dieses Buches vermute ich in meiner lange zurückliegenden ersten Lektüre dessen, was Foucault in *Les Mots et les choses* über Linné und die Taxonomie geschrieben hat. Lyell Watsons faszinierende Studie *Jacobson's Organ* (1999), die sich mit dem Geruchssinn befaßt, verwendet Linnés Taxonomie der Gerüche. Sie gelangte auf meinen Schreibtisch, als ich mein Buch gerade beendete, und ich konnte sie noch verwenden.

Für die deutsche Ausgabe wurden folgende Veröffentlichungen konsultiert und teilweise zitiert:

Michel Foucault: *Die Ordnung der Dinge*, Frankfurt a. M. 1974 (aus dem Französischen von Ulrich Köppen); Francis Galton: *Bericht eines Forschers im tropischen Südafrika*, Leipzig 1854, Swakopmund 1980 (ohne Übersetzerangabe), *Genie und Vererbung*, Leipzig 1910 (übertragen von Otto Neurath und Anna Schapire-Neurath); Henrik Ibsen: *Briefe*, Stuttgart 1967 (ausgewählt und übersetzt von Annie Carlsson), *Dramen*, München 1973 (nach der Ausgabe *Sämtliche Werke in deutscher Sprache*, 1898–1904, »in den vom Dichter autorisierten Übersetzungen von Christian Morgenstern, Emma Klingenfeld, Adolf Strodtmann, Marie von Borch u. a.«), *Peer Gynt*, Stuttgart 1953 (übertragen von Hermann Stock); Carl von Linné: *Lappländische Reise*, Frankfurt a. M. 1964, 1975 (aus dem Schwedischen von H. C. Artmann unter Mitwirkung von Helli Clervall), *Nemesis Divina*, München 1981 (herausgegeben von Wolf Lepenies und Lars Gustafsson, aus dem Lateinischen und Schwedischen übersetzt von Ruprecht Volz); *»Linné und Fabricius«*, herausgegeben von Julius Schuster (Münchener Beiträge zur Geschichte und Literatur der Naturwissenschaften und Medizin, München 1928); *Carl von Linné. Beiträge über Zeitgeist, Werk und Wirkungsgeschichte* (»gehalten auf dem Linnaeus-Symposion am 21. und 22. 10. 1978« von H. Goerke, H. Querner, C. Andree, W. von Engelhardt und V. H. Heywood, Veröffentlichung der Joachim-Jungius-Gesellschaft der Wissenschaften, Nr. 43, Göttingen 1980); Edgar Allan Poe: *Werke,* Band 2, Olten 1967 (herausgegeben von Kuno Schuhmann und Hans Dieter Müller; die fragliche Erzählung ist teilweise in der Übertragung von Hans Wollschläger zitiert). – Den Verlagen Philipp Reclam jun. und Carl Hanser dankt der Insel Verlag für die freundliche Genehmigung, aus Ibsens *Peer Gynt* und aus Linnés Nachtbuch *Nemesis Divina* zitieren zu dürfen.